COLLECTION
L'IMAGINAIRE

Louis-René des Forêts

Les mendiants

Édition définitive

Gallimard

Divisé en trois parties, ce roman est constitué de trente-cinq monologues attribués à onze personnages désignés par des prénoms, à l'exception de deux d'entre eux. Construit, selon un mode polyphonique, sur des ensembles qui interfèrent, celui des enfants, celui des contrebandiers, celui des comédiens et qui au dénouement se rejoignent, *Les mendiants* peut se lire tout à la fois comme un roman d'aventures et un roman d'éducation : chacun des personnages traverse des épreuves, accomplit des prouesses illégales ou théâtrales, vise à une inaccessible plénitude.

On pourrait également tenir l'ouvrage pour un anti-roman en ce qu'il pervertit le genre même où il semble s'inscrire et ne progresse que par le truchement de figures vocales qui sans cesse se chevauchent, se recoupent, mais tout autant se contestent jusqu'à entretenir chez le lecteur un doute sur la véracité des expériences vécues rétrospectivement par les différents protagonistes, de leurs témoignages successifs autour desquels s'élabore et se constitue la trame du récit.

Dans la remarquable étude qu'il a consacrée à Louis-René des Forêts[1], Jean Roudaut propose cette interprétation : « L'organisation du livre en série de cellules homoformes construit un visage multiple de Guillaume, le personnage central, qui apparaît sous les aspects divers de ceux auxquels il prête parole, faisant monologuer chacun d'eux pour comprendre ce qu'est le temps, c'est-à-dire la mort. »

Louis-René des Forêts est décédé en décembre 2000 à Paris.

1. Jean Roudaut, *Louis-René des Forêts*, « Les Contemporains », Éditions du Seuil, 1995.

À MICHEL DU BOISBERRANGER

... Et le plus ardent mendiait un cœur cruel
Et celui-ci un pouvoir que la nature même lui refusait
Et cet autre recherchait ce qu'un homme ne doit point trouver
Et celui-là des amours illicites, une mauvaise fortune
Et celui-ci le bénéfice et celui-là la folie même
Et celui-ci une pauvre douceur et celui-là la vaine violence
Et celui-ci tout à la fois le fruit, la fleur
Le feu de cette damnée terre oh ! oh ! pauvres petits mendiants
Roulez sur eux, Cendres, oh ! oh ! roulez sur eux, Cendres !

Chanson westphalienne.

Première partie

GUILLAUME

— Paméla !

Le phonographe tournait à vide et le déclic alternatif me portait sur les nerfs ; aussi je remis une aiguille, parce que je ne peux supporter qu'une aiguille serve deux fois, et je posai le diaphragme sur le bord du disque ; le soleil faisait éclater le nickel, et la java que j'aimais recommençait et j'aurais voulu danser, bien qu'on ne m'eût jamais appris à danser correctement comme mon frère qui ne manquait pas un bal d'où il ramenait des filles dont les manières me dégoûtaient : « Eh ! tordues ! », les appelait-il. L'une d'elles, beaucoup trop blonde et peu jeune, était pleine d'attentions à mon égard, elle me parlait souvent, ce qui me flattait assez, parce qu'en général on ne me parlait pas avec sérieux ; mais un jour la conversation prit un autre tour ; elle me caressa la joue et me demanda si je trouverais agréable de l'embrasser. Depuis ce temps, j'évitais notre chambre et haïssais mon frère. Mais je n'en aimais pas moins la danse, et singulièrement cette java. « Paméla ! », criait le Catalan, qui ne pouvait supporter que la chienne mît son nez dans les saletés ; sitôt qu'il était dehors, il l'appelait ; sa voix aiguë faisait sursauter grand-père qui commençait à s'agiter dans son fauteuil d'osier en ronchonnant : « Ah ! non ! le Catalan, non ! », et il prenait sa canne et il frappait le sol ; il ne pensait pas aux gens d'en dessous ; ma tante le lui faisait remarquer, mais il était sourd à toutes les observations désagréables ; il n'aimait pas les enfants et me traitait comme un domestique.

Quand la java fut terminée, je remplaçai l'aiguille et le disque tourna de nouveau. Je m'étais agenouillé pour remonter le phonographe et, quand la musique reprit son cours, je me sentis happé par le col et secoué ; je me retournai, je vis le visage irrité de grand-père ; il me heurtait la tête contre son fauteuil : « J'en ai assez de ta musique ! J'en ai assez ; enlève-moi ça ! » Mais il me tenait serré contre lui ; je ne pouvais obéir ; je savais que son grand plaisir était de me gronder et de me battre ; tout le monde le savait à la maison et l'admettait ; c'était de sa part une fantaisie qu'on lui passait ; il aimait me battre, je me laissais battre. « Il n'aime pas les enfants », disait ma tante, mais enfin j'aurai bientôt quatorze ans, et je haïssais ma tante davantage ; lui, il était malheureux, il y avait entre nous ce point commun. « Ce n'est pas de la musique ! », mais la java, c'était toujours la java, personne n'interrompait la java ; et il me heurtait la tête contre son fauteuil tout le temps que le disque tournait, mais la java me remplissait le cœur de joie et je ne pensais pas à la vilaine tête d'oiseau décharnée et pâle de grand-père, ni à la douleur qui ébranlait mes tempes. Le disque tournait à vide et grand-père, d'un geste brutal, me jeta vers l'appareil :

— Enlève-moi ça !

Je posai aussitôt un autre disque, une sorte de symphonie, et j'allai m'accouder à la fenêtre. Le soleil me donnait peut-être encore plus de joie qu'une java, et aussi l'odeur de l'été, en dépit de la douleur de mes tempes. Je regardai le port, je le dévorai des yeux : des bouffées blanches de fumées s'affaissaient sur la mer, un bateau montait solennellement et une grue sur le quai grinçait, roulait et s'inclinait. En bas, sur le pavé, Paméla fouillait le sol et, la queue dressée, elle frissonnait des pattes :

— Paméla !

Le Catalan était inlassable ; je haïssais sa voix qui ne me paraissait pas virile ni humaine d'ailleurs. Un chien presque rouge s'approcha de Paméla en évitant de se trouver dans le rayon de son regard, flairant ici, reniflant là, et avec émotion dressa une queue qui frétilla. Je me sentais mal à l'aise. Je détournai d'abord les yeux ; je quittai bientôt le balcon et grand-père m'ordonna de lui apporter son thé sur-le-champ ; j'aurais dû le lui apporter depuis longtemps ; pourquoi rêver, pourquoi bayer aux corneilles ? je n'étais qu'un gamin écervelé, il me secouerait.

Un bateau lança son cri, un unique mais long appel, et grand-père, qui se plaignait souvent du vacarme des quais, serra le poing et fit retomber son avant-bras sur son genou ; puis ce fut un silence hermétique. Mais quand j'apportai le plateau, les rires bruyants des matelots s'élevaient de la jetée, et grand-père, la tête penchée de côté, les écoutait avec un regard haineux ; son profil maigre, sombre et acéré se découpait sur un ciel vide et transparent. Un vent très pur fit tournoyer les rideaux. Le Catalan entra à l'improviste dans le jardin d'hiver et salua d'un rapide « Comment allez-vous ? », traînant derrière lui Paméla qui, la queue entre ses jambes, jetait vers son maître des yeux suppliants : « Vilaine chienne ! Non, non, pas de caresses. » Il l'avait fouettée avec le cordage engoudronné qui tenait en équilibre sur son épaule, et son visage était échauffé par le châtiment infligé comme par la colère. Il faisait une chaleur de fournaise. Il me demanda à boire et fit éclater une allumette sur son talon, puis avec un naturel affecté, il plongea sa main dans la boîte à cigares. J'étais satisfait de sa présence, il occupait grand-père et je me sentais comme délivré. J'allai me placer derrière la cage, un peu abrité de son regard, d'où je pouvais jeter un coup d'œil sur le port. — « Je t'ai demandé à boire. » Il me regardait en souriant, mais les yeux de grand-père étaient rayonnants de fureur, d'une couleur cruelle et verte.

J'allai chercher le gin. Je ne participais pas beaucoup à la vie de la maison, j'étais agréablement distrait, je me réservais en quelque sorte pour les jeux du port avec Sani — il suffisait que je pense à Sani pour que l'existence m'apparût radieuse. La chienne, mortifiée, passa auprès de moi, ses yeux timorés me fixèrent rapidement, puis elle baissa sa tête de vieillard mal peigné et s'en alla dans le coin se blottir en grognant, masse noire et boudeuse. La fumée du cigare me donnait la nausée et il n'y avait plus assez de vent. J'emplis un verre de gin dont je bus à la dérobée une gorgée : mon cœur fut chaud alors. Quand je rentrai dans le jardin d'hiver, je manquai d'étouffer, puis de rendre. Grand-père écoutait avec quelque lassitude les propos du Catalan qui faisait de grands gestes explicatifs en avançant une lèvre épaisse et craquelée : « Alors, le petit, comment ça va ? » Il saisit le verre et roula des yeux blancs, les bagues firent tinter le verre et la chienne se retourna brusquement : « Vous ne devriez pas laisser Grégoire fréquenter ces gens-là ; et vivre comme il vit, ce n'est pas sérieux... » papotait le Catalan, assez bas. Mais ici, qui s'intéressait à ses discours ? Un nuage de mouches suivait les mouvements amples de ses mains, un autre harcelait le museau luisant de Paméla qui ne cessait plus de grogner, happant l'air à tout instant. « Tais-toi, Paméla ! » Le Catalan se leva pour marcher de long en large, jetant des yeux inquiets tantôt vers la porte, tantôt vers la fenêtre, parlant avec un débit de plus en plus précipité, et grand-père, qui, jusqu'à présent, n'avait écouté ses paroles qu'avec lassitude, tendait son cou maigre et le suivait d'un regard intense, tandis qu'il s'éloignait et revenait, ne baissant les paupières que lorsque le Catalan s'arrêtait et se penchait en le fixant de ses yeux exaltés, l'entourant de gestes convulsifs.

Le vent recommençait à secouer les rideaux et j'entendis le sifflet de Sani qui perça l'air lourd : j'en fus bouleversé. Puis, dehors, le silence. Le Catalan ne parlait plus, il attendait une réponse. Grand-père méditait ; il chassa avec impatience un moustique qui s'embarrassait dans sa barbe. Tout à coup, sa colère explosa : « Il faut que le navire débarque à vingt heures ou je ne réponds plus de rien ; nous l'avions décidé, je l'avais décidé ; il n'est plus temps de modifier l'horaire, nom de dieu ! Oubliez-vous que la surveillance est redoublée depuis hier ?... »

Je m'avançai vers le balcon et jetai un coup d'œil sur le quai : Richard était assis sur un sac, le dos appuyé contre une caisse, ses cheveux flambant au soleil roux. Un vieux marinier vêtu d'un ciré, capuchon rabattu, jouait avec un chat, et il était clair que Richard ne le regardait pas d'un bon œil. Le ciel se couvrait à demi ; au-delà de la passerelle, je distinguai la silhouette d'un autre garçon accroupi qui surveillait les allées et venues. Il était temps que je descende. Le Catalan parlait à présent à un vieillard hors de lui : j'en profitai pour m'esquiver. Descendant l'escalier, j'entendis des bruits sourds et mats : il frappait le parquet de sa canne, et je m'esclaffai de rire parce qu'il frappait de sa canne tandis que je prenais la fuite à son insu. Sur le seuil de la porte, j'embrassai d'un regard joyeux toute l'étendue sombre des docks ; le gin me donnait soif. Derrière un nuage violacé, le soleil avait disparu, laissant sur le ciel les traces d'un sang pauvre, et sous la passerelle, une colonne de silhouettes noires se pressaient vers la grille de sortie : le champ était libre. La sirène secoua l'air, suivie bientôt d'une autre, une octave plus bas. Peu à peu les quais devenaient plus déserts et une nuit blanche s'épanouissait sur la mer paisible. Je ne me hâtais pas ; je cherchais Sani, et mon cœur battait violemment.

Dans ce soir si torride et si calme, une voix basse psalmodia un chant qui s'évanouit aussitôt ; la voix remonta du vide et si haut qu'elle se brisa à nouveau ; elle reprit beaucoup plus bas, mais cette fois s'étrangla et mourut. Je n'avais pas entendu ce qu'elle disait, sauf quelques mots peut-être : amour, infortune, refuge, sang. La voix était heureuse d'abord ; tantôt pleine de détresse, elle frissonnait et, sitôt après, attaquait des notes triomphales. J'aimais ce chant et je demeurai longtemps sur le seuil de la porte à écouter la voix ; la mer était solide et noire ; la voix évoquait ce que j'aimais, et je frémissais de joie parce que nous allions jouer et que Sani était mon chef. Ma gorge était complètement desséchée par cette saleté de gin, mais il me parut que le gin m'avait apporté une sorte de gaieté : danser, j'aurais aimé danser maintenant. Les docks s'enveloppaient d'obscurité et le quai devenait de plus en plus indistinct. La voix se tut. J'entendis un bruit de rames, et le bruissement doux et frais de la mer ; puis le sifflet de Sani perça furieusement ce silence, cette nonchalance, cette lenteur où je me perdais. Des formes se groupèrent sous la passerelle —, je détendis mes bras, je respirai fortement, puis je m'élançai sur le chemin, ne me souciant guère de ma direction ; je contournai le hangar réservé aux produits alimentaires pour franchir en courant la légère passerelle qui joint le quai au vieux bateau où je pensais que Sani donnait ses ordres. Je fus arrêté par un grand type sur le visage jaune duquel retombaient des mèches luisantes et violettes ; il avait un nez épaté et des lèvres grasses ; des muscles épais jaillissaient sous le sombre épiderme souillé de suie de ses bras nus : — « Que cherches-tu ? » Il empoignait ma chemise, je tremblais de rage. Ce qui m'irritait surtout, c'était mon attitude veule et le tremblement qui secouait mes genoux, et de sentir le sang se retirer de mon visage. Il gardait un sourire mauvais, conscient de son avantage. — « Sani est-il là ? » Il rigola et posa avec force un poing sur sa hanche : « Sani ? Pourquoi que tu veux le voir, Sani ? » — « Je dois le retrouver ici. Est-il là ! » — « Ah, tu dois le retrouver ici, Sani ? » Je reculai un peu, mais maintenant le sang me montait à la tête ; c'était le vertige qui précède mes colères. Timidement, je tentai de me dégager, mais lui ne paraissait pas disposé à me libérer ; j'étais une proie, je l'amusais énormément, il souriait comme une brute : — « Et où est-ce que tu dois le retrouver, Sani, mon gars ? »

Sa bouche se fendait, mais son œil incolore restait cruel et bête. — « Ici, je te l'ai dit, laisse-moi ! » Il ne savait plus quoi dire, il me regardait avec une intensité idiote : il ne parlait pas, mais ses lèvres remuaient et son regard ne me quittait pas ; sa main droite obstinément agrippée à ma chemise, à la hauteur de ma poitrine, il soufflait comme un asthmatique. De mon côté, je ne pouvais plus prononcer une parole, j'étais muet de honte et de colère ; le teint blafard sûrement, je devais rouler des yeux ridicules ; en vain, je tâchais de me donner l'air méprisant. En même temps, je sentis que j'étais trempé de sueur, mes dents claquaient ; mais le pire, c'était que les larmes me montaient aux yeux : — « Laisse-moi ! » Il ricana : « Reste tranquille », et il resserra encore son étreinte en me balançant de droite à gauche ; je me sentais une marionnette grotesque ; ma faiblesse me rendait fou. Avec quel plaisir je l'eusse empoigné, griffé, mordu et balancé par-dessus bord ! Soudain, son visage se décomposa, ses doigts se desserrèrent, il dirigea ses prunelles indécises un peu de côté, au-dessus de mon épaule. Quelques voix précipitées.

— Hé ! Sani, voilà un type qui dit qu'il veut te voir.

Je me retournai : Sani avançait, précédé de son équipe ; il ne me regardait pas. Il se contenta de faire un signe à cette grande brute et il passa devant moi en continuant à parler aux autres, et mon ennemi plaqua ses yeux triomphants dans les miens, puis me lâcha avec regret. Ma haine et ma rage allaient croissant : je détestai Sani. Je descendis les marches avec une hâte nerveuse ; je lui verserais son compte ; ou plutôt, je serais très froid et il s'étonnerait de ma froideur ; il me questionnerait, mais je négligerais de lui répondre et il comprendrait peut-être pourquoi j'étais furieux, et on se brouillerait quelques jours, pas trop longtemps parce que je souffrirais de ne pas lui parler et parce qu'il pourrait à la longue se moquer de mon humeur boudeuse, me délaisser et s'habituer à ne plus me voir auprès de lui.

Quand j'entrai dans la soute, ils étaient tous étendus par terre, sauf Sani, qui, debout et le visage contracté, bourrait une pipe de terre blanche. Il leva sur moi en souriant l'éclat dur de ses yeux verts. « Tu es blême », dit-il. Les autres sourirent à leur tour. « Quelle est cette brute ? » dis-je. Ils rirent tous les trois ; je serrai les poings et m'avançai vers Sani dont le sourire ironique m'exaspérait. « C'est un type utile, tu verras comme il chante bien, et il est très fort. Allons, assieds-toi. » Je pris une mine renfrognée : leurs rires me touchaient au vif et je haïssais Sani parce qu'il se formait une triste image de ma personne ; j'avais grand-peur de son mépris ; il croyait toujours me connaître, il croyait savoir tout de moi, et je ne pouvais rien faire qui ne fût conforme à l'idée qu'il se faisait de moi ; par moments, ma propre faiblesse m'inspirait de l'horreur, mais pourquoi me prêtait-il tant de faiblesse ? Il me désigna un escabeau que je tirai en baissant les yeux ; il était orgueilleux et impitoyable, je le haïssais. Quant aux autres qui se soumettaient en riant de concert, je les prenais en grippe ; tout ce que faisait Sani, tout ce que disait Sani était bien : des courtisans. On ne pourrait attendre de ma part un bon travail ; le jeu ne m'intéressait plus et je me haïssais encore plus moi-même ; et c'était ridicule de me vexer, mais enfin ils devraient bien penser que ce n'était pas risible, ce grand diable qui tourmente un garçon bien plus petit et plus faible. Et tandis que je me renfrognais dans le coin sombre de la soute, des larmes brûlèrent mes yeux que je baissai encore davantage pour qu'on ne vît pas que je pleurais ; mais je sentais le poids insupportable du regard curieux, méprisant et amusé de Sani.

Le léger remous de la mer balançait mollement la lanterne que nous avions pendue avec une chaîne de cuivre à une poutrelle. Sani réfléchissait, le menton dans le creux de sa paume, les doigts pianotant les lèvres, et ses yeux plissés suivaient la lumière vacillante. François Le Chambellan et Marc le regardaient avec un œil servile. Il reprit sa pipe qu'il avait déposée sur l'Alcibiade en plâtre et rejeta une épaisse bouffée qui répandit une odeur âcre d'eucalyptus : « Cette nuit, les pirates devront faire vite : l'entreprise est hardie ; chacun est déjà à son poste, sauf toi qui es en retard ; tu seras mon aide de camp, ce soir... » Et mon cœur bondit de joie, mais je ne bougeai pas, enfoncé dans une taciturnité volontaire. « Toi, Le Chambellan, tu es de garde ; veille au tabac ; le nouveau (et ils sourirent) sera de quart sur le pont. Marc, tu es l'estafette. Bien. » Et il sortit de sa poche une liasse de papiers, un couteau, des crayons, des plumes de geai qu'il étala sur la table ; il déplia les papiers tour à tour et les mit de côté, ne gardant dans sa main qu'une grande feuille sur laquelle je distinguai un fin tracé noir, des carrés et une surface bleue qui figurait la mer ; sur une croix, il posa son index, puis nous fit signe d'approcher. Il expliqua en détail le plan de campagne, mais je n'écoutais plus, prêtant l'oreille au chant doux et paisible que psalmodiait la voix et qui arrivait jusqu'à la soute, presque assourdi, à coup sûr très affaibli par le clapotement léger de l'eau contre la coque ; et cependant, ici je distinguais le sens du chant dont les paroles mêmes me remplissaient d'une allégresse étrange, et j'écoutais la voix tantôt triomphante, tantôt d'une plénitude grave et triste, et elle s'étranglait comme disparaissant dans un brouillard, de sorte que je n'entendais plus que le choc onctueux de la mer contre nos murailles ; puis elle renaissait avec lenteur, enflait, envahissait peu à peu l'atmosphère, surmontant le frisson sonore des vagues : ma joie me remontait en même temps au cœur ; les syllabes étaient précises, hachantes et dures ; la mélopée retombait en un ton mineur soutenu et lugubre et soudain elle reprenait son essor, vive et pathétique, et se brisait enfin à une telle hauteur que j'en demeurais angoissé : mes mains tremblaient légèrement. Sani se tut. Il y eut une pause ; et la voix : *Il m'a jetée comme il est venu — Sombre dans l'amour et l'abandon. — Il m'a pressée de ses lèvres de sang. — Donnez-moi de me taire. — Non, non, je ne me tairai pas. — Il m'a chassée avec dégoût. — Moi qui étais son pur refuge. — Mon cœur est blanc, mon cœur est froid. — Ah, ho ah he ah ho ;* et la voix se perdit en des sonorités chevrotantes.

Sani posa sur moi ses yeux cruellement moqueurs. « Il faut croire que ça l'a inspiré de te secouer comme un prunier. » Et les autres éclatèrent de rire ; mais toute ma colère tombait ; je m'étais trompé : ce grand type, c'était le même qui chantait tout à l'heure ; j'aurais voulu maintenant le revoir, lui sourire cordialement et aussi peut-être lui serrer la main ; naturellement ma haine était injustifiée, il chantait trop bien, ce n'était pas le premier venu ; je ne pensais plus à ses gros yeux gris et bêtes, ni à ses mèches grasses ; je sentais une joie brûlante à travers mon corps, et mon cœur battait d'émotion et Sani ne me paraissait plus un garçon odieux.

Sani secoua la tête et balaya l'air de sa main : — « Finissons-en », dit-il avec impatience. *Il m'a pressée de ses lèvres de sang — Donnez-moi de me taire.* Il débourra rapidement sa pipe et remonta sa culotte ; il se tourna et souleva avec précaution le couvercle de la plus grande caisse : de ce rectangle sombre émergeaient des goulots qui étincelèrent et qu'il tâta délicatement. *Donnez-moi de me taire. — Non, non, je ne me tairai pas.* Il laissa tomber le couvercle ; il y eut un tintement de verre : « Prise fructueuse et ce soir ce sera encore plus beau. Je suis maintenant Ali-Baba. » Il empocha les objets qu'il avait déposés sur la table, il replia le plan du port : — « Vous avez compris la manœuvre, n'est-ce pas ? Alors, allons-y ! »

Nous nous levâmes tous ensemble, et il se coiffa de son béret blanc, enfila sous sa ceinture un revolver à bouchon, et je montai soulever la trappe. François Le Chambellan et Marc firent le salut militaire en passant devant lui, et Sani prit l'air indifférent, mais ce salut me faisait horreur : ils avaient les yeux ronds pendant que leur avant-bras pliait. Saluer Sani, j'en aurais éprouvé une sorte de honte dégoûtante ; mais eux, ça leur plaisait ; ils avaient des âmes de subalternes, c'était certain.

Nous montâmes à la file l'escalier : la nuit était lourde, la mer quelque peu agitée. Accroupi sur le bastingage, le grand type gardait la tête entre les épaules, comme écrasé sous un poids énorme. Sani se pencha sur lui : « Tu veux une cigarette ? » que l'autre accepta en tendant une main lente, comme épuisée.

Puis nous glissâmes en silence dans l'ombre. Sani enfonça son béret dans sa poche et se retourna vers moi en plaquant son index sur la bouche, puis il me chuchota de le suivre ; au pas de course nous gagnâmes en quelques secondes le hangar le plus proche. Sani s'accroupit lentement derrière le mur, guettant la grande voie vide et pâle ; les ombres des nuages glissèrent sur le sol comme des fantômes ; mon cœur battait fort, et ma main pétrissait mon genou nerveusement. Il poussa deux ou trois jappements et, sitôt après, comme en écho, un jappement plus sec et plus clair. Collée contre une caisse, une silhouette se glissa, le corps légèrement en arrière, les jambes se détachant du sol avec une précaution lente ; puis elle s'immobilisa, le bras levé. D'autres silhouettes se précipitèrent à sa suite, plus ou moins distantes les unes des autres, et se groupèrent derrière la première à présent immobile. Accroupi auprès de Sani qui semblait oublier ma présence, je me mordais les ongles avec une délicieuse angoisse et je me tortillais, pressé par un besoin. Il gardait le regard fixé sur le manège un peu hésitant du groupe, la nuque raide, les cheveux épars sur son front dur et blanc, intensément plongé dans le jeu ; je l'aimais ainsi. Je ruisselais de sueur, je sortis mon mouchoir, je me tamponnai le front et les joues. Sani se retourna et me jeta un regard mécontent : je l'agaçais ; je compris qu'il y avait autre chose à faire que de s'éponger en ce moment.

Sani se leva à demi, le dos courbé, et se pencha en avant sous l'éclairage lunaire, pour consulter sa montre en fronçant les sourcils. *Non, non, je ne me tairai pas. — Il m'a chassée avec dégoût. — Moi qui étais son pur refuge.* Je laissais tomber ma tête en arrière, je fermais les yeux, il me semblait que la voix douce et paisible allait m'endormir, et je me croyais à l'ombre d'un palmier, le torse nu, entouré de jeunes filles avec des chevelures très, très longues ; décidément, j'étais trop rêvasseur. Sani se mit à parler entre ses dents, sans me regarder, et je me demandais si c'était à moi qu'il s'adressait ; il parlait pour lui seul, il était tout à son affaire. Soudain, je fus honteux de ma distraction, mais j'avais bien envie de me soulager. Il porta deux doigts à sa bouche ; un hululement inhumain perça le silence, et une silhouette épaisse et courte se glissa le long du mur, atteignit le niveau du groupe immobile où elle s'attarda quelque temps, sembla hésiter et chercher du regard. Sani décrivit une grande courbe avec son bras, et aussitôt la silhouette courut vers nous et, tandis qu'elle traversait le large espace blanc, je distinguai sa face épaisse, ses cheveux roux, et surtout l'écharpe verte dont il se servait pour signaler la présence de l'ennemi : c'était le gros Richard. Il atteignit notre hangar et, en soufflant, marmotta quelque chose que je ne compris pas. « Bien », fit Sani qui poussa ensuite un jappement sec et clair, ce qui déclencha une grande activité de l'autre côté : ils glissèrent à la file, le dos rond, et cette fois à toute allure, se dirigeant vers les quais. Sani se redressa et me fit signe de me lever : la galopade mêlée à des chuchotements étouffés s'éloignait ; puis le silence. Au carrefour, la petite grappe hésita un instant ; ils se resserrèrent et les chuchotements reprirent, dominés cependant par le bruissement des vagues ; ils s'écartèrent, ils se perdirent dans l'ombre ; puis le silence.

Sani sortit de l'ombre et se précipita sur la voie lumineuse et se retourna pour voir si je le suivais ; nous courûmes en rasant le mur. Un peu plus loin, il y eut une pause : au bout du long espace blanc, on ne voyait plus rien ; nous nous assîmes sur un sac pour reprendre souffle. Sani épiait le lointain, il ne disait mot. Le vent assez fort mais irrégulier et presque rauque faisait trembler ses cheveux qui se joignaient en l'air comme des flammes. Cette force inégale du vent me mettait mal à l'aise, et j'eus un peu froid à la poitrine, puis je songeai au crabe qui, un jour, avait pincé ma chair, un peu plus haut que la cheville : une douleur aiguë et honteuse, mais je n'avais pas crié, je tremblais qu'on ne vît mon visage tordu, qu'on ne vît qu'un crabe me pinçait la jambe ; je souffrais, c'était effrayant. Charlotte se penchait sur une flaque, elle me criait : « Viens voir les petites crévettes... zelles zont miniscules », et je tentais de me baisser pour me défaire du crabe qui tenait bon, et je mordais ma lèvre en frissonnant de honte et de douleur. Ma tante, ses lourdes jupes relevées, se dandinait sur un pied et sur l'autre, redoutant les angles rocheux et brandissant une pêchette ; je la voyais s'approcher ; ça me cuisait, j'avais envie de pleurer et de gémir. « Viens voir, viens voir ! », criait Charlotte de sa petite voix fragile ; je ne pouvais plus le supporter ; si je me baissais, le crabe, qui ne tenait pas du tout à décamper, enfonçait plus avant ses pinces, comme pour m'avertir de rester tranquille. J'ai retenu ma respiration, j'ai fermé les yeux, je me suis brusquement accroupi, et, par ruse, d'un geste rapide, j'ai saisi le crabe et je l'ai arraché de ma peau ; mais la sale bête n'a pas lâché prise, elle a emporté... — « Il faut y aller maintenant. » Nous nous avançâmes pas à pas et moi je regardai le phare qui clignait, sa lumière balayant la mer, les pierres et nous-mêmes qui, d'une façon machinale, baissions nos têtes comme sous une rafale de mitrailleuses. Nous étions devant le chalutier où les autres nous attendaient en fumant des cigarettes d'eucalyptus. Je ne pouvais pas distinguer leurs visages, ils n'étaient que des ombres de tailles diverses, et certains remuaient beaucoup tandis que d'autres demeuraient absolument immobiles, mais comme au prix d'un grand effort. Sani appuya sur le déclic de sa lampe de poche ; un jet de lumière perça la nuit et s'éteignit aussitôt ; certains bavardaient et riaient, mais d'autres ne disaient mot, ils attendaient les ordres. Sani dirigea sa lampe sur chaque visage successivement, les dévisageant à sa manière qui était attentive et quelque peu dédaigneuse. Il était puissant, pensai-je, mais sa force n'allait pas sans suffisance ; chacun admirait sa dureté et frissonnait d'une peureuse joie au contact de son regard cruel. Seul, Pim continuait de ricaner, la cigarette éteinte au coin de ses lèvres exsangues, et de se dandiner parce qu'il ignorait l'immobilité ; je ne voyais de Sani qu'une sombre silhouette, mais je savais qu'il souriait en regardant Pim sur lequel il concentrait le faisceau blanc et le feu de son propre regard. Quand le faisceau eut blanchi chacun des visages des garçons, Sani le braqua du côté de la mer et nous vîmes successivement un mât que la lumière essuya du faîte à la base, puis, d'un mouvement brusque, elle atteignit un hublot entrouvert et remonta et balaya rapidement le pont, les cordages, les cabines émergeantes et, avec la vitesse d'un éclair, vint se fixer à nos pieds, au centre du cercle que nous formions. Enfin, elle s'éteignit. — « Vous avez-vu ? » dit Sani. Et tous remuèrent un peu leurs pieds et se retournèrent vers la mer en chuchotant. — « C'est là », dit Sani, et il frotta une allumette : son visage était grave, mais empourpré par le désir, et la flamme s'éteignit au bout de la cigarette que le vent rougit très fort, le vent tout salin et sauvage qui sifflait contre le remblai au long duquel s'écoulait le reflux en grondant ; et la mer laissait croire qu'elle se retirait avec une certaine condescendance très digne, mais après s'être repliée, elle bouclait et se dépliait encore dans un fracas frais ; des nuages marbrés de veines sombres flottaient en silence au-dessus d'une eau orageuse, et tous ces mouvements me remplissaient d'une joie radieuse et vierge : mes jambes tremblaient encore, et mes joues brûlaient. — « C'est là, dit Sani. Qui est volontaire pour y monter ? »

Je m'approchai aussitôt de Sani, mon corps contre le sien, mais il resta silencieux quelque temps et sa main heurta mon épaule qu'il repoussa tendrement : — « Qui est volontaire ? » demanda-t-il d'un ton brusque, et il ouvrit la lumière sur une tête, au hasard, qui eut un recul. Richard, aux cheveux roux, s'élança les poings en avant et réclama dans un grognement rude le privilège de chiper les citrons, et Sani acquiesça à son désir en pointant sa main vers le chalutier. Il y eut un murmure : ceux qui avaient craint d'être désignés sortirent du second plan plus ombreux où ils avaient attendu le choix avec anxiété et progressivement commencèrent à s'agiter, à parler à tort et à travers et à allumer des cigarettes en raclant leurs souliers sur la pierre d'où jaillissaient des étincelles sanglantes.

Je m'appuyai tout contre l'épaule de Sani, la joie desséchait ma gorge, et en moi montait cette passion si violente et si sauvage, bien qu'elle fût encore jeune et pure ; mais déjà elle étouffait comme sous le poids de mes organes et déjà cette passion, parce qu'elle étouffait en moi, se butait et cherchait à bondir hors de moi.

— Ne te casse pas la gueule ! Ne va pas trop vite ; attention de ne pas boire un coup. Ne te casse pas la gueule !

Ils approchaient de la mer, serrés les uns contre les

autres, la tête en avant, mais retenant le poids de leur corps, et quand Richard posa le pied sur la légère passerelle, ils firent silence. La lumière guidait les pas de Richard qui avait mis ses bras en croix, gauche et maladroit, mais sa tête un peu baissée était immobile. On l'entendait souffler un peu entre deux ressacs et la mer encore une fois se dépliait dans un fracas frais. Il soufflait avec une mesure étonnante ; on sentait qu'il s'efforçait de rythmer harmonieusement sa respiration. Son ombre s'allongeait contre la coque noire : Pim avait levé la lampe ; l'ombre tournoya et se fixa ; quelques-uns protestèrent, mais Richard ne disait mot ; j'étais sûr que nul tressaillement n'agitait son visage ; ses mouvements étaient lents et calculés. Tout droit, les bras étendus comme un oiseau qui se dispose à prendre le vol, dans l'attitude d'une méditation exaltée, bien que, j'en étais sûr, ses yeux fussent froids et calmes, Richard atteignit la coque contre laquelle il se plaqua d'un mouvement soudain : le corps heurta le bois et ses grosses mains pressèrent la coque, cherchant un appui auprès du hublot ; il se cramponna à une corde à laquelle il se pendit, et leva les jambes qu'il jeta dans le trou noir, et tout son corps disparut sans bruit. Je regardais Sani qui, les bras croisés, attendait la suite, et chacun le regardait et l'interrogeait silencieusement, mais lui attendait et ne disait rien, les yeux fixés sur le trou noir où Richard s'était laissé glisser. Nul n'osait faire un mouvement ; on attendait, on se demandait un peu si cette disparition était prévue dans le programme ; mais Richard n'était pas bête, c'est là ce que je pensais et non plus Sani qui demeurait extraordinairement calme et confiant, les bras croisés, dans l'attitude d'un homme que les événements ne surprennent pas.

Mais soudain : j'ignorais ce qu'on faisait ici ; je m'étais laissé guider ; je n'avais posé aucune question, et quand Sani expliquait ce qu'on allait faire, j'écoutais sa voix, non ce qu'elle disait, et les autres, eux, savaient et j'avais imaginé de toutes pièces leur désarroi. Il faisait sombre : leurs physionomies étaient indéchiffrables dans ces ténèbres. S'ils étaient silencieux et tendus, c'est qu'ils attendaient mais tout à fait sagement, la suite qu'ils devaient prévoir en tout point ; et jusqu'à présent, je n'avais pas été dans le jeu ; pourquoi n'avais-je pas été dans le jeu ? Et j'eus une envie affreuse de pleurer ; je ne pouvais pas, je n'avais pas la force, ou il me manquait le don de m'amuser comme eux, et c'était là une chose douloureuse qui me coupait le ventre, et, instinctivement, je portais ma main à la hauteur de mon nombril comme au réel foyer de ma souffrance et j'eus un peu froid à la poitrine. Ils hurlèrent en brandissant leurs mains vers le chalutier.

Les nuages, qui avaient perdu leur éclat métallique, étaient pâles et soyeux. Ils crièrent tous hourra ! sauf Sani qui se dandinait sur ses jambes en haussant la tête. La lune apparut et des boules volèrent et fusèrent autour de nous ; chacun lançait en tous sens des mains nerveuses. Sani marcha un peu le long du quai et resta à l'écart. Je fis de même, nous marchâmes côte à côte ; mon cœur bouillonnait d'une joie douloureuse. Les garçons attrapaient au vol les fruits et les jetaient derrière eux : les tas montaient. Richard, debout sur le pont, balançait pardessus bord les citrons avec une force prodigieuse : Pim en reçut au creux de l'estomac et se plia en riant aux larmes. Sani s'assit sur un ponton et considéra le spectacle avec la passivité tranquille et dédaigneuse d'un animal. — « Ce sont des citrons ? » demandai-je bêtement, mais d'une voix étranglée. Sani ne répondit pas et sifflota.

Les garçons couraient, se bourraient le dos, oscillaient, piétinaient sur place ; des bras gesticulaient, des poings noirs saillaient, aussitôt rétractés ; je voyais un visage passionné et rieur, une tête échevelée, des yeux que grandissait l'effort du geste. Quelques-uns se retirèrent de la bagarre, hors d'haleine, et remirent de l'ordre dans leurs vêtements, le visage crispé et luisant ; mais Sani était calme, les yeux très grands ouverts fixés sur le lointain, les lèvres dures, et son visage semblait maigre et pâle dans la demi-clarté.

Soudain, un sifflement écorcha mes oreilles et les types s'immobilisèrent sur place, leurs gestes et leurs attitudes nullement affectés par l'immobilité, mais le regard un peu égaré. Sani jeta sa tête en arrière d'un mouvement brusque, comme un somnambule se réveillant, et se retourna tout raide vers la digue contre laquelle la mer, plus violente, s'attaquait à nouveau. Un second sifflement fut suivi d'une galopade, de vociférations. La silhouette du gros Richard disparut derrière une cloison noyée d'ombre. Ils respiraient, et leurs yeux excités, largement ouverts, tâchaient de crever la nuit. Une voix sonore éclata tout auprès : — « Attrapez-les, Bon Dieu ! » Et, par une impulsion spontanée, ils reculèrent d'abord, s'écartèrent en silence en faisant demi-tour, puis en regardant derrière eux, et dès que Sani coupa le creux de son avant-bras gauche de sa main droite aux doigts joints, ils s'enfuirent dans la nuit avec une hâte terrible et je suivis Sani qui lentement se dirigea vers le hangar derrière la porte duquel nous nous abritâmes. J'avais bien envie de courir jusqu'au bateau-refuge et quand je dis qu'il serait prudent de s'éloigner, il me heurta la cheville avec sa bottine et encadra son œil dans le trou de la serrure, puis il entrouvrit la porte : tout était silencieux et cependant, j'avais peur de ce silence et je savais que Sani n'était pas rassuré.

Des pas égaux et lents résonnèrent ; je vis deux agents côte à côte se diriger vers le chalutier ; ils parlaient très calmement, bien qu'on ne pût saisir le sens de leur dialogue ; l'un d'eux balançait un bâton blanc qu'il laissait retomber sur sa cuisse. La mer bruissait, toute vivante et crémeuse. Leurs ombres portaient sur les dalles du quai, s'unissant, se séparant, et ils s'éloignèrent en sifflant une chanson que je connaissais bien, leurs pieds scandaient un rythme dominateur ; et ce fut encore le bruissement des flots et leur lutte séculaire contre les rochers et les blocs. Sani me prit la main et la serra fort : — « Rentre chez toi, nous recommencerons demain », et mon cœur bouillonna d'une joie douloureuse ; je plantai mon regard dans ses yeux marins ; j'étais fier d'être auprès de lui et je me sentais à jamais débarrassé de toute gaucherie et débilité. Ensuite je me suis détourné et je me suis mis à courir vers la maison sans me retourner, de peur qu'il ne me voie me retourner et ne pense que je suis faible et que j'ignore la domination sur soi (il fait grief de leur pusillanimité à la plupart des types). Il ne m'a jamais rien reproché de vive voix, mais combien de fois par son regard cruel et méprisant, et j'en gardais une sorte de malaise toute la soirée et quand je m'éveillais le matin, je voyais encore son regard et je m'efforçais de retomber dans le sommeil, mais sitôt que je m'éveillais, le regard cruel me perçait le cœur et c'était d'autant plus douloureux que je ne pouvais pas pleurer ; c'était une amertume horriblement sèche et la blancheur du jour augmentait ma nausée.

La bouche fermée, je courus dans la poussière et la nuit. En arrivant devant la maison, mon cœur battait si fort qu'il me semblait se déplacer le long de mes côtes : une correction m'attendait, mais plus encore je redoutais le contraste entre cette joie violente et l'atmosphère familiale.

Quand j'ouvris la porte, ma tante était encore à table et se servait, la tête un peu baissée sur le plat ; ses cheveux en désordre se dressaient, fauves et sales, dans la lumière de la suspension. Son corsage était taché de sueur, la grossièreté de ses mains me répugnait toujours. Fred mangeait, pâle et le col défait ; il ne leva pas la tête, et sa main mollement accompagnait la cuillère jusqu'à ses lèvres minces et raides. Ma tante ne me regarda pas, bien qu'elle sût que j'étais rentré dans la salle. Courageusement, j'avançai vers la table, en raclant mes bottines sur le parquet, pour qu'on comprît que je ne craignais pas les remontrances. — « Fais moins de bruit, grand-père dort », et elle plaça la soupière au centre de la table sans lever la tête. Grand-père avait les yeux fermés, sa tête levée en l'air reposait sur l'oreiller de velours grenat. Il avait la bouche ouverte ; il ressemblait à un poisson mort ; c'était la première fois que je le voyais dormir ; il avait l'air plus sauvage et plus méchant encore que lorsqu'il guettait les mouvements de chacun de nous. Sa main sèche pendait, le poignet dépassant le bout de ses manches, mais on n'entendait pas sa respiration, il était silencieux et béat comme un poisson crevé. — « Paméla ! Paméla ! Garce de chienne ! » Le Catalan fit irruption et dansota sur place ; il me parut très énervé ; il cherchait la chienne ; il jeta un regard circulaire qui rencontra celui de Fred, brillant et effrayé : « Sors d'ici, le Catalan. Ici, on ne veut pas d'ennui. — Vraiment ? vous ne voulez pas d'ennui ? »

Et il fit demi-tour et disparut dans les escaliers : « Paméla ! » — Pourquoi le chasses-tu ? » demanda Charlotte qui reposait sur le sofa, une main étalée sur son ventre, là où elle souffrait. Mon frère ne répondit pas et baissa la tête sur son assiette, et ma sœur eut un sourire fin et méprisant ; puis elle s'éventa le visage avec un mouchoir : elle me regardait à présent et je soutenais son regard.

— Paméla ! Paméla !

Grand-père se réveilla en ronchonnant et me fixa de ses yeux cruels.

RICHARD

J'étais très calme quand je traversais la passerelle, il faisait sombre, une corde m'érafla le nez et je l'empoignai, puis, me balançant, je tombai dans la cale, mon bras heurta l'angle d'une caisse d'où pendillaient des brins de paille et, entre les planches, je vis les citrons. Quand j'eus brisé les montants, je lançai les fruits sur le pont et quelques-uns rebondirent dans l'eau avec un bruit mouillé qui ressemblait à une succion. Sur le pont, je lançai les citrons, ils étaient froids et durs. Les lumières du port me semblaient très lointaines, et je ne voyais que leurs ombres et, de temps à autre, la petite lueur dansante de la lampe de Sani ; ils riaient, ils se bousculaient, leurs doigts se tendaient comme des rameaux obscurs ; c'était rudement chic de lancer des citrons à toute volée en plein cœur du troupeau.

J'entendis deux longs sifflements, puis il y eut un long silence ; je levai la tête, allongeant le cou pour essayer de voir ; ils s'agitèrent en chuchotant ; je vis la silhouette de Sani descendre d'une borne et marcher lentement le long du quai, les mains derrière le dos, suivi d'un autre type qui tournait la tête de tous côtés. L'eau scintillait comme un ciel plein d'étoiles. Je pensai que c'était cet idiot de Guillaume qui est toujours collé aux talons de Sani, et je visai avec un citron, mais je le manquai.

Des pas martelèrent le quai, deux silhouettes très hautes marchaient à grande allure, serrées l'une contre l'autre, et quand elles me tournèrent le dos, je vis briller l'extrémité d'un pilon blanc qui sortait de leurs capotes courtes, et j'eus juste le temps de me cacher derrière la cloison d'une cabine ; je sentais battre mon cœur comme si je l'avais eu derrière le front. Dans la cabine régnait un grand désordre : une carte était étalée sur une couchette, un appareil à sous renversé sur des bouteilles à étiquettes jaunes et étoilées, et à une patère pendait un kimono de femme que coiffait un bonnet de marin ; je mis le bonnet sur ma tête et je me versai un verre : c'était une liqueur âcre et brûlante. Je fredonnai l'air du nouveau — comment c'était donc ? — tout en sirotant du Gin Fizz (une étoile de papier rouge avec deux lettres enlacées dans un cercle d'or) et je me disais que j'aimais mieux être à ma place, ils étaient peut-être au violon, qu'est-ce que c'étaient que tous ces flics, ils nous avaient repérés, les salauds ; je chantai : *Il m'a jeté comme il est venu. — Sombre dans l'amour et l'infortune ;* ma voix résonnait étrangement dans ce petit local, c'était comme dans une salle de bains. J'étais tranquille, ils ne viendraient pas fourrer leur nez ici. Je titubai déjà un peu dans la cabine ; je ne voyais plus très clair, puis je m'écroulai, flasque, sur la couchette et m'y endormis, les pieds en l'air sur l'appareil à sous, après avoir claqué plusieurs fois ma langue qui était bougrement sèche.

Et quand je m'éveillai quelques instants plus tard, quelqu'un chantait tout auprès et j'avais terriblement chaud. Au milieu d'un groupe de chalands ancrés en tas, gîtés les uns à côté des autres, une femme dans un canot automobile remuait ses grandes manches en voile blanc ; accroupi à ses pieds, un homme chantait en s'accompagnant d'une guitare ; le tcheuf tcheuf du moteur m'empêchait d'entendre les paroles et je le regrettais bien car l'air me plaisait vraiment beaucoup. Quand le type eut fini de pincer ses cordes et elle de secouer les bras, ils éclatèrent de rire ; puis le canot glissa entre les chalands en crépitant. Je me demandais si j'avais sommeillé longtemps et je franchis en courant la légère passerelle comme si c'eût été un pont d'une solidité à toute épreuve. Un remorqueur passa près d'un bac à l'ancre, plat et désert, l'eau écumait et se brisait sous la proue aiguë.

Je m'assis sur un ponton, croisant mes mains sur mes genoux pour les empêcher de trembler, mon cerveau vibrait comme un piano mécanique. Contre la coque du remorqueur qui craquait et glissait, traînant après lui les hurlements brefs de sirène, flottaient des trognons de choux pourris, des débris de caisse et des pelures de citrons.

Je me levai ; je sentais mes genoux fléchir sous moi. Il fallait pourtant que je trouve les autres ; où diable étaient-ils fourrés ? et je fis les cent pas le long du quai en chantonnant et en roulant une cigarette. Le chaland se rapprochait du quai en grinçant et aborda en silence. Quelques clapotis. J'entendis des voix, puis des bruits de pas qui se transformèrent en bousculade. Je m'approchai lentement, le dos courbé, le long des docks jusqu'à la berge. D'abord, je ne vis rien, puis, par degrés, je distinguai la masse mouvante et informe d'un canot à quai d'où sortirent précipitamment des hommes, une main tendue en avant, et au même moment d'autres ombres défilèrent le long d'une passerelle hors du chaland immobile, et il y eut une collision ; ils se heurtèrent sur l'appontement en vociférant.

J'enjambai des rails jetés en tas et courus jusqu'au hangar réservé aux produits alimentaires, derrière la porte duquel je m'abritai. Les hommes du chaland avaient réussi à repousser les autres qui les entouraient en un cercle menaçant ; ils se couvraient d'un moulinet, frappant les plus proches, éloignant peu à peu les assaillants de la passerelle, et ils prirent pied sur la terre ferme ; le cercle s'agrandissait, quelques-uns s'égaillèrent, rampant le long des bâtiments gris, et se tapirent dans l'ombre.

Il y eut soudain quelques coups de feu : un type tout près de moi fit volte-face, ses traits étaient tordus par la peur, il alla s'accoter à une barrique, tandis que les autres se remettaient à tirer ; l'odeur de la poudre me fit tousser, et le type agenouillé leva le nez, puis regarda de nouveau le sol avec des yeux ronds. Complètement dessoûlé, je tenais mon regard fixé sur le grouillement sombre, mais mes jambes continuaient de trembler : c'était quelque chose de rudement chic. Soudain, une femme échevelée, suivie de voiles flottants, se détacha du groupe en levant les bras au ciel ; un type obèse allongeait sa main pour la saisir, il lui prit le poignet et la poussa de mon côté en lui tordant le bras ; elle se défendait, l'égratignait et la brute avait beaucoup de peine à la maintenir : — « Laisse-moi, crapule ! » hurla-t-elle, et elle lui planta ses ongles dans la joue ; il poussa un gémissement, lâcha la femme comme on lâche un plat brûlant et elle enjamba les rails et courut le long du bâtiment en serrant ses mains contre sa poitrine, mais il courut vers elle et lui prit de nouveau le poignet et la fit reculer en lui tordant le bras. D'une brusque détente, elle lui allongea une gifle de sa main libre ; et il la lâcha un instant mais pour se ruer plus violemment sur elle ; il la tint d'un bras par le cou, de l'autre il écartait les mains qui gigotaient, il la serrait si fort qu'elle se mit à crier, puis tout à coup, il y eut un bruit de ferraille sur le pavé et le type s'écroula, les mains en avant, et la femme, d'abord interdite, tourna le dos et courut à toute allure le long des docks et sa forme étrange s'enfouit comme un papillon de nuit dans les ténèbres.

Une main lourde tomba sur mon épaule, je sursautai et je vis auprès de moi Sani qui m'examinait en souriant, un poing sur la hanche ; il me prit le bras : — « Tu l'as vu tomber ? bien visé, n'est-ce pas ? » J'étais content de le trouver là ; il me dit qu'il fallait suivre cette femme. Pourquoi cette bagarre ? il ne savait pas, mais nous suivrions cette femme. Nous nous hâtâmes à travers l'obscurité et comme nous débouchions sur une rue laiteuse, nous vîmes une forme mince qui se pressait le long des murs en agitant ses bras comme si elle avait froid. — « C'est elle, dit-il, suivons-la. » Elle retourna son visage aigu de chaque côté duquel pendillaient des mèches blondes, et accéléra le pas. — « Elle a peur de nous, dit Sani, il vaudrait mieux que tu passes de l'autre côté. » Je traversai la rue et j'avançai très vite, les mains dans les poches en sifflotant, et Sani sur l'autre trottoir marchait la tête basse, roulant sous son pied une boîte de conserve qui faisait un tintamarre irritant. La femme se retourna de nouveau et ralentit, puis elle traversa la rue et elle était maintenant sur mon trottoir ; elle avait une démarche balancée ; elle était juchée sur de hauts talons ; et je continuai de siffloter l'air du nouveau et Sani, de l'autre côté, se mit bêtement à éclater de rire, et quand elle atteignit le croisement du grand boulevard, elle s'arrêta brusquement, demeura hésitante au bord du trottoir, se baissa sous le grand store d'un café et parcourut des yeux la largeur de la salle, et comme j'arrivais à sa hauteur, elle se releva et me fixant de ses prunelles brûlantes, elle me demanda d'une voix chaude si je voulais porter cette lettre au Clastoria et elle glissa dans ma main un billet ; je sentis sa peau soyeuse sur la mienne, mes oreilles bourdonnèrent, et je n'entendis plus un seul mot de ce qu'elle me disait.

— Je vous remercie, ajouta-t-elle en souriant.

Elle pénétra dans le café majestueusement et je la vis s'asseoir à une petite table près du comptoir où deux garçons s'empressèrent autour d'elle. — « Richard, que t'a-t-elle dit ? » me demanda Sani, et quand il lut l'adresse, il s'écria : — « Chic, c'est au théâtre, Richard, allons-y avant que la pièce soit finie. »

J'aurais voulu attendre qu'elle sorte, mais Sani courait déjà au milieu de la chaussée. — « Sani, lui criai-je, ne vaudrait-il pas mieux que nous attendions qu'elle sorte du café ? » Il se retourna sans me répondre et il pressa encore le pas, si bien que je fus obligé de le suivre. Il poussa la porte d'*Entrée des Artistes*, j'étais tout tremblant, je n'avais pas du tout envie de me trouver nez à nez avec des gens qui nous demanderaient ce qu'on fichait là, et sûrement on nous enverrait dehors avec un coup de pied quelque part. — « Sani, dis-je, tu pourrais donner la lettre et pendant ce temps-là j'aurais l'œil sur cette femme. » Il ricana et poussa la porte derrière laquelle se tenait un jeune homme brun, massif, aux cheveux et aux yeux très noirs, qui leva sa main à la hauteur de la poitrine de Sani et lui demanda d'une voix fluette et sur un ton important ce que nous venions faire ici, et quand Sani dont les joues s'empourprèrent lui tendit la lettre, il la saisit et, en fronçant ses sourcils très épais, il l'approcha de son nez : — « Bien, dit-il, je le lui remettrai » et il la glissa dans la poche revolver de son pantalon de flanelle et nous tourna le dos.

Je sentis une bouffée de parfum musqué qui me donna une espèce de vertige fiévreux, et une dame franchit la porte à claire-voie derrière laquelle s'agitaient deux hommes aux visages comme frottés au brou de noix et qui s'éventaient avec un petit livre ouvert : — « Excusez-moi, monsieur, mais on m'a recommandé de le lui remettre en main propre », et Sani courut vers le jeune homme qui se retourna, croisa ses bras et le fixa en souriant ironiquement ; puis il retroussa les manches de sa chemise de soie rose jusqu'aux coudes et dit qu'il connaissait M. Souvier mieux que personne et qu'il en faisait son affaire : — « Et je vous conseille de ne pas rôder par ici, car si le gérant vous aperçoit... »

Sani, sans se troubler, au lieu de reculer comme moi, s'avança délibérément jusqu'à la porte à claire-voie contre laquelle une actrice s'appuyait en épongeant sa figure avec une serviette de toile maculée de taches rouges et ocre ; elle avait trop de poudre sur le nez, ses yeux étaient gonflés. Elle demanda ce que voulait ce gamin en désignant Sani qui lui dit qu'il était chargé de remettre une lettre à M. Souvier. Le jeune homme le regarda d'un air féroce et, sortant la lettre de sa poche, dit solennellement qu'il allait de ce pas la remettre à Souvier. — « Nous sortons ensemble, dit l'actrice en fixant la lettre avec des yeux avides, je la lui remettrai, si vous le voulez », et sans attendre la réponse, elle s'empara de la lettre et l'enfouit dans son corsage en chantonnant, puis elle nous dit d'attendre ici un instant. Sani me lança un coup d'œil, mais je lui murmurai dans l'oreille qu'on ferait mieux de décamper. Je ne savais pas où mettre mes mains et, comme je levais la tête, mon regard rencontra celui d'un figurant à la figure maigre et pointue, assis sur une chaise pliante ; il baissait des paupières terminées par de longs cils chaque fois qu'il exhalait une bouffée de sa pipe, et les relevait sur de gros yeux marron qui me fixaient avec une insistance qui me glaçait d'épouvante. Il se leva et, tirant de son gilet un étui, me demanda si je ne voulais pas une cigarette ; je rougis et refusai en disant que je ne fumais jamais ; mais Sani plongea sa main et retira une cigarette qu'il serra entre son index et le majeur en bredouillant un vague merci.

« Vous venez vous engager comme figurants, demanda-t-il, en retroussant un peu les lèvres sur des dents jaunes, ce n'est pas un bon métier pour des jeunes gens », et il serra les poings : « Il faut vraiment crever la faim pour accepter de travailler à un salaire si dérisoire ! » Sani lui demanda s'il était permis d'entrer dans les coulisses et à ce moment-là des voix aiguës de femmes entonnèrent un chœur ample et triste et les voix furent rejointes par un bavardage précipité d'hommes qui avaient l'air de se disputer en chantant. L'actrice entra en chantonnant, et je remarquai que ses yeux étaient encore plus gonflés. « Où est Grégoire ? » demanda-t-elle au figurant qui, en se rasseyant, lui montra la porte du doigt. « Comment ? déjà parti, est-ce possible ? » Puis, se retournant vers nous : « Vous pouvez être tranquilles, je lui remettrai la lettre. Merci, mes petits », et elle glissa quelque chose dans la main de Sani qui, tout rouge, protesta : il ne voulait pas de cet argent, et comme elle disait en plissant les yeux : « Mais si, mais si », il ouvrit sa paume, la retourna et des pièces sonnèrent et s'éparpillèrent sur le parquet. Elle haussa les épaules et sortit.

Le figurant se leva et ramassa les pièces : — « Si vous n'en voulez pas... » dit-il et en secouant la tête : « C'est malheureux de travailler pour un salaire si dérisoire... »

GRÉGOIRE

Lorsque je suis arrivé devant sa table, j'ai été tout de suite choqué par le regard troublant et à mon sens inconvenant qu'elle promenait sur les gens ; elle balançait sa jambe et se penchait sur la paille qu'elle mordillait et suçotait en faisant beaucoup trop de bruit ; c'était mon opinion. Je lui dis que je la cherchais depuis bien plus d'une heure dans tous les cafés du quartier. Elle ne répondit pas et détourna la tête pour sourire à un jeune homme qui sourit à son tour et se rembrunit sitôt qu'il eut constaté ma présence. Je la maudissais ; j'approchai ma main de la sienne qui était molle et sans chaleur. Elle sortit une cigarette et repoussa sa chaise en arrière. Je m'efforçai de me dissimuler le côté pénible de la situation ; nous n'avions de commun que notre attitude hostile qui, je crois, n'était ni chez l'un ni chez l'autre en rien simulée. Nous étions tout bonnement las l'un de l'autre ; et cependant pour mon compte, il m'est impossible de me détacher froidement : toute rupture me rend malade. Je lui tendis une allumette, ses lèvres trop peintes tremblaient ; pour un peu, je me serais laissé aller à l'écraser sur cette obscène chair rouge cerise et je ris soudain en imaginant sa mine stupéfaite et indignée. — « Pourquoi souris-tu ? » Mais je repris une figure grave et même un peu sévère. « Tu as l'air maussade ? » — « Je le suis », répondis-je. Elle éclata de rire et se renversa en arrière sur sa chaise et regarda tout autour de la salle d'une façon provocante ; j'étais agacé mais résolu à ne pas le lui laisser voir, à ne pas lui faire connaître les raisons de sa disgrâce ; nous nous quitterions sèchement et je m'efforcerais d'éviter toute explication, et d'ailleurs nous n'avions rien à expliquer ; j'avais été seul, souffert de l'être, et son petit charme m'avait sorti de la solitude ; je m'étais quelque peu leurré, imaginant une longue liaison qui serait mieux qu'un passe-temps agréable, mais j'étais d'une légèreté d'enfant et je savais à présent que ce n'était pas sérieux du tout, bien qu'il me fût impossible de provoquer une rupture, sinon d'en caresser le projet avec cette complaisance rêveuse des velléitaires qui répugnent à franchir le pas décisif

Elle posa sa main sur mon bras et me demanda l'heure qu'il était, et le froid de sa bague, je m'en souviens, me fit sursauter ; elle comprit qu'elle m'inspirait du dégoût, et retira sa main en pinçant les lèvres. Par pitié, car la pitié dicte souvent mes gestes et m'a fait commettre par trop de sottises, j'avançai à mon tour ma main le long de la sienne que je frôlai et sa main se pelota dans ma paume que j'eus le courage, ou la lâcheté, de refermer. — « Tu m'aimes ? » Je ne répondis pas mais souris vaguement et d'un coup brusque j'abandonnai sa main sur le marbre de la table. Elle poussa un léger cri d'indignation, car il était clair que j'avais fait un aveu ; elle ouvrit son sac et le referma d'un coup sec : un cliquetis qui mettait un terme une fois pour toutes à quelque chose. Je fronçai les sourcils et hélai le garçon auquel je payai la consommation.

Elle se leva d'abord en jetant sa cigarette sur les pieds d'un jeune homme qui protesta assez haut, mais ce geste me plut énormément. Nous marchâmes à une certaine distance l'un de l'autre et en silence. Je ne tenais plus à elle, j'étais calme et sur son visage un peu buté toutefois, je remarquai un calme de même nature. Je m'étonnais, mais je me félicitais surtout de mon calme. Elle stationna devant une devanture où brillaient des bas de soie, et chantonna en se baissant vers la glace : elle regardait toujours les choses de très près et même les gens ; au début, lorsqu'elle me dévisageait sous le nez avec son regard vague, j'avais envie de rire, et le jour où je lui avais dit qu'elle ressemblait à une fouine, elle était devenue rouge de colère : — « Je n'ai pourtant pas le museau de la fouine, mon profil n'a rien de fuyant. »

Quand elle se releva en sifflotant encore et qu'elle reprit sa marche volontairement indolente, je pensais qu'elle avait l'air humilié. Considérait-elle mon indifférence comme une défaite ? J'avais cru d'abord qu'elle me lâchait aussi froidement que je la lâchais, et maintenant je pensai que j'étais le seul lâcheur, et je fus pris d'un peu de honte et de pitié et je serrai de son côté, mais elle s'écarta et frotta le mur, et comme je continuais de serrer, elle s'arrêta et tourna la tête vers moi en m'observant d'un air étonné ; je la regardai dans les yeux, elle parut gênée, elle détourna les yeux et marcha de nouveau. Ma compassion était tombée : son regard surpris, illuminé par l'espoir que ça allait reprendre entre nous, que mon humeur avait tourné, puis soudain assombri parce que, après examen, elle voyait que je faisais plutôt une méchante tête.

Sur la place, nous nous arrêtâmes. Elle dit d'une voix impersonnelle, en tirant une cigarette que je lui offrais : — « Alors, on se quitte ici ? — Oui. Te reverrai-je demain ? » sur un ton très uniforme. Je regardais les voitures et les passants, mais je sentais qu'elle me fixait avec un regard perçant. Elle voulait être sûre de bien comprendre mes paroles ; je savais qu'elle ne cherchait pas à se leurrer. Sûre de mes sentiments d'indifférence, elle laisserait tomber sur-le-champ ; et, par pitié, j'évitais la parole cruelle qu'elle ne consentirait à provoquer ni par la violence ni par les pleurs qu'elle détestait ; elle détestait aussi les machinations ; simplement elle attendait le mot de la séparation. — « Eh bien, entendu, à demain. » Je lui serrai la main comme nous faisions toujours dans la rue. Je savais et elle savait, j'en étais sûr, qu'il n'y aurait pas de lendemain ; sa main molle et froide se raidit dans mes doigts ; elle me regarda d'un œil dur, puis eut un sourire qui déforma sa bouche. Elle fit demi-tour et traversa la rue sans précipitation. Je la vis, mêlée à la foule, défiler le long des arbres du jardin public, à pas lents. Elle jeta sa cigarette et déboutonna ses gants en levant exagérément la tête : elle se faisait une raison.

Je ne me sentais pas très solide, et j'étais prêt à la rejoindre ; je croyais me tromper ; je n'étais pas assez dur ; une sorte d'attendrissement, de dépit et un manque inquiétant d'assurance me donnaient mal aux tempes et je m'assis quelque temps sur un banc : j'attendais la souffrance d'un moment à l'autre, mais elle ne venait pas assez vite ; je souhaitais souffrir sur-le-champ, mais je ne souffrais pas encore ; déjà moins indifférent, j'étais tourmenté par un malaise trop vague ; la lumière s'adoucissait ; j'avais perdu quelque chose de très important ; je me sentais seul, las et sans la fièvre qui me soutient ; je ne voulais plus penser à Hélène qui ne pensait plus à moi ; mais j'avais abandonné quelque chose de très important ; le sang ne m'agitait plus. De quoi me nourrir ? Je prenais tout au sérieux, mais avais-je fini de vivre ? Et ce moment pénible était sans valeur, voilà ce que je devais me répéter sans cesse. Ne pas attacher plus d'importance à ce petit malaise affreusement humain qu'à une bouchée de pain mal avalée. Et nous lui avons serré la main et nous l'avons quittée et ce fut tout pour aujourd'hui. Je me levai d'un coup sec et je remontai l'avenue, en aspirant l'air tiède assez joyeusement. Je ne savais pas très bien où j'allais.

SANI

Je leur avais dit d'être à cinq heures sur la grande place et il était déjà cinq heures vingt-cinq quand je quittai la maison. Je m'étais assoupi pendant quelque temps. La chaleur bourdonnait à mes oreilles et je me retournais sur le côté pour essayer de me rendormir, lorsque j'ouvris les yeux et que j'aperçus Catherine à mon chevet : — « Sani, tu n'as pas honte de dormir dans la journée ? » Ses lèvres tremblaient de colère, elle allait d'un côté à l'autre de la chambre en hurlant son mépris ; sa voix sortait du plus profond de sa gorge et fouettait mon indolence ; je m'étais secoué la tête, je fis un effort pour tenir mes yeux ouverts.

— Sani, Sani, comment peux-tu te vautrer sur un lit à cette heure-ci ? cria-t-elle d'une voix perçante comme un sifflet agaçant. Lève toi, je ne peux pas supporter de te voir dormir. » Et elle s'empara de ma ceinture et me cingla les jambes avec une froide volupté ; ses cheveux étaient rabattus sur ses yeux qui étincelaient au-dessus de pommettes enflammées : — « Allons, lève-toi Sani ! Je ne m'en irai pas tant que tu ne seras pas debout ! » Je ronchonnai, je frottai mes paupières. Gracile et frémissante, la bouche entrouverte, elle revint vers moi et elle hurla que j'étais un salaud, un salaud ; ses yeux dilatés par l'indignation se noyèrent soudain de larmes. Elle jeta la ceinture au pied de mon lit, elle saisit le poignard de la panoplie et le brandit au-dessus de ma poitrine en fermant les yeux. Je serrai les lèvres et, d'un ton sévère et calme : — « Allons, Catherine, ne joue pas avec ça et reste tranquille. »

Elle ne modifia pas son attitude, n'ouvrit pas les yeux, mais redressa seulement un peu le buste pour donner plus de hauteur à son arme. Quelle enfant ! je souris et je me levai lentement. Pleine d'ivresse, elle conservait un visage grave, son bras ne tremblait pas, ses narines un peu écartées frémissaient comme les ouïes d'un poisson.

Lorsque je fus debout, elle abaissa son arme et planta ses yeux dans les miens : — « Tu te décides, dit-elle, quelle honte ! » Puis elle se recoiffa, en baissant le front. « Quelle honte ! » cria-t-elle sur un ton plus haut. Elle fit demi-tour et sortit rapidement en claquant la porte.

Je consultai ma montre ; j'étais en retard et il me plaisait de les faire attendre : le chef se faisait attendre. Je me disposais à descendre l'escalier lorsque je me heurtai à Catherine qui me guettait derrière le laurier, assise sur une marche, jouant avec une pomme de pin qu'elle rattrapait sur le dos de sa main ; puis elle cessa de jouer et croisa les bras autour de ses genoux réunis et me fixa sombrement avec une sorte de fierté provocante. — « Où vas-tu, Sani ? Où vas-tu ? Est-ce un secret, Sani ? » — « Oui, dis-je, c'est un secret. » Elle lança de nouveau sa pomme de pin et retourna son poignet, mais la pomme de pin rebondit sur la pierre et dégringola de marche en marche, puis bondit par en dessous la rampe ; elle fit une grimace.

Je descendis quatre à quatre et je m'élançai dans la cour ; elle courut derrière moi pour me rattraper et glissa son bras sous mon bras réticent : « Je vais avec toi, Sani, d'un ton péremptoire. » — Non, Catherine, c'est impossible. » Je dégageai mon bras et je fourrai mes mains dans mes poches. Elle marchait auprès de moi en boitant, gardant un silence têtu et comme je me pressais, elle accéléra aussi sa marche, sa hanche maigre se balançait de haut en bas et craquait, entraînant les côtes et l'épaule qu'elle s'efforçait de maintenir immobile, et ses traits étaient tirés par cette tension constante. Je m'écartai légèrement : — « Catherine, rentre à la maison, tu te fatigues, je t'ai dit que je ne voulais pas que tu viennes avec moi. » Elle ne dit pas un mot, mais son pas devint grave et résolu et son visage d'une froideur hautaine. « Tu ne pourras pas me suivre, dis-je, je vais courir. » — « Où vas-tu, Sani ? » demanda-t-elle. Elle leva vers moi son fin et austère visage, un peu ridé déjà par la souffrance et plein d'une supplication involontaire. Je lui caressai les cheveux qui étaient souples et doux comme la queue de Lilia, mais elle se dégagea violemment et posa sur moi un regard éperdu, en serrant les mains contre ses flancs : « Tu vas me dire où tu vas », dit-elle entre ses dents.

Sa voix se haussait à un diapason anormal, elle réprimait difficilement le tremblement de ses lèvres et de son menton.

— Catherine, je vais voir Richard : nous allons nager, mais je rentrerai bientôt, je ne veux pas que tu te fatigues.

Elle lâcha un rire guttural et triste et m'observa des pieds à la tête avec une sorte d'attention haineuse ; elle haussa les épaules et se détourna lentement, douloureusement, se mordant les lèvres, et l'expression de son visage demeurait obstinément hostile, désespérée. Les chiens aboyèrent, il y eut derrière nous une bruyante galopade, ils se jetèrent comme des vagues, ils mordillèrent nos vêtements. Narcisse alla se couler en geignant d'un ton plaintif contre les jambes de Catherine qui le flatta de sa main maigre en le morigénant un peu parce qu'il était trop jaloux. — « Oui, mais oui, on va se promener tous les deux. » Puis elle frappa dans ses mains et courut derrière le chien qui gambadait joyeusement en zigzaguant et jappant de façon intolérable et, en dépit de ses efforts, sa hanche montait et descendait en même temps que son épaule droite sur laquelle elle posait une main ferme pour en contenir les irrésistibles sursauts.

Et bientôt j'arrivai près de la fontaine sur le bord de laquelle ils étaient assis tous les quatre. Richard avait les épaules tombantes et les bras abandonnés entre ses jambes écartées ; Le Chambellan penchait vers l'eau bondissante un front verni de sueur et quand il m'aperçut, il plongea sa main fermée dans la poche de sa culotte d'où il retira trois billets qu'il agita triomphalement devant mon nez ; les autres s'éveillèrent de la lourde torpeur qui les accablait, se levèrent en s'étirant et leurs regards furent plus légers et plus brillants dès que je leur eus serré la main. J'étais heureux que ma présence les ranimât ; ils firent cercle autour de moi et me questionnèrent ; je leur dis que nous allions du côté de la Cloche de Bois, et ils approuvèrent bruyamment. Mais comment irait-on à la Cloche de Bois ? Pim se baissa et plongea sa main en forme de conque dans la fontaine et comme il me vit l'observer, il fit chut avec son index en fronçant les sourcils, puis il retira précipitamment sa main, entraînant une flopée d'eau qui s'écrasa sur la nuque de Marc ; celui-ci poussa un cri aigu, ferma les yeux en grimaçant et se retourna vers Pim qui, les mains dans les poches, observait à présent le ciel en avançant sa lèvre pâle et moqueuse. Marc glissa sa main sous la chemise humide en pestant contre le coupable qu'il connaissait bien et auquel il flanquerait une tournée à la première occasion. Je leur dis de cesser leur dispute : nous avions quelque chose de plus important à faire que de nous battre en pleine rue ; qu'ils attendent ici pendant que j'irais chercher Guillaume qui n'était pas assez malin pour échapper à l'emprise de son grand-père ; je serais très aimable, je me présenterais poliment et demanderais qu'on veuille bien nous prêter Guillaume afin d'aider Le Métis à décharger la charrette, et comme le vieil Ansel me jugeait un garçon intelligent et raisonnable, il m'abandonnerait son petit-fils, bien que ce fût pour lui une grande privation que de n'avoir personne sous la main à tourmenter.

Et lorsque je pénétrai dans la chambre de Guillaume, je vis sur le plancher deux corps qui luttaient silencieusement dans la pénombre. Contre les chenets, un chien observait gravement le combat, son nez suivait les mouvements spasmodiques, et il grogna un peu en me jetant un regard sournois et furtif. Une jupe en tissu écossais flottait sur le dos d'une chaise. Une tête hirsute se souleva hors de la zone d'ombre : — « Qu'est-ce qu'il y a ? » Je distinguai un visage crispé, exaspéré et brutal. Je refermai précipitamment la porte et m'esquivai.

Dans le jardin d'hiver, le vieil Ansel vidait sa pipe en la tapotant avec précaution dans le creux de sa main, puis il ferma les yeux et laissa tomber sa tête contre le dossier du fauteuil, mais soudain il éternua, s'éveilla et leva la tête qu'il tourna de tous côtés tandis que sa main quittait le bras du fauteuil et fouinait le long de la couverture qu'il pétrissait furieusement. Ses yeux verts étaient fixés sur moi, mais je crois qu'ils ne me voyaient pas. La lumière était plombée et toutes les formes si assombries que je n'aperçus pas aussitôt Guillaume qui, à genoux, tournait la manivelle d'un phonographe dont le pavillon béant était tourné contre le mur et laissait pendre de sa gueule un cache-nez en laine. Le regard d'Ansel restait perdu sur le mien, mais son visage aux pommettes hautes et écartées était immobile, comme mort ; puis il grimaça, son regard s'alluma soudain et il me vit :

— Sani, c'est Sani, murmura-t-il entre ses dents.

Guillaume se retourna d'un coup et il se leva en me regardant joyeusement. Il régnait dans la pièce une odeur amère. J'entendis, étouffés par la muraille, une grande confusion de voix rauques, des rires et tout à coup, sans en distinguer les paroles, une phrase dite sur le ton de la colère. Le vieil Ansel fronça les sourcils, tendit son cou maigre en avant et sa main empoigna une canne qu'elle souleva au-dessus du sol et fit retomber avec un bruit mat.

— Qu'est-ce qui crie ainsi ? Qu'est-ce qui crie ? demanda-t-il impatiemment.

Et il frappa à plusieurs reprises le parquet avec une violence accrue ; des veines vertes saillaient sur son front décharné et livide comme des fleuves sur une carte. Il balbutia : « Je ne peux pas tolérer... c'est insensé, je leur ferai comprendre, moi. » Et une telle colère le soulevait qu'il saisit sa canne par le milieu, la leva au-dessus de sa tête et la projeta contre le mur le long duquel elle glissa jusqu'à terre, puis il sortit son mouchoir et essuya son visage qui était trempé de sueur. Guillaume se tenait debout, immobile et pâle, tenant d'une main le chambranle de la porte, prêt à déguerpir. — « Reste là, lui dis-je tout bas, de quoi as-tu peur ? » Il lâcha le chambranle et, son regard cherchant dans le mien quelque assurance, il s'approcha du vieillard qui cachait son visage dans ses mains crispées, mais quand il entendit les pas de son petit-fils, il laissa tomber ses mains qui découvrirent un masque tout à fait serein et même un peu souriant ; je me demandais s'il jouait la comédie ou s'il était excessivement nerveux. Cependant il eut encore un sursaut (et Guillaume recula de deux pas) et un sourire presque gracieux donna une vie soudaine à ses yeux jusque-là trop figés. Il me regarda et fit tourner dans sa main un cendrier d'argent.

— Bonjour, Sani, bonjour, mon garçon ; tu viens me tenir compagnie... ah, dit-il en portant son énorme main sur le front, ah, qu'ils me fatiguent, qu'ils me fatiguent !

Puis il ferma les yeux, et les plis de sa bouche s'abaissèrent, dessinant un rictus grotesque :

— Laissez-moi, voulez-vous, allez-vous-en.

Et son énorme main à plusieurs reprises fit le geste de balayer tout ce qui l'entourait, son menton aigu heurta sa poitrine devant laquelle il porta deux mains jointes et il se retrancha dans une complète lassitude. Je saisis la main de Guillaume qui fut sur le point de se dégonfler, et comme je le fixais impérieusement, il me suivit tandis que je descendais quatre à quatre l'escalier. Sur le seuil, nous nous heurtâmes à deux personnes qui s'enlaçaient. — « C'est Fred », chuchota Guillaume en ouvrant des yeux terrifiés. Et je vis sur l'épaule de Fred la tête renversée d'une femme qui, les yeux clos, tendait sa bouche entrouverte : je passai vite, je ne peux supporter ces manières. Mais Guillaume paraissait bouleversé et je serrai un peu plus fort sa main pour le remettre d'aplomb. — « Ils sont toujours fourrés dans notre chambre. » Et comme je serrais encore sa main, les muscles de son visage se détendirent et je sus qu'il ne pensait déjà plus à tout ça.

— Que faisons-nous ? demanda-t-il.

— Nous irons à la Cloche de Bois.

— Et là-bas, chasserons-nous ?

— Peut-être, mais j'ai une meilleure idée.

— Quelle idée ?

— Nous aurons chacun un cheval. Sais-tu monter ?

— Mal.

— Ça ne fait rien : je te montrerai ; on te donnera Lilia.

— Où sont-ils, ces chevaux ?

— Et nous pourrons faire une grande bataille.

— C'est une idée merveilleuse. Mais on pourrait chasser aussi, n'est-ce pas ?

— On pourra chasser aussi, mais naturellement ce sera plus amusant de se partager en deux camps et de nous poursuivre à travers le bois de la Cloche et même de renverser l'ennemi de sa monture en prenant soin de ne pas le faire tomber sur le dos.

— Ce sera un jeu un peu dangereux...

— Ce sera un jeu absolument merveilleux.

Sur la place, nous ne trouvâmes pas les autres et, à l'ombre des tilleuls contre les rochers, nous nous assîmes quelque temps. Il faisait si chaud que nous étions absolument muets et nous n'avions pas très envie de les chercher. Guillaume se leva et alla cueillir un chardon au cœur duquel il planta ses dents ; il revint, se rassit et ne souffla mot. Je le regardai de côté : il avait l'air extrêmement abattu et je me demandais pourquoi il paraissait souvent si las ; je le détestais ainsi. Un petit chat nous surveillait au coin du mur et il miaula faiblement en levant une patte hésitante ; Guillaume se pencha vers lui et tendit sa main en frottant son index contre son pouce et en faisant « pfut ! pfut ! » avec ses lèvres ; le petit chat approcha un peu en miaulant faiblement, mais pris de panique, il tourna le dos et courut comme un fou jusqu'au tilleul le plus proche, et je pus voir les raies blanches verticales sur ses flancs gris au milieu d'une épaisseur de feuilles très vertes et peu après ses yeux vigilants et agrandis par l'épouvante. Guillaume se tenait immobile, adossé contre un rocher qu'il caressait de sa main retournée au-dessus de sa tête, et il ne disait rien comme s'il était naturel que nous fussions tous deux assis sur un arbre sans rien dire. Je me demandais ce que les autres étaient devenus, et comme la mollesse de Guillaume m'irritait, je me levai d'un bond et je le tirai par les cheveux ; il s'écria que j'étais une brute, qu'est-ce qui me prenait tout à coup ? Mais étions-nous là pour dormir ou pour jouer ? Il se leva aussi brusquement que je m'étais levé, il devint lui-même très impatient, il fallait trouver les autres sur-le-champ, nous rendre au haras, et que je lui apprenne en vitesse à monter un cheval ; je lui donnerais Lilia qui était une jument très calme, beaucoup trop placide pour moi (il fallait lui secouer les côtes avec les bottines ou lui pincer la peau des flancs vigoureusement pour qu'elle consentît à galoper quelque peu, et elle était très vite fatiguée).

Avant de grimper la colline, nous bûmes à la fontaine. D'un coup de pied, Guillaume écarta les poules qui se mirent à caqueter sur tous les tons et, faisant une coupe avec ses mains, il la porta à ses lèvres en renversant la tête. Sa pomme d'Adam battait à petits coups rythmés et un filet d'eau glissait entre ses doigts le long de son bras nu jusqu'au coude. Le soleil horriblement brûlant me faisait mal à la tête et je secouai mes cheveux dans l'eau : je commençais à me sentir plus dispos. Guillaume en fit autant : des gouttes ruisselèrent sur tout son visage et sur ses épaules, il devint tout à coup extrêmement gai et entreprenant. Nous grimpâmes la colline sablonneuse en écartant les hautes herbes ; nous transpirions sous un soleil lourd et blanc, et, arrivés au sommet de la crête herbeuse d'où nous pouvions apercevoir toutes les pentes, la lisière de la forêt et la plaine souple parsemée de chevaux noirs et blancs dont quelques-uns broutaient paisiblement en secouant queue et crinière, et quelques autres mobiles, rapides, délibérés, Guillaume proposa une légère pause et nous demeurâmes debout, heureux et un peu excités à la vue des chevaux éparpillés mais par petits groupes dans la prairie où le vent froissait les herbes plus courtes et plus fraîches, et après une galopade effrénée, deux chevaux s'arrêtèrent soudain devant un ruisseau bordé par des arbres aux branches étendues et très feuillues, et quand ils sortirent de l'ombre, leur robe luisante cuisait au soleil entourée d'une vapeur chaude qui émanait de leurs flancs comme des ailes légères et transparentes. Un vent rapide chassait la poussière de la route qui semblait s'envoler et tournait à l'envers les feuilles des arbres, une troupe de nuages bas et opaques montait de la ligne de l'horizon et leurs ombres marbrèrent la prairie où les bêtes énervées gambadèrent en file indienne, s'arrêtant et tournant de tous côtés leurs têtes empanachées, puis de nouveau prises de panique, fonçant la tête rentrée, la nuque en arc, et hennissant douloureusement, leurs pattes arrière se détendant comme des ressorts, et la crise passée, se remettant à paître, merveilleusement impassibles et douces.

Une exaltation intense me soulevait et je dis à Guillaume

qui s'appuyait contre la barrière, les bras croisés, que nous devrions courir jusqu'au bas de la pente ; qui arriverait au but le premier ? Il acquiesça en me défiant d'un regard joyeux, et je me rangeai près de lui, le talon gauche appuyé contre la barrière, nous nous baissâmes, l'extrémité de nos mains tendues touchant le sol, il refoula ses cheveux en arrière, il se racla la gorge, je retins mon souffle, je comptai jusqu'à trois et nous courûmes. Tout d'abord, il prit les devants, mais je jugeai sa course un peu désordonnée ; le vent brûlait mes narines ; bientôt je le devançai, la nuque tendue et le regard ivre fixé sur le chêne de la plaine qui était le but, le sol se déroulait précipitamment sous mes pieds, je serrai les dents, la pente fut tout à coup plus raide et au lieu de laisser aller mon corps, je dus tendre tous mes muscles afin de le ramener en arrière et freiner, mais je sentais mes jambes indociles exécuter des foulées de plus en plus courtes et de plus en plus rapides, mes talons appuyaient durement sur le sol, je voyais l'ombre de Guillaume à ma gauche qui se rapprochait de la mienne, mais je repris de nouveau une avance inquiétante, car je n'étais plus maître de mes jambes ni de mon souffle, le feu étouffait ma gorge, les secousses ébranlaient mon cerveau douloureusement, le chêne se rapprochait à toute vitesse, mes yeux étaient légèrement larmoyants, je glissai, butai, me raidis pour reprendre mon assiette, je plongeai en avant, les mains tendues et ouvertes devant mon visage, et je poussai un cri rauque de colère tandis que l'ombre passait à côté de moi et que je m'étalais de tout mon long sur l'herbe d'où s'exhala un nuage de poussière âcre et sèche, et, ressentant une vive brûlure sous mon avant-bras, je crispai mes lèvres et je demeurai à plat ventre, la tête sur mes mains, les yeux clos, m'efforçant de tempérer mon souffle, le cœur plein de rage.

Lorsque je me relevai en époussetant mes vêtements, Guillaume remontait lentement la pente, le visage triomphant et un peu perplexe, mais la colère sur mon propre visage devait être si visible qu'il prit soudain un air anxieux et navré et accéléra en trébuchant quelque peu. Je le rejoignis en portant sur ma main droite mon coude blessé, et quand il me demanda si j'avais très mal, je répondis brièvement que ce n'était rien et je fus très froid tandis que, les joues brûlantes et encore haletant, il parlait avec animation de la course. Il n'eût pas cru gagner si facilement, mais sa victoire, dit-il timidement, n'était pas complète puisqu'un accident avait empêché que je fusse le vainqueur ; il faudrait recommencer et sur terrain plat, je gagnerais sûrement, car une course sur un terrain tel que celui-ci, c'était ridicule. Je lui répondis sèchement qu'il avait gagné et qu'il ne devait pas amoindrir sa victoire, mais évidemment si je n'avais pas fait cette chute... Je marchai droit, d'une humeur assez sombre, vers la porte du haras où les autres discutaient haut avec le régisseur dont le visage, sitôt qu'il m'aperçut, s'éclaira ; il me désigna du doigt et les garçons se retournèrent en m'interpellant. Je ne répondis pas, je restai enfoncé dans mon silence et mon orgueil blessé, et Guillaume marchait un peu en arrière, prudemment, la tête baissée, et jetait sur moi en soupirant de temps à autre un regard inquiet et désolé.

Je tendis la main au régisseur et lui demandai à brûle-pourpoint d'équiper les six chevaux que je nommai ; il me regarda avec un œil vaguement réprobateur et prit un air si stupide que je réitérai sur un ton agacé ma demande. Il ouvrit la bouche toute grande et jeta sur chacun de nous un regard incertain : « Alors, M'sieur Sani, vous prenez ces six chevaux-là ? — Oui. — Ah bien, ah bien », et il sourit avec un air de légère raillerie. Il se redressa, passa la porte grande ouverte en s'essuyant la bouche du revers de la main et en mâchant se dirigea vers les écuries dont il ouvrit les deux battants, puis il jura violemment et fit claquer son fouet, interpellant familièrement les bêtes qui hennissaient en claquant des sabots. Il sortit de l'écurie en tirant un cheval qui s'ébroua, qui jeta autour de lui un regard enflammé et fier tandis que l'homme se suspendait presque au licol dont l'animal, secouant énergiquement la tête, cherchait en vain à se débarrasser. Il jura encore et lissa les flancs luisants avec une étrille attachée par une ficelle à sa ceinture et, de sa main rouge et bourgeonnée, caressa le museau velouté de l'animal qui découvrit ses dents d'un air menaçant. « La garce, elle est pas facile ! pas facile ! C'est vous qui la montez, M'sieur Sani ? » Et il me tendit la corde et un léger sourire à la fois plein de soumission et de fierté passa sur son visage congestionné par l'effort. Je sautai sur le dos du cheval qui secoua tout son corps plissé par des ondes successives et s'ébroua tandis que je maintenais fermement les rênes et que mes cuisses tenaces serraient comme deux pinces le corps vibrant qui me communiquait sa douce chaleur et ses propres pulsations.

L'ÉTRANGER

Bientôt, comme un poison qui gagne tout l'organisme, cette angoisse se répandit sur tout mon corps qui tremblait de fébrilité ; il était clair que je ne pouvais plus m'échapper. J'imaginais que j'étais enfermé à jamais dans cette chambre d'hôtel, qu'il ne se passerait pas beaucoup de temps avant que je me visse, dans la glace de l'armoire qui reflétait déjà mon apparence étrange, me tenir la tête entre les deux mains et la cogner vigoureusement contre les murs, et j'en arrivais à entendre le bruit sourd et mat du crâne sur l'angle des meubles : l'écho en mourait lentement. Cette disposition était trop intolérable pour que je ne tente pas par un ultime effort de ma volonté agonisante de parer à une issue aussi désastreuse. Je sentais que je n'en avais plus pour longtemps à demeurer un être humain et que bientôt j'aurais à redouter mes propres morsures ; déjà, dans ma gorge pourtant desséchée, se formaient les premiers cris que j'imaginais devoir se répandre peu à peu de l'antichambre aux escaliers en bas desquels ils dévaleraient ; ce ne serait pour eux qu'un jeu de pénétrer dans les appartements voisins, voire de traverser la grande porte et d'alerter la foule des quais : avertissement de nature si déchirante que certaines gens ne manqueraient pas de s'affaler sur le pavé en roulant des yeux blancs ; puis ce serait la montée d'un certain personnel qui, faisant irruption dans ma chambre, me bâillonnerait silencieusement et on me revêtirait de la chemise dont je sentais déjà la dure pesée sur chacun de mes membres qui à présent tremblaient, bien que je m'efforçasse de les apaiser en me contractant, et bientôt je me trouvai dans l'obligation de m'entortiller dans un couvre-lit. Mais, pour l'amour du ciel, il ne convenait pas de me laisser influencer par une vision qui n'était propre qu'à encourager le mal, à l'aviver et à le porter à son comble.

C'est alors que j'entendis un pas sur le palier de l'étage inférieur ; j'attendais anxieusement la montée et la craignais comme si ce pied frôlant la première marche eût été mon arrêt de mort ; mais la personne ne montait toujours pas. Je ne sais ce que j'aurais donné pour qu'elle se décidât à faire autre chose que d'aller et venir sur un palier où j'avais peine à croire qu'elle eût une occupation déterminée. S'attardait-elle par méchanceté ? — ah, j'étais avide d'une affirmation quelconque — Qu'elle prononce oui ou non, mais qu'elle ne se contente pas de me laisser en suspens, tout haletant et fiévreux ; qu'elle ait la bonté de me donner sans délai une réponse ; il n'y aurait plus dès lors qu'à m'abandonner au sort, qu'il fût cruel, qu'il fût au contraire salvateur. Mais en bas on s'obstinait à piétiner sans raison aucune, visiblement pour me tenir en haleine. Je savais que cette tension n'était pas durable et que nécessairement il viendrait un temps (fût-il le plus proche !) où cette attente serait rompue. Dans cette imagination, je puisai quelque réconfort, ce qui n'était guère raisonnable puisque les choses pouvaient aller au pis, mais il est courant que le pire soit préféré à l'incertitude.

Je courus à l'embrasure de la fenêtre avec le dessein de m'appuyer sur le spectacle d'une nature riche et riante, bien vivante, chaude comme je ne l'étais plus, et probablement non sans quelque espoir que le souffle d'août balayerait cette appréhension qui glaçait et roidissait ma chair. Mais, chose étrange, la virginité du ciel ne soulevait en moi nul désir, ne m'apportait pas la plus infime joie ; au contraire, elle ne faisait qu'ajouter à mon malaise, parce qu'elle ne me paraissait pas plus efficace que ne l'eût été un ciel bas et gris ; de même, la tendre verdure ne me donnait rien moins que la nausée. Cependant, mon inquiétude s'accrut encore lorsque j'entendis la sonnerie lente et lourde de l'horloge ; chaque coup me précipitait un peu plus dans le gouffre, mais pires que le coup lui-même, qui déjà me coupait le souffle et j'ajouterai même qu'il entaillait le plus sensible de ma chair, bien pires étaient les espaces intolérables qui succédaient à chacun d'eux, de sorte que ce n'était pas tant le son qui exaspérait ma colère que le silence que ce son mettait si nettement en relief. Au premier coup, je portai la main sur mon cœur, puis au second, à la gorge : je comprenais que j'étais en péril et que la chose me demanderait des comptes, que si je ne savais donner réponse, elle ne balancerait pas et me sauterait sans façon à la gorge (et mes doigts s'imprimaient insensiblement dans ma gorge). Répondrais-je à la fin ? Mais je ne connaissais pas la question. J'étais tout disposé à me mettre à genoux (et ce fut le troisième coup) et à lever les mains au ciel pour implorer quelque éclaircissement.

Je demeurai longtemps (ou du moins me parut-il, car le plus petit espace de temps m'était plus précieux qu'une année) dans cette attitude d'humiliation et de supplication, tendu par la peur et incapable d'éprouver une sensation quelconque, comme si j'eusse été mort de froid. Les coups implacables et indifférents continuaient de s'égrener, imprimant en moi une blessure d'autant plus vive qu'elle s'ajoutait à la précédente. Cependant au huitième coup qui ne me parut pas si douloureux, tant ma chair était engourdie, il se produisit un fait extraordinaire : je compris soudain que *c'était moi-même qui m'interrogeais*. Après cette constatation imprévue qui, si elle n'ajoutait rien à mon désarroi, ne l'apaisait pas non plus le moins du monde, je n'hésitai pas à me débarrasser de la couverture qui maintenant mettait mon corps en sueur, puis à me lever et traverser ma chambre en titubant quelque peu comme si j'agissais encore dans le sommeil ; de fait, les murs, les meubles tremblotaient et la fenêtre encadrait un rectangle de lumière qui fermait de force mes paupières.

J'ignore dans quel dessein je tirai doucement le verrou et revins à pas lents jusqu'à mon lit au pied duquel je m'assis ; je portai la main sur mon front moite ; mes sens étaient encore violemment surexcités, mais je me sentais plus las que si je sortais d'une forte fièvre. Dans l'articulation du genou me lancinait une douleur qui me faisait grimacer sitôt que je remuais la jambe. Je respirai plus librement.

De nouveau, un timbre sonna quelque part ; aigre et grêle, il n'eut pas le pouvoir de m'agiter davantage, je l'écoutai avec surprise : il était clair que le mal desserrait insensiblement sa prise. En même temps, j'éprouvai le besoin de me soulager de quelque façon : il devenait urgent que je lâche quelque chose. Je m'étendis tout de mon long sur mon lit en enfouissant ma tête sous les couvertures et là, au sein de l'obscurité bienfaisante, je m'abandonnai à mon infernale tristesse ; je pleurais désespérément et j'entendais mes propres sanglots qui se mêlaient aux bourdonnements des mouches. En bas, un piano mécanique se mit à jouer, mais se tut presque aussitôt. Des voix discordantes s'élevèrent sous mes fenêtres, deux hommes se querellant âprement, auxquels un troisième se mêla plus calme qui leur fit entendre raison et, le ton baissa et je n'entendis plus rien. Je continuai de sangloter, le cœur étouffant d'amertume et d'un désespoir trop familier pendant un long moment, et je ne pouvais arrêter ce flot de tristesse qui s'écoulait librement.

Lorsque je fus un peu soulagé, je me soulevai et allumai une cigarette. Il ne me vint pas à l'esprit de m'interroger sur la cause de ce lamentable état, oserai-je dire qu'il me paraissait naturel ? Il m'était arrivé fréquemment de pleurer sur mon lit, pressant un oreiller sur ma poitrine pour contenir le flot des larmes, mordant les draps et geignant doucement, puis je me laissais envelopper par un silence qui me semblait la réponse même à mon désarroi et dont je goûtais tout le prix ; je ne pouvais me persuader que ce fût d'une désastreuse faiblesse, je jugeais presque hygiéniques ces sortes de pertes (ne perce-t-il pas un peu d'ironie ? Oserai-je parler gravement de cette angoisse ?).

La personne du palier inférieur recommençait à aller et venir, traînant après elle un bruit métallique, mais je ne redoutais plus sa montée. Cependant, un nouveau pas, bien plus sec et plus ferme, escaladait rapidement, à coup sûr sautant deux marches, et mon angoisse reprit de plus belle. Il s'arrêta au palier, il y eut des chuchotements. Ce n'était pas que je me retrouvasse dans la fièvre précédente ; mon corps se contractait insensiblement ; je remontai jusqu'aux yeux la couverture et restai ainsi anxieusement attentif au bruit des pas qui se fondaient dans le bruit assourdi de voix complices. Maintenant, je savais qu'il n'y en avait plus pour longtemps.

L'isolement au sein duquel je désirais de toutes mes forces me dérober n'allait pas tarder à être violé : la lutte quotidienne commençait. Avec le coin satiné de mon couvre-lit, j'essuyai mon visage humide et soigneusement tamponnai mes yeux ; ensuite, j'éventai mes pleurs et mes paupières irritées. Je passai la main dans mes cheveux épars et j'attendis à demi dressé, malgré mon désir d'être surpris dans le sommeil. Les pas se précipitèrent, je mordis mes lèvres, la porte brusquement s'ouvrit et j'eus encore le temps de jeter ma cigarette, mon cœur battit avec violence. *Il convenait à présent de lutter, il convenait de jouer, il convenait de mentir.* On s'approcha du lit.

HÉLÈNE

Je regardais distraitement le flot agité des gens ; ils ont l'air plus hébétés que préoccupés ; je me demandais quelles étaient leurs pensées ; au fond, je m'en moquais pas mal ; je me demandais surtout s'il viendrait, je me persuadais que je ne tenais pas beaucoup à lui, j'affectais l'air détaché, j'ai autant d'hommes que je veux et il n'est pas si drôle et pas ce qu'on appelle beau ; et pourtant j'y tenais énormément, mais je m'obstinais à affecter l'indifférence ; je dissimulais mon cœur ; et j'ai horreur des aveux, des paroles tendres, des gestes ; heureusement, lui non plus n'aime pas les tendresses. En général, les hommes sont odieusement sentimentaux, mais il n'était pas un homme ordinaire ; il me fait un peu peur, il n'est pas solide ; je ne puis pas m'appuyer sur lui ; il peut me faire défaut quand j'aurai le plus besoin de lui, et mes yeux s'embuèrent de larmes, c'était grotesque. Depuis quelques jours, il semblait distrait ; s'il venait aussi souvent dans ma loge, et même plus assidûment, son visage était plus souvent maussade ; il faisait tout d'un cœur lourd. L'autre soir, il avait refusé d'aller voir le départ de l'*Ibsen* et quand je lui ai dit que j'en mourais d'envie, il a fini par céder, mais il n'a pas desserré les dents, comme s'il m'en voulait ; je ne l'avais pas emmené de force, j'y aurais volontiers renoncé, mais puisque cela me faisait plaisir, qu'on y aille, si, si, qu'on y aille et que je me dépêche de mettre mon manteau. C'est trop facile de céder, quitte à faire une sale tête toute la soirée. Je me demandais s'il n'était pas jaloux et, pour l'éprouver, je faisais semblant de m'intéresser beaucoup à ce monsieur-ci, à ce monsieur-là et j'étais ravie de sa mine crispée, bien qu'il fît visiblement effort pour cacher son exaspération. Par moments, ses joues rougissaient comme celles d'un petit garçon : il avait horreur que je me fasse remarquer, et j'adorais me faire remarquer pour qu'il en eût horreur. Je me demande pourquoi j'étais si provocante ; plus on s'aime, plus on croise l'épée.

Dès que j'aperçus sa silhouette mêlée à la foule compacte qu'il s'efforçait d'écarter, je pris une physionomie un peu coquine, regardant à droite, à gauche, bien en face les messieurs attablés seuls qui me fixaient en souriant ; ils ne se doutaient pas de mon indifférence à leur égard, et que dès la première tentative d'approche, je les giflais séance tenante. Puis j'aspirai un peu de vichy-fraise. Il s'approcha tout haletant et la figure congestionnée sur laquelle il passait un mouchoir. Il avait couru de café en café, il ne se rappelait plus où je lui avais donné rendez-vous. Il semblait me reprocher d'avoir choisi cet établissement comme si j'avais eu de bonnes raisons pour m'attabler précisément à celui-ci ; et pour l'enfoncer dans son erreur dont je me retenais de rire, j'ai fait de l'œil à un jeune homme assez chic qui pâlit et détourna la tête avec dégoût — va donc, mauviette ! Soudain, je sentis sa main chaude descendre le long de mon bras et elle enferma mes doigts qui se raidirent un peu. J'avais mal au crâne, la sueur collait ma chemise. Grégoire me regardait avec des yeux ronds, et je me demandais si je lui plaisais, ses pupilles grises me rendaient folle ; je crois que s'il n'avait pas eu ces yeux gris et transparents qui lui donnaient un air de jeunesse extrême et de divination, il ne m'eût pas si vivement troublée, je ne l'aurais pas tant adoré. Il lâcha ma main et chercha dans sa poche des allumettes. Tandis qu'il me donnait du feu, je vis sa figure s'éclairer d'un sourire très déplaisant, il regardait ma bouche d'une façon inconvenante et j'aurais voulu la cacher avec ma main. Quand je lui demandai pourquoi il riait tout seul, il dit qu'il était de mauvaise humeur. J'étais trop nerveuse : j'éclatai de rire et, pour l'exaspérer davantage, je regardai impudemment les consommateurs dont quelques-uns se rallièrent en souriant à ma joie insolite.

Pendant un long moment, je ne pensais plus à rien, ma tête était vide ; j'étais simplement heureuse d'être auprès de lui. Puis l'inquiétude me serra la gorge : viendrait-il avec moi ce soir ? Il était capable, pour me contrarier ou se contrarier lui-même, de prétexter un rendez-vous avec une autre femme, il ne cachait pas ses autres amours ; au contraire, c'était un jeu très amusant de secouer la tête quand je lui demandais de m'accompagner au cinéma, il assistait très satisfait au spectacle de ma colère rentrée ; je n'étais pas sûre qu'il allait réellement avec d'autres femmes ; il s'entourait de mystères et se donnait les apparences d'un homme libre ; au début, je croyais que c'était pour me rendre encore plus folle de lui ; mais j'y songe, Grégoire n'était pas du tout normal.

Il ne faisait plus attention à moi, ses yeux étaient fixes et vides, il semblait s'embêter. Je lui demandai l'heure et quand je posai ma main sur son bras, il frissonna comme si un serpent l'eût mordu ; ses pommettes rougirent et il me regarda avec une sorte de dégoût et d'affairement ; je retirai aussitôt ma main, j'avais une affreuse envie de pleurer, il abusait cruellement de son pouvoir. Cependant, ses yeux devinrent soudain très tendres et il caressa d'une main légère ma paume, il serra mes doigts qui craquèrent comme des biscuits ; je sentais tout mon corps trembler ; je serrai les jambes et mon regard se fixa dans le sien où je croyais toujours me perdre. Maladroitement, mais je suis maladroite entre les bras d'un homme, devant lui plus encore : il fait une critique intérieure de mes moindres gestes, de mes moindres paroles, je me penchai vers lui, je lui demandai s'il m'aimait ; rien n'était plus propre à l'horripiler que cette sorte de question : « Laisse ça aux boniches. » Il fit sa moue furieuse et lâcha brutalement mon poignet qui sonna contre la table et je ne pus m'empêcher de pousser un cri de surprise ; je maudissais ma sottise ; il ne me la pardonnerait pas aujourd'hui et c'était une soirée fichue ; j'étais furieuse contre moi-même et malheureuse, malheureuse à pleurer. Il paya le garçon, ses sourcils se rejoignirent au-dessus de son petit nez froncé.

En passant devant la rangée des clients, un jeune homme me fixa avec insolence et cligna de l'œil ; il était maigre et laid, à écraser comme une punaise, et Grégoire était sûrement très irrité ; je jetai ma cigarette sur ses pieds qu'il écarta ; j'aurais voulu qu'il prît feu. Grégoire n'avait pas vu l'avance de ce petit crétin, ni mon geste de colère méprisante. Il marchait à grandes enjambées sans dire un mot ; son front s'était quelque peu détendu ; il avait l'air moins furieux, mais nous marchions très écartés l'un de l'autre ; je croyais qu'il n'osait pas se rapprocher ; honteux de sa brutalité, il ne savait comment se faire pardonner. Je trouvai un truc : je m'arrêtai devant la devanture d'un magasin et je regardai un bon moment une jambe de cire ; j'avais envie de la caresser : ce devait être souple, glissant, froid, et après, me poser la main sur le front ; la migraine me serrait les tempes. Il m'attendait les mains pendantes, je pensais qu'il viendrait tout près de moi, il restait immobile, ses yeux étaient froids. Je le trouvai un peu ridicule ; rien n'est bête comme un homme qui fait la tête ; je sifflotai d'un air dégagé, l'envie de céder me quitta : laissons-le bouder.

Nous nous mîmes en marche : l'époux et l'épouse en promenade dominicale. Nous traversâmes le canal et enfilâmes une autre rue bordée de platanes aux troncs très pâles et dont les ombres frissonnaient sur le macadam.

J'étais tout à coup furieuse contre Grégoire qui continuait à regarder droit devant lui, comme si je ne comptais plus ; je ne lui pardonnerais pas ce nouveau caprice : il trouvait très comique de me faire languir en affectant une mortelle indifférence, mais il se pourrait que je trouve très drôle de simuler de mon côté une parfaite froideur ; et du reste, il me dégoûtait, il me dégoûtait, il me dégoûtait. Comme il s'approchait de moi en marchant, je m'écartai, je me refusais à lui, il ne me voulait pas quand je le voulais, et quand il me voudrait, il saurait désormais que je ne lui accorde pas ce qu'il demande, et comme il se pressait contre moi, je m'écartai davantage et mon bras droit frotta le mur. Je tournai la tête vers lui : il me regardait fixement d'un air heureux ; un coup de joie m'étouffa : il revenait vers moi, mais la lueur heureuse de son regard s'éteignit et fit place à une sorte d'éclair sombre et cruel ; il détaillait mon visage avec l'insensibilité d'un médecin. Je détournai aussitôt la tête et, absolument furieuse, je décidai de conserver mon sang-froid ; j'avais l'impression vague que l'impassibilité le mettrait hors de lui. Les hommes sont orgueilleux : ils n'admettent pas qu'on se joue d'eux comme ils se jouent de nous. Je voulais devenir très dure comme lui ; comme Cloda : elle avait une drôle de façon d'envoyer promener l'homme qui la prenait par la sécheresse brutale ; elle lâchait prise sur-le-champ, et le type revenait bien vite vers elle inquiet de ses sentiments implacables. Moi, je ne suis pas assez forte, je ne sais pas cacher ma passion, je ne peux pas cacher ma passion, je pleurais à ses pieds quand il eût fallu conserver un visage rigide, et comme il adorait mes pleurs, il s'arrangeait pour que ce genre de scènes se renouvelât assez souvent ; et puis, je ne suis pas intelligente en amour, je suis très bêtasse, et je sentais ma faiblesse, mais je n'arrivais pas à me corriger ; mais c'était parce que je l'aimais à en mourir, et cet amour, une souffrance folle et intolérable, me rendait idiote. Il tirait profit de ma tension et de mon égarement.

Nous fîmes halte sur la place et je compris qu'il me quittait ici, mais je voulais être assurée qu'on ne se séparait pas pour toujours. Il m'offrit une cigarette et demanda d'une voix molle et sans timbre : « Se reverra-t-on demain ? » et la joie inonda tout mon corps ; je cessai d'étouffer, je gardai cependant un visage impassible et j'acquiesçai en le fixant d'un regard indifférent : « Entendu, à demain », dit-il, et il me tendit sa main que je serrai fort. J'aurais voulu qu'il m'embrasse, mais nous étions en pleine rue ; cette poignée de main était sèche ; les pommettes me brûlaient, j'aurais voulu qu'il me dise quelque chose de très tendre, mais ses yeux étaient brillants de désir ; leur chaleur me réconforta sérieusement. Je traversai la rue en chantonnant : demain matin, il viendrait chez moi le sourire aux lèvres.

GUILLAUME

Et, je me rappelle, on ne pouvait pas les retenir ; ils étaient comme une meute de chiens ivres d'excitation pendant que nous courions. J'arrêtai Lilia en tirant les rênes doucement. Elle baissa le nez et renâcla parmi les minces aiguilles desséchées des pins, inquiète de voir les autres bêtes galoper encore devant elle que je retenais ; elle hennit et secoua la tête pour m'interroger et m'inviter à poursuivre, et comme elle s'aperçut que les rênes étaient lâches, elle partit d'un trot rapide le long du vague tracé du sentier. Sur le sol durci s'espaçaient les empreintes des sabots et je la retenais un peu en promenant mon regard devant moi d'un bout à l'autre du chemin au-dessus duquel les nuages d'une lourde noirceur se pressaient comme des voiliers fuyant le typhon.

Notre cerf, j'en étais sûr, trottinait dans ces parages, et eux couraient follement dans toutes les directions, comme s'ils avaient eu affaire à un bandit quelconque et non à un cerf léger, fin et prudent. Je cheminais entre les arbres jetant des coups d'œil à longue portée à travers les troncs sombres des sous-bois où j'attendais que m'apparût d'un moment à l'autre la forme ramassée de Sani le cerf, guettant nos allées et venues bruyantes, et je le prendrais par-derrière à l'improviste, pendant que les autres, éperdus et forcenés, battraient vainement la forêt de part en part. Je savais que ce n'étaient pas des chasseurs et je savais que Sani et moi seuls étions des chasseurs, et lui savait qu'un seul garçon pouvait deviner ses intentions, le surprendre et le forcer ; c'est moi seul qu'il espérait et craignait, et c'est moi seul en effet qui aurais raison de lui, c'est pourquoi il convenait de s'écarter et de chasser seul, absolument seul. Je me retournai sur ma selle et je regardai la colline fourmillante d'herbes et déjà ténébreuse. Lilia galopait à présent sous les arbres, dans des alternances d'ombres et de soleil ; les sabots résonnaient comme du fer sur une enclume, bien que le sol fût doux et élastique. Je la retins un peu et je me penchai de côté, scrutant infatigablement à travers les broussailles des futaies, puis je montai sur le côté boisé de la vallée opposé à celui d'où nous étions venus qui était seulement couvert d'herbes hautes et complètement dépourvu d'arbres, et j'étais heureux d'être solitaire. Sûr de débucher Sani avant la nuit, je mollis les rênes : Lilia trotta très lentement ; deux jets de vapeur sortaient de ses naseaux qui frôlaient presque le sol montant. Puis elle fit halte, j'entendis la sirène du port hurler au loin et ce fut le seul cri qui troubla le silence. Mon ombre, pardessus celle plus tassée de Lilia, était longue et étroite et je pensais à Don Quichotte et sa monture. Je tirai sur les rênes et elle dressa la tête, elle s'ébroua et nous repartîmes, montant de nouveau. Les arbres étaient plus clairsemés, et bientôt une clairière s'étendit devant moi : nous étions au sommet de la colline. La mer brillait, nue et dure, et un vent furibond nous enveloppa en hurlant, sonore et profond comme une voix humaine, soulevant au-dessus de ma tête le grand pan de ma veste qui claqua tout houleux et frémissant contre ma chevelure. Lilia se raidit sous mes jambes, puis sabra l'air de ses sabots en me soulevant ; je lui tapotai le col et elle s'arrêta court, tremblante et soufflant sous le vent ; je levai les yeux sans ciller vers le soleil encore très éclatant, mais que de longs nuages qui ressemblaient à des continents menacaient d'étouffer.

Des voix résonnaient gaiement, rompant cette merveilleuse solitude. Je fis avancer Lilia qui était moins nerveuse et, entre les branches étendues et feuillues, je les vis qui chevauchaient dans les herbes, puis à travers les roseaux en poussant des hauts cris qui m'exaspérèrent, ils se poursuivirent, cherchant à se désarçonner les uns les autres, et ils se ruèrent soudain vers la plage en hurlant comme des sauvages. Devant les vagues crépitantes, les bêtes se cabrèrent et obliquèrent le long du flot à la queue leu leu. Ils leur cinglèrent les flancs avec des rênes pliées en deux et enfoncèrent leurs bottines ferrées dans les côtes, s'obstinant à orienter leur monture dans la direction de la mer qui semblait les rejeter avec rage. Seul, Pim resta à l'écart : son cheval paraissait accablé sous le poids du cavalier et rire de toutes ses dents comme son maître qui se tortillait sur la selle en interpellant et gesticulant. L'un d'eux réussit à faire pénétrer son cheval jusqu'aux genoux, et quand une vague brillante et tonitruante éclata sur son poitrail, l'animal tourna sa tête furieuse, mais n'en continua pas moins de s'enfoncer dans les eaux tumultueuses, et son cavalier, pris d'épouvante, tenta d'infléchir sa direction, car les vagues les plus hautes, en même temps qu'elles submergeaient la tête du cheval, éclaboussaient le visage du garçon qui, suffoqué par cette terrible énergie, secouait la tête à chaque houle nouvelle comme un chien mouillé, mais la bête aussi secoua l'encolure en hennissant douloureusement et courut en clapotant de long en large sans se rapprocher du rivage, l'eau volait en éclats sous les pattes affolées et, soudain, d'un trot raide, elle s'enfuit vers le sable à toute vitesse, fit deux fois le tour de la plage et s'arrêta près des autres en secouant de nouveau son corps outragé par la mer.

Ils s'approchèrent en riant et se moquèrent de lui, et comme il tourna son visage vers moi, je vis que c'était Le Chambellan. Leurs paroles étaient inintelligibles, les voix résonnaient profondes et caverneuses sur les rochers, et je me rappelais qu'il y avait à proximité une fameuse grotte dans laquelle on pouvait parler à voix basse à cinquante mètres de distance et l'un entendait l'autre comme s'il lui parlait à l'oreille. Toute la grève n'était que résonance, c'est pourquoi les vagues faisaient un vacarme si terrible et leurs voix embrouillées composaient une plainte longue et violente et j'avais envie de me boucher les oreilles. Lilia piétinait nerveusement en tournant vers moi des yeux pleins d'impatience et de reproche, et moi-même, je sentais la chaleur de mon sang, et je résolus de faire demi-tour pour rentrer dans la forêt par le marécage où je savais que Sani aimait s'accroupir et guetter. Je m'engageai dans un chemin qui pénétrait au plus profond de la forêt, au bord d'une savane herbeuse qui s'étendait à ma gauche jusqu'à la rive asséchée. Le fond du marécage à sec était dur et ferme et je continuai jusqu'à ce qu'il commençât à devenir humide et mou ; et bientôt, Lilia enfonça presque jusqu'aux genoux dans la boue froide où elle ne plongeait ses pattes qu'avec une certaine lenteur dégoûtée, et comme je craignais d'être immergé jusqu'à la taille, je la pressai vers un gué tapissé de roseaux séchés sur lequel elle prit un trot assez régulier. J'aperçus de grands vols d'oies passer au-dessus des tertres herbeux qui dominaient les marais et, tout à fait sûr que le cerf se cachait par ici, je me baissai, la joue appuyée contre la crinière rousse de Lilia. Mais il n'avait pas le droit de descendre de son cheval, et comment aurait-il pu se planquer là-dedans ? et cependant je continuais de croire fermement que le cerf était là-dedans, et à l'extrémité du tertre, je fis faire demi-tour à Lilia et plusieurs fois de suite elle trottina le long du gué dans les deux sens, et tantôt je me tenais haut et droit pour plonger mon regard par-dessus les roseaux, là où ils étaient couchés et tassés, et tantôt je m'aplatissais sur Lilia pour observer à travers les pieds flûtés des roseaux, et quand mon regard eut embrassé toutes les parties du marécage, des plus éloignées aux plus proches, et que je fus assuré de n'avoir pas vu la tête de Sani ni celle de son cheval, je m'arrêtai à la lisière de la forêt, respirant l'odeur forte, suffocante et visqueuse. Un vent très violent courbait tous les roseaux avec un bruit d'étoffe, un chaud vent d'orage chargé de poussières et de brindilles qui creusait des tourbillons dans l'eau flétrie du marais.

Quand nous avions couru et que j'avais été vainqueur, Sani avait été furieux, parce que son orgueil ne pouvait admettre qu'un petit crétin faible et sans énergie le gratte à la course, et si maintenant je le débuchais et si je le flanquais au bas de son cheval, car je le débucherais et je le flanquerais par terre, c'était certain, il serait encore plus furieux et garderait peut-être contre moi une rancune qui durerait tout au plus deux heures, mais peut-être aussi serait-il très content d'avoir été forcé par moi, tout en conservant secrète une sorte de douleur indéfinissable que j'aurais éprouvée à sa place, que je comprenais parfaitement et qu'il était inutile d'expliquer, parce que c'était une douleur particulière, tout à fait animale et, à mon avis, très belle et que je le jugeais plus capable de ressentir que n'importe qui, et pour que cette chasse fût parfaite, il fallait qu'il n'y eût en moi que jubilation et en lui, le cerf, que tristesse, une tristesse sauvage, mais je craignais qu'il ne nourrît à mon endroit quelque rancœur, il devait comprendre pourtant que ce sentiment était absurde et ce sentiment ne m'intéressait nullement, ça n'était pas une raison pour le laisser filer, je me refusais à laisser tomber la chasse sous prétexte que Sani pouvait être mécontent, et qu'il fût mécontent ou non, je le forcerais et je le flanquerais par terre, j'appellerais d'un long cri les autres et ce serait la curée au milieu d'un chant très spécial, le *Chant du Chasseur de Virginie* que nous avions trouvé dans un livre de cynégétique, dont nous avions appris les paroles et inventé la musique. Richard chantait seul, et en chœur nous reprenions le refrain, et quand l'un de nous avait tué un écureuil, nous ne manquions pas d'instinct et sans nous concerter d'entonner ce refrain funèbre que nous reprenions à la fin sur un ton plus haut et à un rythme précipité, de sorte que c'était tout à coup, en dépit du sens, très joyeux et entraînant.

Je quittai le marécage épais et j'engageai Lilia à pénétrer dans la forêt, et me retournant sur ma selle, je vis des canards tournoyer et s'enfuir sur l'étang et d'autres bandes éparpillées filèrent toutes vers l'eau ; les roseaux faisaient un bruit de papier froissé, et les nuages denses et très en relief galopaient dans un ciel jaune. L'air était suffocant, j'avais un peu mal au cœur. Nous traversions des couches d'air d'une chaleur spongieuse ; mais plus au cœur de la forêt où régnait une demi-obscurité, je respirai un air plus salubre et plus frais, et Lilia, délivrée d'une sorte d'accablement, reprit son petit galop insouciant. Je me retournai encore sur ma selle, et à l'extrémité de l'allée dans laquelle nous nous étions engagés, j'aperçus un cavalier sur sa monture dont l'arrière-train demeurait encore engagé dans les roseaux ; je pressai Lilia vers la gauche et je tirai brusquement sur les rênes. Le cheval se dégagea tout à fait des roseaux et je reconnus Sani qui, dressé sur ses étriers, et la main en visière sur son front, épiait les alentours. Mon cœur battait à grands coups sous mes côtes et j'étais très ému.

Je fis pivoter mon cheval et nous nous engageâmes dans les fourrés en sinuant au milieu des arbres, très rapidement d'abord, puis, à proximité du marais, je retins Lilia, scrutant le chemin blafard entre les feuilles, mais je ne vis plus la silhouette de Sani, et lorsque je débouchai à la lisière, le chemin était désert. Le vent brûlant soulevait des vagues de poussière blanche qui piquait la masse dense et uniforme des eaux marécageuses. Un large sillon à travers les roseaux : le cerf m'avait senti et fuyait par là. Je poussai un juron et je secouai les rênes en bottant les côtes de Lilia qui s'engagea au galop sur les traces du cerf ; d'une main, je lui tapotai le col pour accélérer son pas et bientôt l'eau monta jusqu'au niveau de mes cuisses, et comme il n'y avait plus de roseaux, je perdis toute trace. Nous nous arrêtâmes quelque temps : rien devant moi ; il était inutile de pousser plus avant. J'obliquai à droite et nous abordâmes sur la terre ferme ; l'eau dégouttait des naseaux de Lilia qui secoua la tête et éternua, et giclait de mes souliers qui étaient devenus très pesants. En colère, je donnai un coup un peu trop vif dans les flancs du cheval qui poussa une plainte ; je fus tout honteux : il me semblait que cette humidité gluante qui enveloppait mes jambes augmentait ma honte, je me sentais malpropre, ignoble et humilié comme si j'étais nu, et pour me faire pardonner, je flattai Lilia du plat de ma main et elle reprit un bon trot.

Il fallait le rattraper, il fallait le rattraper. Je regardai la partie haute du marais et rentrai dans la forêt où je décrivis plusieurs grands cercles ; j'étais mouillé jusqu'au haut des cuisses et mes chaussettes étaient imprégnées de boue, mes mains couvertes d'eau chaude. Bientôt, une sourde galopade : j'arrêtai ma monture devant quatre arbres épais réunis à leur base. Les sabots déferlaient, plus forts et plus proches : les autres types. Déçu, je repris ma course ; la galopade décrut, se fondit en une vibration prolongée, soutenue et sourde, puis le galop léger et régulier de Lilia couvrit les ébranlements confus de la terre. Sous mes mains, le cuir de la jument était suant et agité de soubresauts comme si au-dedans de l'enveloppe morte de sa carcasse quelque chose faisait tous ses efforts pour se délivrer. Bercé par le galop égal de Lilia, je sombrai dans une léthargie capricieuse ; alourdi et dolent, j'oubliai pourquoi j'étais sur le cheval, pourquoi je galopais dans cette forêt, et le vent devint plus violent, fouetta mon visage et je m'éveillai : un chemin s'enfonçait sous un tunnel d'arbres dont le murmure nombreux s'amplifiait, et un violent coup de tonnerre éclata dont l'écho se prolongea entre les collines. Lilia dressa les oreilles et son trot devint plus nerveux et inégal. Le ciel était soufré. Je tapotai le front de la jument qui haussa la tête pour solliciter encore une caresse ; je passai de nouveau la main sur son front soyeux et elle prit un trot plus rapide, puis elle ralentit et soudain stoppa devant un ruisseau assez large qui sortait des futaies épaisses et dont l'eau jaune et boueuse charriait des branches autour desquelles se formaient de grosses bulles laiteuses et l'eau prit ensuite une teinte blanchâtre de lessive et les bulles, comme des yeux de chat aveugle, furent plus nombreuses et plus grosses encore, encadrant un filet puissant d'eau bouillonnante qui cailletait inlassablement.

Derrière un bouquet d'arbres, le long du ruisseau, je vis quelque chose bouger, j'entendis un clapotement, je descendis de cheval, et je m'efforçai de marcher aussi lentement que possible et, en rampant, j'atteignis les arbres entre lesquels j'aperçus Sani au bord du ruisseau qui là faisait un coude. Il me tournait le dos et, accroupi et penché, il agitait ses mains au-dessus de l'eau, puis une main plongea dans sa poche dont il retira une allumette qu'il frotta maladroitement sur son talon en se tournant à demi (et je me cachai un instant derrière le tronc) ; il alluma une cigarette qu'il protégea de sa main en levant la tête pour aspirer ; puis il releva le bas de sa manche et plongea son autre main qu'il retira précipitamment, entraînant l'eau dont il arrosa son visage.

Son cheval, les rênes flottant le long de son corps jusque par terre, effleurait l'eau de ses naseaux. Mais derrière moi, Lilia buvait aussi à grandes lampées, éclaboussant avec ardeur ses oreilles et son front d'où ruisselaient des gouttes ocre. Sani brusquement tourna un visage grimaçant et anxieux, puis se mit debout sans quitter du regard le bouquet d'arbres derrière lequel j'étais accroupi et je le vis, à travers les broussailles, s'approcher du cheval penché sur le ruisseau qui clapotait en scintillant dans l'ombre des ormes, et il demeura figé, le masque tendu, dans une attitude de profonde attention. Seules ses mains montèrent le long de la croupe osseuse du cheval pour saisir les brides à la hauteur de la selle. Le cheval avait cessé de boire et agitait ses oreilles pointues en contemplant d'un œil somnolent la colline gorgée de chaleur qui tremblotait au soleil. Sani caressa d'une main distraite le dos de sa monture, et de ses yeux allongés, verts et durs, enfoncés dans les taches sombres des orbites, il observa de mon côté tandis que sa langue humectait sa lèvre supérieure et que son autre main grattait nerveusement sa tignasse d'où se dégageait un fin brouillard de poussière jaune.

J'étais absolument immobile, je retenais ma respiration et lui aussi demeurait immobile, conscient d'une présence invisible. Puis, soudain, il s'activa comme le personnage d'un film trop rapide ; il se coiffa en hâte de son béret blanc, d'un bond monta sur le dos du cheval au col duquel il se cramponna, puis tira d'un geste court sur les rênes. Je me glissai, le dos rond, jusqu'auprès de Lilia que j'essayai maladroitement d'enfourcher : elle se dérobait en tournant la tête de part et d'autre avec un air légèrement agressif. — « Du calme, Lilia, du calme ! » J'entendis le galop précipité du cheval de Sani, puis un pied dans l'étrier, après avoir pris de l'élan, je retombai sur les reins de la jument qui se cabra, oscilla et, tête basse, je tirai sur les rênes, elle s'ébroua, elle galopa à fond de train en sinuant à travers les arbres et devant nous je voyais la croupe ballottée, flasque et dorée du cheval, le dos courbé de Sani qui, de temps à autre, tournait vers moi un visage ruisselant de sueur et ses dents luisaient entre ses lèvres grimaçantes. Avec les rênes, il fouaillait sa bête dont les pattes se détendaient à une vitesse prodigieuse ; le reflet des sabots ferrés faisait sur l'herbe des taches blanches et étincelantes, et de l'herbe s'élevaient des bouffées de poussière jaune et des pierres qui ensuite roulaient, heurtant quelquefois les troncs avec un bruit mat.

Il fallait le rattraper, il fallait le rattraper. Je harcelais les flancs de Lilia de mes souliers ferrés et, presque étendu sur le corps mouvant, mes mains crispées sur les rênes que je secouais, j'exhortai ma monture de la voix, et Lilia galopait, galopait tandis que Sani galopait, galopait en se retournant quelquefois pour mesurer la distance qui nous séparait ; il me semble qu'il n'y avait rien en moi qu'une sorte de fureur joyeuse et la certitude de la prise, et Lilia galopait, galopait : des branches cinglantes résonnèrent contre les flancs de l'animal et lacérèrent mes jambes ; je poussai une faible plainte, je serrai les dents, le corps à présent légèrement incliné du côté du ruisseau, et le cheval de Sani galopait, galopait, la verdure à gauche n'était plus qu'une muraille rigide sans fissure ; Sani obliqua et je tirai doucement une rêne et Lilia à son tour obliqua en soufflant ; derrière nous flottait un nuage affolé de poussière, et le cheval de Sani sauta une courte haie et je pressai Lilia qui sauta aussi la haie, et on traversa une tache brune de broussailles et sous les sabots de Lilia, un petit lapin débucha zigzaguant à travers la prairie ondulée ; les arbres devinrent plus espacés et je vis devant moi la chaîne des collines couvertes d'ajoncs verts et jaunes torturés par le vent du large. Soudain, le cheval de Sani ralentit et il s'arrêta court, tandis que Sani tournait vers moi ses yeux provocants, mais où luisait une exaspération désolée. Il mordait sa lèvre supérieure et, lâchant les brides, il soutenait de sa main droite son bras encore douloureux. J'arrêtai Lilia à environ trente pas de mon cerf. Silence. Seule, la rumeur constante du vent et le grincement des branches qui se tendaient et se détendaient sans répit. Puis il eut un sourire épuisé. Très pâle, les lèvres entrouvertes, il paraissait à bout de souffle, mais gonflé encore d'une ardeur sauvage. Il me regardait avec une fixité étrange et d'un air interrogateur, guettant le moindre de mes gestes, mais je ne bougeai pas davantage. Un mélange d'exaltation et de pitié confuse desséchait ma gorge, et comme il vit cette pitié inscrite sur mon visage, il se raidit, redressa le buste et laissa tomber son bras le long du corps sans cesser de me fixer d'un œil à présent dur, sombre et insolent ; je voyais sa main trembler le long du pelage fauve :

— Alors, mon petit, tu crois déjà que tu m'as eu, dit-il d'une voix moqueuse, rauque et tout de même pas très assurée.

Et il rit en levant en l'air son front emperlé de sueur ; et son rire cessa brusquement ; il baissa la tête en me regardant en dessous d'un œil sournois et méchant, et je savais qu'il haïssait la compassion, qu'il cachait sa souffrance sous l'écorce d'une sorte d'assurance brutale, et si je n'avais pas assez pitié de lui pour le laisser fuir, je cachais aussi ce sentiment qu'il haïssait, qu'il eût méprisé, dont il eût été exaspéré, et je souriais en plaquant mon regard victorieux dans ses yeux dilatés et fixes où étincelait la froide colère du désespoir

— Tu es pris, Sani.

— Non, je ne suis pas pris.

— Si, tu es pris.

— Crois-tu que je ne puisse pas m'échapper ?

— Non.

— Si, je puis m'échapper.

— Non.

— Idiot !

— Tu n'iras jamais très loin.

— Idiot !

— Rends-toi, Sani.

— Tu me fais rire, dit-il, les dents serrées sous ses lèvres retroussées.

Et il jura mais il avait un visage traqué, et ses yeux se dirigeaient furtivement du côté où il pensait fuir, je regardais aussi de ce côté-là et quand son regard revenait sur moi, il voyait que je devinais son manège et qu'il n'y avait pas grand-chose à faire, mais il ne se départait pas de son air arrogant et j'avais pitié de lui ; je souffrais de cette pitié que j'aurais voulu envoyer au diable. Silence. Le vent plus frais me fit frissonner jusqu'à la moelle et comme j'eus peur de prendre froid, étant en eau, je boutonnai ma veste.

Il restait immobile, appuyé contre la jument qui broutait ; la pluie battait son visage pâle qui avait un air éperdu, mais concentré. Les branches des chênes semblaient s'étendre comme les membres d'un homme qui s'étire. Il baissa les yeux, comme s'il ne pouvait supporter ma présence qui dominait sa solitude, et, sachant que son cœur était plein de haine et de rage, je ne pouvais supporter cela et je voulais en finir, je souffrais de ma propre cruauté et cependant ma volonté était tendue à l'extrême pour encercler son être même et le contraindre ; mais de son côté, il s'échappait déjà, froid, intact, indomptable malgré sa colère qu'il étouffait sous un sourire méprisant ; il y avait quelque chose en lui de fier, de royal et d'absolument détaché. Torturé par l'attirance qu'il exerçait sur moi, je compris qu'il n'était pas encore capturé et j'évitai d'entrer en contact, bien que son corps fût à moins de dix mètres.

Son visage devint dur, impassible, puis son sourire reparut, persistant et cruel. Nous étions silencieux. Tout le ciel était peuplé d'un désordre immense d'ombres fuyantes, de fumées lumineuses et déchiquetées, entourées d'un halo cuivré. Les froides gouttes de la pluie éclataient lourdement sur mon front et je les recevais avec plaisir ; puis j'eus un peu froid à la poitrine et une tristesse insondable monta en moi, comme si une ombre profonde venait m'envelopper. Il était toujours immobile et silencieux ; j'observai sa silhouette obscure sur le bord de l'ombre imprécise et j'attendis. Pourquoi ne pas marcher vers lui ? Alors, avec une inconcevable adresse, il enfourcha sa bête qui s'ébranla aussitôt et il tourna vers moi son visage, tandis qu'il s'enfonçait dans les taillis, et je demeurai les bras collés le long du corps, perplexe et presque soulagé. À mon tour, j'enfourchai Lilia qui piaffait le long du ruisseau ; elle galopa derrière l'autre jument dont les jambes fines et maigres détalaient sur les premières bruyères de la lande. Un vent très violent et salin retroussait la crinière de Lilia qui battait sur mon visage ; j'étais heureux, haletant, presque en larmes, et je sus maintenant que Sani était en mon pouvoir. J'étais délivré, j'étais délivré : il était à moi et je le coucherais sur le sol, les deux épaules maîtrisées par mes poings, et je le tiendrais longtemps ainsi, jusqu'à ce que son regard douloureux me soit intolérable.

Les branches des arbres de la forêt encore proche résonnaient comme des tambours accompagnés de sifflements. Nous descendîmes la grande lande qui glissait vers la mer, que le rideau opaque de la pluie et l'obscurité grandissante cachaient entièrement, et j'entendis le grondement et l'éclatement des vagues contre les rochers. Je ne vis plus le cheval de Sani pendant un moment, mais Lilia détalait sur la lande, tête rentrée ; les asphodèles et les bruyères pliaient sous le vent. Je ne vis plus Sani, mais Lilia, j'en étais sûr, le suivait de près. J'avais mal dans l'articulation du genou, le vent me brûlait la gorge, je sentais des crampes me tordre le ventre et je défis ma ceinture trop serrée. La mer grondait ; il n'était pas loin, je ne le voyais pas, mais Lilia les sentait et je savais qu'elle était dans la bonne voie. Je ne sentais que le frais parfum de terre mouillée, et ce vent qui soufflait très bas, jetant sur mon visage les perles brillantes de la pluie, et une espèce de chaud malaise m'envahit ; et pourtant il n'était pas loin et bientôt je le tiendrais sous mes deux poings, à plat ventre, frémissant de honte, mordant le sable, et je n'aurais pas de pitié.

Soudain, j'entendis la voix furieuse de Sani qui s'élevait, aiguë et angoissée, au milieu du mouvement bruyant des eaux obscures, puis le claquement des sabots sur la grève mouillée, et vers l'ouest, le lourd ciel de pluie se déchira, révélant une échancrure éclatante qui augmentait, tandis que les nuages se dispersaient et que des étoiles apparurent au-dessus des crêtes qui jaillissaient contre les rochers, et je vis devant moi la jument qui se cabrait devant les vagues. Sani lui cinglait les flancs de ses rênes en jurant, ballotté de part et d'autre et crispé le long de la crinière, le visage tourné vers moi ; l'eau remuante lui arrivait jusqu'aux chevilles et les vagues l'enveloppaient et il se balançait, incertain, au milieu des attaques, chancelant dans son désarroi, tandis que l'animal suffoqué ne savait où se diriger. Il trébucha et il tomba ; il fut emporté dans le tumulte. Mes yeux me cuisaient ; je descendis de cheval, et, avec d'horribles battements de cœur et des larmes plein les yeux, je m'enfonçai dans l'eau bouillonnante, aveuglé par le torrent liquide devant lequel je me pliais en deux. Les algues cernées d'écume s'enlacèrent autour de mes jambes et je vis la forme sombre et immobile du cheval qui restait passif devant l'attaque, comme frappé de stupeur. Je me glissai le long de ses flancs, je plongeai mes mains dans la mer, elles caressèrent les galets et les algues poisseuses. Quelque chose flotta contre moi : son béret blanc. « Sani ! » criai-je, effrayé par le son de ma propre voix. Et une puissante masse liquide s'écrasa sur ma tête. L'eau envahit mes oreilles et enfla avec un bruit de tonnerre, un bouillon plein d'amertume s'engouffra dans ma gorge : cela avait le goût salé du sang quand je m'étais coupé la langue le jour où nous nous étions battus Richard et moi, et je crachai dans ma main : ce n'était pas rouge. Je n'entendais plus qu'un bourdonnement confus comme lorsqu'on se plaque un coquillage sur l'oreille ; ma gorge salée me grattait. Je reculai de quelques pas en chancelant et je criai : — « Sani ! » Et mon sang se figea ; je ne pouvais supporter mon propre cri, il me rendait presque fou. L'eau rugissante monta par-dessus mes genoux, tourbillonnant et m'entraînant, et mon cri pénétrant et inhumain me glaça l'âme ; je détestais ma peur, je ne pouvais supporter ce cri qui sortait de ma poitrine, insolite et autonome ; je croyais que ce n'était pas mon cri, non, ce n'était pas mon cri, ce n'était pas mon cri, j'avais envie de hurler encore plus fort ; la nuit m'entourait comme une masse sombre et informe. Et la pluie cessa.

Une voix rauque, lointaine appela ; je me retournai : une forme pâle se tordait sur le rivage, recouverte soudain par une vague qui se retira avec lenteur ; la forme s'agita comme une bête prise au piège, puis se recroquevilla et demeura inerte. Je m'approchai, ma main toucha des vêtements trempés et une chair froide. Sani sursauta et se mit à pleurer à haute voix. Je m'agenouillai auprès de lui, je lui saisis la main, mais il la dégagea vivement pour la refermer sur la mienne. La pluie claqua de nouveau sur la grève. — « Sani, as-tu mal ? » Je n'entendis que le tonnerre brutal du flot qui encercla mes genoux et se retira en chantonnant. Son visage avait une expression de bête torturée, et les larmes coulaient le long de ses joues.

— Souffres-tu, Sani ?

Il y avait des algues, du sable gris et humide dans ses cheveux, ses yeux transparents et verts me fixaient avec angoisse ; il tordait sa bouche, cherchant à se maîtriser, il ne voulait pas pleurer. Je tâtais ses tempes qui étaient humides et poisseuses — étaient-elles mouillées de mer ou de sang ? —, ma paume était rouge. Le vent venait par rafales et s'enflait, plein de force et de vie. Sani s'était levé à demi, ses épaules tremblaient ; mais souffrait-il de sa blessure ou de sa défaite ?

— Sani, dis-je, as-tu mal ?

Il sanglota de nouveau, je sentais battre son cœur, puis

il laissa choir sa tête sur les galets, et son visage me parut calme et détaché. Je sautai sur mes jambes en poussant un cri strident, puis, sortant ma chemise hors de ma culotte, je la fendis d'un bout à l'autre. De nouveau, Sani me regardait avec une supplication étrange ; je me baissai, je le soulevai par les épaules et je réussis à l'asseoir ; il laissa échapper un grognement plaintif en portant sa main à sa poitrine. Sa tête ballottait douloureusement contre mon épaule. Je nouai étroitement autour de son crâne le pan de ma chemise qui se colora aussitôt d'une étoile pourpre. Il s'agita, essaya de se dresser sur son séant, il me jeta un regard foudroyant, sa main se crispa sur la mienne, j'avais envie de hurler. Puis il proféra un juron en essayant de se mettre à genoux, une main crispée sur son côté, s'agrippant de l'autre à ma main que je maintenais au-dessus de lui. Sur sa tête, Lilia et sa jument frottaient leurs naseaux en découvrant le clavier de leurs dents. J'approchai mon visage du sien, il ferma les yeux et les rouvrit presque aussitôt en vociférant ; ses yeux n'avaient plus de couleur. Ses doigts montèrent le long de mon bras et se cramponnèrent à mon épaule, et il laissa tomber sa tête sur ma poitrine ; puis un son bizarre sortit de sa gorge, son menton s'agita en brusques saccades et il éclata en sanglots comme si le contrôle de ses nerfs avait été brisé.

— Pourquoi pleures-tu, Sani ?

Et je tapotai sa nuque de mes mains affolées jusqu'à ce qu'il me repoussât violemment en poussant un juron :

— Est-ce toi qui m'as descendu ? demanda-t-il avec colère. Est-ce toi qui m'as descendu ? répéta-t-il instamment d'une voix vibrante.

— Non, Sani, lui dis-je, ce n'est pas moi. La jument était entrée dans l'eau et...

— C'est toi qui m'as descendu ! affirma-t-il.

Et il lâcha une bordée de jurons et entre mes bras je sentis son corps se raidir, sa main se crisper sur mon épaule :

— Tu m'as eu, petit salaud ! dit-il d'une voix à présent sèche et lointaine.

Ses doigts se desserrèrent, il essaya de les passer dans sa chevelure, mais ils retombèrent sur mon poignet, mous et glacés.

La tempête se calmait. À travers la nuit pâle et lumineuse, je vis les fleurs au creux des haies et les pailles accrochées aux buissons épineux qui encadraient le fond de la grève, au milieu desquels les insectes recommencèrent à strider. Sani laissa glisser sa tête sur mes genoux avec une faible plainte, et ses yeux papillotèrent pendant un moment, tandis que sa main crispée se détendait peu à peu ; de son autre main fermée, il me repoussa sauvagement en pressant sur mon ventre : je reculai et saisis cette main pour la maintenir immobile. Un rire violent tordit tous ses traits :

— Non, tu ne pouvais pas me prendre, murmura-t-il d'une voix sardonique destinée à me bafouer.

Mon cœur se serra, je fus repris du désir de hurler : je sentais la pression de sa main sur ma chair qui tremblait, comme si elle eût été au contact d'un métal glacé. De nouveau, la nuit fut agitée d'une houle immense et rageuse. Du côté des bâtiments sombres d'une ferme qui se profilait à l'arrière-plan, j'entendis des voix confuses qui s'interpellaient en riant, accompagnées d'un claquement de chaussures sur le sable détrempé. La pluie tomba de nouveau en torrents et les lumières de la ferme semblèrent très lointaines. Sani ferma les yeux, ses lèvres s'entrouvrirent ; la cadence de son souffle s'accéléra ; puis brusquement, il chercha à s'arracher de mes bras, en agitant son corps d'une façon désordonnée et en vociférant d'immondes injures. Je l'entourai étroitement de mes bras, et je le serrai de toutes mes forces ; son cœur battait si fort que j'en percevais les battements contre les paumes de mes mains. À travers le rideau de la pluie, je vis, comme des ombres, les silhouettes des garçons qui erraient, le dos courbé, les cheveux plaqués sur le front, et les mains en avant tels des aveugles. Je les appelai et ils m'entourèrent bientôt de leurs visages ruisselants, et quand ils aperçurent à mes pieds Sani, le visage renversé, calme, mais où transparaissait encore une violence latente et seulement apaisée, ils s'écartèrent, m'interrogeant d'un brusque mouvement de tête, le regard empreint d'une gravité surprise. Pim qui suivait le groupe à quelques pas en arrière, quand il vit Sani étendu, enleva son chapeau et commença à entonner de sa voix discordante le *Chant du Chasseur de Virginie*, mais quand il reçut de violentes bourrades dans les côtes, et qu'on lui eut désigné le bandeau blanc sur lequel brillait une flaque rouge, il s'accroupit et glissa sa main dans celle de Sani. Ils demeurèrent ainsi immobiles, la main dans la main, sous la pluie qui battait sur leurs fronts luisants.

Richard abaissa son regard tranquille sur les deux corps emmêlés et dit qu'il fallait s'en retourner et, avec une voix placide mais ferme, il ordonna à Marc et à Le Chambellan de ramasser des branchages pour en faire une sorte de civière. Aussitôt les deux interpellés acquiescèrent en jetant sur le nouveau chef un regard d'une servilité odieuse, et disparurent dans la nuit en caquetant.

L'ÉTRANGER

C'était une folie que de vouloir s'isoler ; cependant, dans ce parc aux arbres durs et noirs où pas même la lune ne luisait, je marchais en ne respirant pas les odeurs ; les éclats des nègres me jetaient dans le désarroi. Comme j'en avais assez de ces rires qui n'étaient pas, en vérité, des fruits spontanément mûris, mais quelque chose d'aussi conventionnel qu'une doctrine ! Mes reins me brûlaient comme si j'avais reçu le fouet et je bénissais le soleil qui ne m'épargnait pas ; je m'offrais bien à lui, sans peur, comme un sauvage, et c'est comme tel qu'il me traitait. Je me souviens que ce qui m'avait mis la puce à l'oreille, ce qui avait été le motif de tout ce voyage vers la chaleur, c'était, dans un café parisien, la vue d'un jeune homme au chapeau blanc qui cachait mal une oreille racornie et sans lobe ; le visage lisse et tanné et ces lèvres gercées de quelqu'un qui ne cesse de désirer boire ; ces yeux si éclatants et impérieux que le serpent de la jalousie se tordait dans mon cœur. Je ne détachais pas mon regard de cette tête barbare qui était celle, j'imaginais, d'un souverain immense ; je ne le détachai pas jusqu'au moment où, ayant payé la consommation avec un geste d'un incroyable mépris, il se leva, daigna enfin me jeter un coup d'œil qui manqua de me faire tomber à ses genoux, puis disparut dans la foule qui, sembla-t-il, s'ouvrit à son passage, comme les Juifs devant Notre-Seigneur aux Rameaux. Alors, je rentrai dans ma chambre et pleurai toutes les larmes de mon corps. Je gardai le lit deux semaines en proie au délire et à l'angoisse nerveuse de qui a enfin compris. Guéri, je pris un billet pour Monbassa.

HÉLÈNE

J'étais sur le lit et mes mains couraient lentement sur le drap broché, un de mes ongles un peu ébréché s'accrocha au tissu et je serrai les dents : j'imaginai que je mordais à pleines dents et un frisson tordait tout mon corps. Il fallait éviter de penser à ce drap lourd, un peu soyeux, affreusement emperlé et qui sentait la poussière ; pendant que je donnerais la réplique, je parlerais entre les dents, n'osant pas lâcher trop fort un mot qui serait comme un froid visqueux sur l'émail, et un nouveau frisson tordit mon corps, je fermai bien hermétiquement les lèvres. Othello, dans la coulisse, avait les yeux vagues et ses mains rajustaient une pièce de la cuirasse qui lui rentrait dans les côtes : il faisait une grimace et se courbait en manipulant la ventrière qui remontait sous l'aisselle, sitôt qu'il enlevait sa main ; puis il tordit sa belle moustache brune qui lui donnait l'apparence d'un agent bourgeois et je ne pus m'empêcher de lui sourire, mais il ne me vit pas et continua de lutter avec sa cuirasse, l'air rageur. Une brise brûlante fit vaciller le flambeau et je laissai tomber ma tête sur les coussins et je fermai à demi les yeux : le rideau s'ouvrait sur la rumeur sourde et la tiédeur molle du public, quelqu'un toussa ; je poussai un peu ma mâchoire en avant, pour me composer un profil très pur.

Grégoire respira fort, regarda en face de lui avec un air

évasé, puis entra rapidement sur la scène en secouant le plancher de ses grosses bottes au talon desquelles étincelaient des éperons étoilés. Mouvements dans le public : quelques-uns se penchaient en chuchotant. Je pensai tout à coup que je n'étais pas du tout Desdemona ; je me raidis : mon doigt écorné crissa sur l'étoffe, je serrai les dents. *C'est la cause, c'est la cause, ô mon âme, laissez-moi vous la cacher à vous, chastes étoiles !* Il avait, ce soir-là, une belle voix grave, un peu tremblante, et je trouvais que ses yeux roulaient un peu trop furieusement ; je trouvais qu'il aurait dû avoir une tête de mort, parler très calmement et dévisager chaque objet puis moi-même avec froideur et respect ; avec un intérêt distant, avec une sorte d'attention volontaire et non pas s'abandonner aux orages d'une passion vulgaire qui le rend grotesque ; mais quand je le lui avais dit, il avait rétorqué que c'est ça qui plaisait au public, lequel voulait être emporté et non pas touché ; il devient un personnage mélodramatique, on ne lui en demande pas davantage. Mais ce soir, il accentuait à plaisir, et qui pouvait prendre au sérieux de tels aboiements ? Il détacha son épée et l'abandonna sur la table avec un geste trop ample de grand seigneur. Qu'il jouait mal ce soir-là : peut-être cette gênante cuirasse qui lui piquait les côtes, et moi je ne devais pas songer à ce drap rêche ; mordre, mordre dedans : j'étalai ma langue entre mes dents dont les nerfs me semblaient à vif. *Je puis ressusciter ta clarté première pour peu que je me ravise.* Il tourna vers moi un visage tendu et brutal, et maintenant il allait m'étreindre et j'étais étalée, chaude, vivante, heureuse, mais eux me voyaient contractée, tremblante sous mes draps : je sentirais son odeur et il me serrerait dans ses bras, mais eux voyaient le beau visage pâle d'une vertueuse matrone qui, dans un quart d'heure, va se faire égorger par un idiot, et ils s'enfoncent voluptueusement dans leurs fauteuils en tordant des doigts nerveux.

Sur le lit, je faisais la planche et j'attendais passionnément les baisers, les yeux grands ouverts fixés sur les siens dont les paupières abaissées tremblotaient. *Je veux la respirer sur la tige*. Il tomba sur moi, ses poings frôlant mes hanches et sa poitrine métallique pesa sur mes seins qui se raidirent aussitôt et ses lèvres dures et fraîches pressèrent les miennes sans pudeur. Il se releva brusquement, il parla précipitamment, une main sur le cœur, puis se jeta de nouveau sur moi et me couvrit de baisers et j'aimais le piquant de cette barbe postiche ; je l'aimais parce que ce n'était pas à lui, c'était un objet, une chose et ce n'était pas lui. *Encore un ! Encore un !* et c'était plus profond et plus tendre que nos étreintes privées parce qu'il y avait ce commun accord et nos solitudes préservées par les regards superficiels des spectateurs qui voyaient là Desdemona et Othello, une femme innocente et un homme ivre de fureur qui va commettre une bêtise sanglante, mais j'avais peur qu'Othello ne fût bien Othello ce soir, et moi, j'étais Hélène plus que jamais, plus que jamais Hélène, Hélène la mendiante, et je me soulevai à demi sur ma couche, ma main longue et pâle errait sur le lit, les yeux à demi fermés, et je vis la salle comme un grand étang sombre où flottaient des nénuphars blancs et quelquefois les yeux brillants et les dents éclatantes sur l'ombre de la bouche entrouverte. Je passai ma main longue et pâle dans mes cheveux défaits et j'ouvris brusquement les paupières en me tournant vers le public. Elle s'éveille, et je dis d'une voix cristalline : — « *Qui est là ? Othello ?* » Et il s'approcha, l'air sévère ; il contenait à peine une colère superbe après laquelle ils s'accrochaient, dont ils attendaient l'éclatement en se mordillant le bout des doigts, et moi, si je jouais Othello, je leur réserverais une belle surprise : d'un bout à l'autre, raide comme une trique, et glacé, les bras le long du corps, l'œil immobile, et dans un coin de la scène, droit comme un justicier ; et ils en seraient pour leurs frais de tous ces grands remous qui courbaturent l'âme, car il n'y a pas de violence dans la vie, je n'en ai jamais vu, bien que j'aime la violence autant que le vent de tempête. Les plus forts sentiments se traduisent par des gestes lents et parfois insidieux ; il fallait que sa jalousie fût effacée, dépourvue d'ostentation, et lui il en tenait pour le grand geste, la grande voix orageuse, et la grande mimique, mais j'aimais qu'il fût ainsi et, pour d'autres raisons, le public aimait qu'il fût ainsi et eût désapprouvé un jeu plus retenu avec lequel j'aurais voulu les surprendre. Et quand il me dit d'une voix sombre : « *Pense à tes péchés* », et que je lui répondis que ce sont les tendresses que j'ai pour lui, d'une voix douce, douce, toute soumise, trop douce et qui ne peut qu'exaspérer davantage Othello, j'ajoutai tout bas : — « Viens avec moi ce soir », mais il continua de réciter en plissant les yeux et ricanant à demi, et quand je lui dis que j'espère que les mauvais présages inscrits sur son visage ne me menacent pas, je répétai à la suite, un peu plus fort : — « Tu viendras avec moi ce soir. » Mais il continua en étendant une main tremblante sur mon corps avec un regard si dur que je compris qu'il ne viendrait pas. Je me levai un peu plus sur ma couche, le fixant d'un regard sombre et hostile. Il vint s'asseoir au bord du lit :

— *Tu es sur ton lit de mort.*

— *Oui, mais pas pour y mourir encore.*

Non je n'admettrai pas qu'il m'abandonne, je serais lâche, je serais indigne : mon sang bouillait si fort que je ne pouvais plus tenir en place ; mon corps entre ses deux poings raides se soulevait en frissons convulsifs comme celui d'un agonisant, je voulais lui arracher les yeux. Sa main se referma sur mon poignet, son œil était horriblement goguenard, je le regardais avec des yeux graves et désespérés, mais il s'abrita derrière les mots, derrière sa propre voix si âpre élevée entre nous comme un paravent, et je répliquai d'une voix blanche, la voix d'une Desdemona désormais vouée au sacrifice : « *Oh ma frayeur devine*, ma frayeur devine, ma frayeur devine. » Mais il ne voulait pas comprendre, il s'attardait avec un ricanement qui retroussait ses dents serrées à contempler mon visage. Il se pencha encore plus près, sa respiration sifflait entre ses dents, et je me raidissais, portant mes mains sur mes yeux : « *Rien que le temps de dire une prière.* » Il écarta mes mains et appliqua les siennes sur ma bouche ; j'agrippai le drap d'une main tâtonnante, m'efforçant de le tirer sur ma figure ; j'essayai de me dégager, mais ses doigts glissèrent le long de mon menton jusqu'à ma gorge qu'ils étreignirent comme des grappins d'acier. « *Il est trop tard.* »

Et il se tut, ses doigts se desserrèrent et je luttai contre eux avec mes mains qui tenaient les poignets, il me rit au nez, la salle était vivante et sourde, et ils se refermèrent de nouveau ; son expression était rude, presque grossière. La voix claire et affolée d'Emilia au loin, et je laissai tomber ma tête sur les coussins, j'éclatai en sanglots frénétiques et impuissants tandis qu'il continuait à me regarder du fond de ses yeux dilatés où luisait une moquerie répugnante, et je comprenais combien il me désirait et combien il me méprisait. — *Ainsi !* Et il pressa son corps contre moi. — *Ainsi !* Et il le porta encore plus avant, puis il se retira en desserrant les doigts. Je ne bougeai pas, mes mains gisaient passives le long de mes flancs immobiles. Il poussa un violent soupir et secoua la tête : ses cheveux étaient vivants ; il marcha d'un pas lourd et saccadé jusqu'au coin de la chambre, il ouvrit la fenêtre et rêva un instant, puis il se retourna brusquement. À travers mes paupières abaissées, je vis son regard rouge, dilaté et encore goguenard, et sur ses lèvres le mauvais rictus encore figé.

À la porte, Emilia suppliait d'une voix éperdue. Il grogna et revint précipitamment vers moi et comme il vit que je ne cessais pas de l'observer à travers mes paupières, il posa sur moi un regard pénétrant et insolent, le coin de sa bouche qui était dans l'ombre se relevant imperceptiblement, il demeura un instant planté auprès du lit, une main sur sa hanche, l'autre glissée sous sa chemise. J'entendais le trémolo inarticulé de la voix larmoyante d'Emilia qui frappait violemment contre la porte, et il m'examinait sans bouger, des pieds à la tête, lentement, lentement, puis il tira les rideaux sur moi et j'étais seule dans mon lit tandis qu'au-dehors il fulminait contre Emilia à laquelle il ouvrit la porte, et à travers la fente des rideaux, j'aperçus le visage préoccupé et immobile d'un spectateur dont l'index soutenait une tempe dégarnie, sa tête ressemblait à un œuf, il avait les mains courtes et grasses comprimées par des manchettes raides et glacées, il poussa un soupir, changea de position et se pencha en avant comme pour flairer quelque chose, fixant la rampe d'un regard ardent et un peu craintif ; puis je regardai au ciel de mon lit : —*Je meurs innocente*. On ouvrit les rideaux et elle me prit le bras, elle caressa ma main en pleurant, ses narines se crispaient en pâlissant ; elle écartait ses mèches pendantes et les rideaux glissèrent de nouveau sur la tringle et j'étais morte, la soirée était finie, j'attendais la fin, je laissai tomber ma tête à droite et ramenai mes jambes contre mon ventre, réprimant le tremblement qui m'agitait, ma main en boule pressée contre mes lèvres. Il ne viendrait pas avec moi ce soir, oh ! je ne voulais pas, je ne voulais pas qu'il m'abandonne, cela m'était égal qu'il me trouve collante, je les suivrais pas à pas, je serais un reproche vivant, ce qui pourrait l'amuser d'abord et ensuite l'agacer si vivement qu'ils ne sortiraient plus ensemble, mais je ferais le pied de grue devant la porte et quand ils pousseraient la porte je leur emboîterais le pas, le visage indifférent, un peu souriant ; il finirait peut-être par me flanquer une gifle, je saurais bien l'éviter, et en tout cas il en serait si honteux, si honteux, et elle très gênée, mais il n'aime pas la violence, il se contenterait de me fixer de son œil ironique. Comme une autre fois, quand je les avais aperçus au tournant d'une rue et que j'avais couru après eux en rasant les murs, tantôt ils s'arrêtaient devant une boutique en levant la tête en l'air, il avait passé son bras sous celui de l'autre, je m'arrêtais près du théâtre, faisant semblant de fouiller dans mon sac, puis ils reprirent leur marche lente et indécise, tantôt il se penchait vers elle en s'esclaffant de rire ; je croyais qu'ils ne m'avaient pas vue et cet espionnage dont je n'avais pas honte m'échauffait de telle sorte que je n'éprouvais pas l'ombre d'un sentiment de jalousie, mais je croyais qu'ils ne m'avaient pas vue et je les vis s'arrêter devant un café pour discuter, elle l'écoutait avec un petit air vague et indifférent comme si ce qu'il pouvait dire importait peu, puis il empoigna de sa main droite l'aisselle de la petite devant laquelle il poussa la porte. Je ne voulus pas entrer tout de suite et je continuai de marcher en ralentissant mon allure. Je jetai un coup d'œil en passant le long de la vitre du bistro : un jeune homme était vautré sur le zinc, une casquette inclinée sur l'oreille d'une façon canaille, et je traversai le pont en ciment armé. Sur un chaland chargé de linge mouillé d'où s'exhalait une vapeur pesante, un homme mal rasé fumait une pipe, appuyé contre la barre, il avait l'air méditatif et solennel ; à ses genoux, un gamin crasseux tirait une corde de l'eau huileuse, et je marchai plus lentement en me retenant de tourner la tête car je croyais qu'ils me regardaient à travers la vitre, mais au bout du pont, je fis demi-tour, mon cœur battait un peu, je n'osais m'approcher du café ; debout, les jambes écartées, je regardai l'eau où se reflétait le ciel couleur de saumon et au loin les constructions métalliques le long du port, les cheminées étiques et des groupes de grues bossues derrière lesquelles montaient de lourds nuages de fumées rousses et d'où venaient jusqu'à moi le bruit de ferraille des wagons de marchandises et le grincement chantant des roues. Pendant une minute, je me sentis très malheureuse ; puis, après avoir erré un bon moment, je poussai la porte du café et un jeune homme aux yeux rouges se retourna et me fixa attentivement en mâchonnant sa cigarette éteinte ; puis il se détourna et, se penchant par-dessus son verre, il chuchota quelque chose dans l'oreille du patron, un gros homme auquel la mâchoire lourde et tombante donnait l'air idiot ; ses cheveux noirs frisaient au-dessus de chaque oreille ; il se renversa en arrière et m'examina des pieds à la tête tandis que je m'asseyais à une table et que je commandais un demi en souriant comme si je me trouvais tout à fait satisfaite à l'idée de rester un moment dans ce café, toute seule, attablée devant un bon demi, et cependant mes oreilles bourdonnaient. Ils étaient au fond de la salle, elle secouait en souriant ses cheveux teints au henné et il se pressait contre elle, mais je voyais qu'il n'avait rien à dire et qu'il faisait semblant d'avoir beaucoup de choses tendres à lui dire parce qu'il sentait la pesée de mes regards furtifs ; et ce manège m'amusait beaucoup, il m'était impossible de ressentir la moindre douleur, je croyais jouer sur la scène, je faisais semblant de ne pas les voir et d'être vraiment très heureuse devant mon demi, dans l'atmosphère enfumée de ce bar, et le jeune homme aux yeux rouges se tourna de nouveau vers moi, le verre à la main, son œil droit cligna et, comme je fixais sur lui un regard glacial, il éclata de rire, frappa de son poing la table en se penchant par-dessus le zinc vers le gros patron qui me regarda de la tête aux pieds en réprimant un rire qui, lorsqu'il m'eut quittée des yeux, s'échappa en postillons de ses joues gonflées. Il hoqueta et branla la tête, ses doigts épais comme des saucissons tambourinant la table impatiemment pour marquer l'irritation qu'il ressentait de ne pouvoir maîtriser cette hilarité irrésistible et très évidemment incorrecte, mais tout cela m'était égal ; je commandai un autre demi : ma tête tournait déjà ; j'étais grisée par le jeu, je savais qu'il m'observait du coin de l'œil et je ne doutais pas que tout le beau rôle ne me fût échu ; je jouissais de sa gêne : il passa son bras derrière les épaules de cette femme, la bouche tout contre son oreille. Elle rit d'un rire dur et rauque et offrit son visage dont les pommettes étaient accentuées par la lumière verticale. Il s'écarta, il manquait d'audace. J'allumai une cigarette et mon regard se fixa sur l'affiche qui se détachait sur un kiosque : HÉLÈNE ARMENTIÈRE, caressant chaque lettre successivement ; c'étaient des caractères bleus sur du papier jaune tout plissé, et en dessous : OTHELLO en lettres brunes plus courtes et plus épaisses. Le jeune homme aux yeux rouges enfonça sa casquette à carreaux sur le côté et s'approcha du phonographe qu'il remonta en chantonnant ; son épaule maigre montait et descendait ; il disposa un disque qui démarra : un miaulement plaintif, puis un tango emplit la salle. Sous OTHELLO je lus : GRÉGOIRE SOUVIER qui étaient en lettres vertes cernées d'une mince bande noire arrogante au-dessous d'un SHAKESPEARE étroit et bas, et mon regard oscilla d'Hélène à Grégoire et de Grégoire à Hélène, je trouvais très comique d'être assise là devant un verre de bière, face à une affiche sur laquelle était imprimé en gros caractères mon nom, j'étais Hélène et j'épiais Grégoire qui faisait semblant de rigoler là-bas dans le coin ; Hélène suivait Grégoire et Grégoire faisait semblant de n'aimer pas Hélène et se penchait en riant sur l'épaule d'une fille de trottoir, bien qu'il n'eût pas très envie de rire, et quelqu'un riait de façon plus discrète mais plus franche et c'était Hélène.

— Ah, ah, vous attendez quelqu'un, chère madame ?

Il s'inclinait devant moi avec un air de dérision. Elle l'attendait près de la porte en me fixant de ses yeux plissés par une sorte de curiosité légèrement sarcastique, sans malveillance toutefois et qui ne m'en parut que plus insultante.

— Ah, ah, et ainsi on me suit, je suis suivi, répéta-t-il avec satisfaction. Bien, bien, permettez que je continue ma petite promenade avec Mademoiselle ?

Il désigna la jeune femme qui posa sur lui un regard indifférent, puis de nouveau sur moi avec cette commisération étonnée que procure le spectacle chez autrui d'une passion aveugle dont le sens vous échappe. Et quand la porte se fut refermée derrière eux, je me retenais à quatre pour ne pas éclater de rire. Y avait-il au monde quelque chose de plus comique ? Je commandai un pastis que je bus d'un trait, et la vie, c'était quelque chose de merveilleusement drôle ; la soirée de Grégoire était détruite, son petit air moqueur et dégagé pouvait tout au plus leurrer son amie, mais moi, je savais qu'il avait perdu. Et je sortis du café en titubant. Le patron, les doigts dans les cheveux, me salua aimablement parce que j'avais laissé un gros pourboire et que ce monsieur m'avait adressé la parole. Sur mon lit, je donnai libre cours à une sorte d'hilarité fiévreuse ; les deux mains comprimées sur ma poitrine, je riais comme une démente et bientôt des sanglots m'étouffèrent et je mordis mon mouchoir qui avait un goût piquant de Chypre.

— *Quant à moi,* cria Lodovico, *je m'embarque à l'instant, et je vais au Sénat raconter, le cœur accablé, cette accablante aventure.* J'entendis le roucoulement de la corde qui glissait sur la gorge de poulie et, écartant les rideaux, je vis les lourdes draperies choir pompeusement, le triangle d'ombre se rapetissait de plus en plus, et tout le monde se mit à applaudir et à taper des pieds. D'un bond je fus hors du lit entre Grégoire et Jeanne Claire qui sortit son poudrier, puis le rideau s'ouvrit sur une salle illuminée : les gens étaient verts et affreux, mais nous fîmes tous de petites courbettes en souriant ; nous étions très contents que tout le monde fût content. Et le rideau se laissa glisser avec un long gémissement, Grégoire me dit que le mécanisme aurait besoin d'être sérieusement huilé, et le rideau se laissa écarter en gémissant de plus belle ; il me prit la main et nous nous avancâmes jusqu'au bord de la rampe en souriant. Il baissait et relevait son front rouge et mouillé, d'un mouvement court et saccadé ; moi, je me courbai à demi, mais en gardant mon regard fixé sur le lustre, une main pendante, l'autre tremblante dans sa main molle et sans vie : nous étions extrêmement reconnaissants au public de l'ovation qu'il nous réservait.

Je débouchai en toute hâte vers les coulisses dont l'odeur de plâtre me prit à la gorge ; il fallait que je parle à Grégoire avant qu'il se sauve. Assise devant le miroir de la coiffeuse, à petits coups de serviette, j'enlevai mon maquillage qui avait une odeur de beurre fondu. Ernestine allait et venait en babillant, ç'avait été un spectacle hors classe, Madame était admirable, et elle fourrageait dans le placard où elle suspendait mes vêtements. Je lui dis d'entrer discrètement chez Grégoire et de le prier de passer dans ma loge. Dans le miroir, je voyais le noir de mes pupilles dilatées, mon visage grisâtre et déjà un peu fripé, mes joues creuses. J'eus un coup au cœur. « Mon Dieu, que c'était terrible ! oh, Grégoire ! » dis-je tout haut, et les bords de mes paupières rougirent et étincelèrent. Je haïssais mes larmes ; il n'y avait qu'un seul remède, la violence, et quoi qu'il en dût résulter, la vie continuerait, continuerait. D'un coup de brosse, je rabattis mes cheveux en avant. Quelques épis se dressèrent en l'air, j'étais si laide que je pleurai de dépit. Je me dirigeai vers le guéridon sur lequel gisait une couche de poussière ancienne et vierge ; je tournai le phonographe et je posai *Les Noces* dont les voix aiguës et courroucées s'élevèrent dans la loge comme une tempête. Je demeurai assise sans bouger, les yeux fixes, tambourinant de mes doigts graisseux mon front brûlant. Et la vie continuerait, continuerait.

Des voix s'éloignèrent dans le corridor en se chamaillant bruyamment et s'éteignirent bientôt ; je crus reconnaître les jurons énergiques habituels à Grégoire. Les voix féminines s'élancèrent très haut comme des fusées et se rejoignirent pour retomber comme lasses de leur propre effort. On frappa à la porte et Cloda entra en embrassant d'un regard mystérieux la chambre :

— Puis-je entrer, Hélène ?

— Mais naturellement, chérie.

Elle s'élança à mon cou et m'embrassa en me félicitant : j'avais été superbe, comme je devais être fière et heureuse de mon succès, et après qu'elle m'eut accablée de louanges, nous parlâmes de choses et d'autres, puis elle me quitta parce que André l'attendait et qu'il devait être mort d'impatience, il était si exigeant, si tyrannique et elle ajouta en riant que c'était là le mari qui m'eût convenu. Quant à elle, elle ne pouvait supporter d'être attachée à une laisse ; il tirait trop souvent sur la laisse, elle rit de ses yeux plats, puis elle ferma la porte derrière elle. Je demeurai debout devant le miroir, la tête penchée, tordant lentement le revers de mon kimono. Comme j'aimerais être au bout d'une laisse, mais Grégoire ne tirait jamais sur la laisse et je crois bien qu'il n'y avait pas de laisse. Ernestine entra en courant et me dit que Grégoire tâcherait de passer me voir, mais il était très pressé. Dans le miroir, mon visage se contracta ; du revers de ma main, je comprimai mes lèvres. Je le savais : il ne viendrait pas avec moi ce soir. Je lançai ma brosse par-dessus mon épaule et je me levai brusquement. Ernestine était assise sur le sofa, les mains croisées autour de ses genoux relevés, elle me regardait avec ses yeux écarquillés. Ma gorge était pleine de cendre ; dans ma tête le sang battait furieusement. Je le détestais ! Je relevai le châssis de la fenêtre et respirai à pleins poumons l'air lourd et cuisant. Si seulement je pouvais pleurer ! et tout à coup les larmes comprimèrent mes paupières.

— Madame ne se sent pas bien ? demanda Ernestine en ouvrant une grande bouche.

— Non, laissez-moi, voulez-vous ?

— Une si belle soirée ! soupira-t-elle. Bonsoir, Madame.

— Bonsoir, Ernestine.

Je chassai mes mèches pendantes et, après avoir posé le diaphragme sur le disque, je m'affalai sur le sofa. Je n'en pouvais plus, je croyais bien que j'étais la femme la plus malheureuse du monde. On descendit l'escalier et parmi les voix qui passaient devant ma porte, je reconnus le timbre doux et froid de celle de Grégoire. J'entrouvris la porte : Grégoire vint vers moi ; je réprimai un brusque et instinctif mouvement de fuite. Il me présenta un jeune homme qui avait une longue tête brune ébouriffée posée un peu de travers sur un cou très court.

— Fred Ansel, dit-il avec son sourire narquois.

Et le jeune homme m'adressa des compliments, mais je ne l'écoutai pas ; je sentais que j'allais pleurer. Mes ongles pointus s'enfoncèrent dans la paume de mes mains. Grégoire se joignit au concert de louanges, mais derrière ses paroles, je distinguai une ironie terriblement cruelle. Mes tempes battaient. Le jeune homme me demanda la permission de m'accompagner jusque chez moi, et sur ses lèvres luisantes flottait un air d'insolence et de fatuité insupportable. Non, je rentrais avec un ami, tous mes regrets. Grégoire se tourna vers moi et dit qu'il désirait parler à ce jeune homme dans sa loge, ils s'excusèrent, et quand je tendis ma main, le jeune homme la retint dans la sienne en me fixant de ses yeux de jeune coq audacieux. Et je sentis que Grégoire aurait désiré qu'il la retînt encore plus longtemps pour que je souffrisse de constater la parfaite indifférence qu'il affectait à l'égard d'une manifestation qui eût semblé de nature à lui déplaire. Je poussai la serrure et je relus la lettre :

La lettre d'Annabelle.

« Mon petit Grégoire, comme convenu, passe à la Cloche de Bois demain dès après la représentation. Je veux absolument te voir et nous danserons la polka. Le débarquement a été dur. Et sème Desdemona, s'il te plaît. Mille baisers de ton

« ANNABELLE. »

ANNA L'AUBERGISTE

Qui il y avait le plus souvent ? mais sûrement que je me souviens, mais sûrement. Un printemps, beaucoup de gens avec des culottes qui bouffaient sous leurs genoux et ils avaient des casquettes blanches et des lunettes noires et commandaient des trucs extraordinaires, et le phonographe tournait à longueur de journée ; une petite blonde, elle riait dans les bras de messieurs qui tous les jours étaient différents, elle aimait *With me if you please*, mais Rodolphe disait que c'était de la musique barbare, mais ce sont des barbares qui aiment ça, la petite n'avait pas l'air barbare, elle était même un peu trop civilisée, ce n'est pas comme l'étranger, nous l'appelions ainsi parce que nous ne savions pas son nom, il ne parlait pas, il nous regardait fixement et il avait l'air de s'intéresser à tout ce que nous faisions ; il nous intimidait, mais il était très riche, il avait étalé de grandes cartes sur les murs, au début je m'étais fâchée, je n'aimais pas qu'on épingle le papier des chambres, mais pour me faire taire, il m'a donné cent francs sans dire un mot, et après, il a pendu au mur des photographies de nègres et de Chinois, il avait beaucoup voyagé, disait Rodolphe, ils sont tous muets quand ils reviennent des pays chauds ; il est tapé, le pauvre type. Il y avait très souvent un monsieur et une dame qui s'installaient le dimanche à sept heures et quart contre la fenêtre et commandaient deux oxygénées et ils parlaient tout bas avec des airs sévères, ce n'étaient pas des amoureux, c'étaient des trafiqueurs encore, et Fred, ce jeune garnement qui a fini je ne sais où, venait près d'eux et leur parlait avec de grands gestes violents ou bien il leur faisait de jolies mines en se payant son whisky sucré avec leur porte-monnaie, il n'avait jamais le sou, c'est pour ça qu'il trafiquait avec toutes sortes de gens très louches et on sait comment ça finit, ces histoires-là. Et c'est ce même monsieur qui a reçu un coup de revolver dans le jardin, il faisait nuit, il venait de sortir de la Cloche, et un coup sec : on l'a retrouvé dans les géraniums et il criait : « Maman », comme s'il avait eu douze ans. On n'a jamais su qui avait tiré, mais je crois bien que c'était la femme car elle était pâle à faire peur, et quand on a parlé de police tout le monde a protesté et Fred était vert comme une feuille, mais Rodolphe suait à grosses gouttes et hurlait qu'il téléphonait à la police et que personne ne devait bouger d'ici ; et à ce moment les policiers sont arrivés comme par miracle et ont demandé les papiers de chacun, et ils en ont mis quelques-uns dans le fond les bras au-dessus de la tête et leur ont conseillé de se tenir tranquilles ; le chef avait l'air rudement content, Rodolphe le tirait par son habit pour lui montrer le cadavre, mais le chef se fichait pas mal du mort, les vivants l'intéressaient bien plus. Et, à mi-hauteur de l'escalier, j'ai vu les garçons en chemise de nuit qui regardaient penchés sur la rampe et je leur ai fait signe de remonter bien vite, et même le plus grand qui parlait si peu est arrivé avec son bandeau et son visage si pâle que j'ai cru qu'il allait tomber, et comme j'allais leur crier de remonter bien vite, la petite, qui avait des cheveux noirs qui lui tombaient sur les épaules, est arrivée et les a tous houspillés, son frère ne voulait pas remonter, et le frère de Fred était là aussi à côté du petit blessé et lui au contraire le suppliait de remonter tout de suite, la petite vociférait et bientôt ils sont tous remontés, elle avec sa jambe malade qui grinçait, mais lui, c'était Sani, est resté appuyé contre la rampe, et quand on a amené le corps au milieu de la salle, le petit gars s'est laissé tomber sur le tapis et je suis montée et l'ai couché, et toute la nuit il délirait, il croyait voir au pied de son lit des fantômes, et j'avais si peur que j'ai été près du petit gars et je lui ai pris la main, il m'a adressé un sourire et s'est endormi. Toute la nuit j'ai tenu sa main ; la petite dormait dans un fauteuil le visage contre le mur, elle était furieuse contre son frère, et c'est vrai qu'il n'était pas raisonnable. Cette même nuit, il s'était enfui avec son camarade qui l'a ramené dans ses bras tout grelottant, et je me souviens quand ils sont arrivés, il pleuvait à torrents, c'est l'année où le jardin fut inondé, ils ont frappé à la grande porte et j'ai ouvert, croyant que c'étaient encore des clients, mais c'étaient de jeunes garçons, la pluie dégoulinait sur leurs vêtements ; l'un d'eux m'a demandé si on pouvait leur donner asile pour la nuit ; derrière eux piaffaient des chevaux, et je me demandais ce qu'ils faisaient sous la pluie avec des chevaux, et il s'est écarté un peu et j'ai vu un jeune gars étendu sur des branchages qui me regardait avec des yeux verts et durs, il avait sur la tête un turban, et il a fermé tout de suite les yeux en geignant un peu et j'ai compris qu'il était malade ; le petit gars m'a expliqué qu'il était tombé de cheval et qu'il faudrait appeler le docteur ; il était mortellement pâle, aussi pâle que le blessé et j'ai compris que c'était lui qui involontairement avait causé l'accident. Je leur ai dit de rentrer par la cuisine et Rodolphe, quand il les a vus, s'est mis à rouspéter : qu'est-ce que c'était que toute cette caravane ? et ce gamin qu'on transportait sur une civière, qu'est-ce que c'était que tout ça ? Il ne voulait pas entendre parler d'introduire tout ce monde et quand il a demandé son nom au premier, il a rougi et balbutié. — Des vagabonds, quoi ? Et des voleurs de chevaux, quoi ? s'écriait

Rodolphe qui s'est penché ensuite sur le petit dans les branches. Et le petit s'est un peu levé et lui a dit son nom :
— Je m'appelle Sani de Reveison, a-t-il dit. Et il a posé ses mains à plat sous sa nuque et il a fermé les paupières, et cependant Rodolphe a changé de couleur et m'a regardée en souriant : Couche-le là-haut. Et il est reparti dans la grande salle, le dos courbé, comme si la voix du garçon lui avait enlevé la raison et, après, jamais plus il ne s'est préoccupé du garçon et même j'avais remarqué qu'il évitait de me poser des questions à son sujet, et quand le petit fut guéri et qu'il me fit ses adieux à sa manière hardie et désinvolte, Rodolphe lui a serré la main avec un drôle d'air comme s'il était intimidé. C'était un curieux garçon, il ne voulait pas retourner au château et comme il était malade et qu'il avait le délire, le médecin a recommandé de le laisser là et c'est la petite qui en faisait une tête, elle parlait toujours très vite avec un drôle d'accent, et il fallait l'entendre injurier le petit Ansel quand il frappait la porte et qu'il demandait à rentrer, elle le recevait à coups de souliers et de brosses et le petit était obligé de redescendre la tête basse et je le faisais venir auprès de moi parce qu'il avait envie de pleurer. C'était le plus jeune petit-fils de M. Ansel et à présent c'est notre plus grand armateur.

Je l'ai connu aussi, le vieil et respectable Ansel, ou plutôt pour dire la vérité, je ne l'ai vu qu'une fois et je me suis demandé souvent après ce qu'il était venu faire dans notre établissement, car c'était un monsieur respectable et pas peu fier. Il est entré sans dire bonjour et il a lancé un coup d'œil circulaire, puis il s'est assis dans le coin le plus sombre et quand je suis venue lui demander avec un sourire ce qu'il désirait boire, il a grogné je ne sais quoi sans lever les yeux sur moi et en sortant de sa poche un journal qu'il a étalé sur la table, si bien que j'ai été obligée de demander de nouveau et avec mon plus joli sourire (car j'étais jolie à cette époque-là) ce que Monsieur désirait ; il me fixa de son regard glacial et dit qu'il aimerait qu'on lui donne un verre d'eau, et quand j'ai dit à Rodolphe qui était en train de scier du bois dans l'arrière-cour, qu'il y avait là un client très chic qui prenait pour seule consommation un verre d'eau, Rodolphe est rentré et m'a dit que c'était quelqu'un de très sérieux et qu'il fallait me montrer particulièrement aimable, car il serait tout à fait souhaitable que ce monsieur devînt un de nos clients, et comme il craignait que je ne sois pas assez adroite, il apporta lui-même le verre d'eau sur un plateau et se courba élégamment pour poser le verre devant M. Ansel qui ne leva pas le nez, et Rodolphe lui adressa deux ou trois paroles aimables qui ne reçurent pas de réponse, et il revint au comptoir avec une mine un peu désappointée, et derrière le comptoir il examinait tout le temps le vieil Ansel avec un sourire heureux comme si c'était son enfant.

Mais quand je rentrai une heure après du village, je vis qu'il avait invité à sa table un de nos plus fidèles clients qu'on appelait le Catalan ; il avait une peau très brune et des cheveux jaunes comme de la paille, il parlait avec volubilité, ses yeux plantés dans ceux du vieil armateur, martelant la table avec le dos de son index qui portait toujours une grosse bague, et l'autre mortellement pâle fixait de ses prunelles vertes ce grand type qui gesticulait et se dandinait sur sa chaise. Puis Fred est rentré et, sans dire bonjour, il s'est assis près de son grand-père et n'a pas ouvert la bouche pendant tout le reste du temps, impénétrable et sombre. Le vieil Ansel se tenait très droit sur son siège dans ses vêtements noirs, le visage contracté, les lèvres tordues et relevées sur ses dents en une affreuse grimace comme un animal torturé, et soudain ses mains appuyées sur le pommeau d'une canne se mirent à trembler et ses yeux étincelèrent comme s'il était pris d'un désir mauvais ; il regarda son petit-fils avec des yeux détestables, durs et brillants, et il parla brutalement en agitant sa canne en l'air, et le Catalan se leva et mit ses deux mains sur les épaules du vieillard qui se souleva dans une fureur sombre et folle, mais je n'entendis pas ses paroles : la petite blonde fit tourner *With me if you please*, et les marins se tournèrent vers lui et se détournèrent bientôt, entrechoquant leurs verres et de nouveau riant bruyamment ; et le vieil Ansel se leva en enfilant ses gants de fil noir, il jeta autour de lui un regard hostile, puis il se tourna vers le Catalan et s'inclina devant lui, tout raidi et encore tremblant. Fred demeurait assis, ses yeux lointains fixés sur moi ; il n'avait pas l'air de se soucier de la colère de son grand-père ; celui-ci marcha à petits pas saccadés jusqu'à la porte, à demi suffoqué, semblait-il, par sa frénésie qu'il maîtrisait péniblement, et Fred but une gorgée de whisky en souriant sournoisement, pendant que l'armateur Ansel ouvrait la porte qu'il fit claquer derrière lui, et on m'a dit que c'est peu après qu'il eut sa première attaque et qu'il eut les jambes paralysées. Et la petite blonde, caressée par un jeune contremaître aux cheveux frisés remplis de brindilles de paille, remonta le phonographe en poussant des gloussements, et ce fut encore *With me if you please*.

L'ÉTRANGER

Ah ! cette mortelle représentation au cours de laquelle j'appris de la façon la plus brutale — mais combien me soulageait une si cruelle révélation ! — les sentiments d'indifférence et bien pis encore, d'une cruauté admirable (c'est à dessein que j'use de ce qualificatif : admirables furent sa méconnaissance, ses déserts, ses tempêtes) qu'elle me portait ! Tandis que j'en étais où Lear commence déjà à sombrer dans une folie dont on peut se demander à bon droit si elle est authentique ou feinte — vraiment très douteuse pendant un moment — accoté contre le rideau grenat sur lequel j'avais l'habitude de fixer mon regard quand il fallait que je récite cette tirade pénible, de peur d'oublier la phrase qui en est comme le fondement, j'aperçus le visage de Kent rougi par un mauvais fard et corrompu par un sourire horriblement voluptueux et sa main caressait le sein nu d'Elisabeth dont le bras — ah ! que je reconnaissais ce bras abandonné ! — pendait jusqu'au sol, au milieu des pâtes, des cassettes de poudre et du masque d'or et de sang que moi, infortuné roi sans plus de royaume, je devais appliquer sur mes yeux morts désormais... Mais ici, je m'arrête. Au seuil du gouffre, je suis pris d'un vertige bien naturel ; là, je crains de ne pouvoir plus m'exprimer qu'au moyen de paroles délirantes. Mais il s'agit de bien autre chose que de craindre une incompréhension ou toute désapprobation qui sont en vérité les derniers de mes soucis. Resserrons si possible. Et précisément, resserrer est impossible. Qui a décrit la folie avec des mots courants ? et, enfin, qui peut décrire sa propre folie, c'est-à-dire sa plus vive douleur ? Qui désire la décrire avec des détails de choix ? Pas moi, je vous en prie, pas moi ; je demande qu'on me laisse en paix, je ne suis pas en mesure de fournir des explications propres à contenter la curiosité des esprits, même les plus sympathisants. Qu'ai-je à faire de sympathie ? Non, non, il ne peut être question de narrer ma chute que je ne puis considérer avec le regard détaché de qui a cessé d'en ressentir les effets ou comme on décrit en toute objectivité un sentiment révolu auquel le temps a fait perdre beaucoup de sa virulence et de son éclat. Sachez que pour moi il n'y a pas plus de présent que de passé, et c'est pourquoi je m'abstiendrai ainsi que je me le suis promis de longue date (mais comment ne pas demeurer fidèle à une promesse impossible à rompre ?) de mettre si peu que ce soit en lumière ce qui, surgissant chaque fois avec la même force obscure et ravageuse n'appartient ni à hier ni à aujourd'hui, mais aux deux tout ensemble unis dans une confusion inextricable. Là, tout est aussi ténébreux que violent, aussi inoubliable qu'inabordable. En conséquence, malgré tout cet horrible désir, je m'abstiens. Là, tout est ténèbres et violence. Et qu'ai-je à faire de sympathie ? Non, je vous en supplie, pas moi. Oui, j'aperçus le visage de Kent et d'elle le bras abandonné que je reconnus aussitôt, son bras, son bras de toute beauté... Mais ici, je fais l'aveu de mon impuissance radicale quand il s'agit de cette imposante, tragique et inabordable question.

MARC

L'oncle Horace s'allongeait à son aise, la tête contre le grand mât à même le bois, et bientôt j'entendais ses ronflements douloureux. J'avais peur. À travers le voile du sommeil, l'eau molle et brillante et le phare qui tournait, je comptais un, deux, trois entre chaque projection ; cette obscurité pleine de relents et de rumeurs ; et quelquefois, les oiseaux volaient très bas en spirale autour des mâts, et je laissais choir ma tête sur les raies entassées et quand je me réveillais, la bouche collante et amère, une fraîcheur âpre me caressait la poitrine et les cuisses, et l'oncle Horace ronflait, la bouche ouverte, la main crispée sur le revers de son ciré canari. Le bateau grinçait. Sur le dos de sa main hâlée, les sillons bleus et forts dessinaient une pieuvre dont les tentacules couraient le long de ses gros doigts courts jusqu'aux ongles noirs et épais, et il ronflait péniblement, la bouche ouverte au-dessus de laquelle flottait un léger nuage blanc, et j'attendais son réveil pour fermer les yeux. Solitude, solitude, je frémissais de plaisir. Ils ronflaient dans leurs lits, tous volets clos, la terre et la mer étaient enfin abandonnées par les hommes. Vite, parlons-nous. Vite, vivons, vivons, pendant qu'ils font silence. L'oncle Horace me pinçait la fesse. « C'est comme ça qu'on tient le quart, matelot d'un sou ? » et il me flanquait une taloche sur le nez et il allait en titubant s'allonger à l'avant et il croisait ses mains sous sa tête, il raclait sa gorge, sa bouche s'entrouvrait peu à peu, sa respiration était de plus en plus bruyante. Pour me dégourdir, je courais sur le pont en ouvrant mes bras que je refermais violemment sur mon torse ; j'entrais dans la cabine qui sentait la pipe et le poisson. Le Prince Sani dormait dans son château fort et dans ses appartements privés dormait la Princesse Catherine l'Invisible. Le Général reposait sous sa tente avant d'engager à l'aube la bataille décisive. Et le lieutenant Guillaume, son aide de camp, déchiffrait les cartes. Le Grand Amiral de la Flotte était en mer : rien à l'horizon ; et puis, soudain, une canonnière était signalée au large des îles Fraîche-hommes : « En batterie ! » Une forme allongée et sombre d'où fleurissaient trois grands arbres à bâbord. Et derrière le bastingage je me tenais baissé, les yeux seulement à découvert. Ce sont des corsaires, que transportent-ils ? du pétrole, des bois précieux, des diamants, du champagne, les plus rares épices.

— Ô Prince ! Je dépose à vos pieds ce précieux chargement que j'ai conquis avec mon sang et celui de mes marins.

— Eh bien, Amiral, je vous décore de l'ordre de Sainte-Anne.

Et je me tenais debout sur le pont, une main glissée dans mon gilet et je haranguais mes matelots en brandissant mon épée nue, ils m'acclamaient, ils jetaient en l'air leurs bonnets :

Vive l'Amiral Marc !

Et mon doigt tournant en vilebrequin autour de ma mèche dessinait un accroche-cœur sur mon front comme Napoléon. Et l'oncle Horace me tirait l'oreille :

— C'est comme ça qu'on tient le quart, matelot d'un sou ?

Et d'une puissante pression il m'envoyait rouler vers l'arrière. La tête sur les cordages pliés comme un nombril. La nuit était brûlante et silencieuse. Sous mon dos, le bateau respirait comme une poitrine. Et l'oncle Horace, adossé contre le gouvernail qu'il maintenait de sa main derrière son dos, chantait à tue-tête, son autre main se balançant en l'air de gauche à droite, de droite à gauche.

HÉLÈNE

J'ouvris mon parapluie, et en passant devant la loge, je dis bonsoir à Amédée qui leva son visage aux grands cernes bleus et marmotta quelque chose. La pluie pétillait sur l'asphalte ; une brise brûlante me mordit la gorge, il faisait déjà nuit. Une sirène traîna un long crescendo qui se dégonfla pour se terminer en un gémissement d'impuissance. Je m'engouffrai dans ma voiture, et tandis que j'appuyais du plat de ma main sur le bouton de contact, j'aperçus la silhouette robuste de Grégoire, emmitouflée dans son trench-coat qui lui descendait jusqu'aux talons ; il dansait un peu sur ses jambes et secouait son chapeau d'où s'écoulait un torrent de pluie jaune. Ainsi il était à quatre mètres, il ne m'échapperait pas : une bouffée de joie et plus ce poids de l'absence sur le cœur. C'était bien, vous pouviez vous enfoncer dans le siège et plisser les yeux, comme quelqu'un qui est sûr de son affaire. La partie n'était plus tragique ; nous allions jouer une sacrée comédie. Ainsi, il était à portée de mes mains et, ce soir, j'avais gagné. Je souriais, des larmes plein les yeux ; nous allions jouer une sacrée comédie. Il sifflait entre ses lèvres, tandis qu'il boutonnait son manteau ; puis, appuyant sa main sur le revers, il se courba et, avant qu'il eût claqué la portière, le moteur ronfla confortablement au milieu du vent et de la pluie. Il n'y a pas deux façons de se montrer une fine femme : cerne et accule ton amant. Et nous filions entre les platanes furieux, sur une route noire et soyeuse comme le bas d'une femme.

Nous passâmes auprès de terrains vagues où des boîtes de conserve entassées miroitaient dans l'herbe, sous des pierres jaunes et des touffes de ronces, et quelquefois le feu dardait à l'arrière de ce rectangle sombre au milieu des reflets perfides de la vitre et des pare-chocs en nickel. Mon regard, avivé et enfiévré par la poursuite, cherchait sa chevelure encadrée par la masse obscure et mouvante. Je reniflai et je souris : il était bien à moi, et inutile de vous échapper, jeune homme, vous êtes bien à moi.

La route se mit à grimper en vastes lacets à travers les tilleuls sombres dans la nuit ; et elle tournait sans cesse jusqu'au sommet d'une côte, et au-dessous de moi, la route s'enfonçait puis filait plate vers une ligne de peupliers courbés, franchissant un pont de fer, se relevait de nouveau et disparaissait de nouveau en tournant toute luisante parmi les arbres.

Des chevaux marchaient paisiblement sur la route, tenus au licou par des ombres pliées en deux contre le vent, et comme j'accélérais en doublant la file, une forme émergea de la nuit en levant une main qui apparut dorée sous le faisceau des phares ; je ralentis aussitôt et, tandis que je baissais la vitre, un jeune garçon au visage ruisselant me demanda si je voulais bien prendre dans ma voiture quelqu'un qui était malade, puis sans attendre une réponse, il ouvrit en tâtonnant la portière et invita quelqu'un derrière lui à monter au plus vite, mais je protestai vivement que j'étais très pressée, je regrettais, et Grégoire était peut-être déjà dans les bras de cette fille, non, non, inutile d'insister. Je claquai la portière, l'auto démarra avec un imperceptible crissement : le pâle visage taché de son du garçon était encore encadré par la portière, sa main désespérément accrochée à la poignée intérieure : — « La rosse ! » jura-t-il, et il me lança un jet de salive dans la nuque, la tête disparut. Sous mon col, ma main tâtonnante rencontra une flaque glaireuse et répugnante.

Devant la Cloche de Bois, je stoppai et quand j'ouvris la porte, une bouffée de chaleur, de fumée et d'eau-de-vie me fit tousser. Des têtes se retournèrent, il y eut une légère pause dans les conversations. Une jeune fille brune au visage trop large me salua d'un sourire éclatant et m'interrogea du regard, et quand la musique sautillante d'un piano mécanique cessa, ils bougèrent tous en même temps et hurlèrent comme des enfants turbulents. De nouvelles têtes se tournèrent de mon côté, et quelques-uns m'apostrophèrent insolemment en faisant des grimaces et des gestes qui me parurent obscènes. Comme mon regard errait anxieusement à travers la brume lumineuse, j'aperçus dans un angle plus obscur le visage impassible et raide de Grégoire qui me guettait par en dessous, comme prêt à bondir. À une table voisine, un matelot lisait un journal lentement et attentivement, fumant une pipe qui faisait un petit gloussement chaque fois qu'il aspirait.

— Eh bien, ma chère, je crois que je suis poursuivi, dit Grégoire en se carrant sur sa banquette, les deux mains appuyées sur le marbre ; son regard semblait pénétré d'une ironie satisfaite et voluptueuse.

Je m'assis en face de lui en souriant désespérément, et mon regard embué fixait la nuit à travers le léger miroitement de la pluie sur les vitres. Il versa du whisky dans les deux verres, reposa la bouteille et versa de l'eau à grand flot en riant silencieusement :

— N'est-ce pas merveilleux pour un homme d'être filé ? dit-il d'une voix bruyante.

Puis il éclata de rire en jetant sa cigarette dans le crachoir. Je n'osais pas lever les yeux. Le vent soufflait sous la porte, agitant les rideaux devant lesquels trônait la patronne, les mains croisées sur le comptoir, son regard de myosotis gai et mobile couvait successivement chacun de ses clients. J'appuyai ma tête contre ma paume. Une douleur aiguë me coupait la respiration. Je voudrais mourir, je voudrais mourir. La pluie cinglait les fenêtres, et par une fente, dans l'opacité froide, un ruisselet s'égouttait, glacé et transparent. Je serrai les genoux contre mes mains jointes pour les empêcher de trembler. Grégoire était penché sur la table, approchant tout contre les miennes ses pupilles grises, narquoises et cruelles.

— Je ne croyais pas que tu t'abaisserais jusqu'à me filer, dit-il à mi-voix.

Et il rejeta la tête en arrière sur le dossier de la banquette en cuir rouge, en me lançant un sourire renversé, tandis que sa main ponctuait ses phrases avec le cliquetis d'un trousseau de clés.

— Ce n'est pas ma faute, je n'ai pas pu faire autrement.

— Vraiment ?

— Je suis malheureuse, Grégoire.

— Tu te rends malheureuse. Mais, je t'en prie, ne pleure pas ici.

— Pourquoi m'as-tu dit l'autre soir que tu m'aimais ?

— Parce que je t'aimais.

— Tu ne m'aimes plus ?

— Je t'aime toujours. Mais si tu es trop malheureuse, la mer n'est pas loin.

— Je suis stupide.

— Complètement stupide ; mais, bon Dieu, ne pleure pas devant tout ce monde !

— Cela m'est égal.

— Tu es capable de tout ; jusqu'au scandale.

— Je suis stupide, ce n'est pas ma faute...

— Ça va mieux maintenant ?

Je secouai la tête.

— Vraiment, je te croyais plus intelligente : tu as une attitude ridicule.

— Je ne puis être autrement, j'ai honte de moi, mais je ne puis être autrement.

— Ma petite Hélène, il vaudrait mieux que tu t'en ailles.

— Pourquoi ?

— Il vaudrait mieux, ma petite Hélène.

— Je sais que tu as rendez-vous.

— J'ai rendez-vous dans trois quarts d'heure.

— Tu ne m'aimes plus, Grégoire.

— Alors, va te jeter dans la mer.

— J'ai honte de moi, je suis trop ridicule. Tu es si révoltant, si cruel...

— Je ne puis être autrement, j'ai honte de moi, mais je ne puis être autrement.

— Oh ! Grégoire !

— Non, non, ne pleure pas ; je me demande vraiment si tu n'as pas bu un coup de trop avant de venir.

— Malheureusement pas.

— Tu n'es pas normale, tu as bu, pourquoi pleures-tu ? Je te croyais plus énergique et plus intelligente.

— Je ne sais pas pourquoi je pleure...

— Moi non plus ; allons, bois un peu... Tout à l'heure, je t'accompagnerai un bout de chemin.

— Alors tu ne veux pas rester avec moi, ce soir ?

— J'ai rendez-vous à dix heures.

— Pourquoi dis-tu que tu m'aimes ?

— Je t'en prie, ne me pose plus tes sacrées questions. Je t'aime, mais j'ai rendez-vous à dix heures.

— J'ai perdu ma dignité.

— Complètement.

Il posa son menton sur ses deux mains jointes. Il souriait en me dévisageant froidement. Ma douleur avait été emportée par mes larmes, et malgré la honte de ce laisser-aller, j'étais heureuse de pleurer auprès de lui ; il me semblait qu'un chapitre était clos ; nous pourrions désormais nous parler en face ; encore vingt minutes et je devrais filer, je savais que je filerais sans l'interroger davantage, mais que j'emporterais cette étrange conviction que s'il n'y avait en moi que lui, il n'y avait en lui que moi ; tu pourras forniquer vingt mille fois, je t'appartiens. Il alluma une cigarette et, croisant ses doigts, il retint un de ses genoux dans ses mains, ces mains que j'aurais voulu saisir et écraser contre moi jusqu'à ce qu'il pousse un cri douloureux.

Je me sentais de nouveau un peu trop gaie. Des ombres se joignaient et s'entrechoquaient sur le mur au milieu d'un tango moulu par le piano mécanique, des rires des matelots et de leurs vociférations mâles et indistinctes. Je bus à longues gorgées le whisky. Il ne faisait plus attention à moi, il regardait par-dessus mon épaule en souriant vaguement, puis il ramena sur moi son œil ironique qui me transperçait jusqu'au cœur, j'aurais voulu le crever. Tout tournait autour de moi, je crois que j'ai trop bu, l'amour me rendait-il folle ? et à l'époque où nous jouions *Dommage qu'elle soit prostituée*, dans ce banquet à Londres pour célébrer la centième, ils étaient tous saouls et il me disait à voix haute de l'autre côté de la table qu'il m'aimait, qu'il m'aimait depuis le premier jour, et il se tournait vers sa voisine en lui caressant le menton et en lui donnant les plus doux petits noms, elle riait aux éclats et battait l'air de ses mains en écarquillant ses yeux noirs et très brillants ; tout mon corps me semblait engourdi, ramolli ; et il me fixait avec son regard violent en répétant qu'il m'aimait, qu'il m'aimait depuis le premier jour, est-ce que je le savais ? Près de lui, Hemtay, la face congestionnée, tapait dans le dos d'une dame qui n'en menait pas large, en lui rugissant à l'oreille que c'était là sa manière de manifester son plaisir d'être auprès d'une femme dont le corps était si merveilleux, et à droite de celle-ci, il y avait le petit Jacques qui se tordait de rire en introduisant sans répit dans le bol deux doigts qu'il enfonçait entre ses lèvres comme un thermomètre. Et quand nous quittâmes la salle saturée d'odeurs de sauces, de vins et de cigares, encombrée de tables dont les nappes étaient maculées de taches rouges, il mit son bras autour de mon cou en plongeant dans mes yeux son regard sombre au fond duquel tremblait une lueur blanche comme la lune dans un puits et il me caressa la joue avec le dos de sa main en me disant qu'il m'aimait, qu'il m'aimait depuis le premier jour ; je détournai la tête ; une joie sauvage me serrait la gorge, et nous marchâmes ainsi enlacés au milieu de la rue et je me demandais s'il était vraiment ivre, et tout tournait autour de moi, étais-je vraiment ivre moi-même ? Il m'accompagna jusqu'à ma chambre et m'étendit sur le lit (mais le petit Jacques était avec nous) et quand il se pencha sur moi pour me dire qu'il m'aimait terriblement, qu'il m'avait aimée terriblement dès le premier jour, le petit Jacques le tira par la manche, et comme il restait immobile au-dessus de moi en me caressant la nuque, le petit Jacques lui dit sèchement qu'il était complètement parti et qu'il fallait rentrer. Il le prit par le bras et ils me laissèrent seule sur le lit, seule, seule et en moi résonnait la phrase de Cloda, le soir où elle avait appris que Jeannot la plaquait : « Je ne me prends pas au tragique, c'est la vie qui est tragique », et je crois que depuis, la joie ne m'a jamais secouée aussi violemment, car, dès le lendemain, il fut absent ou ironique ; il posait son regard indifférent sur moi et le seul rappel de la nuit précédente fut qu'il me dit, en étalant sa main sur ma poitrine, qu'une chose merveilleuse ne se produisait pas deux fois. Une chose merveilleuse ne se produisait pas deux fois, c'était une affirmation ridicule et prétentieuse, savait-il ce que c'est qu'une chose merveilleuse ? Et pourquoi cette chose ne se produirait-elle pas deux fois et trois fois même, et quatre fois et vingt fois ? J'avais beau me répéter qu'une chose merveilleuse ne se produisait pas deux fois, je ne comprenais pas ce que cela voulait dire et après l'avoir répété en moi-même à plusieurs reprises, je me demandais si je n'étais pas devenue complètement folle. Quelques-unes de ses phrases les plus cruelles n'entraient pas dans ma tête, mais quand elles avaient perdu leur pouvoir nocif, j'aimais les prononcer souvent ; il me semblait que je les cajolais indéfiniment comme un petit chien qu'on a renversé sur le dos et qui en veut encore, en veut encore, mais je ne les sentais pas, c'étaient des choses sans odeurs que je pouvais tout au plus toucher et qui m'intriguaient longuement, comme des mystères que l'on s'efforce de pénétrer tout en sachant qu'ils demeureront impénétrables à jamais.

Il était un étranger qui riait de moi, bien que son regard fût maintenant fixé sur le groupe des marins qui se chamaillaient bruyamment au milieu d'un tango lourd, et ses doigts tapotaient le verre. Soudain, il rit silencieusement et m'invita à tourner la tête : un homme au teint très sombre marchait au milieu des tables, les mains en avant comme s'il eût été privé de vue, et les matelots allongeaient leurs jambes à son passage ; il trébuchait et s'affalait sur le sol sans gémir ; les matelots se courbaient de rire en portant leurs mains au creux de l'estomac ; il se relevait en jetant sur chacun d'eux un regard fermé, neutre, indolent ; puis il continuait d'avancer jusqu'au moment où ses jambes rencontraient un nouvel obstacle, et vacillaient sous le choc. La patronne se précipita vers la victime et cria qu'elle n'admettait pas dans sa maison ce genre de plaisanterie ; les marins se moquèrent d'elle ; les mains aux hanches, elle discutait successivement avec chacun d'eux, le visage blanc de colère.

Grégoire alluma une cigarette et laissa aller sa tête contre le doux molleton de la banquette ; ses yeux attentifs surveillaient furtivement la porte, et, quand ils revenaient sur mon visage, une lueur moqueuse semblait danser au plus profond des pupilles grises. Viendrait-elle, la bien-aimée ? et quand elle s'assiérait auprès de lui, resterais-je collée à ma chaise en les regardant tous deux avec une insistance pleine de défi ? et aurait-il encore le pouvoir d'user de son ironie et de son mépris ? et rougirait-elle jusqu'aux oreilles ? Mais nulle colère dans ses yeux trop pâles, nulle contraction douloureuse sur son visage fade, elle attendrait qu'il fasse le nécessaire. Mais comment ferait-il le nécessaire ? Il n'y avait pas une infinité d'attitudes devant telle situation et quelle serait son attitude ? Restons là. J'étudiai dans la glace contre laquelle reposait le haut de son crâne échevelé l'arrangement de ma coiffure. Je devais rétablir ma dignité ; je devais le quitter, joyeuse et glacée, je quitterais celui qui m'aimait, je quitterais celui qui m'aimait dès le premier jour. Mais pourquoi cette immonde fille ? Je sentis mes lèvres trembler faiblement et ma gorge serrée par les larmes ; pourquoi cette fille, Grégoire, cette fille qui agite ton sang, pourquoi, Grégoire, cette fille, cette fille dont la vue épuise mes forces ?

Je ne le quitterais pas avec le sentiment d'avoir été battue. Il me semblait qu'il y avait entre nous une entente, bien qu'il continuât de me considérer d'un œil glacial et de conserver un silence implacable. J'étais sans pensée et repue : il m'aimait toujours. Comme je me levais, il hésita, il se leva à son tour et quand je lui tendis la main, il la saisit et il la serra : il m'aimait toujours. Je m'éloignai de quelques pas et je me retournai : debout, la tête appuyée contre une colonne, il plissait les yeux, et il passa sa main sur son front : — « Ma petite Hélène, ne vous en faites pas pour moi, je n'en vaux guère la peine », d'une voix ferme et glaciale, et il se rassit ; il se laissa aller en arrière, il ferma les paupières en portant de nouveau sa main sur le front et une ride s'allongea à la base de sa narine qui tremblait. Il n'y avait en moi qu'une calme assurance ; il me chassait, mais il m'aimait toujours.

La porte s'ouvrit brutalement, livrant passage à une trombe d'eau sifflante qui claqua et s'étala sur le carrelage. Comme la patronne courait vers l'entrée en levant les bras au ciel et s'exclamant, un jeune garçon aux cheveux luisants et aux joues rouges apparut sur le rectangle de la nuit et se tint debout, les bras collés au corps, dévisageant sans rien dire la femme qui s'arrêta, surprise, à quelques pas, tandis que le vent, pénétrant avec un long gémissement, enroulait les rideaux, secouait les lampes qui grincèrent au-dessus des tables.

Les matelots cessèrent de plaisanter ; l'un d'eux se leva en jurant : personne n'était foutu de fermer cette sacrée porte. Le jeune garçon porta la main dans ses cheveux ébouriffés et, après avoir souri gauchement, il murmura quelque chose en regardant par-dessus son épaule vers le dehors. Le vent sifflait avec courroux à travers l'atmosphère chaude et chargée de vapeur qui montait des corps d'hommes, du tabac de leurs pipes et des vêtements épais d'où s'exhalait une odeur âcre de poisson, de cuir et de saumure. Il se balança sur un pied, raclant son talon sur le carrelage et toussotant entre chaque mot, et il se retourna à demi en tendant sa main vers la porte sur le pas de laquelle surgirent deux autres gamins qui se donnaient des coups de coude et se parlaient à l'oreille en riant sous cape ; je reconnus la frimousse rouge de celui qui m'avait apporté la lettre. Ils étaient devant moi, ils m'empêchaient de passer, ils étaient le mauvais présage, et, quand sur un brancard feuillu, brillant et mouillé, je vis le visage livide et arrogant de l'autre, barré par un linge sanglant, une sorte de colère silencieuse mais douloureuse et brutale déferla en moi. Il faisait la moue et sous ses longs cils luisaient les deux pierres vertes de son regard absent. Je reculai de quelques pas en pressant mon cœur qui battait comme un pouls enfiévré.

La femme appela Rodolphe, un gros gaillard court au cou épais qui s'écria qu'il n'était pas question de faire entrer dans son honorable établissement cette bande de saltimbanques. Le petit blessé se dressa lentement sur son séant, les yeux fermés dont les paupières découvrirent ensuite l'éclat froid qui exprimait tout un monde d'indifférence méprisante, et il porta sa main sur la poitrine comme un prêtre recueilli et dit d'une voix claire et tranchante qu'il était Sani de Reveison. Ses lèvres serrées et blanches remuèrent encore un peu. Ses yeux verdis de sel, cruels, pleins de répulsion à l'égard de son indigne interlocuteur, étaient rivés sur l'homme qui baissa la tête comme s'il ne pouvait supporter un tel feu : ses mains battirent les poches, il se tourna de part et d'autre, visiblement gêné et hésitant, puis, après un silence oppressé, il se tourna vers sa femme en souriant bizarrement et pointa son doigt en l'air.

Ce petit monsieur Sani de Reveison prit un de ses genoux dans ses mains jointes pour ne pas tomber brusquement en arrière et son corps étroit descendit jusque sur la couche végétale, et quand sa tête rencontra la paille humide, il poussa un petit cri étranglé et comme arraché de lui, tandis que sa main se cramponnait aux branches et que son camarade se précipitait à son chevet pour le soutenir, mais qu'il écarta avec colère. Les lampes dansaient et grinçaient au-dessus des hommes debout, leurs chaises reculées, le corps à demi vacillant comme mû par le vent, et l'homme seul et bafoué, les coudes sur les genoux, les mains réunies et serrées sur une canne, jetait sur le groupe des enfants un regard immobile et songeur.

Grégoire sirotait calmement : il n'y avait plus pour lui d'alentour, il était enfermé, et l'enchanteresse, l'immonde fille participait-elle à son rêve ? Contre la porte ouverte, s'allongea le profil nerveux et tacheté d'un cheval qui lança un hennissement désespéré ; puis il flaira une épaule, renifla et flaira de plus près, mais d'un geste brusque de l'avant-bras, un garçon écarta les naseaux indiscrets. Et lentement, comme un convoi funèbre, montèrent les brancards supportés par deux épaules. J'avais envie de crier ma souffrance et ma passion ; il avait le nez dans son journal : retranché dans son rêve et je n'étais pas dans le rêve de celui que j'aimais ; je n'existais que par lui qui existait parfaitement sans moi.

L'aubergiste, les bras en croix qu'elle balançait d'un côté ou de l'autre au-dessus de la rampe, surveillait l'opération avec un émerveillement qui enflammait ses joues rondes : la voici en dévotion maternelle. Le patron prit place derrière la caisse, la tête dans ses mains, tandis que sur les marches grinçaient les souliers des jeunes garçons. Je restai dans l'embrasure, au milieu de l'air aigre et fumeux.

Un matelot, la poitrine débraillée, courut à cloche-pied jusqu'auprès du piano mécanique qu'il remonta en suant et soufflant : « Ho hisse, ho hisse », comme s'il larguait la voile ; il retourna vers ses camarades deux yeux bouffis, quêtant l'assentiment. Des rires et des voix criardes l'assaillirent de toutes parts, assagis par une polka qui monta dans l'air, désinvolte et alerte. Dans l'ombre, l'étranger jetait quelquefois un regard oblique vers l'escalier par où s'était éclipsé cérémonieusement chacun des jeunes personnages dont ne subsistait que la rumeur sourde de leurs souliers sur le plancher. Grégoire était tranquille et toujours absent comme si rien n'avait eu lieu ; sa main palpait le haut du journal. Il se pencha en avant et la main tourna la page ; il toussota, se redressa et continua sa lecture ; il n'était jamais si studieux. Comme je le haïssais ! Je fis quelques pas vers le seuil et, quand je me retournai, la main fermée frappait à petits coups brefs la bouche qui bâillait. Viendrait-elle, la bien-aimée ? L'impatience électrisait ses nerfs — ou bien l'heure n'était-elle pas encore sonnée ? Était-il sûr de lui ? et elle, sûre d'elle ? Moi, j'étais aussi sûre de lui que de moi-même, et cependant il lisait un journal sous mon nez, il ne levait pas les yeux, et je laissais la place à une immonde fille sans couleur et sans vie, et cependant j'étais aussi sûre de lui que de moi-même ; l'amour est dur comme l'or, l'amour n'est pas un nuage et dans les cœurs vivants ne dure pas qu'un seul jour.

Comme j'ouvris la porte, une longue femme vêtue d'un trench-coat luisant heurta mon épaule et s'écarta en repliant un parapluie qui sentait le torchon humide, c'était elle. Je stoppai en tournant entre les doigts mes gants et mon sac. Elle repoussa la porte à ressort d'où jaillirent des gouttelettes et elle me fixa de ses yeux morts : le genre américain qui se balade en fumant sur les écrans, la dédaigneuse créature, faussement désinvolte, les mains dans les poches, le col relevé. Il convenait de ne pas s'emballer et de porter un jugement froid et juste, mais mon sang remuait et bouillonnait ; il convenait aussi de détourner ma pensée de cette Mlle Annabelle, un nom de putain : mes mains tremblaient et j'étais parcourue de frissons glacés, car le feu glace. Elle m'avait regardée longuement, sans curiosité, avec des yeux inexpressifs plaqués sur une peau empâtée de fard — et il aimait ça. Qu'elle fût lourde et molle me calmait un peu, mais quand elle s'approcha de la table devant laquelle rêvait Grégoire en caressant avec le pouce sa pipe qu'il maintenait dans ses doigts fermés comme un petit oiseau et qu'il leva les yeux en ouvrant une bouche riante, elle lui tendit une main plutôt réticente, et il se leva d'un bond ridicule et baisa le poignet nu entre le gant et la manche.

Le piano se tut et tous battirent des mains. À cloche-pied, un matelot courut en vacillant et tourna, tourna en soufflant comme un bœuf, et, simulant une grande peine, il passa le dos de sa main sur son front et secoua sa main d'où l'on pouvait s'imaginer que s'égouttait la sueur. Tous rirent et l'apostrophèrent, et ce fut une autre polka plus lente : ils se balancèrent de droite à gauche en chantonnant diversement, quelques-uns avec une voix de basse, quelques autres avec une voix de tête insupportable, et leurs regards pétillants de gaieté se croisaient et s'attardaient les uns dans les autres, leurs belles dents éclatantes et glorieuses et les bouches en cul de poule dans les pianissimi contenus, et bientôt ils ne se regardèrent plus, ils ne rirent plus, ils fixaient la nuit et dans l'air silencieux se lamentait le chœur : *il l'avait quittée au port, et le vent monta, et le bateau hoqueta sur la mer et chavira, pendant qu'elle dansait dans une boîte entre les bras d'on ne sait qui, et quand le cadavre lui fut apporté à l'aube, elle éclata de rire, la belle ; la belle éclata de rire !* Elle mit sa main dans la sienne, en se pressant contre lui qui me décocha un regard effronté ; je ne pouvais supporter cela ; cette main entortilleuse, et lui qui se laissait faire en souriant comme s'il voulait me faire accroire qu'il était au septième ciel, et il la bichonnait en ne cessant de me fixer de ses yeux gris qui me crevaient le cœur. J'étais soudain tout à fait enragée, c'était trop dégoûtant. Je courus jusqu'à leur table et, les deux poings sur le marbre, je demandai à Grégoire avec violence s'il m'accompagnait et comme il m'invitait à prendre place auprès de cette... je lui demandai une seconde fois s'il désirait m'accompagner un bout de chemin : il m'en avait fait la promesse. Mais il ne pouvait pas laisser Annabelle, il le regrettait ; que je m'asseye là. Auprès de cette... ? non, jamais de la vie ; mes tempes battirent. Et je tournai le dos.

L'ÉTRANGER

J'errais à travers les rues si silencieuses que la peur de rencontrer une personne ou tout autre animal bruyant me serrait la gorge. Je mis le pied sur le pont, puis reculai un peu, ayant le pressentiment que je ne franchirais pas le fleuve ; je fis demi-tour, pestant cependant contre mon absurdité ; je traînais des souliers alourdis d'eau et de boue et ma chemise n'était plus sur ma chair grise et puante qu'une rugueuse croûte qui embarrassait tous mes mouvements. Il me vint à l'idée qu'un bain serait nécessaire et sans réfléchir aux conséquences, car ce désir s'éloignait tout à fait de la raison, je me dépouillai de mes loques qui glissèrent le long de mes membres durcis par l'engelure, et je plongeai les mains derrière le dos comme un supplicié. Plus le froid du fleuve me suffoquait, plus ma satisfaction était vive ; il m'apparaissait clairement que c'était là un geste purificateur que j'aurais dû accomplir dès les premiers jours de ma misère. Mais, bientôt, l'intensité du froid augmentant sans cesse au point qu'il me semblait que mon cœur lui-même s'enveloppait peu à peu d'une couche de glace, que dans mes vaisseaux soufflaient des courants d'air, et comme je vis l'extrémité de mes doigts bleuir, bien qu'en nageant je les agitasse, alors je jugeai raisonnable de regagner la berge. Au moment où je m'agrippai avec mes coudes sur la pierre trop lisse, plusieurs cloches commencèrent à sonner, et dans mes oreilles, ce fut un bourdonnement très vif qu'une fois assis sur le quai, je ne pouvais atténuer en les bouchant de mes doigts ; je ramassai un peu de paille sur le sol dont je fis une boulette que j'introduisis dans mes oreilles, mais encore le tintement sourd et noir, encore et encore.

MARC

Étendu, les yeux fermés par la nuit, les deux poings sous le menton accrochés aux draps frais, je serai ainsi le jour de ma mort et on posera sur cette table de nuit le grand chandelier d'argent et au pied du lit le prie-Dieu plein de toiles d'araignée, oh ! mes côtes, mes côtes, et ils diront peut-être qu'ils regrettent de m'avoir tant battu alors que la mort a fauché ma jeunesse. Sani qui hurlait sous la fenêtre, l'eau clapotait doucement sous la passerelle et il avançait avec précaution, les bras en croix ; tous les garçons étaient penchés, leurs yeux fixés sur l'ombre, semblables à des loups. Mes tempes battaient quand j'approchais de la maison, je serrais mes doigts sur la poignée qui ressemblait à un œuf et quand j'étais un gosse je le léchais, mais le jaune ne coulait pas, et je tournais — les sirènes et les sifflets des bateaux à vapeur. L'oncle Horace, les pieds sur la table, lisait le journal, se rongeant la lèvre supérieure. Le loquet claqua et il leva la tête en laissant tomber le journal sur ses genoux ; il fronça le visage ; il se mit debout et se balança d'un pied sur l'autre.

— Tu peux fermer la porte, dit-il.

Je claquai des dents. Je m'approchai de lui, crispant les poings, un gros rire gronda dans sa gorge. Je fermai les yeux, il m'empoigna par le cou et me fit virer tandis que je poussais des hurlements. Sani qui hurlait, le visage caché par les lilas je ne savais pas qu'il y avait des lilas en été ; la couleur terne de ses yeux, et la couleur verte et cruelle de ses yeux quand il était vivant ; il faisait des mouvements impuissants de ses mains, il voyait peut-être un gendarme qu'il essayait d'effacer, dont les pupilles sévères s'élargissaient jusqu'à couvrir tout le champ de sa vision : quand j'ai eu ma scarlatine, c'étaient des cuisinières en marbre vert qui avançaient vers moi, colossales et pansues sur des roulettes, maman s'était penchée sur moi et j'avais accroché mes doigts dans son collier et les perles coururent, froides et dures, sous mon dos, sous mes cuisses. S'il mourait, il n'y aurait plus rien, mais est-ce qu'il y avait en ce moment quelque chose ? une drôle de comédie : on apparaît, on disparaît. Mes fesses me cuisaient, l'oncle Horace n'avait jamais tapé si dur. Il resterait la princesse, j'avais violé son domaine. Entre deux bougeoirs, seule à une grande table, et quand un domestique m'eut introduit, elle me fixa de son regard violent, et quand je lui ai dit que son frère avait quelque chose, elle marcha vers moi en crispant le nez à chaque pas et elle frappa avec colère le plancher de son pied gainé dans une haute bottine, elle ouvrit une petite porte d'où jaillirent quatre chiens qui agitèrent la queue et fouinèrent sous la table. Soudain, elle se retourna vers moi et me dit d'un ton cassant que c'était bien, mais je restai debout et elle a cru que j'étais parti et elle s'assit sur le bord d'une chaise, les mains croisées sur son ventre. Dans son assiette, une tranche de viande fumait solitaire. Je me répétais que j'étais chez elle. Sur un plat d'argent, une pâtisserie jaune et rose luisait entre les fleurs ; il y avait là, tout auprès, un capitaine qui mourait d'amour pour elle ; le jeu eût été de m'avancer, de me courber et de lui proposer mon aide et elle se serait levée, reconnaissante à travers ses larmes et la main dans la main nous aurions volé auprès de Sani ; ses genoux tremblaient ; elle vacillait, haletante contre les fourrés et, de mes mains, je l'aurais soutenue. Mon dos me cuisait, il faisait une chaleur d'enfer et je rejetais mes couvertures ; les cigales, toujours les cigales ; le sang battait sous mon dos. Le clapotis des pieds dans la boue, et nous avancions péniblement au milieu du vent et de la pluie tandis qu'il délirait sur les feuilles ; Guillaume en avant, la tête un peu basse, qui retournait sans cesse vers Sani ses grands yeux sombres à reflets dorés, et Richard, essoufflé, regardait droit devant lui la tête comme un bloc de bois, stupidement fier de commander le funèbre cortège. Il espérait sûrement que..., mais non, personne ne pouvait l'espérer, car il n'y aurait plus rien alors. Les martins-pêcheurs caquetaient, Sani disait souvent qu'ils aimaient la pluie, ils ouvraient le bec pour sentir le titillement glacé de la pluie sur leur gosier. Le carillon de Saint-Antoine sonna, mais le vent éparpillait les sons et je ne pus devancer chacun des onze coups avec mon doigt pressant sur le matelas, quelquefois je me trompais, j'en comptais un de trop et mon doigt remuait, mais le silence suivait, ou un de moins, mais au moment même où cela sonnait, je levais le doigt et je me persuadais que j'avais bien compté. Qu'est-ce que tu as été foutre sous la pluie ? La pluie fouettait les vitres ; qui aurait été chercher le docteur ? c'est à qui resterait le dernier ; je ne pensais pas beaucoup au docteur, je pensais à Catherine : elle allait et venait nerveusement dans le salon , elle tourna les talons brusquement. Je devins cramoisi et je me mis à bégayer. Elle était à son chevet à présent, et les autres ? Ils ne voulaient pas le quitter. Qu'est-ce que tu as été foutre sous la pluie ? Mes pieds étaient glacés et mouillés, et j'essayais de répondre, mais les mots séchaient sur mes lèvres ; il essaya de me gifler ; d'une secousse, je me rejetai en arrière. Ils ne voulaient pas le quitter, ils préféraient le voir crever sur place pourvu qu'ils fussent auprès de lui. Je me roulai contre le mur — oh ! mes côtes ! — ; le faisceau du phare me brûlait les paupières toutes les quinze secondes ; un bruit de chanson, la longue palpitation d'un canot, cette fille qui est si fière, demain auprès de Sani et de Catherine, j'étendis les jambes, je heurtai le bois de mon lit.

GUILLAUME

— « Il faut qu'on aille chercher le médecin, il faut que le médecin vienne tout de suite », cria-t-elle en se relevant. Puis son corps se ploya au-dessus du corps contracté de Sani étendu sur une chaise longue. Elle tourna vers moi son regard bleu et effrayé : « Vous m'avez entendu, il faut le médecin tout de suite. » Richard mâchonnait sans broncher, le bras allongé le long de la cheminée ; il n'avait pas levé les yeux, et Pim émiettait un quignon de pain qu'il avait sorti de sa poche. Sani ouvrit les paupières et leva sur moi des yeux traqués, les bras agités de secousses contre ses flancs, et il commença à hurler en étendant ses deux paumes vers le visage de l'aubergiste qui, d'abord, recula brusquement ; puis elle lui prit les poignets qu'elle essaya de ramener sur sa poitrine en le raisonnant doucement ; ses yeux pâles et doux étaient noyés de larmes. Il eut un nouveau sursaut plus violent et, se levant à demi sur son séant, il appela : « Catherine ! Catherine ! » à intervalles réguliers, d'une voix sans inflexion, mais insistante et hâtive. Pim avait émietté tout son pain, ses mains continuaient comme pour en émietter encore. Marc, assis au pied du lit, broyait ses poings entre ses genoux et tiquait nerveusement.

Je m'approchai sur la pointe des pieds ; il était étendu

près des lilas sous la fenêtre, hurlant, mais elle m'écarta avec colère : — « Va chercher le médecin » dit-elle, je ne voulais pas l'abandonner au milieu de tous ces étrangers. Marc glissa ses doigts dans l'échancrure de sa chemise trempée et ridée, et il se gratta la poitrine nerveusement. Ce n'était pas à moi d'abandonner Sani, mais aux autres d'aller chercher le médecin : ils restaient immobiles, les paupières baissées, sauf Richard qui fixait sur moi des yeux méfiants et tristes. Je haïssais leur fidélité et leur amour : moi seul avais le droit de veiller Sani et je haïssais cette bonne femme qui s'agitait peureusement en tordant les bras, comme si Sani eût été son propre fils, son enfant chéri.

Par la fenêtre, je vis deux corbeaux sortis de la nuit qui tourbillonnèrent dans la bourrasque comme des feuilles, et ils se heurtèrent lourdement contre la vitre et retournèrent se percher sur la branche tordue d'un hêtre où ils se balancèrent en jetant des croassements gutturaux aux souffles du vent qui éparpillèrent leurs cris comme des lambeaux. Pim se leva, ouvrit la fenêtre et aspira le vent chaud et humide ; puis, les yeux baissés, il se rassit au pied du lit en sortant de sa poche un petit morceau de pain dont il arracha quelques fragments de ses doigts nerveux. Sani continuait à crier et sacrer de sa voix uniforme mais plus coléreuse. L'aubergiste décrocha un tablier sale et s'en ceignit, puis elle ouvrit la porte et du haut de l'escalier appela « Rodolphe ! » Une voix rauque lui répondit. J'entendis monter, puis trébucher contre les marches, et elle lui dit de faire bouillir de l'eau. Elle ferma la porte avec fracas et s'agenouilla auprès de Sani en murmurant doucement qu'il devait être sage, qu'elle allait le guérir. Il releva un peu son visage plaintif et tendu comme s'il essayait de comprendre, et, lorsqu'elle lui caressa la joue, il se mit à hurler en se cachant les yeux avec sa main ; elle s'écarta en soupirant.

Marc assis, les jambes repliées, fronçait les sourcils,

s'agitait, et se marmottait des choses à lui-même ; j'avais envie de me lever et de crier : « Que tout le monde sorte d'ici, qu'on me laisse seul avec lui, moi seul j'ai le droit de le soigner et de le veiller. » Mais nous nous regardions avec haine et méfiance, chacun désirait qu'on le laissât seul avec lui. Il était étendu près des lilas sous la fenêtre, hurlant, et soudain Marc se leva et, après avoir jeté sur nous tous un regard irrité, il marcha jusqu'auprès de la porte qu'il ouvrit toute grande, il se retourna et dit sur un ton amer que lui, il allait chercher un médecin ; il claqua la porte derrière lui. Ils levèrent tous la tête. Richard s'approcha de Sani. Nous entendîmes Marc dévaler l'escalier et les fronts se détendirent : nous étions délivrés. Sani cessa de se débattre et de crier et regarda Richard, les yeux agrandis et vitreux. Je respirai, enfin lentement, profondément. Sani, je suis auprès de toi et je ne te quitterai pas. Chacun formait ce vœu au fond de son cœur, et moi pour une fois en communion avec eux. Non, Sani, ils sont des étrangers, Sani, il y a des menteurs autour de toi, il n'y a que moi auprès de toi et même celle que tu implores et qui est de ton sang... Sa voix déferlait en vagues et il se blottissait contre la fenêtre, son bandeau disparaissait sous les lilas.

On frappa et l'aubergiste alla ouvrir ; elle remercia, ferma la porte et posa sur la table une bouillotte enveloppée de vapeur et une boîte de fer-blanc sur laquelle était dessinée une croix rouge. Elle fourragea quelques instants dans la boîte. Richard tenait la main de Sani dans la sienne : une telle privauté, c'était révoltant. En croassant, un corbeau tournoya autour du hêtre et retourna se poser sur la branche en se serrant tout contre l'autre corbeau qui était resté immobile, le cou rentré dans les plumes. Elle prit une bande de gaze qu'elle déroula pour la sectionner avec des ciseaux. Entourant de son tablier l'anse de la bouillotte, elle versa de l'eau sur un nuage de coton, et fit demi-tour en tendant le coton et la gaze à Richard :

— Tiens-moi ça, dit-elle.

Puis, s'approchant de Sani, elle défit le bandeau en haussant les épaules, mais Sani lui posa la main sur le bras et essaya de lutter. D'un coup de coude, elle le rejeta de côté et le fixa un moment, les yeux tristes et doux, et elle se mit en devoir de poursuivre ses soins. Elle arracha d'un coup sec le reste du bandeau et je vis sur le front une boue rouge et noire, plus pâle sur le pourtour de la plaie ; elle fit « Ttt, Ttt », en fronçant les sourcils, et appliqua sur la chair meurtrie une touffe de coton qu'elle frotta jusqu'à ce qu'elle fût complètement rouge. Elle arracha de la boîte une nouvelle touffe. Dehors, par la fenêtre, j'entendis les corbeaux tourbillonner avec des croassements rauques et s'enfuir dans le vent que fustigeaient leurs cris. Pim allait et venait dans la chambre, se tenant le menton dans les doigts, sa bouche épaisse toute grande ouverte. Devant la fenêtre, il s'arrêta, il inclina la tête vers Sani et observa avec curiosité les mouvements des doigts agiles de l'aubergiste qui enroulait soigneusement le crâne avec une bande blanche et légère, et sa langue sortait à demi de sa bouche. Richard était assis, un coude sur la table, tassé et complètement immobile ; son regard sec et volontaire suivait les allées et venues de la femme. Sani cessa de geindre, les yeux fixés sur le plafond, la tête un peu penchée comme s'il écoutait quelque chose de presque imperceptible.

L'escalier craqua, la porte s'ouvrit doucement et une odeur de camphre envahit la chambre. Sani se dressa sur le canapé, droit et mince comme une herbe, la tête tendue en avant et les jambes serrées. Et avant que le docteur eût franchi le seuil, il se débattit :

— Laissez-moi, chuchota-t-il, laissez-moi !

Il se tortilla, écrasant la main de Richard qui poussa un gémissement en reculant. Puis, se retournant vers le docteur qui demeurait immobile sur le pas de la porte, il riva des yeux éclatants de colère et de défi sur l'intrus. La porte ouverte béait et battait contre le montant. Le docteur fit un signe avec deux doigts et cligna de l'œil pour signifier qu'il était au courant ; les volets battaient contre les vitres avec de courts grincements, et il avança un peu courbé vers la fenêtre et sa main caressa le menton de Sani qui se laissa faire en pleurant désespérément. Le regard compréhensif et paisible domptait son désir éperdu de fuir. Lentement il dévida le bandeau en se courbant sur le lit et se relevant quelquefois pour souffler, le linge pincé entre deux doigts joints. Sani avait fermé les yeux, roidi dans un paroxysme de colère et de désespoir. Le médecin pressa la chair violacée de ses doigts épais, et un pus noirâtre surgit qui fermenta tout autour. Les mains cramponnées aux revers de sa veste, Sani serra les lèvres ; ses joues verdirent, tiraillées par des crispations intermittentes. Lorsque le docteur se tourna vers l'aubergiste pour chuchoter, il poussa un profond soupir et sa tête dodelina de droite à gauche sur le coussin, comme si sa souffrance eût été inhumaine.

Le docteur fouilla sa serviette d'où il sortit une longue aiguille qu'il enchâssa dans un tube de verre ; puis il introduisit l'aiguille dans une ampoule, après en avoir brisé avec le pouce et l'index l'extrémité pointue, et il se pencha de nouveau sur Sani dont il baissa la culotte : il se laissa faire, ramassé et tendu, la lèvre légèrement retroussée. La main boudinée et poilue tâtonna maladroitement sur la cuisse nue. La porte grinça. Le médecin se retourna brusquement :

— Fermez cette porte, bon sang !

Richard fit claquer la porte et je me rappelai le visage dur et impérieux de Sani penché sur le plan, tandis que l'eau clapotait contre la coque, son index fermement posé sur la topographie bleue et verte, et son visage narquois lorsque je me tenais devant lui, rouge et furieux. « Écoute-le, il chante très bien ; une brute, oui, mais écoute comme il sait chanter », et le visage violent quand

Pim avait joué *le Bateau de l'Idiot* ; l'ombre de l'archet sur le nez lui fabriquait une expression brutale et renfrognée. La douleur me monta aux yeux, et le battement de mon sang sous ma chair, le battement de mon sang, comme je t'aimais, Sani, comme je t'aimais.

Le docteur se releva et frotta les mains l'une contre l'autre ; il écrivit quelque chose sur une feuille qu'il arracha de son calepin et la tendit à l'aubergiste qui la tint entre ses doigts sans rien dire. Il demanda à se laver les mains, il se pencha légèrement au-dessus de Sani et il lui adressa un sourire un peu hésitant. Il se dirigea vers la porte en titubant et fit signe à la bonne femme de le suivre. Elle le prit par le bras et lui fit franchir une marche qui donnait accès sur le palier ténébreux. Leurs mains tâtonnèrent contre le mur et ils refermèrent la porte derrière eux.

Richard s'approcha de moi et, jetant un regard en coulisse sur le corps étendu, il me dit à voix basse qu'il était tard et que nous devions rentrer.

— Moi, je reste ici encore quelque temps.

— Tu dois rentrer, dit-il avec colère.

— Je rentrerai quand il me plaira.

— On te flanquera une raclée chez toi, tu dois rentrer, insista-t-il.

— Peu importe la raclée, dis-je.

Il haussa les épaules et, sans mot dire, il retourna auprès de Sani, il s'appuya en arrière à la fenêtre, les bras arc-boutés contre le rebord.

— Pourquoi ne rentres-tu pas ? dis-je.

— Parce que... bougonna-t-il d'un air compassé et têtu.

Nous restâmes silencieux auprès de Sani qui geignait doucement, les yeux fermés.

J'entendis grimper l'escalier lentement et péniblement et sous la porte il y eut des soupirs qui se terminèrent en grognements impatients. « Attends un peu, Mâtine ! » Des griffes claquèrent sur le parquet, plusieurs voix gémirent en même temps, la porte s'ouvrit et deux chiens s'y engouffrèrent, se faufilèrent entre mes jambes et grimpèrent sur le canapé, posant leurs grosses pattes insistantes sur la poitrine de Sani qui se retourna en souriant. Catherine s'arrêta sur le pas de la porte, toute menue et pâle ; ses yeux fébriles passèrent dédaigneusement sur mon propre regard, et elle se précipita vers son frère, donna une tape sur les têtes mobiles des chiens et saisit le poignet entre le pouce et deux doigts. Sani se haussa sur un coude, retenant la couverture qui glissait : « Catherine, Catherine », dit-il sur un ton apaisé, et ses doigts tremblants s'agrippèrent à son épaule penchée. Les cheveux de la jeune fille avaient été rabattus épars sur sa figure et d'un coup de tête elle les rejeta en arrière ; puis elle tourna vers moi un regard courroucé :

— Il est trempé, dit-elle.

Elle passa un bras sous les genoux de Sani et le souleva. Richard fit un bond vers elle pour l'aider.

— Je vous interdis de le toucher, cria-t-elle.

Elle traversa la pièce avec son fardeau, fit vivement le tour de la table, ses flancs montaient et descendaient en grinçant, et, tout essoufflée, elle déposa son frère sur le lit. Ses yeux étaient dilatés et ses joues rouges et luisantes brillaient comme des soleils. Elle me lança un regard furibond, sa main chercha une chaise, tandis que son torse était de nouveau animé d'un léger balancement. Les chiens quittèrent leur sombre refuge sous le canapé et se traînèrent en gémissant le long des jambes de Catherine qui étendit sa main pour les caresser. Assise, les jambes ramassées sous elle, les mains sur les genoux, elle tint les yeux fixés sur Sani jusqu'à ce que l'irruption de l'aubergiste lui eût fait lever la tête ; elle pirouetta sur elle-même et la regarda droit dans les yeux, les coudes légèrement écartés dans la posture d'un chien aux aguets. L'aubergiste déposa sur le lit un paquet de draps et de couvertures et, les mains sur les hanches, la scruta avec une inquiétude hostile :

— À quoi pensez-vous ? il faut lui enlever tout de suite ses vêtements humides, dit Catherine avec véhémence, et tâchez de m'en trouver d'autres ; je veux qu'il rentre aussitôt à la maison.

— Impossible, rétorqua paisiblement la bonne femme en croisant les bras sur la poitrine, le docteur a prescrit l'immobilité la plus absolue.

— Quel docteur ? rugit Catherine.

Elle se leva et d'un coup de pied envoya la chaise de l'autre côté de la chambre.

— Ne faites donc pas tant de bruit, dit paisiblement l'aubergiste, le docteur a prescrit le silence le plus absolu.

Catherine, les jambes écartées, les bras tendus à se rompre et les poings fermés, regarda la femme avec un sourire méprisant (celui-là même de son frère), puis elle l'empoigna par le tablier et se mit à la secouer en lui criant des injures, qu'elle ferait mieux de s'occuper de ses casseroles, qu'une pauvre idiote comme elle était incapable de comprendre un diagnostic et enfin comment pouvait-elle songer à laisser ce garçon dans un bouge aussi infect ? L'aubergiste la regarda avec une expression courroucée, surprise et triste :

— Si vous voulez le tuer, vous pouvez l'emmener, dit-elle en hochant la tête.

Elle remit de l'ordre dans ses vêtements, se pencha sur le lit et commença à déboutonner la chemise de Sani qui geignait, agité par moments de faibles sursauts convulsifs.

— Eh bien, je coucherai ici, dit Catherine d'un ton plus conciliant.

Mais sitôt après, se retournant, elle attira brusquement Richard à elle et, le saisissant par la veste, face à face :

— Qu'est-ce qu'ils font ici, ces idiots ! Je n'ai pas besoin de vous ! Allons, hors d'ici !

Richard fit entendre une protestation de sa voix sauvage et profonde ; il m'invita du regard à le suivre, il prit son béret sur une chaise, il se dirigea vers la porte et se retourna un moment en jetant sur Catherine un regard subjugué, il traversa la chambre et sortit. Elle se tourna vers moi, me dévisagea et, avant que j'eusse ouvert la bouche :

— M'avez-vous entendue ? Sortez d'ici !

Elle se cramponnait à mon bras et m'entraînait vers la porte ; je me dégageai vivement, je dis avec calme :

— Je reste ici.

Et je sentis que mes joues rougissaient. D'une secousse, je me libérai et la repoussai. Elle demeura un moment immobile, ses yeux exultant de fureur, les muscles de la mâchoire contractés :

— Je ne veux personne ici, s'écria-t-elle, en tapant du pied. Espèce de petit idiot, ne lui avez-vous pas assez fait de mal ?

— Je ne m'en irai pas, dis-je.

Et je m'assis, les coudes sur la table. L'aubergiste fourrageait dans la boîte de fer-blanc et soupirait en me jetant des coups d'œil complices. Catherine se déplaça à pas silencieux et brandit une chaise au-dessus de ma tête :

— Sortez, ou je vous...

Je me levai brusquement et me jetai dans une encoignure, la joue contre le buffet. La chaise se brisa sur la muraille, le bois vola en éclats, se tordit sur le plancher. L'aubergiste se releva et regarda droit vers moi, sans surprise apparente, de ses yeux bleus, béats et vides. Les chiens, en grognant, l'échine courbée, se réfugièrent lestement à l'autre extrémité de la chambre. Je sentais qu'elle m'observait de son regard impudent et irrité :

— Sortez d'ici ! cria-t-elle, nous sommes assez de deux pour le soigner.

J'entendis un hennissement plaintif dans le vent qui soufflait sous la porte.

— Nous sommes trop de deux, ajouta-t-elle en haussant le ton pour souligner les mots, et je ne veux pas qu'un seul garçon mette les pieds ici.

J'aimais qu'elle me parlât ainsi, car j'aimais la sœur de Sani, mais je ne pouvais supporter d'être mis à la porte de la chambre et je secouai obstinément la tête. J'entendis à l'étage inférieur la musique rapide et martelée, les voix rauques et perçantes des marins, les piétinements des danseurs. L'aubergiste s'approcha de moi pour me chuchoter à l'oreille que je ferais mieux de descendre ; je m'occuperais des chevaux, je pourrais remonter quand la colère de la petite serait dissipée.

— Et tes parents vont être inquiets...

— Laissez-moi, dis-je.

— Descends un moment, insista-t-elle, et plus bas : je te ferai coucher ici, va soigner les chevaux.

J'entendis sous la fenêtre deux voix d'hommes qui se confondaient en un murmure inarticulé et monotone, une porte se referma. Catherine, d'un bond de côté, fut devant moi, brandissant un bougeoir :

— Partez ! cria-t-elle.

De sa main libre elle tourna la poignée. La porte s'ouvrit toute grande en claquant.

— Je vous laisse, dis-je en m'efforçant de sourire d'une façon telle qu'elle pût croire que je ne me tenais pas pour battu.

Sa main descendit lentement et déposa le bougeoir sur la cheminée. Elle me tourna les talons et traversa la chambre ; sa hanche se balançait de haut en bas en grinçant et l'étoffe de sa jupe pliait, se dépliait, pliait, se dépliait. Je restai quelque temps l'oreille contre la porte, écoutant les chuchotements légers et les plaintes plus faibles à présent de Sani qui filtraient à travers les charnières et la serrure ; mais bientôt, les voix ivres, les rires et le piano mécanique toujours actif couvrirent ces derniers vestiges.

Je descendis quelques marches, ma main appuyée sur

le serpent froid et poussiéreux de la rampe et, au palier inférieur, me penchant sur un gouffre de lumière, j'aperçus la salle où se mouvaient les têtes rasées sur les épaules houleuses bleues rayées de blanc. Dans un angle, un type parlait à une femme dont les jambes gainées de bas champagne s'étalaient sous la table ; les deux mains sur ses genoux, il écrasait délicatement l'extrémité d'une cigarette et enlevait les poils de tabac qui dépassaient. J'aperçus de dos un jeune homme dont les cheveux bouffaient au-dessus d'une nuque penchée, qui s'approcha en se dandinant, son corps suivait le rythme de la musique et quand il se courba vers la femme en souriant, je vis que c'était Fred et je tressaillis. Il craqua une allumette sur son talon et porta la flamme frissonnante à la hauteur de la bouche du type qui gonfla ses joues et fit un léger signe de tête pour remercier, et l'allumette sauta comme une minuscule et mourante étoile dans l'ombre. Fred, assis très raide auprès de la femme blonde, jetait autour de la salle un regard anxieux et se penchait à droite et à gauche pour essayer d'apercevoir les figures des couples qui dansaient. Le patron courait d'un client à l'autre, redressait les chaises, tapotait les tables avec un torchon gris et flasque. Fred se leva et il dansa avec la femme blonde qu'il entraîna de l'autre côté, et soudain, je vis sa main, d'un geste rapide et furtif, se poser sur la nuque et elle lui tendit sa bouche : je détournai les yeux. L'autre type, la tête accotée à la glace, bâillait en portant le verre à la hauteur de son menton. Le patron glissa entre les tables et se pencha vers le type qui sursauta, posa son verre et courut vivement jusqu'au comptoir où vibrait le téléphone ; il décrocha le récepteur et parla quelque temps le coude sur le zinc, le chapeau en arrière dégageant des cheveux hirsutes ; deux petites rides blanches s'agitaient sous ses narines quand il parlait. Auprès de lui, le patron écoutait, ses grosses lèvres légèrement entrouvertes, et de temps en temps, il opinait de la tête.

— Descends donc voir les chevaux, me dit l'aubergiste qui me pressa l'épaule avec la bouillotte, la petite est calmée ; elle a le diable au corps, la petite. Allez, mon gars, tu remonteras le voir tout à l'heure avant de rentrer.

Puis, passant devant moi, elle m'adressa un coup d'œil amical et bref. Je descendis derrière elle et, à pas rapides et prudents, je traversai la salle où tourbillonnaient les danseurs et je me dirigeai vers la porte.

Dans l'écurie, il faisait noir ; j'entendis une voix qui roucoulait, caressante et grave : « ... alors nous avons monté la falaise et je tenais une branche du brancard, il pleurait doucement et naturellement Richard faisait le malin et se retournait vers nous pour nous ordonner d'aller plus vite. Est-ce que nous avions besoin de ses ordres, dis, mon petit, sommes-nous ses esclaves ? et Sani lui-même se croit-il notre chef ? Ils sont tous courbés devant lui et ils chantent ses louanges comme si c'était nécessaire de se persuader les uns les autres qu'il est plus fort et plus intelligent que nous. Sani est un génie, je le sais bien. Qui parmi nous est un génie ? demandait Le Chambellan, et tout le monde répondait : Sani ; et Sani, silencieux et orgueilleux, nous regardait les uns après les autres pour vérifier si nous étions bien d'accord ; puis il déclara qu'il n'était pas un génie : mais j'ai un privilège et c'est pourquoi je suis le roi. Eh bien, mon petit, le roi est mort. Ha ! ha ! le roi est mort, et qui sera le roi ? crois-tu que ce sera Richard ? Mais c'est vrai que Guillaume s'est levé et il a dit qu'il ne voyait pas pourquoi Sani serait le roi. Pourquoi es-tu le roi ? Sani le fixa avec mépris, mais ses joues devinrent toutes rouges : Est-ce que tu ne vois pas que je suis le roi ? n'est-ce pas apparent ? — Non, tu n'es pas le roi, dit Guillaume en rougissant à son tour. — Vraiment ? et toi tu n'es pas un pauvre petit de rien du tout peut-être ? et tous s'esclaffèrent de rire et moi aussi parce que je ne voulais pas montrer que j'étais avec Guillaume, bien que trouvant Guillaume un peu ridicule, et je savais qu'il ne se soumettait pas parce qu'il était jaloux et pourtant il aime beaucoup Sani, il l'aime tellement qu'il se croit devenu Sani... Ah ! ah ! dis, mon petit, est-ce Guillaume le roi ? — Toi, je te ferai comprendre un jour pourquoi je suis le roi, dit Sani à Guillaume. Le médecin est venu et je crois que le roi va trépasser, et comme tu es son cheval, on te couvrira d'un drap noir et tu suivras le corbillard, seul, et tu ne seras plus monté par personne d'autre. Ton maître est mort, mon petit Chern, il est mort et le pauvre petit Chern est seul, mais je suis venu là pour te consoler ; je suis très triste moi aussi, mon petit Chern, et je ne sais... ». La voix s'interrompit net. Je fis grincer la porte et je restai là, debout, dans l'odeur de crottin, de foin et de cuir, et je vis les yeux inquiets de Pim qui erraient de tous côtés, tandis qu'il promenait la lanterne au-dessus des râteliers pleins. Quand il m'aperçut, une grimace découvrit ses dents ; il déposa la lanterne sur le sol « et toi, Chern, ne donne pas de ruades là-dedans », et il vint vers moi à grandes enjambées :

— Est-il mieux ?

— À qui parlais-tu ?

— Heu, au cheval, dit-il en rougissant. Je l'étrillais, comprends-tu ? Crois-tu que c'est grave ?

— Non.

— Ce n'est pas grave ?

— Non, ce n'est pas grave, dis-je.

— Le médecin a dit que ce n'était pas grave ?

— Non.

Je ne savais rien du diagnostic, mais je voulais dissiper son inquiétude, afin qu'il laisse Sani en paix et qu'il retourne chez lui, le cœur léger, et que je demeure seul auprès de Sani. S'asseyant sur une botte de paille, il sortit de sa poche une demi-tablette de chocolat et sur ses genoux il étala un magazine qu'il parcourut rapidement en mastiquant sans hâte. De temps en temps, il levait les yeux sur le cheval impatient qui lançait des ruades contre la paroi du box faite de planches disjointes, mais astiquées et luisantes :

— Allons, Chern, du calme, mon vieux.

Et il se remettait à lire très vite, ses yeux sautaient un grand nombre de lignes, sa main impatiente roulait et froissait le coin de la page qu'un violent courant d'air faisait palpiter. Quand il arriva aux dernières pages, il cessa de lire ; il se leva en s'étirant, il se plaça à côté du cheval dont il caressa lentement les flancs soyeux.

— Mon petit Chern, ton maître va mieux, oui, il va mieux...

Puis il lança vers moi un coup d'œil perplexe en tapotant la croupe parcourue de rapides frissons comme un champ de blé par le vent ; il voulait ajouter quelque chose, mais il se tut. Il déplaça la lampe : « Veux-tu un bout de pain ? » Il me tendit un croûton que je refusai ; j'avais hâte de le voir filer. Il s'assit de nouveau sur la botte de paille et se remit à manger. J'avais envie de le prendre par les épaules et de le mettre à la porte. Je le regardais à le faire rentrer sous terre, mais sa seule préoccupation était de se remplir l'estomac, peu lui importaient mes sentiments à son égard. Il était penché sur son chocolat qu'il suçait d'un air concentré, une fine poussière de foin colorait ses cheveux emmêlés. Il tourna la tête vers les chevaux qui s'agitaient dans le noir avec de légers hennissements inachevés et des coups furieux : — « Hé là ! du calme, Chern ! » — Puis il se renversa sur la paille, couché sur le dos, les mains croisées sur le ventre comme un mort, et il commença à parler d'une voix monotone, endormie, comme s'il parlait au mur, comme s'il eût été seul dans cette salle où flottait l'odeur suffocante et sèche du foin, de l'encaustique et des harnais de cuir qui, pendus au-dessus de nous, ressemblaient dans l'ombre à des têtes d'animaux empaillés.

— Il est déchaîné, ce Richard, je ne peux supporter sa

gueule, il faudra que je l'aplatisse ; il est plus bas que terre et il se ronge les ongles, ce qui est répugnant. J'ai bien compris qu'il voulait supplanter Sani, comme si aucun d'entre nous pouvait supplanter Sani. Sani est le seul qui compte, c'est le seul type merveilleux que je connaisse, mais je n'aime pas beaucoup quand il prend ses manières supérieures ; il est bien assez merveilleux quand il est simple et je l'aime surtout quand il rit.

Il garda un moment le silence et déchira avec ses dents pointues la mince plaquette brune et élastique qui fondait entre ses doigts.

— Eh bien, et si Sani est malade longtemps, tu prendras sa place, n'est-ce pas ? et si Richard dit un mot, je lui flanque mon poing dans la gueule. Tu n'as pas de pouvoir, mais tu n'es pas si embêtant. Et je lui flanquerai mon pied quelque part. Comment Sani le tolère-t-il parmi nous ?

— Il est très courageux, dis-je.

— Imbécile ! Je lui flanquerai mon poing dans la gueule.

— Ne sois pas si agressif, Pim, c'est un bon type.

— C'est un sale type, et il est heureux parce que Sani est blessé et qu'il va prendre sa place, mais il n'a pas de pouvoir et tout le monde lui rira au nez. Il est fier parce qu'il a lancé les citrons et parce qu'il dit qu'il s'est battu contre des agents, mais c'est de la blague naturellement, il ment comme il respire...

— Pim, dis-je, il est tard, il faudrait rentrer.

— Et tu as vu comme il était content quand il nous a dit de chercher des branchages pour Sani ; il n'entendait pas les plaintes de Sani, il n'entendait que la voix de sa vanité ; et il tenait beaucoup à marcher devant nous ; mais il est gros et roux et personne n'a envie de lui obéir quand il donne des ordres. Sani, ses ordres sont comme des caresses, on espère qu'il vous choisira pour accomplir... Et qu'il ne me rebatte plus les oreilles avec ses histoires de citrons, de gin et de bagarre ; il n'a pas de pouvoir et il ferait mieux de rester tranquille.

Je ne trouvais pas que les ordres de Sani étaient des caresses et je trouvais que Sani était très prétentieux aussi, et pourtant je l'aimais beaucoup et je n'aimais pas beaucoup Richard qui ne m'aimait pas non plus ; j'étais mécontent que les ordres de Sani fussent pour Pim comme des caresses ; je trouvais cela ridicule et même exaspérant : je souris ironiquement. Ils se croyaient tous préférés, c'était idiot. Sani n'aimait que sa sœur. Mais j'étais d'accord : il avait du pouvoir, les autres n'en avaient pas. J'étais très surpris par la haine de Pim à l'endroit de Richard ; je croyais que Pim était insouciant et léger, mais il y avait en lui un feu qui enflammait ses joues luisantes.

— Il faut rentrer, dis-je.

— Et Sani ?

— Catherine est auprès de lui et elle nous a flanqués à la porte. Il vaudrait mieux rentrer.

Il se releva, et se mit sur son séant :

— Qu'elle y regarde à deux fois : je lui flan...

— Rentrons, dis-je.

— Allez ! Grégoria ! On s'embarque ! cria-t-il en donnant une grande tape sur la jument qui tourna vers lui sa longue tête étonnée. C'est un menteur incorrigible et qu'il ne s'avise pas de me commander quelque chose ; et si Sani n'est plus là, je ne fais plus partie de votre clan et même je serai contre vous, parce que je déteste Richard, et je veux lui donner une bonne tournée. Mais ce serait mieux si tu prenais la place de Sani ; ce ne serait pas la même chose, mais Richard serait furieux.

— Ne t'inquiète pas : Sani ira bien demain.

— Je reviendrai demain matin, dit-il en enfourchant la jument qui s'ébroua mollement, comme à contrecœur.

— Pars en avant, dis-je.

— Hop !

Les sabots claquèrent sur le pavé. Quand je n'entendis plus le martèlement des sabots, je me couchai sur la botte de paille. Les chevaux étaient invisibles, à l'exception de leurs queues rousses et blanches, et je me demandais pourquoi je n'avais pas de pouvoir et pourquoi Sani en avait : ses yeux verts et perçants, je compris qu'ils lui donnaient du pouvoir. Nous disions des êtres qu'ils avaient du pouvoir ou qu'ils n'en avaient pas ; et nous le disions aussi des choses, des moments, de certains jeux, et chacun admettait que Catherine avait du pouvoir et ce n'était pas à cause de Sani. J'allongeai le bras et, attirant la lanterne tout contre moi, je soufflai la lumière. Dans les ténèbres, je vis Sani hurlant, la tête bandée à demi cachée par les lilas. « Mon Dieu, faites qu'il ne meure pas, oh, faites qu'il ne meure pas, qu'il vive, Seigneur, qu'il vive, je ferai ce que vous voudrez, tout ce que vous voudrez, mais qu'il vive, je vous en supplie, Seigneur, ayez pitié de lui et laissez-lui la vie, je ferai tout, tout, mais qu'il guérisse ; je ferai tout ce que vous voudrez, je vous en prie, Seigneur, je vous en prie, laissez-le vivre », et dans le ronronnement monotone de cette litanie désespérée, dans ce ronronnement suppliant, je m'endormis.

Deuxième partie

FRED

— Je veux que tu m'obéisses, je ne veux pas que tu en fasses à ta tête, me répétait-il tous les soirs quand je montais dans sa chambre.

Il était assis dans le rocking-chair, sa main calleuse serrée sur sa canne, et il s'agitait toujours comme si la police eût été à ses trousses. Si on ne suivait pas ses instructions à la lettre, il disait que nous étions tous fichus, mais il ne savait pas que Souvier, quand je lui remettais le papier, le tire-bouchonnait et le retirait du poêle tout flambant et qu'il allumait sa pipe avec. Sa canne résonnait sur le plancher et il parlait sans s'arrêter, comme un disque ; j'étais vite fatigué de l'écouter, mais je faisais bien attention de ne pas détourner mon regard du sien qui était comme la flamme verte d'un chalumeau. Elle faisait des gammes dans le jardin d'hiver ; j'aurais bien voulu balancer son piano par la fenêtre. Si je risquais un regard de côté, il me tirait la manche et secouait mon bras en dégoisant encore plus fort ; il se faisait trop de soucis : on ne réussit pas une affaire en se tirant les cheveux ; il était trop vieux et nous ne savions pas par quel côté le prendre, bien qu'il ne manquât pas d'expérience. C'est pour cela, je pense, qu'il nous traitait de blancs-becs ou d'autres choses du même genre. Si le Catalan descendait, j'étais sauvé : il se renversait sur son fauteuil et le murmure rauque et volubile de sa vieille voix cassée était bientôt dépassé par la voix de fausset du Catalan qui avait le don de causer avec lui pendant des heures ; chacun respectivement trouvait à qui parler. Je n'avais plus qu'à me tirer en douce et je la priais de fermer son piano : on l'avait assez entendue, c'est agréable cinq minutes, mais des gammes, toujours des gammes. Elle se redressait, l'offense rougissait ses joues crémeuses, elle rêvait peut-être à un joli garçon aux yeux bleus, à la fine et aristocratique silhouette et au parler cultivé comme elle en trouvait à bon marché dans ces idiots de petits romans à l'eau de rose, et elle me chicanait sans cesse sur mon argot, mes copains, ma façon de m'habiller et de me tenir dans la rue. Ça va, ça va ! et si j'avais Guillaume sous la main, j'en ferais quelqu'un, disait-elle. C'est pour cela qu'il passe son temps à vadrouiller dans le port avec des petits voyous, rétorquai-je. Si on s'occupait de lui, on pourrait en faire quelque chose, mais il est appelé à devenir un voyou comme son frère aîné. Il est trop niais pour en faire un, disais-je. Toujours les larmes aux yeux : c'est peut-être un truc pour en faire à sa tête. À son âge, je n'écoutais pas ce qu'ils me disaient. Ils pouvaient gronder, tempêter et me briser les os, ils n'obtenaient pas que je lève seulement le petit doigt. Mais lui, il fait peut-être semblant d'écouter et il pleure. On pardonne et le lendemain il fait à sa guise. C'est une nature sensible, disait-elle. En ce cas, il aimera faire des gammes à longueur de journée et nous deviendrons tous fous dans cette maison. Elle claquait le piano, pinçait les lèvres et quittait le jardin, droite comme un I.

Quand le Catalan avait fini de discourir avec grand-père, il descendait dans ma chambre, il allumait une cigarette qu'il fumait avec précipitation en allant et venant à travers la chambre, m'entourant d'un flot de paroles et de gestes. C'était une mauvaise affaire que de l'avoir pris avec nous : il était si bavard et exubérant qu'il manquait à chaque instant de tout compromettre, mais Rodolphe disait qu'il avait des idées. Il avait des idées à foison, mais elles n'étaient pas souvent bonnes. « Le Catalan a du talent », disait-il de lui-même, content de la rime, mais prudence et sang-froid lui faisaient défaut, et toujours à chuchoter par-ci, par-là, et quand grand-père me faisait une scène parce que je fréquentais telle petite, je n'avais pas besoin de me creuser la tête pour connaître le dénonciateur ; et quand il était à court, il racontait des tas de mensonges, qu'il avait fait partie du Blue-Star, la plus fameuse association de bootleggers d'Amérique, qu'il avait refroidi successivement trois policiers qui l'assaillaient pendant un déchargement clandestin ; c'était tout juste s'il ne baissait pas son pantalon pour exposer les deux trous de balles qui rougissaient sa cuisse, et il avait possédé toutes les plus jolies filles du monde. Quand on a une gueule pareille, on ferait mieux de se taire. Mais le mensonge, c'était sa maladie ; et aussi qu'il avait été à Cayenne, mais ceci dit sur un autre ton et tout le monde a toujours cru que c'était vrai et je crois que c'était vrai, bien qu'il n'eût pas du tout la tête de quelqu'un qui a traîné le boulet et tenu la pioche. Et le jour où je l'ai dit à grand-père, il est entré dans une colère noire : on ne pouvait garder un type qui était probablement filé par la police et nous exposait aux plus graves dangers, mais quand je lui ai dit que le Catalan était trop menteur pour qu'on eût des raisons de s'inquiéter au sujet de son ténébreux passé, il s'est mis à rire en disant que c'était bien vrai, qu'il n'avait jamais vu un bourreur de crânes comme lui, et, en manière de dérision, il l'appelait le bagnard, ce qui plaisait bien au Catalan qui se rengorgeait comme s'il avait reçu la Légion d'honneur et comme si grand-père l'appelait par son titre, alors même qu'il en plaisantait, le croyant usurpé. Souvier appréciait son courage, mais je trouve que ce courage n'était qu'une forme habile de la lâcheté : il en usait à tout bout de champ, même quand on n'en avait pas besoin, pour se prouver et nous prouver qu'il en avait. Mais, disait Souvier, les risque-tout, les têtes brûlées sont utiles à leur heure. Et toujours à rôder autour de nous, comme si d'être reçu chez l'armateur Ansel eût été pour lui un gage de sécurité. Mais grand-père tolérait sa présence parce que c'était le seul d'entre nous qui le mît au courant des affaires, qui lui demandât conseil et qui vînt en hâte lui rapporter comment avaient tourné les débarquements et si cela avait mal tourné, il n'osait pas monter parce que grand-père piquait une colère qu'on pouvait entendre à l'autre bout du port ; et c'était toujours notre faute, on n'avait pas suivi ses conseils, et je courais les filles au lieu de travailler, et Souvier apprenait ses sacrés rôles au lieu de prendre toutes les mesures de sécurité et d'entretenir des relations constantes avec le capitaine. Il n'y a pas de victoires sans revers, et c'est vrai que je ne me cassais pas la tête là-dessus : un peu d'argent, un peu d'argent et tout est pour le mieux ; que je puisse me promener au bord du LogSore avec Émilie, Suzanne ou Gertrude, le bras passé autour de leur cou, et que nous puissions boire à la Cloche de Bois, danser au milieu des marins qui ne se souciaient pas de savoir si j'étais le fils de l'armateur (je me rappelle bien l'odeur d'apéritif, de cordage et de saumure et comme j'aimais poser sur sa nuque ma main qui en suivait les contours et serrer sa taille chaude et agitée, et ma jambe serrait la sienne, tandis que nous marchions entre les couples) et faire un dîner copieux bien arrosé de vin aux sons de l'accordéon que l'aveugle manipulait sous le platane, et le lendemain, je me réveillais avec un mal de tête formidable.

Mais c'était une autre vie que sur ce sacré cargo : quand je pense à la légèreté de la jeunesse. Je ne pouvais pas sentir la seule odeur des livres et toujours au bord du quai à rôder devant les embarcadères, les poches bourrées de cartes marines. Quand je voyais sur la pancarte des cinémas, des palmiers, des gratte-ciel ou des coolies, je séchais la classe pour me remplir les yeux et le soir me retrouver entre ce vieillard qui grondait comme un orage, une mijaurée au visage lunaire qui parlait toujours de la manière de se tenir à table, et l'autre, crasseuse et bête, qui nous fricotait une nourriture exécrable.

— Que cherches-tu ? me demanda un grand type costaud qui tenait à la main une casquette blanche et plate où luisait un galon doré.

— Pouvez-vous me prendre à bord ?

Il fronça les sourcils et éclata de rire en me tâtant les bras, puis il m'entraîna en boitant jusque dans une cabine qui sentait le pourri, il me demanda mon nom et ma date de naissance et me dit de signer là où il mettait son doigt, et quand j'eus signé, il posa sa main sur mon épaule en disant :

— J'espère que ça ira.

Et le lendemain, quand le bateau quitta le port et que Cluco, ce gaillard au visage couleur de betterave et dont les yeux se baissaient toujours quand on les fixait, m'ordonna de faire sa couchette, et que plus tard je dus frotter l'arrière-pont avec la serpillière, l'air froid me cinglant le visage, je me sentis un petit jouet très misérable entre les mains de tous ces hommes aux galons de laine rouge ; ma tête était lourde, et, comme je ne frottais ni assez vite ni assez fort, un gros type qui me fixait depuis un moment m'arracha le balai et me montra comment on faisait, puis il me rendit le balai et je dus faire comme il avait fait, mais je sentais que le balai n'était pas docile dans mes mains et que le mouvement de mes bras était incohérent. Il haussa les épaules sans rien dire. Le pont ruisselait d'eau bleuâtre et mousseuse. Il alluma une cigarette ; entre ses longues jambes, minces et blanches, la mer miroitait dans le brouillard et il me demanda si j'avais appris à me servir de mes mains, et c'est alors que l'enseigne, rencontrant l'eau qui ruisselait en travers de sa route, s'arrêta et m'observa quelque temps de son regard froid et supérieur ; il me demanda si je me moquais du monde et, élevant sa voix dure et impersonnelle, il me pria de faire cela un peu mieux, il n'aimait pas les fortes têtes et, se tournant vers Cluco, il lui ordonna de m'infliger une corvée supplémentaire. Et Cluco me détestait si fort qu'il m'infligeait les corvées les plus répugnantes, ne me laissant pas une minute de répit, et si je protestais, il me flanquait une claque. Lorsque nous fûmes à Singapour j'étais aux fers, quand nous fûmes à Shanghai j'étais aux fers et à San Francisco j'étais aux fers et un soir, comme nous étions à La Havane, il descendit dans la cale et projeta dans mes yeux l'éclat de sa lanterne.

— Et alors, mon garçon, c'est ici qu'on a élu son domicile ?

Il éclata d'un rire lourd et stupide. Je fronçai les sourcils, je détournai mon regard.

— Et alors, on ne verra jamais que la mer, hein ? la mer, toujours la mer ? dommage, dommage, dit-il en balançant la lanterne devant mes yeux.

Et quand il eut fini de m'accabler de ses odieuses railleries, il remonta en murmurant :

— Dommage, dommage...

Et, en haut de l'échelle, il s'arrêta et se retourna vers moi pour voir la tête que je faisais, mais j'étais complètement dans l'ombre. Quand il eut refermé la trappe, je pus entendre le battement de ses souliers sur la tôle, et je portai ma main alourdie par la chaîne sur mon crâne tondu. Et la première fois que je fus puni, Cluco lui-même me dit de m'agenouiller dans la cale et il promena sur mon crâne une tondeuse, et je fus si honteux que je me levai brusquement et m'enfuis dans le coin de la cale, il me rattrapa et m'entraîna en m'injuriant, il m'assena un violent coup de poing dans la poitrine et je m'évanouis. Quand je repris connaissance, un courant d'air glacial soufflait sur mon crâne rasé et pour la première fois j'éclatai en sanglots ; je m'entendais gémir et suffoquer, et par la petite écoutille pas plus large que le poing jaillissait un faisceau mince, doux et timide qui plaquait sur la cloison une planète blafarde.

Un soir, comme nous approchions de Rio, Cluco qui était assis sur sa couchette, les pieds ballants, m'ordonna de lui ôter ses chaussettes et je refusai, je n'étais pas son domestique. Il releva les sourcils et réitéra son ordre mais je refusai ; il sauta hors de son lit et m'administra une raclée ; puis il se rassit sur sa couchette et m'ordonna de lui ôter ses chaussettes (je me souviens de l'odeur de vase salée, de sueur et d'eau-de-vie) et je refusai ; je sentais sur mon visage la chaleur de mon sang, il leva sur moi un regard noyé de pourpre boueuse et son visage se crispa douloureusement : — « Très bien », dit-il, nous en reparlerons demain. Et il s'étendit tout de son long, les mains croisées sous la nuque, les yeux méditativement fixés sur le plafond.

Et le lendemain, je fus appelé auprès de l'enseigne qui me dit qu'il était dans l'obligation de me réserver une mauvaise surprise ; il ne daigna pas lever sur moi ses yeux de poisson et me dit de rompre.

Au large des côtes, je me jetai à l'eau et je fus recueilli par un yachtman qui me déposa quelque part. Je ne connaissais pas la langue, mais je travaillai quelque temps dans une usine jusqu'à ce que j'eusse réuni assez d'argent pour prendre le bateau et retourner à la maison. Je restai quelque temps dans le port où je débarquai. Je passais toutes mes journées couché sur mon lit. Je ne mangeais rien, j'attendais le crépuscule. Tout le long du jour, la cour de l'hôtel était emplie de voix énervées, de rires, de pleurs d'enfants et des nasillements des phonos ; tout le long du jour, j'étais seul, l'inquiétude me dévorait, mon oisiveté me soulevait le cœur. Quand la nuit tombait, je sortais dans les rues, aspirant l'air tiède, et je rentrais successivement dans les boîtes de matelots, je prenais un verre et je sortais, les jambes un peu plus tremblantes ; on me dévisageait avec méfiance, à cause de mon air sombre et renfermé. L'eau-de-vie me coulait dans la gorge, brûlante comme de la fonte ; et je reposais la bouteille vide, je m'appuyais sur la paume de ma main, la tête baissée, ne pensant pas, ne pensant pas, l'alcool commençait à me brûler, je sentais la lente et chaude torsion de mes entrailles. Je me traînais le long de la banquette jusqu'à la porte : je voyais mes mains qui tâtonnaient sur le mur, contre la porte, et j'essayais de les aider, de les encourager, de les contrôler.

Et le soir où je la vis pour la première fois, elle était calme et détachée, un peu ennuyée au milieu de jeunes gens qui se bousculaient avec une joyeuse brutalité. Ils lui posaient des questions, en découvrant les rangées éclatantes de leurs dents, et elle répondait du bout des lèvres, tranquillement, tandis que ses yeux laiteux parcouraient la salle. Elle se tenait immobile, les mains sur les genoux, au milieu du tapage juvénile de ses compagnons qui s'exclamèrent puérilement quand le garçon se glissa entre les tables, le plateau levé en l'air. Et quand je rentrai dans la chambre crasseuse et sombre, il me parut qu'il y avait à présent quelque chose d'important ; je m'étendis sur mon lit et je fumai sans interruption : c'était comme si je luttais contre quelque chose ; je ne me sentais plus solitaire ni oisif, il me semblait que j'avais trouvé du travail. Et je la revis plusieurs fois avant de lui adresser la parole.

Lorsque je rentrais, après ces longues journées de travail, les épaules brûlantes et les membres pesants, elle levait la tête, ses yeux brillaient de satisfaction et d'espoir. Elle n'ouvrait pas les bras. Elle ne disait mot. Je plaisantais, et elle éclatait de rire, le menton secoué sur la poitrine : sa gaieté silencieuse, c'était sa beauté propre. Elle fut telle. Mais, ensuite, elle m'accueillit avec froideur et réserve, elle me dévisageait comme un étranger, j'avais envie de la battre. Son regard se posait sur le mien, indomptable et rigide. Elle me domptait, elle croyait me dompter, c'était risible. Ainsi, elle s'imaginait, la sotte, qu'on domptait un homme de mon espèce, et elle s'obstinait à me braver, mais d'une façon si subtile qu'elle se donnait l'apparence d'une personne qui brave sans le savoir ; elle levait bien haut sa petite tête brune pour que l'éclat glacial de ses yeux chicorée m'atteignît en plein front : c'était insoutenable, et il fallait toute ma maîtrise pour qu'il n'y eût pas le plus léger éclat, bien que je fusse épuisé de fatigue, de dégoût : cette fille toujours aussi immobile, aussi aride, aussi inanimée qu'une statue !

Un soir, elle me dit qu'elle ne pouvait plus vivre avec moi, parce que j'étais trop jeune et que je n'avais pas le sou. J'étais assis sur le lit, les doigts accrochés à la couverture, les épaules brûlées par les courbatures, et, lentement, je me levai en l'observant avec cruauté, les deux mains contractées à hauteur de poitrine comme les pattes d'un fauve. Elle continuait de mâchonner des injures, mais plus calmement, et je marchais vers elle sans la lâcher des yeux. Elle se tut en m'observant, les traits tirés, la bouche ouverte pour hurler ; puis elle se mit à reculer lentement devant moi :

— Écoute, Fred, nous ne pouvons plus nous entendre, écoute, Fred...

Sa voix étouffée bredouillait, s'étranglait ; ses yeux étaient immobiles, reflétant une angoisse sourde et profonde. Elle hurla, et d'un bond je fus sur elle, lui martelant le visage de mes poings jusqu'à ce que ses cris fussent éteints dans sa gorge ; je ne voulais pas lui faire du mal, je voulais démolir ces cris. Et son visage pâle et effaré se renversa au pied d'une chaise tandis qu'elle poussait encore une sorte de plainte étranglée, presque animale. Je fis craquer une allumette que je portai devant ses yeux en lui crachant sur la bouche ; je lui dis :

— Chienne ! chienne !

Son visage avait revêtu une expression d'étonnement figé et puéril. Je me levai, je revins en boutonnant ma veste et je posai ma main sur sa poitrine qui battait ; ses yeux étaient blancs. Et je sortis de la chambre pour n'y plus jamais remettre les pieds. Je sus que de ce côté-là il n'y avait plus rien.

Et j'embarquai de nouveau sur un cargo, parce que je sentais qu'il n'y avait rien et que le tout était de combler le vide de quelque façon. Mon visage devint sec et brun, l'éclat de mon regard froid et cruel ; je possédais les femmes qui me plaisaient, et si elles s'agrippaient à moi, je leur donnais une grande tape sur les mains. J'avais quelquefois de l'argent et je me payais de bons plats et des vins de prix, mais, plus souvent, mes poches étaient vides et comme je ne pouvais passer toutes mes nuits dans la solitude, je couchais avec elles et je les plaquais au petit jour, prétextant qu'on m'avait volé. Et, dans ce temps-là, j'étais atterré parce qu'il n'y avait partout et en moi que du vide. Mon idée fixe : remplir ce vide, remplir, remplir.

Quand je fus de retour à la maison, grand-père me reçut à coups de canne jusqu'au moment où, sa colère tombée, il vit que j'étais un homme et, me prenant à part, il m'expliqua avec de prudentes circonlocutions toute l'affaire en tenant fixé dans mes yeux son regard aigu, et quand il vit que je comprenais ses paroles, il me secoua l'épaule en ronronnant comme un chat caressé. C'était la pourriture dans notre propre maison ; était-il nécessaire de la chercher plus loin ? Pour moi qui vivais dans les marais, dans les ténèbres, c'était aussi le parfait aliment que je recherchais : je ne voyais pas d'issue devant moi et je savais maintenant qu'il n'y en avait pas, qu'il n'y en aurait jamais, jusqu'au jour où je connus la seule femme qui possédait le feu, mais ce feu, elle en fit don à un homme qui n'en désirait pas plus faire usage qu'un crabe et qui ne sut même pas que j'errais autour d'elle, désemparé, cachant un désespoir furieux et jaloux. Elle ne le sut pas davantage, même quand, au milieu des hautes herbes qui pliaient sous une lune impeccablement blanche et ronde, je l'exhortai à me suivre, tandis que le crime maculait ses mains, tandis que tout le pays était en branle et que la meute acharnée de ces bêtes d'une autre race la pourchassait sur la côte et dans les landes mêmes de l'arrière-pays. Sauvage, solitaire, fidèle, elle se tordait les mains parce qu'elle croyait qu'elle serait seule désormais, et à ses yeux, je ne comptais pas plus qu'un brin de bruyère ; elle me jetait, méprisante, dans la tourbe des tièdes ; elle me dévisageait avec un regard fou, désespéré, tandis que je lui assurais sournoisement qu'il était mort à l'hôpital peu après, parce que je croyais que son désespoir si violent la ramènerait de mon côté, alors que devant elle il n'y avait plus rien maintenant, qu'il n'y avait plus qu'un vide là où il y avait eu d'abord quelque chose d'essentiel ; et pour moi, il n'y avait qu'un vide là où il n'y eut jamais rien d'essentiel.

J'acceptai le marché, et je fus un des membres les plus actifs de la bande. Tour à tour, on me fit connaître le Catalan qui m'entourait de recommandations, de conseils, d'instructions auxquelles j'attachais d'abord plus de prix qu'elles n'en valaient. Et bientôt, je compris qu'il était compté pour nul, que l'expédient était de l'écarter de son chemin, si on ne voulait pas qu'il fût tout le long du jour collé à votre manche. Rodolphe, quand je lui fus présenté, ne dit pas un mot, mais se contenta de m'examiner attentivement, les coudes contre le zinc. Il sortit une cigarette de sa chemise blanche et repassée ; il fit craquer une allumette et sa main s'arrêta à la hauteur de sa bouche, tandis que la petite flamme orange et fumante se courbait en pétillant : — « Alors, on prend des mômes maintenant », dit-il. Puis il lança l'allumette à mes pieds en claquant la langue avec dépit. Mais quand je réussis à débarquer les bouteilles sous le nez des policiers, avec des gestes naturels d'un honnête homme et que je leur donnai à chacun une cigarette, il me secoua la main en disant que j'étais un fameux roublard. Et on pouvait tenir le compte de ses louanges, disait Anna que son perpétuel silence faisait tourner en bourrique. Je connus le pauvre Souvier dont les traits étaient toujours tendus et étincelants, auquel ses gestes brutaux mais définitifs donnaient l'assurance d'un homme habitué à conduire et à surveiller les êtres inférieurs, et devant lui, nous nous jugions désarmés, stupides, privés de sang, mais c'est cet homme aussi qui ne daignait pas baisser les yeux sur une femme : il les possédait par besoin et, dans une sorte d'exaltation furieuse, elle lui a durement rappelé qu'elles ont une tête et un sang plus bouillant que le sien dont il se faisait un orgueil.

« Je ne veux pas que tu en fasses à ta tête », c'était là sa remontrance quotidienne, et avant qu'il eût été immobilisé, il se démenait comme une mouche importune au milieu de nous tous, couvrant d'injures celui qui avait été maladroit ou qui s'était permis d'élever une protestation, une objection, grondant sans cesse comme un chien aux trousses d'un troupeau, et il croyait qu'il était le chef, digne autant par son courage, son opiniâtreté que par sa ruse. Mais il n'était qu'un vieux gâteux aux caprices duquel chacun se pliait parce qu'il déliait la bourse, parce que son immense réputation de respectabilité couvrait chacun, et quelques-uns d'entre nous, il faut l'ajouter, ne voulaient pas risquer d'encourir sa colère, caricature de son ancienne vitalité, mais d'autant plus brutale qu'elle était plus sénile. Et lorsqu'ils surent qu'il avait eu une attaque et que ses jambes ne pourraient plus désormais le soutenir, ils respirèrent et se félicitèrent mutuellement, comme après une victoire. Seul, Souvier dit, affectant un air sombre : « C'est un grand malheur », mais une malicieuse fossette creusait sa joue droite ; son premier acte d'indiscipline l'avait à jamais libéré d'une tutelle plus agaçante que réellement gênante.

Et je me souviens quand il entra dans l'auberge, le front en avant comme pour charger le premier assaillant et cérémonieusement vêtu de noir, comme s'il avait su que c'était là sa dernière promenade solitaire. J'étais dans le coin et il ne m'avait pas vu. Il est venu vers moi, il avait l'air fatigué, il s'appuyait sur sa canne de tout son poids et j'ai eu juste le temps de filer dans l'arrière-cour, puis j'ai fait les cent pas devant la grille et je suis revenu vers la porte. Il attendait, assis devant un verre d'eau, calme, glacial, et pourtant tout empli d'une fureur latente, les deux mains étroitement unies sur le pommeau de sa canne qui venait à hauteur de sa bouche crispée. Je me promenai de nouveau le long de la grille, le long de la haie, scrutant la route qui se tortillait sous les pins. J'entendis le gramophone dont la musique heurtée secoua cette douce nuit de printemps ; une fraîche obscurité m'enveloppa ; je vis Anna, lente, massive, qui contournait la maison, un panier sous le bras, traînant ses souliers qui soulevaient une poussière de brique ; elle chantonna et disparut dans la pénombre d'où jaillissaient seulement les masses éclatantes des pommiers fleuris, et je ne vis le Catalan que lorsqu'il fut à vingt mètres de moi. Il marchait d'un pas vif au milieu de la route, balançant ses longs bras à l'extrémité desquels s'agitaient nerveusement ses doigts étincelants de bagues. Quand je lui ai dit qu'il était là, il plia les épaules, comme sous la pression d'une douche, et il me dit de rester là : il aurait raison de la bête. Il marcha très lentement jusqu'à la porte entrouverte d'où sortait le vacarme rythmé du phonographe, où les ombres enlacées passaient en une sorte de piétinement sourd. Il tourna la tête vers moi, en levant les yeux au ciel, dans l'attitude résignée d'un martyr s'acheminant au bûcher, et il s'élança résolument dans la salle, jouant des coudes entre les corps hypnotisés par la danse.

Je m'appuyai contre la grille, les mains dans les poches, la cigarette aux lèvres. Je savais que son orgueil ne supporterait pas cela. Un chien aboyait, doux, triste, lointain. Et quand je pénétrai dans la salle, je vis son dos courbé et ses cheveux blancs qui frisaient sous le chapeau noir ; il était toujours immobile et calme, mais je compris qu'il *savait*. Le Catalan bavardait de sa voix aiguë et féminine en grimaçant derrière la fumée de sa cigarette ; il agitait ses mains aux doigts desquelles les bagues scintillaient comme des éclairs. Je m'assis auprès de lui.

— Vous comprenez, il a enfreint vos ordres parce que c'était votre intérêt, c'était notre intérêt à tous.

Pour faire valoir son opinion, il poussait des coups de menton vers le visage froid et implacable qui protestait par son impassibilité même :

— Vous comprenez la situation se modifiant, il fallait prendre une décision, changer le fusil d'épaule, vous comprenez...

Mais il ne cherchait pas à comprendre, il ne voyait que rébellion là où il n'y avait que sage décision. Il était assis, la tête basse ; une cigarette brûlait dans sa main immobile sur le pantalon noir ; il avait son chapeau sur les yeux, l'ombre du bord lui tombait sous le nez, et quand il releva un peu la tête, l'ombre monta le long du nez, découvrit des yeux brûlants de haine qui nous dévisagèrent alternativement. Paisible, sans surprise, je soutenais son regard. Le Catalan tressaillit, comme si on l'avait touché, il bredouilla en détournant la tête et se tut. Étalée et nerveuse sur le drap sombre, la main où se consumait la cigarette avait l'air d'une grosse bête prête à mordre. Le Catalan recula sa chaise et il se pencha dans le vide, ses deux coudes sur les genoux, ses mains se tourmentant l'une l'autre ; il recommença à donner des explications de sa voix aiguë et insistante. Par la fenêtre, je pouvais sentir la terre humide, le printemps, les fraîches ténèbres, et il semblait parler aux murs, se cramponnant encore à des arguments stériles. Le vieillard avait les yeux fixes, froidement cruels, bien que nul tressaillement n'agitât son visage rigide et fermé. Je vis la main se ramasser soudain sur le pantalon noir comme un crabe et rejoindre l'autre main crispée sur le pommeau qui se mit à trembler, et sa voix dure, intense, étouffée, rompit cette intolérable tension. Sa main brandissait en l'air la canne. Il se souleva de sa chaise et approcha contre le visage couleur de parchemin du Catalan son visage fanatique en proférant des insultes. Le Catalan se protégeait le visage avec la main, il avait l'air d'un rat affolé et je trouvais que ce spectacle était très comique : il crevait de peur devant un vieillard et je pus comprendre que sa réputation de hardiesse et de tête brûlée était injustifiée. Grand-père se leva lentement en enfilant ses gants avec des mouvements secs et automatiques ; il s'inclina devant le Catalan ; la main gantée de noir encore secouée de fureur s'appuyait au dossier de la chaise et quand il quitta la table en jetant sur tout le monde un regard méprisant et brutal, comme si tout ce monde l'avait insulté, le Catalan se précipita derrière lui : il avait follement peur de sa colère, mais il avait encore plus follement peur des effets plus lointains de cette colère, et il posa ses mains sur les épaules de grand-père dont les os s'agitaient comme des cordes, et sur le visage du vieillard (je pouvais voir le reflet dans la glace) il y avait un air de violence épuisée ; ses traits étaient encore tendus, mais la passion s'éteignait peu à peu, laissant place à une sorte de lassitude. Puis, quand ils furent sortis, je ne pensai plus à cela, je n'y attachai pas plus d'importance qu'à un caprice d'enfant, je pensais que cet accès l'avait soulagé et qu'il serait seulement abruti tout le reste de la soirée.

Mais quand je suis rentré vers deux heures du matin, Guillaume s'est mis sur son séant et, après avoir frotté ses yeux, il m'a dit que grand-père avait eu une attaque et qu'on l'avait transporté d'urgence à l'hôpital. Il pleuvait et il faisait assez frais : je me suis déshabillé et je me suis couché, laissant la lampe allumée. Le gosse a fermé les yeux parce qu'il ne pouvait pas décidément les tenir ouverts et, sans remuer, presque sans agiter les lèvres, il m'a raconté que grand-père était entré dans la salle à manger, à petits pas, les bras le long du corps : il avait perdu sa canne. Il marchait raide, avec précaution, comme quelqu'un qui a peur d'éveiller l'attention, et quand Charlotte heurta la louche contre le bord de la soupière en l'observant, il eut un haut-le-corps étrange, et une sorte de bave blanche se mit à écumer aux deux coins de sa bouche. Elle se leva, et il se laissa tomber sur le parquet comme une carte ; ses yeux étaient révulsés. Elle dit qu'il s'était peut-être enivré, car elle a toujours une médisance sur les lèvres, alors qu'elle ne l'avait jamais vu ivre. Après qu'elle eut frotté ses tempes à plusieurs reprises avec du vinaigre, cela ne fut pas mieux. Elle gronda Guillaume parce qu'il restait debout, les mains dans les poches, tout pétrifié, elle faisait tout le travail, et lui ordonna de courir chez le médecin, ce qu'il fit à toutes jambes. Et, quand il revint à la maison, grand-père était étendu sur le lit, blanc et impassible, et elle lui dit d'aller se mettre au lit. Elle posa une chaise près du lit et s'assit, les mains croisées sur les genoux, attendant le médecin et heureuse, semblait-il, qu'il y eût enfin quelque chose d'insolite dans cette maison, heureuse d'être enfin quelqu'un d'important dans cette maison où elle n'avait jamais tenu qu'un rôle subalterne, à l'écart d'un jeu qu'elle devinait mais dont, faute d'être admise à y participer, elle ne connaissait pas la règle.

Et dès lors, il fut immobilisé sur le fauteuil roulant et il souffrit indiciblement de son inaction, se vengeant cruellement sur les êtres qui ne pouvaient pas lui échapper, et il tint sous son étroite et persistante surveillance Guillaume qu'il giflait à tour de bras, parce que les actes de violence nourrissaient sa rancune et lui donnaient l'illusion à la fois de la vitalité et de la puissance. L'enfant était assis à ses genoux le matin, l'après-midi, le soir. Après les ablutions matinales, grand-père posait sa grosse montre d'or sur la table, il la retirait au coucher du soleil. Il entendait encore être le chef de l'association et que ses ordres fussent suivis à la lettre, mais comme il ne pouvait pas vérifier s'ils l'étaient ou non, il confia au Catalan le soin d'en assurer l'exécution, et le Catalan lui laissait croire que chacun tremblait encore devant lui, mais personne ne se souciait plus de lui et, la chaîne étant rompue, Grégoire Souvier devint de plus en plus audacieux.

Et c'est à cette époque-là qu'Annabelle fit son apparition. On ne sut pas tout d'abord si elle était la maîtresse de Grégoire, mais tout le monde disait qu'elle était sa maîtresse ; je ne le croyais pas ; je les voyais constamment ensemble et ils n'avaient pas l'air de tenir beaucoup l'un à l'autre ; ils se tutoyaient comme des camarades et il avait seulement une grande admiration pour elle, nous avions tous beaucoup d'admiration pour elle, d'abord parce qu'elle était très belle : des yeux allongés et fendus comme des boutonnières, éclatants d'intelligence et de sensualité, et il est rare de voir réunies dans les yeux d'une femme ces deux qualités-là ; ensuite parce qu'elle était très courageuse, très entreprenante et que le métier la passionnait. Plus tard, on disait qu'elle n'avait jamais aimé aucun homme, et je crois en effet qu'elle n'aimait passionnément que le seul risque. Elle ne m'aimait pas, et j'aurais bien voulu lui être sympathique, mais elle disait à Grégoire, qui me le répétait en riant, qu'elle ne me trouvait pas assez sérieux et qu'elle n'aimait pas les gens qui ne se passionnent pas pour les choses qu'ils font, et si je lui disais que j'aimais les femmes et que je trouvais ce genre d'aventure-là tout à fait passionnant, elle répondait que je n'aimais pas les femmes mais que les femmes me plaisaient et que très peu de gens connaissent la passion amoureuse et qu'elle n'était pas parmi les élus, mais que la contrebande valait bien l'amour :

— Mais vous, vous ne vous engagez pas, vous ne savez pas que faire, vous ne tueriez un homme qu'en état de légitime défense ; vous vous occupez avec les alcools ou avec les femmes parce qu'il faut passer le temps.

Ses pupilles dorées rayonnaient dans les fentes allongées au-dessus des pommettes anguleuses. Sa cigarette était plantée de biais entre ses lèvres violemment peintes et elle m'envoyait des volutes de fumée à travers la figure pour me taquiner :

— Poursuivre une femme, en effet, j'imagine que cela peut être passionnant ; mais vous ne poursuivez pas les femmes qui ne vous tombent pas aussitôt dans les bras.

Et elle se trompait, je savais déjà qu'elle se trompait, mais quand elle parlait ainsi, je n'avais derrière moi qu'un passé dérisoire et je croyais peut-être que le passé éclaire un homme, alors que j'avais à peine vingt ans, et mon faible passé obscurcissait l'image que je pouvais avoir de moi-même. Il y a des hommes qui n'ont pas encore de passé, mais qui ont un avenir ; il y a ceux qui ont un passé et encore devant eux un avenir ; ces derniers ne devraient pas brandir leur passé comme un fanion glorieux, ils devraient songer à se créer un avenir aussi digne (ou plus digne) de leur passé. Il y a ceux qui ont un passé et qui n'ont plus d'avenir, et ceux-là peuvent dire quelque chose, et ceux qui n'ont pas de passé, plus d'avenir, sans doute peut-on leur faire quelque reproche, mais j'appartenais à la première catégorie, et je ne pouvais prendre appui sur un passé encore trop léger. Il est vrai aussi que j'étais atterré parce qu'il n'y avait partout et en moi que du vide : l'avenir comme le passé était désespérément vide. Ceci explique pourquoi je baissais les yeux en souriant comme si je me voyais contraint d'approuver un jugement aussi sommaire, ceci explique pourquoi je poursuivais les femmes (pas assez loin pour que ce fût passionnant, disait-elle) car je n'avais pas besoin d'être seul et j'avais même très peur d'être seul ; et je ne connus la solitude que beaucoup plus tard, quand je pus la peupler avec le souvenir d'Hélène et le souvenir de quelques autres et celui de beaucoup d'événements importants, parmi lesquels celui de la Cloche de Bois est le plus vif, comme une plaie encore humide et fraîche.

Et je connus Gertrude, Émilie et Suzanne. Nous allions le long de la grève enlacés et quelquefois, dans la bruyère, nous fumions des cigarettes, et au son du phono nous échangions des baisers, et l'une ou l'autre se blottissait contre moi en miaulant comme un petit chat, ou bien nous dansions sur le sable doré qui poudroyait sous nos pieds nus. Je passais ma main dans leurs cheveux bouclés et elles me regardaient avec leurs beaux yeux couronnés de cils charbonnés, raides et pointus. Et nous dansions en mai, juin, juillet et août à la Cloche de Bois. Suzanne parlait beaucoup trop : j'aurais voulu lui appliquer ma main sur l'arc carmin de ses lèvres, mais ma main se promenait lentement, doucement le long de sa nuque ; elle collait son ventre contre mon ventre, se frottant comme une vache contre un arbre, et, le soir, nous montions en silence, courbés sur ma lampe de poche comme des cambrioleurs le long de la rampe qui tremblait sous la pression de nos mains ; et, dans la chambre, nous nous dévêtions en silence au milieu des rumeurs des feuillages et de la mer. Guillaume ronflait, les couvertures remontées jusqu'aux paupières baissées. Elle riait tout bas tandis que nous nous glissions dans les draps. C'étaient de bonnes nuits, et à cinq heures, elle se levait. Sa silhouette blanche s'appuyait toute droite contre le lit et se courbait en titubant tandis qu'elle se chaussait ; j'entendais son halètement vivant qui se mêlait à la respiration dure et paisible de Guillaume entrecoupée de murmures rapides et inarticulés ; elle s'asseyait sur mes jambes et à tâtons sa main cherchait une cigarette, je voyais son profil mince se détacher sur une vague lueur orange ; et, se penchant sur moi, elle me donnait un baiser : mes narines étaient pleines de ses cheveux et, longtemps après, je sentais encore le goût de sa bouche dans la mienne, et je me sentais malade et faible. Je ne pouvais plus m'endormir, je me tournais et me retournais, mes oreilles bourdonnaient, je pensais que j'allais devenir fou, j'avais presque envie de pleurer et je me demandais pourquoi.

C'étaient de bonnes nuits, de très bonnes nuits, mais je préférais encore celles où le Catalan venait m'éveiller de sa main nerveuse et brutale, et, entre la nuit et l'aube, nous marchions le long des docks et il parlait tout bas : auprès de lui le silence eût été insolite ; et, quand il donnait un coup de main aux marins qui déchargeaient les caisses bardées de lames métalliques, il continuait de distribuer des ordres, chacun baissait les yeux pour éviter qu'il ne s'en prît à lui. Trop heureux de faire entendre sa voix d'eunuque, en agitant ses longues mains teintées de nicotine, il couvrait les maladroits de grossières imprécations, jusqu'au jour où un homme auquel il avait reproché sa nonchalance s'approcha de lui, tout pourpre de colère, et le gifla ; le Catalan resta debout, les mains collées au corps et souriant à demi. Tout le monde disait qu'il devait lui rendre la gifle et lui donner une bonne raclée, mais, se tournant vers le Capitaine qui avait un visage rude de renard et des manières prudentes, il dit que cet homme l'avait frappé. Le Capitaine haussa les épaules et lui conseilla de le frapper à son tour et ainsi tout serait réglé ; mais le Catalan prit un air ennuyé et il dit entre ses dents qu'il se demandait comment les gradés se faisaient obéir dans ce rafiot où les hommes ne respectaient pas la discipline.

— Ils respectent la discipline, mais ils ne respectent ni les vantards ni les lâches, dit le Capitaine.

Il fit semblant de ne pas entendre et il se mêla à d'autres marins auxquels il tint un discours assez cordial pour se faire bien voir de ce côté-là. Il leur offrit des cigarettes, ils acceptèrent et, se remettant au travail, ils ne le regardèrent plus le reste du temps, comme s'ils avaient peur d'être contraints d'exprimer par un regard une sympathie qu'ils ne ressentaient pas. Et il continuait de parler en agitant ses mains (ils le surnommaient le Disque), et plus tard, quand ils surent ce qu'il avait fait, ils hurlèrent qu'il fallait le pendre au mât, et, cependant, il agonisait dans une flaque de sang et je courais dans la lande pour la retrouver, non pas pour fuir, comme les imbéciles l'ont prétendu.

Le débarquement était plus difficile quand les agents doublaient leur ronde, et il y eut quelques légères collisions dont nous sortîmes toujours sains et saufs. Le trafic était interrompu quelque temps, ou bien nous variions le lieu du débarquement, mais Souvier disait que c'était bien plus chic de faire de la contrebande sous le nez de ces balourds qui se promenaient par couple en racontant des histoires de chambrée ; et on les roulait presque trop facilement, se plaignait Annabelle en bâillant ; mais bientôt, je crois qu'elle n'eut plus du tout envie de dire que c'était trop facile.

Et, la veille même du soir où il me présenta à Hélène, nous eûmes une partie assez chaude. Le Catalan courait à toutes jambes dans la rue déserte, sous les réverbères espacés, poursuivi par deux ombres qui brandissaient des matraques. Devant moi surgit un type aux traits tout en longueur, la bouche grande ouverte, le nez froncé par une frousse violente et, avant que ma main ait pu étreindre sa gorge nue, son poing se précipita comme un bolide devant mon regard et je n'eus que le temps de fermer les yeux et une grande lueur rouge m'inonda, mes jambes vacillèrent. Je me blottis contre une barrique qui puait le vin fermenté. Je pressai de mes doigts gluants de sang mes paupières où s'enfonçaient mille aiguilles, et quand je pus ouvrir les yeux, son ombre trapue était courbée auprès d'un ponton, le képi écrasé sur les yeux. Je m'élançai sur lui et je le bourrai de solides coups de poing. De mon genou, je le frappai dans l'aine. Il ne se défendit pas : il s'écrasa en gémissant, les deux bras en croix étalés sur le pavé. Un agent projeta dans mes yeux l'éclat de sa lanterne. Je donnai un coup de pied dans le verre qui vola en éclats ; il poussa un juron et sortit de sa poche un revolver qu'il braqua sur moi. Je me baissai et, me relevant précipitamment, je lui appliquai mon poing sous le menton ; il s'écroula, entraînant dans sa chute la lanterne qui glissa le long du quai et j'entendis sa chute dans l'eau. Un filet de sang chaud et doux coulait le long de mon nez jusque sur mon menton et sur ma poitrine ; une des manches de ma chemise pendait en lambeaux.

Je n'avais pas envie de me défiler, bien que ma paupière me brûlât horriblement ; je voulais en voir un peu plus et régler leur compte à quelques-uns de ces salauds ; je me sentais très sauvage. Je tâtai mes poches : plus de revolver. Et j'entendis la voix d'Annabelle qui injuriait quelqu'un ; je levai les yeux vers le grand dock : un agent montait la garde contre un wagon, mais il me tournait le dos, et plus à droite je vis Annabelle qui se débattait dans les bras d'un flic dont la silhouette bedonnante se détachait sur le mur jaune cru. Il l'avait saisie par-derrière et s'efforçait de lui désarticuler le bras en le lui tordant en l'air, mais entre eux et moi, il y avait cet agent muni d'une arme, de sorte qu'il m'était impossible d'aller à la rescousse sans risquer de recevoir une balle dans la peau. À mes pieds gisait un tas de ferrailles et de planches. Je m'emparai d'un fragment de poutre que je fis tourner autour de ma tête et je le lançai dans la direction des deux corps emmêlés. L'homme s'écroula à terre et resta sur le dos sans bouger. La sentinelle se retourna vivement et épaula : je me mis à plat ventre derrière le tas sur le pavé obscur, il y eut une détonation et une balle siffla au-dessus de ma tête. Je ne bougeai pas.

Quand je levai lentement la tête jusqu'à ce que mes yeux fussent à la hauteur du tas, je vis qu'il n'y avait plus qu'une scène vide : l'homme gisait au milieu d'une grande clarté, la tête à demi couverte par la poutre. Je vis la porte du bâtiment s'entrebâiller et deux ombres filèrent, le dos rond, et tournèrent vivement l'angle du wagon. Je m'accroupis sur mes talons, le regard tourné derrière moi : un lourd brouillard rayé de pluie masquait le port.

Pendant quelque temps, je me déplaçai à pas silencieux dans la rue étroite et calme. Je songeai à rentrer me coucher, mais je réfléchis qu'il me faudrait revoir Annabelle et les autres, et j'allai au théâtre et, comme on me dit qu'elle était déjà sortie, je fis demi-tour et montai dans ma chambre. Dans la glace, je vis mon visage hirsute, sanglant et tuméfié. Le pourtour de mon œil était gris comme une peau de rat et tout le devant de mon chandail souillé de sang jusqu'à ma ceinture. Guillaume se retourna dans son lit en soupirant bruyamment. Je me penchai à la fenêtre : il faisait plus frais depuis qu'une pluie fine était tombée ; le ciel noir était émaillé d'étoiles ; du bar du port s'échappait un air joué par un accordéon. Je me jetai sur mon lit tout habillé et je m'endormis.

L'ÉTRANGER

Le coup fait, je descendis rapidement l'escalier en fer et je bondis sur le macadam humide et collant entre deux filles encore dévêtues qui jacassaient sous un parapluie semblable à ceux dont se servent les grooms à la porte centrale des grands hôtels ; elles s'écartèrent en piaillant et, sans plus m'attarder, je baissai la tête et fonçai vers le hall d'entrée où je m'arrêtai quelque temps pour tendre l'oreille : le silence. Ce silence plein qui semble murmurer déjà avant qu'éclate la rumeur que vous attendez avec impatience — comme si vous aviez vraiment besoin de savoir que le danger est à cinquante pas et que désormais votre vie dépend de l'adresse dont vous saurez user pour éviter la vengeance d'une foule que le sang d'autrui enivre. Je sentais mais n'entendais pas les battements de mon cœur : ce furent les secondes tout à la fois les plus calmes et les plus atroces de mon existence. Il y avait en ce cri profond — aigu, très aigu, mais qu'il fût si inhumainement aigu ne me bouleversait pas tout d'abord, car je ne songeais pas encore qu'il pût prévenir la meute, mais parce qu'il était si évidemment originel, le seul cri originel que j'aie jamais entendu, comme si l'âme même avait senti le coupant glacé de la lame, et sitôt après, une nappe longue et lourde de silence : le geste était accompli et le destin se recueillait, taciturne, prenait soigneusement son élan avant de s'élancer aux trousses de la proie, avant le chaos, le tumulte aveugle : l'implacable destin ! — il y avait en ce cri profond plus de vie que dans toutes les paroles, tous les gestes, toutes les mines que dessinait son visage chiffonné, et vraiment, je ne compris qu'après mon forfait ce que c'est que d'attenter à la vie, je dirais plus volontiers : toucher une vie à vif (et s'il faut enfoncer un poignard dans le sein d'une femme pour que la vie s'exprime, nous autres, qu'attendons-nous pour égorger les êtres qui ne peuvent vivre que pressés par l'angoisse d'une mort toute prochaine ?). J'écoutais attentivement, tandis que mes doigts tordaient la tige d'une plante verte disposée contre la porte du théâtre, et c'est seulement quand j'entendis le premier hurlement de vengeance qui fut suivi aussitôt d'une fermentation grossissante que je tirai vers moi la massive porte d'entrée qui tournait sur ses gonds en grinçant ; à ce moment, j'entrevis ma photographie, un peu grise, pâle et vague, telle qu'on pourrait la contempler à loisir sur le papier jauni du journal du lendemain matin : le visage sali, mauvais, fripé de l'assassin sans faux col qui menace d'un œil vidé le lecteur pervers qui se dit et se redit : « Ainsi voilà un criminel, il a tué, il a tué, c'est incroyable, cet homme a tué. » Mais je ne pensais plus à elle, comme si je l'avais extirpée de moi, et jamais, jamais plus je ne pensais à elle ni au chaud contact de ses belles lèvres et jamais plus je n'éprouvai de remords, je ne vis ces spectres dont on dit qu'ils obsèdent les criminels ; j'étais d'un bois différent. Je considérais qu'elle avait fauté, qu'il était juste qu'elle eût été châtiée de mes propres mains, que son péché l'avait délivrée à jamais de cette souillure, son corps, qui fut précisément l'instrument de son péché. Ses yeux d'une flamme si noire et si forte, je ne les revis plus jamais ni en rêve ni dans mes plus sombres fièvres. En vérité, je ne croyais pas qu'il fût si aisé de donner la mort et j'en suis encore à m'interroger aujourd'hui sur l'étrange inertie — mais n'est-ce pas tout simplement de l'ignorance et alors, si j'étais apôtre ou prophète, ne conviendrait-il pas que j'éclaire ces ignorants ?, mais je ne suis ni l'un ni l'autre, peu m'importent leur veulerie, leur ignorance ! — l'étrange inertie de ces époux las de leurs épouses, de ces amants trompés las des amants qui les trompent, des fils qui pourraient jeter leur gourme en égorgeant leur père, et j'abrège, ce sont là quelques cas, ou bien avais-je la vocation et les autres ne l'avaient-ils pas ?

Dans la rue, je constatai avec la plus vive satisfaction que la brume, loin de s'être dissipée, avait pris une consistance telle que je ne voyais pas les murs des maisons et que pour me guider il serait nécessaire que je tende la main en avant et un peu à droite, brassant l'air opaque, frôlant la pierre, et je me souvins tout à coup que Thomas de Quincey rapporte que le fameux assassin Williams, dans une situation fort désagréable et en tous points analogue à celle où je me trouvais, avait pu s'échapper à la faveur d'une purée de pois à laquelle celle-ci n'avait rien à envier. L'odieux criminel a eu pour complice l'intempérie, diront les journaux du soir. Et je buvais ce doux et onctueux brouillard, mon silencieux complice, pour le remercier de sa bienfaisante protection.

Tout en pressant le pas, et sur la pointe des pieds, je prêtais l'oreille au silence qui me paraissait plus redoutable que jamais. Cependant mon allure était si naturelle que le premier policeman heurté au coin d'une rue ne saurait me prendre pour un sanglant fugitif, à moins — à moins que je ne fusse poursuivi par des cris d'agonie perçants. Et en effet, ceux-ci montèrent soudain avec fureur, dans cet air moisi et glacé, et c'était vraiment là une profanation telle que j'eus grande envie de faire chemin arrière et de battre mes mains pour leur imposer silence. Je jugeai ces hurlements de loups d'une indicible inconvenance et il fallait que chacun fût emporté par la folie de tous pour se joindre à ce tumulte de voix qui sonnaient faux dans un décor qu'aucun son humain n'aurait dû venir troubler ; mais on dirait que les hommes contrarient à plaisir l'ordre de la nature, et après tout, il est vrai que nous n'étions plus au théâtre et que ce n'était pas mon affaire de goûter la situation en esthète puisqu'il y allait de ma vie qui est tout de même plus précieuse que le plus bel art du monde. Comment tenterai-je de décrire l'étrange torture d'un esprit qui, n'ayant jamais aimé que le merveilleux et le recherchant même dans la pire adversité, s'en trouve privé au point critique de son existence ?

Ils étaient derrière moi à quelque cent pas, mais je crois qu'ils n'avaient pas encore franchi le portique du théâtre quand je fus pris d'un étrange malaise et que je dus m'appuyer contre le mur en portant la main à mon front sur lequel j'avais la sensation d'une violente pression : et je fus saisi d'un sentiment de solitude épouvantable, de sorte que ce n'était plus avec colère que je tendais l'oreille au flot débordant de leurs cris, mais avec l'anxiété d'un animal traqué. Eh bien ! n'était-ce pas à prévoir ? Mais déjà j'étais possédé et il ne m'importait plus du tout de vivre l'instant au sein de quelque étrange enchantement ; c'en était fait de mon mystère, je ne serais désormais que l'assassin en fuite. Jusqu'à présent, j'avais réussi à être autrement que je n'étais : est-ce que le sang impose toujours sa loi ? sommes-nous tributaires du sang que nous avons répandu ? Pourquoi le remords, par exemple, bat-il son irritant bourdon ? Est-ce que j'étais homme à me laisser surprendre ? C'était ridicule, méprisable.

Je crois qu'ils n'avaient pas encore franchi le portique du théâtre quand je fus pris de cet étrange malaise et que je me surpris à vociférer à voix haute comme les bergers dans la plaine pour distraire leur solitude. Mais les cris frénétiques approchant, je secouai mes mains, ma tête et je murmurai avec quelque emphase : « Allons, en route, tu seras désormais un éternel paria ! », n'en pensant pas un mot, car dès ce soir j'embarquerais et à Monbassa qui connaîtrait ce qu'ils appelaient ici mon crime ? J'entendis un galop précipité et les cris que l'épuisement de la course faisait moins intenses et je me mis à galoper à mon tour comme un dératé, les mains tendues, tête baissée ; jamais mes yeux ne me furent plus inutiles que par cette nuit de brume où je m'enfonçai si avant que j'aurais été incapable de reconnaître si j'étais à Piccadilly ou à Kensington, mais peu importait ! Il y avait derrière moi un cortège hurlant dont la rumeur toutefois allait s'amincissant ; je me heurtai à un parapet que, par une étourderie impardonnable, j'enjambai aussitôt, ce qui me fit faire une rapide descente dans le vide et essuyer une désagréable immersion : « Ciel ! la Tamise ! » J'enfonçai ma casquette sur mes oreilles et je me mis en devoir d'exécuter quelques brasses tantôt dans une direction, tantôt dans une autre, ce qui n'eut d'autre fin que d'épuiser mes bronches déjà excessivement fragiles ; puis je m'avisai qu'il était préférable de ne pas me départir d'une certaine direction, quitte à prendre malencontreusement le sens du milieu du fleuve, ce qui eût été ma perte ; mais pouvais-je choisir ? Je misai et si je devais perdre, du moins que ce fût après une brave défense. Quand mon crâne heurta le quai, je me dis que les dieux, puisqu'ils n'avaient pas permis que je voie échouer ma force et mon courage, m'étaient décidément très favorables ; et tout grelottant, les mains sur les hanches, je me mis à rire à si grands éclats qu'un mendiant qui dormait contre l'arche du pont, les jambes repliées sur un sac de l'ouverture béante duquel s'échappait je ne sais quelle matière brunâtre, sordide et nauséabonde, déversa sur moi un torrent d'invectives ; je voyais tout au plus son œil bleu vers lequel convergeaient des rides comblées de crasse. Mais comment le voyais-je ? eh bien, la brume se heurtait plus haut à un soubassement proéminent sous lequel reposait le vagabond et, comme si elle eût été d'une matière absolument solide, elle conservait à sa base la forme même imprimée par la résistance du soubassement. Mais, après tout, ai-je bien vu un mendiant ? Mes sens n'étaient-ils pas quelque peu troublés par le saisissement de l'eau glaciale ? (Pourquoi m'attardé-je sur tous ces détails ?) Quoi qu'il en soit, je ne me souciai pas de répliquer, même avec la plus grande douceur, à cet individu imaginaire ou non dont les injures me rappelèrent au sentiment de mon infortune et, sans plus traîner, je gravis un escalier étroit, accoté contre le pont, qui me conduisit sur la chaussée où la brume de nouveau m'enveloppa, et je marchai, je marchai, je marchai, et si je ne me souviens plus de mes pensées, je sais bien que pas une ne concernait ma victime et qu'elle était morte, morte aussi dans ma mémoire. Je marchai, je marchai, et, comme je m'arrêtai pour reprendre souffle et tâcher de m'orienter, j'entendis de sourds éclats de voix et j'aperçus une vague lueur jaune et opaque qui se balançait tout auprès de moi. « C'est sans doute une auberge et je vais pouvoir rincer ma gorge desséchée », pensai-je imprudemment, et faisant provision de sang-froid, je marchai d'un pas assuré vers la lueur qui continuait de danser comme si elle eût été agitée par le vent :

— Bonnes gens, dis-je, pouvez-vous me prendre la main et me mener au seuil de cette taverne, ce damné brouillard me rend aveugle... »

Mais ces paroles à peine dites, un murmure de voix confuses s'éleva tout alentour, parmi lesquelles je reconnus celle, ardente et sauvage, de Kent qui aussitôt sonna l'alarme :

— L'assassin est parmi nous !

Et tout un chœur de voix animales de répéter à un diapason plus élevé :

— L'assassin, l'assassin est parmi nous ! » Sitôt que je compris ma bévue, je fis demi-tour et je tentai de me frayer un chemin au milieu de ces mains qui se tendirent à mon passage pour m'agripper et à l'étreinte desquelles je n'échappai pas sans effort. Par bonheur, au lieu d'un combat silencieux qui leur eût permis de déceler ma présence, ils poussèrent des cris sauvages qui couvrirent mon halètement, et tandis que ceux-ci me guidaient dans ma fuite, ils n'avaient, eux, pour m'atteindre, aucun point de repère et je pus rompre ce cercle infernal. Mais là encore, je commis une troisième faute qui n'est pas moins impardonnable que les deux premières : au lieu de m'enfoncer dans le brouillard qui m'eût à jamais soustrait à leurs regards, je courus vers la première porte que j'enfonçai d'un coup d'épaule. Derrière la porte, il y avait un pasteur qui marchait le long d'un couloir sombre dans lequel je m'engageai ; quand il fit volte-face et qu'il me vit courir vers lui, il laissa tomber sa Bible et tout de suite hurla à l'assassin ; et hurla de nouveau en lançant vers moi ses grands bras de fille. Je lui administrai une paire de claques qui fit voler au loin son chapeau noir et rond. Il se laissa choir sur le postérieur en abaissant les paupières ; mais n'étant pas assez sot pour le croire évanoui, j'appliquai mon poing entre ses deux yeux : ses paupières s'ouvrirent sur deux pupilles révulsées, et ne s'abaissèrent plus. Cependant, ses cris avaient suffi à alerter mes chasseurs dont les clameurs redoublèrent, comme s'ils estimaient ainsi apaiser leur terreur et aviver leur colère. Je courus jusqu'à l'extrémité du couloir où, par une porte entrebâillée, je vis une vieille dame, vêtue d'une robe de soie puce, assise toute droite et raide dans un large fauteuil à oreillettes, qui piquait au moyen d'une forte aiguille d'acier un canevas de tapisserie en pinçant les lèvres et aux pieds de laquelle un enfant délicat, pâle, lisait dans un grand livre en maroquin orange, d'une petite voix douce et apprêtée, et elle le reprenait d'une voix distinguée. Amusant de mettre un peu de désordre là-dedans. Je fonçai vers eux et je fis briller devant le regard de cette dame l'éclair de ma lame : elle jeta les bras au ciel, mais ne put faire jaillir de sa gorge aucun son. Le jeune garçon poussa un hurlement ; je lui donnai un coup de pied dans le derrière, ce qui le fit disparaître sous un piano où il hurla tout son saoul, tandis que l'honorable dame, sa grand-mère je suppose, s'effondra sur un divan heureusement disposé de telle façon qu'elle ne pût l'éviter. Puis, m'avisant qu'il existait une deuxième porte dissimulée derrière une tapisserie qui représentait *le Massacre des Innocents*, je l'ouvris et constatai avec surprise qu'elle donnait sur le même couloir sombre à l'extrémité duquel se pressait déjà la foule de mes poursuivants, je la refermai, je donnai deux tours de clé et quand je fus assuré que cette foule stupide avait pénétré dans le salon (j'entendais avec amusement les réflexions que suscitaient les spectacles de la distinguée douairière dans tout le désordre de sa posture et de ce petit mignon maltraité qui se frottait la partie sensible en grimaçant), je m'avançai à pas de loup, jusqu'auprès de la grande porte : je poussai un hurlement à faire dresser les cheveux sur la tête des plus hardis et, refermant la porte d'un geste rapide, je donnai deux tours de clé en riant silencieusement : ils bourdonnèrent comme des mouches prises sous une cloche de verre. Quelques femmes imprudemment aventurées là jetèrent des cris stridents et s'ils furent entendus, comme je le suppose, dans les rues voisines, les rares passants qui s'y pressaient, le mouchoir sur le nez, durent regagner leur logis en prenant leurs jambes à leur cou. C'est ce que je fis de mon côté : après avoir enjambé l'infortuné pasteur, je passai le seuil et je courus avec la plus grande agilité, enfilant telle rue, traversant telle place, contournant tel socle de statue, la main en avant et un peu à droite, brassant l'air opaque, frôlant la pierre. Mais je ne pensais plus à elle et jamais, plus jamais je ne pensai à elle ni au doux contact de ses belles lèvres, et jamais plus je n'éprouvai de remords, je ne vis ces spectres qui obsèdent, dit-on, les assassins.

Et toute la nuit, toute la nuit, j'errai dans les rues

brumeuses de Londres. Mon cœur était grave, mais il n'était pas désespéré : le sang répandu avait mis un terme à ma souffrance. Il y avait à présent dans la nuit déserte un silence accablant, désespéré et définitif. La brume se laissait pendre aux feuillages crispés de tous les arbres en file interminable, aux réverbères qui versaient sur les trottoirs parcheminés de feuilles rouges une lueur étrange, à la tour qui se dressait comme un spectre géant et solitaire, dans une stupeur immobile, au bord du fleuve majestueusement bouclé à son pied, et dans mon cœur aussi qui était grave mais non pas désespéré était suspendu une sorte de voile diffus.

À l'aube, je pris un billet pour Portsmouth et de là, une cabine pour Monbassa où je fis très vite de fort bonnes affaires.

HÉLÈNE

« Quand je ne t'aimerai plus, ce sera le retour du chaos », dit Othello, mais moi je dis que quand je ne l'aimerai plus, ce sera le retour à la sérénité. Il a dit qu'il viendrait à deux heures et il était deux heures dix. Je me suis levée, je suis allée vers l'armoire dont j'ai ouvert les deux battants et, glissant la main sous la pile de linge soyeux, j'ai touché la pendule plate et froide que j'ai posée sur le secrétaire. J'ai tendu l'oreille, mais la rumeur violente de la foire couvrait les rumeurs familières : la sonnerie, le grincement de la porte et les pas. Les femmes montent dans les wagonnets et au sommet d'une pente abrupte elles se serrent les unes contre les autres, elles sentent une délicieuse brûlure dans la poitrine. Le wagonnet est lent, tout lent, puis il dévale ; les entrailles descendent dans les jambes, elles poussent des hurlements ; en bas, les gens, la tête levée, les regardent en riant. Je suis allée me recoucher, les mains croisées sous ma tête. Et quand je croyais entendre le grincement de la porte, je me levais brusquement et tout étourdie je me regardais dans la glace en pressant mes tempes avec la paume de mes mains et je tournais dans ma chambre, ne sachant plus que faire de mes mains : ce n'est pas lui, ce n'est pas lui, je sais que ce n'est pas lui, mais je demeurais immobile, les muscles péniblement tendus (je me disais que ce n'était pas lui parce que si je m'étais dit que c'était lui, toute chance eût été perdue : il faut dire non et c'est oui, ou oui et c'est non), écoutant à travers la cloison les pas qui s'éloignaient dans le couloir et que le flon-flon des manèges recouvrait, puis je n'entendis plus rien. Il m'a encore raconté des mensonges, et je me répétais qu'il ne viendrait pas. Il ne viendra pas et cette fois c'est bien fini, mais en même temps je pensais que le déjeuner s'était prolongé, ils avaient bu et fumé des cigares, il ne pouvait pas prendre congé ou bien ils avaient commencé tard, il avait perdu la notion du temps et il ne savait pas qu'il était déjà deux heures et quart (il ne viendra pas, il ne viendra pas, il ne viendra pas) et je le voyais au milieu des visages congestionnés, il riait et parlait à tort et à travers comme toujours les hommes après un bon repas (il ne viendra pas, il ne viendra pas). Quand il m'avait dit hier soir qu'il viendrait à deux heures, j'avais été sûre qu'il viendrait, et sûre qu'il viendrait à deux heures juste, mais il était plus de deux heures et quart, ma montre avance peut-être de cinq minutes. Et en effet, l'horloge de Sainte-Anne sonna le quart, je fus soulagée : c'était une victoire sur le temps. Ainsi nous reculions tous de cinq minutes et pendant ces cinq minutes, je suis restée assise sans bouger, mes mains étaient brûlantes, mes yeux surveillaient l'aiguille, je la voyais descendre, j'étais furieuse qu'elle fût si rapide et bientôt elle cacherait le IV. Je savais déjà qu'il ne viendrait pas. Mais pourquoi, quand il était devant moi et qu'il m'a dit, en inclinant la tête et soulevant un chapeau imaginaire, qu'il viendrait à deux heures, n'ai-je pas insisté pour qu'il me confirme qu'il viendrait bien à deux heures précises ? Il me regardait de ses yeux si vifs que j'étais absolument sûre qu'il tiendrait parole. Maintenant, j'étais absolument sûre qu'il ne viendrait pas. L'aiguille avait glissé sur le IV et continuait sa route silencieuse. La longue cendre de ma cigarette était tombée sur mes genoux. Je me suis levée et j'ai secoué la cendre légère de dessus ma jupe. Je me rappelais ses paroles : « *Je fais ce qui me plaît, j'ai du sang et je le suis, mais toi tu ne sauras jamais ce que c'est que la vie parce que tu attends alors qu'il faut poursuivre* », je n'ai pas osé lui dire que je le poursuivais nuit et jour, et quand je suis dans mon lit toute seule, je pense : « Il est avec l'autre », et je vois comment il se penche sur elle, comment il lui sourit et je vois comme s'ils étaient au-dessus de ma tête ses yeux gris traversés par tous les reflets de la passion. Et pourtant, il ignorait la passion, il ne connaissait que le plaisir. J'aurais voulu qu'il fût dans mon cœur une minute seulement pour en connaître les brûlures. Mais peut-être l'aimait-il ? S'il savait que je le poursuivais nuit et jour, il serait tellement content qu'il me délaisserait encore davantage parce qu'il saurait alors que mes sentiments sont à toute épreuve.

J'étais restée sur le dos, tranquille, les yeux ouverts, tandis que la rumeur de la foule qui montait du port par vagues d'intensité rendait plus douloureuse ma solitude. Puis je n'ai plus pensé à rien, je n'attendais plus, je ne souffrais plus, et pendant longtemps ma tête fut vide. Soudain, les vibrations de l'horloge : mes oreilles bourdonnèrent. Lentement, je me suis assise ; mes cheveux étaient collés à mes tempes, et lentement j'ai repris mes sens ; puis je me suis mise debout : la chambre tournait doucement. Quand j'ai entendu *Valencia* mâchonnée sans entrain par l'orphéon des chevaux de bois, mes yeux se sont emplis de larmes. Je regardais mes pieds roses, sillonnés de veines bleues, dont les doigts étaient comprimés par mes souliers de daim et je me suis souvenue que c'était dimanche. « *Il faut chercher et tu trouveras,* disait-il, *mais tu restes immobile attendant qu'on laisse tomber dans ta bouche des alouettes toutes rôties. Il ne faut pas avoir peur de ses impulsions et courir après ce qui peut donner de la joie, car la joie ne vient pas à toi, tu dois marcher vers elle et plus tard il faudra courir, et encore plus tard, quand tu n'auras plus la force de courir, du moins tu pourras te dire en souriant : je l'ai eue quand j'ai pu l'avoir et j'essaye de l'avoir encore quand je ne le peux plus ; c'est donc que je suis toujours vivante* », mais il parle ainsi parce qu'il cherche n'importe quelle joie ; ou bien il est plus chanceux que les autres. Car il l'aime peut-être et il est avec elle, c'est pourquoi il n'est pas venu. Et, de nouveau, je le voyais penché sur elle, caressant sa main, ses yeux la pénétraient d'une lueur chaude, pourtant il était toujours hautain comme si tout lui était dû, et de nouveau j'ai éprouvé le désir de me rendormir : je ne voulais plus voir cela, je ne voulais plus entendre ses paroles qui, remontant du passé, s'agitaient à mes oreilles comme des mouches d'été. J'aurais voulu que ce fût la nuit et m'enfoncer dans le noir, dans le noir, le noir, mais quand je fermais les yeux, je voyais une étendue rouge qui me brûlait les paupières et j'aimais mieux voir la lumière dure et laide. Je le poursuivais nuit et jour : comment il avait été devant moi, aimable ou obstiné, comment il avait joué, et tous ses gestes, toutes ses expressions renaissaient à minuit quand le silence régnait enfin dans l'hôtel et que je n'entendais plus que les feuillages, la mer, les beuglements des navires. Ses paroles les plus douces et les plus méchantes, je les pesais, les plus douces me paraissant souvent jaillies de son cœur, les plus méchantes composées par son cerveau pour cacher les plus douces, pour troubler ma confiance, car il croit que l'amour est un jeu et que pour entretenir la flamme, il convient d'exciter la jalousie. C'était ma faute : j'aurais dû aimer un homme qui cherche le repos. L'amour, une plaine douce et souple (et, en même temps, je me disais : « Non, non, je n'aime que la violence, je n'ai que faire de leurs hommes doux qu'elles traînent par le bout du nez ; lui, c'est un homme, un homme, un homme »). À travers ma blouse, je sentais une fraîcheur légère et saline, un peu moite ; mon front reposait sur mes deux bras croisés, ma bouche sur le couvre-lit humecté de mes larmes ; sous la peau de mes tempes, deux crampons se resserraient. Il ne viendra pas et il est avec elle. « *Le jour où nous ne pourrons plus nous supporter, je briserai sur-le-champ,* disait-il, *il faut être franc, car la liberté exige la franchise.* » — « Mais Grégoire, nous ne nous quitterons pas, nous ne nous quitterons jamais. » Il sifflotait et il me regardait d'un air songeur, apitoyé, intolérable. Je m'étais serrée contre lui et nous sommes restés un moment sans parler. *Chacun suit sa voie, chacun suit sa voie,* chantonna-t-il, *et les voies ne se confondent pas ;* je suppose que c'était une citation (aux questions embarrassantes, il répond par des citations) ; il m'enlaça et posa ses lèvres brûlantes sur les miennes et j'ai pensé, petite sotte, que c'était la meilleure réponse, mais je sais maintenant que c'était une insulte.

En bâillant, je me suis retournée et je suis restée ainsi étendue sur le dos, les yeux grands ouverts, les mains sous la nuque lancinée par une douleur cuisante, regardant le plafond maculé de taches de rouille qui ressemblait à une carte. Il me semblait que le long gémissement d'un bateau, le rire des enfants, les spirales brillantes et rapides des orgues de Barbarie et le vacarme métallique du Scenic Railway me frappaient de grands coups dans le front, les tempes et la nuque, et me criaient que c'était fini, fini, fini, que j'étais jetée à la porte de la vie : va-t'en, va-t'en, va-t'en ; on donnait des coups de pied à un cadavre, va-t'en, va-t'en, va-t'en, nous ne voulons pas de toi, va-t'en, va-t'en, va-t'en, pas de toi, pas de toi. Je me suis relevée brusquement : le soleil ruisselant sous les stores baissés faisait éclater le nickel de la pendule qui marquait trois heures moins le quart ; je me sentais perdue, impuissante, prise comme une mouche dans le rythme monotone et tourbillonnant des chevaux de bois, et leurs cris aigus perçaient l'air torpide comme des cris de révolte dans un monde lourd, douceâtre et oppressant. Je me suis levée. Devant la glace j'ai frotté mes yeux avec mon mouchoir tordu ; j'ai allumé une cigarette et je me suis penchée à la fenêtre : la foule était agglutinée contre les manèges qui, vus de haut, ressemblaient à des ombrelles ; des ballons jaunes, rouges, verts et bleus flottaient très haut, unis en une grappe multicolore, retenus au sol par des fils invisibles ; une odeur d'écurie, de nougat, de cacahuètes, d'enfants et de foule montait par bouffées jusqu'à moi, et sur la plate-forme grouillaient des autos, minuscules taches rouges, qui se bousculaient en une sorte de danse heurtée et vaine au milieu des hurlements joyeux et des détonations du stand de tir. Comme un rideau de fond, stationnaient les remorqueurs sombres, les goélettes blanches et les lourdes péniches chargées de charbon et de sable rouge.

Je suis restée devant la fenêtre quelques instants, mordant et suçant mes phalanges nerveusement : je sentais de nouveau la souffrance qui montait comme une boule dans ma gorge trop étroite ; la poussière chaude dansait devant mes yeux dans la lumière du soleil où les traverses des persiennes faisaient des raies d'ombre. Il n'était pas là parce qu'il était avec elle. Je me suis assise devant le secrétaire et j'ai ouvert avec précaution le tiroir : le revolver noir et luisant avait l'air d'un champignon vénéneux ; mes doigts le touchaient, mais je ne le sentais pas ; ma main n'était plus à moi, elle se conduisait comme bon lui semblait. Dans la glace, j'ai vu d'abord mes lèvres charnues, grossièrement peintes, déformées par une sorte de rictus idiot. Je ne sentais plus mon corps. Sur un de mes yeux morts pendait une mèche courbe et pointue. « Je suis seule », cette parole, surgissant de mes propres lèvres et résonnant insolite dans cette chambre, me parcourut comme une décharge électrique. Dans ma paume, je sentis à présent le contact froid du métal et je m'éveillai soudain de mon inertie physique ; mes yeux me virent droite et menaçante, un pied en avant, le bras tendu et, dans mon regard, un éclair de haine et de peur qui me fit tressaillir de nouveau. J'étais enfermée ; si je ne sortais pas sur-le-champ de cette chambre, je deviendrais folle. J'ai pris mon chapeau et j'ai couru vers la porte. Des voix de femmes et d'enfants en bas âge, un vague froufrou de personnes qui se déplacent, des bruits de journaux dépliés et le timbre nasillard des phonos filtraient à travers les portes des différentes chambres. Je me hâtais dans les couloirs, ma main pressant convulsivement ma poitrine : j'aurais voulu hurler que tout était intolérable. Tu n'es pas venu parce que tu étais avec elle, et tu ne cherches pas à t'excuser parce que ton dessein est de me faire souffrir, mais je veux en finir, et il saura comment je réponds aux outrages. Il sourit ironiquement parce qu'il pense que c'est la colère qui me fait parler ainsi et que sitôt que je serai apaisée, je le rechercherai de nouveau, car il me traite comme une mendiante, mais je ne mendierai plus ta présence, tes caresses, et tu verras que je puis me passer, que je puis me passer... Je me frayais un chemin à travers les gens endimanchés qui marchaient par groupes, lentement, cérémonieusement. Deux marins vautrés sur un banc clignèrent de l'œil et sifflèrent, je détournai les yeux en relevant le menton. À jouer trop souvent avec le jouet, il se casse. Sur les croupes raides et crayeuses des chevaux de bois, les enfants se tenaient droits, leurs petites cuisses serrées contre les selles, l'air concentré parce que le plaisir était court et qu'il fallait en jouir pleinement. Un vent chaud, chargé d'une odeur de bière et d'écurie, gonflait les robes des jeunes filles qui marchaient, la tête droite, le bras passé sous celui de jeunes gens qui serraient entre leurs dents un coquelicot en papier. Je me suis tenue debout au bord du quai, fixant obstinément l'eau couleur de pain d'épice, parsemée de petites flaques lumineuses qui scintillaient. Dans un bar ouvert sur le port, des gens étaient attablés devant des verres qui brillaient d'un bref éclat d'or mat. Au balcon du premier étage, une femme aux joues outrageusement fardées, vêtue d'un peignoir bariolé, fumait une cigarette d'un air maussade, les deux bras sur la balustrade ; puis elle jeta son buste en arrière en étirant ses membres opulents, lança le mégot qui roula sur la chaussée et elle disparut derrière les rideaux, en faisant retentir sa voix aigre qui se mêla à celle, excédée et lente, d'un homme dont on pouvait apercevoir le feutre cabossé, jeté en arrière sur son crâne rose. Et, si je le rencontre dans la foire, je marcherai la tête haute, aspirant avec un visible plaisir cet air de fête comme si je participais, comme si j'étais de concert avec cette foule satisfaite et poussiéreuse et non pas du tout seule avec ma douleur, contractée, haletante, ivre d'une rage froide et désespérée, et je passerai auprès de lui en souriant à droite, à gauche et le fixant sans le voir ; il saura que je puis me moquer de lui et que ma faiblesse n'est que le fruit de son imagination vaniteuse. Mais cependant, comme je marchais lentement entre les boutiques achalandées et les tentes, je scrutais à travers mes cils les visages des hommes, je lui jouerais ce beau tour, il regretterait sa cruauté qui lui coûterait très cher. Les plus jeunes hommes me suivaient du regard. Comme si je ne pouvais vivre avec n'importe quel autre homme plutôt qu'avec celui qui, éperdu d'orgueil, croit qu'il est d'une bonne politique de se laisser désirer, et si je vivais avec un autre, il y en a de bien plus séduisants, il saurait alors que je ne suis pas asservie et que je sais comment on marche vers sa fameuse joie. Mais soudain j'ai pensé qu'il serrait contre lui cette femme et qu'il posait sur son visage décoloré ses yeux gris et profonds, et ma gorge s'est contractée. S'il me voyait là, il dirait que je l'espionne ; pour me punir, il serrerait un peu plus étroitement les épaules de cette femme. Il me trouve ridicule : jusqu'au jour où je donnerai la mesure de ma passion ; il pense que je suis une de ces petites jeunes filles qui ressemblent à de frêles fleurs très pâles ; que je n'ai en guise de sang que de la lymphe, que je suis stupide de souffrir, que je ne suis pas même assez forte pour rendre œil pour œil, dent pour dent et que c'est sans importance de courber une fleur frêle et apathique, et, si elle se brise, il ne convient d'en accuser que sa seule débilité ; jusqu'au jour où je donnerai la mesure de ma passion, jusqu'au jour où ma propre souffrance se tournera contre lui.

Sur une estrade supportée par deux barriques, un jeune homme au visage étroit et très brun où pétillaient des yeux mobiles rapprochés d'un nez aigu agitait une main en l'air, tandis qu'il brandissait de l'autre un vase :

— Approchez, messieurs-dames, tentez votre chance !

Et son doigt me désigna dans la foule dense :

— Approchez, la jolie demoiselle !

Une roue tournait derrière lui avec un bruit de crécelle. Je l'ai regardé en souriant, je lui ai donné dix sous et, se baissant, il m'a présenté plusieurs jetons dans une boîte, et sa main continuait à brandir le vase, ses lèvres rouges et épaisses à débiter des paroles précipitées, comme un enfant qui récite sa leçon vivement de peur d'en perdre le fil. J'ai choisi le numéro 2 :

— Vous avez raison, ma petite demoiselle, il vous portera bonheur.

Je voyais ses yeux insolents dans son visage brun à grand front au-dessus duquel ondulaient des cheveux décolorés par le soleil et plantés droit :

— Vous avez raison. À qui le tour ? cria-t-il en fouillant chaque visage, comme si son regard avait le pouvoir de les faire sortir de leur hébétude, et, la bouche ouverte, ils le regardaient de leurs yeux d'animaux mornes :

— À qui le tour ? À qui le tour ? criait le jeune homme, tandis que sa main derrière lui appuyait sur la roue striée de blanc et de rouge qui tourna de nouveau en pétaradant comme une mitrailleuse.

Des mains d'enfants se tendirent :

— Bien, bien, encore deux.

À genoux sur le sol poussiéreux, des gamins levaient

leurs yeux fixes, immobiles et noirs. La foule, d'une poussée, me porta contre l'estrade. Je me suis arrêtée de respirer, le nez écrasé contre une nuque suante, contre une veste qui sentait la naphtaline. Que fais-tu là ? Que fais-tu là ? Il danse avec cette... Un spasme de tristesse m'a serré brusquement la gorge.

— C'est elle, je te dis !

— Où ? Où ?

— C'est elle !

— Allons, messieurs-dames, un bon mouvement, et nous pourrons commencer tout de suite !

— Je l'ai vue jouer, c'est elle !

— Plus qu'un et le dernier sera le gagnant !

— C'est elle, c'est elle !

— Où ? Mais où ?

Un groupe de jeunes gens tournaient vers moi des visages lisses et rouges ; un autre garçon plus jeune jetait un regard égaré de mon côté, et j'ai reconnu ce visage maigre et déformé au-dessus duquel bouffait une chevelure sombre ; il poussait ses copains par les épaules, cherchant à se frayer un chemin.

— La roue de la fortune va tourner, messieurs-dames ! retenez vos respirations ; fixez la roue ! fixez la roue !

J'ai senti les muscles de mon visage se tendre à me faire mal, mais je le regardais sans pouvoir détourner les yeux. Le saltimbanque avait cessé de se trémousser ; il restait debout à me regarder, un sourire tordait sa bouche mince. Une espèce de chaud malaise m'a envahie ; de mes mains, j'ai écarté deux corps d'hommes qui se sont tournés en grognant et quand j'ai été hors de la foule, je me suis mise à tituber et, me retournant, j'ai vu ses yeux qui brillaient d'un feu vorace, son menton projeté en avant et ses épaules qu'il contractait pour se faire plus mince au milieu de la foule qui s'écartait de mauvaise grâce. J'ai fait demi-tour et je me suis mise à courir sans détourner la tête : non, non, pas lui. Être seule, le sang battait dans mon crâne, mais s'il me voyait ici avec ce freluquet, ne penserait-il pas que... non, non, être seule, seule, mais ne serait-ce pas par un coup de maître exciter sa jalousie et il enverrait promener cette putain pour reprendre son bien. Je me suis retenue de courir et j'ai marché tranquillement le long du Scenic-Railway dont les wagonnets chargés de clameurs vrombissaient et crissaient sur les rails en pente vertigineuse. Je suis restée un instant immobile, secouée par une sorte de halètement que je m'efforçais d'arrêter en comprimant mes deux mains sur ma poitrine. S'il me voyait avec ce jeune homme qu'il m'a présenté dans ma loge, il était satisfait de son regard audacieux et qu'il eût retenu longuement ma main dans la sienne qui était chaude et mouillée, parce qu'il voulait me faire accroire qu'il jugeait désirable que je sois avec ce jeune type, mais c'était pour me faire souffrir, car je sais que si ça allait plus loin, il ne le tolérerait pas, et je le vois tourner autour de moi comme une chienne autour de son chiot, et me faire une scène orageuse ; mais non, il ferait plutôt semblant de s'en moquer ; il me suivrait avec inquiétude (et pas assez fort pour la dissimuler), il m'inviterait et je lui dirais que je regrette, mais que je ne suis pas libre, il me jetterait un coup d'œil goguenard, comme s'il était sur le point de rigoler de cette bonne blague jusqu'au moment où, d'un pas léger, guilleret, mais exempt de précipitation, je lui tournerais le dos : et son expression de moquerie insultante ferait place à un sourire sauvage et sinistre, sa colère éclaterait sous la forme d'insultes rapidement débitées qu'il regretterait sitôt après, non pas à cause de l'offense mais parce qu'il se serait trahi, parce qu'il aurait découvert son jeu et qu'il ne ferait plus pendant un temps que figure de vaincu.

J'ai traversé alors le terre-plein, mais sans sortir de l'ombre pointue formée par le sommet du manège, et je me suis tenue en deçà de l'estrade à écouter le murmure de la foule, la voix heurtée, rapide, diffuse du camelot qui annonçait le numéro gagnant, à scruter les visages haut levés, attentifs : quelques-uns étaient à demi recouverts par un mouchoir dont les pointes battaient l'air.

— 18 ! 18 ! Qui a le numéro 18 ?

— 18 ! 18 ! répétait le chœur fébrile, dans un frottement de pieds impatient. Puis il y eut un silence tendu, plein de nervosité. Je l'ai aperçu alors, silhouette imprécise sur le fond obscur de la foule, le nez en l'air, la tête mobile, les cheveux touffus et dépeignés flottant au-dessus d'un front osseux qui luisait comme un chaudron. Appuyée contre le côté extérieur de l'estrade qui tremblait sous la pression des pieds, je ne bougeais pas ; mes yeux étaient cachés par l'ombre de mon chapeau. Une main se tendit, une voix de femme poussa un hurlement joyeux auquel fit suite, comme un refrain, une clameur triomphante. Juste à ce moment-là, je levai les yeux par hasard vers la chenille recouverte d'une carapace verte qui tournait en montant et descendant *et je les vis* : ils étaient adossés contre le guichet, leurs bras enlacés, le visage baigné d'ombre, raidis et indifférents. Il sortit un journal de la poche de son veston, le déplia et l'étendit devant leurs têtes qu'ils joignirent, et je ne vis plus que le grand carré blanc surplombé par une chevelure blonde et une chevelure brune entre lesquelles la fumée bleue montait, droite et fine. J'ai fermé les yeux, en appuyant la tête contre l'estrade, poussant à demi-voix des jurons rauques ; et pourtant, je restais calme : ils auraient fait l'amour, là, devant moi, je n'aurais pas bougé, ça m'aurait laissée froide. Quand il eut plié son journal, dans la poche intérieure de son veston mal ajusté, et qu'ils marchèrent rapidement le long des boutiques, leurs deux épaules emmêlées, je les suivis, m'abritant le visage derrière mon ombrelle en papier. Ils couraient, bousculant la foule, se faufilant entre les baraques, et pendant quelque temps, je les perdis de vue. Affolée par l'idée qu'ils pouvaient m'échapper, je pressai le pas en zigzaguant, et lorsque j'aperçus de nouveau leurs têtes jointes, une bouffée de joie m'inonda, et en même temps je me rappelai à moi-même qu'il fallait être prudente et je ralentis sans les quitter des yeux, fendant la foule avec ma main droite pointée en avant. Nous traversâmes le pont arqué sur une eau jaune, rouge et verte et le carillon de Sainte-Anne commença à sonner, et nous marchions précipitamment, tandis que les notes sourdes montaient et s'évanouissaient derrière un fond sonore constitué par les orgues de Barbarie, les sifflets, les heurts des autos électriques, les crécelles et le bourdonnement de la foule. Et si je courais en avant et si je m'arrêtais auprès d'eux et que je lui dise bonjour en souriant comme si je ne l'avais pas attendu, comme si je trouvais naturel qu'il fût avec cette..., et sans colère, douce, douce et un peu narquoise : « Tiens, tiens, le gandin qui court après les petites grues », comme si je n'avais pas attendu (il était deux heures, puis deux heures dix, puis deux heures vingt) et pleuré sur mon traversin ; et si j'allais à leur rencontre et face à face, braquant mon revolver sur sa poitrine : elle deviendrait blanche, haletante et stupide, elle hurlerait en s'écartant ; attroupement de la foule chuchotante : *Une agression en pleine fête.* Je ne crains pas de chercher le bonheur où il se trouve, de recourir à cet expédient, le scandale, auquel sa vanité d'homme m'a poussée, et s'il se moquait encore, s'il me disait que c'était de la bien mauvaise comédie, je lui tirerais une balle dans la jambe et ce serait peut-être alors de la bien bonne comédie, assez pour le renverser, pour le faire souffrir et lui faire comprendre que je ne mentais pas et que je sais mieux que lui aller jusqu'au bout de mon désir ; mais il avait fallu que je perde mon sang-froid, or j'étais calme, horriblement calme. Les notes vibraient, lourdes, placides, comme accablées par la torpeur indicible de l'air, surpassées, mais non effacées par la rumeur enveloppante de la foire ; et ils couraient maintenant le long du parapet, leurs deux silhouettes blanches et noires faisant un angle droit avec leurs ombres démesurées dont je piétinais les têtes. La lumière faiblissait lentement et les pyramides des manèges se détachèrent brutalement sur un ciel mauve sombre, barbouillant la mer sur le pourtour du quai de couleurs criardes. *Paris, c'est une blonde,* meuglait un phono. Les pierres d'un chemin montant me blessèrent les pieds à travers la semelle mince de mes souliers. Les bâtisses se firent plus rares, mais ils marchaient enlacés, d'une allure égale, le dos blanc de la femme comme un écran sur lequel s'inscrivaient passagèrement les ombres fines des bouleaux. Sur une palissade, un petit oiseau maigre et gris lançait un sifflement désinvolte. *Paris, c'est une blonde,* reprenait la voix éraillée. Il se tenait un peu derrière elle, et d'un bras il lui enlaça lentement la taille et de l'autre main il lui caressa le bras nu ; le sang battait dans mes veines ; et il repoussa brusquement en arrière son chapeau orné de plumes blanches et se pencha sur elle en lui caressant la joue. La colère commençait à monter, mais je ne voulais pas être en colère ; je devais observer d'un œil froid leurs gestes amoureux et démêler s'ils étaient machinaux ou spontanés. Grégoire n'était qu'un coureur, il ne le cachait pas, il disait qu'il m'aimait et qu'il aimait se promener avec la première femme venue. Soudain, je sentis les larmes ruisseler sur mes joues : je ne croyais pas à ce que je me disais, comment me cacher que j'étais frustrée ? Les mains serrées contre ma poitrine, je ne cessais de ressasser un discours d'autant plus absurde que mon cœur et mes lèvres ne parlaient pas le même langage : il est avec cette fille, se dit-il, parce qu'il a trop de sang, il se cache parce qu'il ne veut pas me tourmenter, et, ce soir, il viendra dans ma loge, il s'excusera gentiment, il tâchera de me faire croire qu'il a étudié son rôle tout l'après-midi ; ce sera très drôle quand je lui dirai que je l'ai vu s'afficher avec une grue affreusement peinturlurée, et, dirai-je, tu as raison de prendre du bon temps le dimanche ; de mon côté, j'ai su prendre du bon temps, un peu différemment, un peu différemment, car les marlous pas plus que les prostituées qui traînent leur faux luxe dans les foires ne sont de mon goût, mais, Dieu merci, je pouvais encore fréquenter des gens plus honorables, et ce jeune homme, ce Fred Ansel... Mais quand il se pencha de nouveau sur elle et que leurs lèvres se mêlèrent, une bouffée de colère gonfla mon cerveau : je me sentis insultée.

Le soleil baissait, le ciel prenait un ton de cuivre. À la lisière de la ville, ils s'engagèrent dans une allée herbeuse au bout de laquelle s'étendait un champ vague où paissaient des chevaux et des ânes au pelage tavelé, où gîtaient des roulottes dont les brancards pliés en l'air étaient enroulés de tiges frêles d'où pendillaient des feuilles jaunies et des fleurs flétries, et, entre les deux brancards, flottait du linge flasque et froissé. Je me suis glissée entre deux roulottes et je me suis couchée, sentant la terre humide pénétrer mes vêtements, et je pouvais voir leurs pieds errants, indécis, sur l'herbe lépreuse. J'ai relevé un peu ma tête et je les ai vus s'asseoir sur les marches d'une roulotte bombée, noire et luisante comme de la réglisse. Il roula une cigarette à sa manière rapide et fit craquer une allumette sur son pouce. Il abrita son visage avec la coupe de ses deux mains. Elle triturait une feuille d'oseille sauvage dont elle déchirait des fragments qu'elle jetait au-dessous d'elle parmi des détritus où s'affairait un nuage bourdonnant de grosses mouches. À son tour elle alluma une cigarette qu'elle prit dans son corsage et la fumée sortit en deux bouffées blanches de ses narines, barrant leurs deux visages rapprochés. Je sentais un afflux de sang qui surgissait en battements rapides et forts contre mon front. Il lui tenait le visage entre ses mains et discourait d'une voix froide, égale, mais le bourdonnement sourd et martelé m'empêchait d'entendre ses paroles ; sa main droite se promenait sur sa gorge et je voyais les yeux de la femme qui se perdaient au loin, vagues, calmes, aveugles ; il avait l'air de s'escrimer à faire vivre une poupée en porcelaine : je me suis mise à rire. Elle se renversa en arrière, appuyée sur les coudes, retenue par les deux mains de Grégoire dont je voyais les épaules se tordre à la hauteur du visage, tache indécise sur le bois sombre et luisant, qu'elle levait vers le ciel. Je sentais dans ma paume la brûlure des cailloux et des herbes entrecroisées. Le sang battait, battait, battait contre mes tempes. Quand j'ouvris les yeux, ses mains couraient sur son visage qu'elle avait renversé en arrière, la nuque appuyée sur l'angle d'une marche. Elle se débattait doucement en imprimant ses poings dans la poitrine de Grégoire qui soudain recula, se mit debout et la fixa en tirant de rapides et courtes bouffées de sa cigarette qu'il tenait dans sa main tremblante. Elle restait accroupie contre les marches, immobile, les paupières mi-closes, comme sous l'empire d'un narcotique. Je pouvais entendre leurs deux respirations haletantes, sentir l'odeur de brillantine que Grégoire se mettait sur les cheveux. Soudain, un son métallique et répété résonna dans l'air, elle ouvrit les yeux et il se retourna de mon côté, l'index levé, la bouche tordue d'un côté :

— Debout ! dit-il en lui tendant la main.

Elle tira sur la main et se mit debout à son tour, son chapeau à plumes flanqué sur le derrière de sa tête, ses boucles pâles emmêlées dépassant sous le bord soyeux. Le son métallique résonna de nouveau comme un rire narquois qui accompagnait tous leurs gestes. Il fit une grimace en tournant les yeux de tous côtés pour voir d'où venait le bruit. Elle fouilla dans la poche de son veston, en sortit son sac qu'elle ouvrit et elle se regarda dans la petite glace qui projeta sur la surface sombre de la roulotte un petit rectangle lumineux, vacillant et rapide ; elle se poudra le visage, se mit du rouge aux lèvres, et quand elle eut coiffé le bâton de rouge avec le capuchon de métal, elle avança vers la glace minuscule ses lèvres qu'elle comprima l'une contre l'autre, en fronçant les sourcils. Il l'observait, sa cigarette éteinte lui pendant à la bouche.

— Eh bien ? Qu'est-ce que vous foutez là ?

Je me suis retournée brusquement et j'ai vu une femme vêtue d'oripeaux, massive et hargneuse, la hanche appuyée sur le rebord de la fenêtre de la roulotte. Ses cheveux incultes pendaient en boucles crasseuses et jaunes sur son visage hagard où perçaient deux yeux injectés de sang, et sa bouche béait d'un niais ébahissement. Ses pieds gonflés dans des espadrilles poudreuses vacillaient sur l'herbe, comme s'ils eussent été trop fragiles pour supporter une telle corpulence. Elle croisait les mains sur un bâton. Elle éclata d'un rire gras de femme saoule :

— Elle cherche des pissenlits, ma parole ; eh, ma jolie ! des pissenlits, des pissenlits !

Un filet de bave joignait son menton à son opulente poitrine et elle le coupa avec son doigt, comme on pince une corde. Je me suis faufilée entre les roues et je suis parvenue à me remettre sur pieds ; mes joues étaient brûlantes.

— Des pissenlits, hein ? si les hommes étaient là, ma petite...

Elle toussa, la tête penchée sur la canne qui trembla ; et au-dessus de la fenêtre ouverte, une combinaison rose passé qui se dandinait sur une corde tendue glissa et s'écrasa sur le sable avec un bruit mou. — « ... Si les hommes étaient là, je te dis qu'ils te flanqueraient une raclée. » Elle s'avança en trébuchant et me saisit par l'épaule : « Voleuse, hein ? voleuse ? bien nippée pour une voleuse, mais si les hommes étaient là, enfant de garce ! » J'essayai de me dégager, mais ses doigts osseux étreignirent ma nuque et ses yeux cherchaient les miens ; sa mâchoire béait avec une expression de stupide jubilation. — « Laissez-moi ! » criai-je folle de terreur. Elle fit une grimace et s'efforça de ramener mon visage vers le sien ; le battement de mes artères m'assourdissait.

— « Ma petite voleuse, ma petite voleuse... » murmurait-elle d'un air idiot, exhalant un vague relent d'alcool.

Je fis un bond en arrière et elle tomba sur le sol, les deux mains en avant, mais l'une d'elles avait eu le temps de s'agripper à ma jambe ; elle riait aux éclats, la poitrine gisant demi-nue dans l'herbe rase. De mon pied libre, je lui donnai un violent coup dans l'aisselle. Son rire cessa brusquement ; elle m'injuria tout bas, d'une voix rauque, à peine plus forte que celle d'une souris, et avant que j'aie eu le temps de me dégager, elle s'était remise debout avec une souplesse que démentait son corps gras et flasque, et elle me tint les deux poignets et me fit reculer jusqu'à ce que mon dos eût heurté la roulotte. Nos yeux étaient au même niveau. Elle m'inspecta du haut en bas, d'un seul coup d'œil furtif et désapprobateur. Mon cœur était une boule froide et dure. Elle poussa des éclats de rire stridents jusqu'à ce que je me sois mise à pleurer silencieusement ; alors son visage se tendit, empreint d'une véritable commisération, et j'entendis sa voix rauque et inégale bourdonner à mes oreilles :

— Ma petite, ma petite, faut pas pleurer, faut pas pleurer ; ma parole, je vais te donner un truc, un truc..., ajouta-t-elle en fouillant mon regard de son œil brillant, fou, « un truc, oui, un truc... » Et, d'un mouvement doux, sa main se glissa sous mon bras et elle m'entraîna le long de la roulotte en branlant la tête et sa voix recommença à bourdonner faiblement dans mes oreilles ; et, en même temps, j'entendis le toc toc toc qui résonnait dans l'air, joyeux et indifférent. Je me suis rappelé qu'il était avec cette fille et ils s'embrassaient sur les marches, sa main droite se promenait sur sa gorge, sur son visage.

— Laissez-moi ! Laissez-moi !

— Allons, allons, murmura-t-elle en dodelinant de la tête. Allons, ma petite, allons.

Son bras me serrait étroitement la taille. Elle me fit grimper les marches et me poussa en avant :

— Allez ! dit-elle rudement.

Dans la roulotte qui sentait l'eau de vaisselle, un vieillard dont la barbe humide de soupe s'étalait sur sa poitrine débraillée donnait des coups de marteau sur une bassine bosselée, des coups maladroits, hâtifs, pas très puissants.

— Va-t'en ! lui dit la femme en le prenant par le bras.

Il posa le marteau sur le fourneau, brossa son pantalon avec le plat de ses deux mains, et sortit comme une marionnette qu'actionneraient des ressorts grossiers ; il descendit lentement, une marche après l'autre, à la manière d'un enfant, une main sur la rampe. Me dégageant vivement, je courus vers la porte, elle me saisit doucement par l'épaule :

— Attends, ma petite, un truc, je vais te faire voir un truc...

Par la fenêtre, je les vis marcher lentement entre les roulottes, la main dans la main, et la fumée de leurs cigarettes serpentait autour de leurs têtes jointes.

— Oui, dis-je, il faut que je parte.

— Que tu partes ?

Elle se retourna et je soutins son regard vaguement narquois. Elle ouvrit un tiroir pour en extirper une bouteille qu'elle déboucha et me tendit en disant : — « Tiens : bois ! » d'une voix calme. Elle se tenait assise, adossée contre la table, appuyée sur un coude, une main crispée sur son châle, et elle éclata de rire.

J'ai levé la bouteille et je l'ai lâchée sur ses genoux ; j'ai fait volte-face et, après avoir ébranlé la porte, j'ai sauté par-dessus les marches et je me suis mise à filer à toutes jambes sans regarder derrière moi ; j'entendais encore un toc toc toc dans mes oreilles, et mes pas qui résonnaient lourds et rythmés sur le terrain vague, et à l'angle d'une roulotte, je me suis heurtée au vieillard qui donnait des coups de pied contre un essieu. Il fit trop tard un mouvement de recul. Il me regarda avec des yeux arrondis par l'inquiétude et se mit à hurler d'une voix fluette, mourante. — « Taisez-vous ! Taisez-vous ! » lui ai-je dit au passage. Il me jeta un regard vague et stupide et entreprit de courir à petits pas vers la roulotte du fond de laquelle s'échappaient les cris furieux de la vieille. Je courais au milieu d'un petit paddock où somnolaient des chevaux et des mulets à l'attache. Où étaient-ils ? Où étaient-ils ? Une faible étoile brillait déjà entre les branches qui bruissaient et craquaient. Je me suis arrêtée près d'un arbre abattu dont les ramures flétries faisaient une dentelure sombre sur un fond de ciel crémeux et j'ai tendu l'oreille, mais je n'entendais que le fracas roulant des manèges au loin et, par intervalle, le chant inexpressif et aigu d'un oiseau tout proche. Où étaient-ils ? Ils marchaient dans les rues enlacés, leurs cuisses se frottaient en marchant et on dirait : *Avez-vous vu la fille avec laquelle l'acteur Souvier, on croyait que c'était sa partenaire ; parbleu il l'a lâchée, savez-vous qu'il a lâché Hélène Armentière ? il faudra les voir jouer ensemble, on verra s'ils cachent leur jeu,* et si on me voyait errer seule dans les rues, le visage décomposé, et sur mon fard les stries blanches de mes larmes. *Savez-vous qui joue Othello maintenant, qui joue Othello ? Hélène Armentière est l'Othello qui court après une Desdémone vraiment coupable, elle ferait un excellent Othello n'était le sexe ah ah oui, les rôles sont renversés dans la vie et c'est lui qui fait le furieux sur les planches, qui joue Othello et elle dans nos rues ah ah Othello* OTHELLO : les lettres majuscules se dressèrent devant mes yeux, je sentais mes jambes fléchir, je tournais sur moi-même, je me suis assise sur un tronc d'arbre, le soleil dans les yeux, tout le paysage tournait, tournait, comme si j'avais eu la tête à l'envers : les roulottes s'encastraient dans les arbres sur un fond de cire, et une moiteur me cernait de toutes parts.

— Vous allez mieux ?

J'ouvris les yeux et je vis le pied du hêtre scié à hauteur d'homme, et plus loin la source qui jaillissait sur un fond onduleux, rougi par les rayons du soleil qui ne parvenaient, à travers les ronces et les aubépines, que divisés et diffus.

— On revient à la vie, dit quelqu'un.

Je sentis sur mon front le va-et-vient gluant d'un linge mouillé et, effleurant mes cils, un poignet rouge et maigre qui émergeait d'une manche noire comme une fleur vive d'un vase sombre. Le frottement cessa, le poignet descendit le long de mon visage et disparut. Je levai complètement mes paupières :

— Qui êtes-vous ?

— Comment vous sentez-vous ? dit quelqu'un.

Je ne voyais que les pantalons de flanelle qui godaient aux genoux et un bout de chemise blanche gonflé entre les deux pans d'une veste de tweed beige à demi boutonnée. La lumière m'écœurait : je refermai les yeux. J'entendis le grincement des souliers, un clapotement et je sentis une brusque pression glacée sur le front.

— Là, pas d'effort ; vous êtes pâle.

— Je suis pâle, répétaient mes lèvres.

— Assez pâle, mais le pouls est maintenant tout à fait calme. Heureusement que j'étais...

Je poussai un peu ma tête jusqu'à ce qu'elle fût calée dans le creux de l'arbre. De petites taches brûlantes de soleil frôlaient mon nez, mes lèvres et pesaient sur mes paupières closes : de petits globules orange qui tournaient sur eux-mêmes en se déplaçant comme des insectes sur la surface de l'eau. J'entendis encore le clapotement, un ronronnement de paroles proférées sur un ton enfantin et des pas sur le sable bruissant. Quand je levai soudain mes paupières, je vis un œil inquisiteur, tellement proche qu'il me semblait le voir à travers une loupe. Je me suis souvenue de Grégoire qui enlaçait cette fille et j'ai entendu de nouveau le toc toc toc, le vieillard qui tapait sur son chaudron, la vieille folle qui voulait... *Chacun suit sa voie, chacun suit sa voie et les voies ne se confondent pas.*

— Comment ça va ?

— Mieux, dis-je, merci. Laissez-moi.

— Vous ne pourrez rentrer chez vous toute seule dans cet état.

— Laissez-moi.

Les yeux à nouveau fermés, je n'entendis plus, pendant un moment, que le bruit de l'eau, puis les pas sur l'herbe et le grincement des souliers.

— Vous feriez mieux de me laisser vous accompagner, dit la voix plus lointaine.

— Non, dis-je, je vais bien.

— Ne pouvez-vous ouvrir les yeux ?

— Je ne suis pas pressée de les ouvrir.

— Avez-vous encore mal au cœur ?

— Je n'ai pas mal au cœur.

— Ah ? dit la voix, goguenarde.

J'entendis un éclat de rire insolent : j'ouvris les yeux, je vis un soulier qui secouait du sable collant et beige qu'il dissémina sur la surface de sable rouge.

— Le cœur ne laisse pas toujours si bien voir sa peine.

— Allez-vous me laisser ?

— Je n'abandonne pas les dames en péril.

— Allez-vous-en.

— Quand j'aurai vu votre regard, Madame.

Nos regards se croisèrent, et je le reconnus.

— Fred Ansel, dit-il en se courbant. Il m'a présenté hier dans votre loge. Que vous est-il arrivé ?

— Je me suis évanouie.

— Je le sais.

— J'étais très fatiguée, mais vous pouvez me laisser : je vais tout à fait bien.

Il frotta sa cigarette sur le tronc pour en détacher la cendre. Nous nous regardions face à face.

— Laissez-moi vous accompagner, vous feriez mieux

de ne pas poursuivre cette petite promenade, dit-il en souriant.

Et il éleva vers son visage sa main gauche qui tremblait.

— Je vous remercie de m'avoir aidée ; je préfère rentrer toute seule.

— Vous préférez continuer toute seule votre petite chasse ?

— Mêlez-vous de ce qui vous regarde, jeune homme.

— Je me mêle précisément de ce qui me regarde.

— Partez ! laissez-moi.

— Pourquoi courez-vous après un homme qui se moque de vous ?

— Allez-vous-en ou je crie.

— Criez, Madame.

— Laissez-moi. Il faut que je sache ce qu'il en est. Vous devriez avoir pitié.

— J'ai pitié : c'est pourquoi je veux rester auprès de vous. Vous alliez faire une bêtise, n'est-ce pas ?

— Quelle bêtise ?

Il prit ma main et ouvrit mes doigts.

— Ce revolver ?

— Ne touchez pas à ça. Allez-vous-en.

— Non. Lequel des deux vouliez-vous tuer ?

— Êtes-vous fou ? Je ne veux tuer personne.

— Pourquoi couriez-vous derrière eux ?

Il prit ma main.

Lequel des deux vouliez-vous tuer ?

— Allez-vous me fiche le camp !

Il glissa le revolver dans le sac qu'il referma d'un coup sec. Ses yeux sombres ne me quittaient pas, sa figure était mince et blême dans le crépuscule ; il se tenait debout, les jambes écartées, les pouces dans son gilet.

— Vous jouez fameusement bien, je crois vous l'avoir dit avant-hier. Avez-vous pensé que ce n'était là qu'un compliment banal ?

— Je me moque de vos compliments, je vous prie de me laisser tranquille.

Il se dirigea d'un pas hâtif et hésitant vers moi, s'accroupit et me considéra avec la gravité d'un chien. Il lança sa cigarette dans la source et posa sa main sur mon bras nu. Pour me dégager, je portai la main à mon front.

— Avez-vous toujours mal à la tête ?

— Lâchez-moi.

— L'aimiez-vous vraiment ?

— Taisez-vous, allez-vous-en.

Il demeura immobile, toujours accroupi, les bras maintenant serrés autour de ses genoux, et ses yeux brillaient d'un feu arrogant et timide à la fois.

— Je comprends : vous l'aimez terriblement. Vous êtes folle.

Et quand j'ai essayé de me lever en appuyant ma main sur le tronc rayé de soleil, il s'est penché vers moi d'un mouvement brusque :

— Vous n'allez pas partir ?

— Si.

— Vous n'êtes pas en état de rentrer toute seule.

— Je vais très bien ; je vous remercie de vos services. Il est tard, je dois rentrer.

— Bien. Je vous accompagne.

— Je vous prie de me laisser.

Il me saisit par les épaules, il me secoua rudement :

— J'irai avec vous, j'ai besoin de vous parler.

— Je n'ai pas besoin de vous parler. Allez-vous-en de votre côté.

— Vous voulez les suivre, n'est-ce pas ?

— Occupez-vous de vos affaires.

— Il ne faut plus aimer ce Souvier, il ne peut pas vous aimer, je le connais : c'est un sale type. Et, croyez-moi : jetez ce machin.

Il releva la tête d'un mouvement impétueux, se tut un instant, puis les dents serrées :

— Vous aimez Grégoire : vous êtes folle.

J'avais très mal au cœur, mes jambes étaient lourdes. Il se mit debout, se pencha vers moi et posa sa main sur mon bras ; puis, avant que j'aie eu le temps de reculer, il m'étreignit et ses lèvres pressèrent les miennes. Je me dégageai aussitôt, il me laissa me dégager, et, les bras ballants, l'air triomphant :

— Voilà, dit-il, en haletant.

Je l'ai frappé, la main grande ouverte, la cigarette sauta devant mes yeux, j'ai fait demi-tour et je me suis mise à courir : les roulottes se déroulaient de chaque côté comme deux trains d'une allure égale.

LE CATALAN

J'étais abruti et j'avais la tête vide. Paméla me suivait en furetant le long des murailles, puis elle s'écartait d'un bond précipité jusqu'au milieu de la rue où elle zigzaguait comme un ivrogne. Il ne servait à rien de la corriger : elle ne dépendait de personne ; je n'aime pas ce genre de chiens qui vous rappellent à tous instants que vous ne leur êtes rien. Il faisait terriblement chaud, les rues étaient déjà grises. Ils m'avaient tous regardé avec un œil méprisant, comme si ce n'était pas moi qui faisais tout marcher, ils n'écoutaient pas mes suggestions. Quand ils ne pouvaient éviter de me répondre, ils me parlaient comme à un domestique, sur un ton hautain et méprisant, comme si ce n'était pas moi qui faisais tout marcher. Mais cela ne durerait pas longtemps : si seulement j'avais trouvé mieux à faire, je les aurais plaqués, sans compter que je risquais ma vie à toutes les minutes de mes journées. Ils me jettent des mots comme des miettes à un chien. Quant à Souvier, il ne m'adressait jamais une parole aimable et pourtant sans moi, et cette putain avec ses yeux de Chinoise et son rire courtois et indifférent comme si la pratique du métier n'était pour elle qu'un pis-aller, son air de toucher à tout du bout du doigt, avec dégoût, sa façon de repousser sa chaise en arrière en bâillant. « Je suis pour les solutions hardies », ricanait-elle.

Elle ne serait heureuse que quand elle nous verrait, les hommes, balancés au bout d'une corde. Et qui affrontait le vieux fou ? Ils auraient préféré crever plutôt que d'encourir le feu de sa colère ; je devais encaisser froidement et ils ne m'en exprimaient nulle gratitude. C'est moi encore qui faisais le contremaître, c'était peut-être une besogne subalterne à laquelle ces messieurs n'auraient pas voulu s'abaisser ; mais s'il n'y avait pas eu de surveillance, ces bandits auraient su mettre de côté quelques bouteilles et le travail eût été si lent que les flics auraient eu cent fois le temps de faire une descente, car le déchargement rapide est une des conditions du succès, comme le répétait inlassablement Ansel en entrouvrant ses lèvres sur de larges dents jaunes chaque fois qu'un débarquement avait échoué.

Je murmurais ainsi mes griefs à mi-voix et je n'entendis pas tout de suite une sorte de léger froufrou que je traînais à ma suite comme un pan de manteau glissant sur le sol, ni ce halètement rapide d'un homme qui a trop couru. La rue était à peine éclairée par les réverbères encerclés d'insectes ; je pressai le pas et sentis que derrière moi quelqu'un en faisait autant :

— Paméla ! criai-je, d'une voix parfaitement naturelle.

La chienne leva le nez, fixa sur moi ses prunelles au reflet bleu laiteux, et continua de sautiller dans la rue, tête baissée, fouinant avec gourmandise les contre-bas ruisselants de purin.

— Paméla, ici !

Elle agita la queue, bondit en avant et reprit son trot guilleret et pressé ; et quand j'eus contourné l'angle d'une impasse du fond ténébreux de laquelle m'arrivait une odeur fade et froide, j'entendis un crissement suivi d'une chuchotement rapide. J'avais l'impression que toute ma chair était enveloppée d'une vapeur brûlante. Je compris qu'on me suivait ; et il y avait si longtemps que je n'avais pas imaginé la Scène de l'Arrestation (dont l'évocation m'était naguère si familière qu'elle ne m'apparaissait plus que comme un événement imminent, mais peu redoutable) que je me sentis écrasé sous un poids énorme, les épaules alourdies et la nuque immobilisée de telle sorte que je ne songeai pas à tourner la tête pour voir *qui* me faisait la chasse. Paméla continuait de sautiller au milieu de la chaussée, galopait en avant dans l'obscurité feuillue, s'arrêtait au bord du trottoir, une patte levée, la langue tirée de biais hors de sa gueule rousse, et bondissait sur on ne sait quelle proie imaginaire.

Je marchais la tête haute, les mains crispées aux côtés, enveloppé par l'obscurité étouffante. J'étais fasciné par le froissement qui ressemblait au bruit léger et secret d'une branche éventée. Les réverbères pendaient, auréolés, comme noyés par un nuage vrombissant d'insectes. Lorsque des bruits de pas résonnèrent dans l'obscurité derrière moi, je retins ma respiration. La sueur coulait le long de mes paupières comme de la cire fondue, je savais que j'allais avoir mal au cœur. Une main ferme se posa sur mon épaule :

— Suis-nous, dit une voix.

Je voyais bien que j'étais fait, je n'avais plus qu'à les suivre docilement, et là-bas, je devrais tout avouer ; s'ils m'arrêtaient, c'est qu'ils savaient à quoi s'en tenir. J'avançais entre deux ombres, les poignets serrés dans des doigts d'acier. Paméla courait d'un trottoir à l'autre en reniflant et trébuchant.

— Où m'emmenez-vous ? dis-je d'une voix très calme, en enfonçant mes ongles dans mes paumes pour maîtriser l'angoisse et conserver le ton beau joueur.

— Tu verras bien, dit l'un d'eux en pinçant mon avant-bras de toutes ses forces.

Il voulait me faire peur. Je sentais son haleine pourrie mêlée à des relents de sueur. Il croyait me faire peur en disant d'une voix menaçante : « Tu verras bien », comme si la grande ruse était de me laisser dans l'expectative afin de me tirer des aveux ; mais je savais qu'il serait inutile de nier.

— Chaude soirée, ricanai-je, et ma voix résonna pleine d'angoisse dans la rue obscure.

Il y eut une toux derrière moi ; mes jambes tremblaient, c'était nerveux. Je me sentais pourtant léger et presque content : à présent que je n'étais plus un évadé, mais de nouveau un prisonnier, je pouvais flanquer par-dessus bord toute cette vie inquiète, ce n'était pas désagréable du tout. Ils me poussèrent dans un escalier étroit qui tournait sur lui-même, et, à chaque palier où tombaient des stries blanches à travers les persiennes, il flottait une odeur de choux et de nouilles froides. L'un des types me donna un coup de poing dans l'omoplate :

— Allons, monte plus vite !

Je suivais du regard nos trois ombres qui croissaient et décroissaient sur le mur, mais il faisait trop sombre pour que je pusse distinguer leurs visages. Ils se serraient contre moi comme s'ils avaient peur, et dans le creux du genou, je sentais parfois le chaud contact de la gueule de Paméla qui nous suivait pas à pas en soufflant. L'un des types détendit sa jambe en arrière ; la bête hurla et dévala en poussant de petits cris douloureux.

— Sauvage ! murmurai-je entre mes dents.

On me secoua le bras :

— Monte, et ta gueule.

Je comptais les étages, je me demandais ce que tout cela signifiait ; j'avais cru qu'ils me conduisaient au commissariat. Soudain, je fus pris de frousse...

— Vous êtes bien de la police ?

Ils ne répondirent pas.

— De la police, hein ? vous êtes de la police ? hurlai-je dans le visage de l'un d'eux qui avait une expression de torpeur et de lassitude.

— Va toujours ! bougonna-t-il, comme s'il en avait par-dessus la tête de tout ça.

Je me mis à trembler, je me sentais très faible, je ne comprenais plus. L'autre éclata de rire et me donna dans le dos un grand coup presque amical. Quand nous eûmes grimpé cinq étages, ils s'arrêtèrent devant une porte et tirèrent la sonnette. J'essayai de me dégager :

— Qu'est-ce que vous me voulez ? Fichez-moi la paix !

Je n'étais plus maître de mes nerfs, j'avais envie de pleurer. Ils m'étreignirent les bras à me faire hurler et je cessai de résister. La porte s'ouvrit :

— Voilà l'homme ! dirent-ils.

— Ah ! bien, bien, bien, bien, bien, bien, dit en se frottant les mains un petit gros, misérablement vêtu, qui avait un nez en bec d'aigle, des yeux perçants et des rides profondes sous les pommettes. Alors, veuillez rentrer, cher monsieur.

Il m'introduisit dans une chambre qui dégageait une âcre odeur d'encre, de papier poussiéreux et de seaux à toilette. Les deux types me firent asseoir dans un large fauteuil en peau de porc et se concertèrent à voix basse avec le bonhomme.

— Bon, bon, dit celui-ci tout haut, et m'avez-vous apporté du mil pour Blue Lady ?

Un jeune homme au teint pâle, dont les oreilles étaient enfoncées sous le col d'un trench-coat, tendit un sac en papier gonflé que l'autre saisit d'une main avide. Celui-ci se dirigea vers la fenêtre, plongea les doigts dans le sac, et, le sourcil froncé, examina attentivement les grains qu'il laissa couler dans la filière de ses deux doigts joints :

— Bon, dit-il.

Puis il avança les lèvres vers une cage vert foncé, fraîchement peinte, à travers les barreaux de laquelle un oiseau jaune et bleu roulait deux petits yeux courroucés. J'étais excédé. Je me levai d'un bon :

— Qu'est-ce que tout cela signifie ?

Ils se tournèrent vivement vers moi ; le petit gros éclata de rire, il avait une mâchoire puissante, des petits yeux de cochon, et une cigarette tremblotait sur sa lèvre épaisse quand il parlait. Il ne répondit pas, il continua d'avancer les lèvres comme s'il se disposait à embrasser une femme.

— Tiens-toi tranquille, me dit le jeune homme en appuyant une main sur mon épaule, tandis que de l'autre il se curait les dents avec la pointe de son canif. Mes bras et mes jambes étaient raides ; je me rassis sans rien dire.

— Tu es pressé ? dit le petit gros en s'avançant vers moi, un sourire ironique aux lèvres.

Il s'assit. Son crâne était baigné par la lumière d'une ampoule qui avait une teinte sale.

— Sais-tu pourquoi je t'ai fait venir ?

— Qui êtes-vous ?

Il pouffa de rire et me prit le bras.

— Ça t'intéresse ?

Je compris soudain : c'étaient des truands, ils connaissaient mon secret, ils voulaient me faire chanter. Je pris le parti d'en finir :

— Combien ?

Il rejeta la tête en arrière et me regarda avec un air surpris :

— Tu ne te défends pas ?

— Inutile. Combien voulez-vous ?

Il sortit de la poche de son gilet un lorgnon qu'il posa sur son nez.

— Tu vas vite en affaires, mais tu t'es trompé d'adresse. On ne te demande pas d'argent.

— Êtes-vous de la police ?

Il haussa les épaules sans répondre.

— Que me voulez-vous ?

— Nous désirons que tu nous révèles ton identité.

Sans conviction, je voulus jouer ma dernière carte :

— Pierre le Catalan, dis-je.

Il éclata de rire.

— Naturellement, vous me faites marcher. Vous la connaissez aussi bien que moi, dis-je.

— Bon. Faut-il te prouver que nous la connaissons ?

Il fit un signe au jeune homme qui était assis sur la table, les jambes pendantes, avec des papiers sur les genoux. Le jeune homme pencha légèrement la tête pour se placer dans mon rayon visuel ; il me regarda dans les yeux avec curiosité, puis abaissa les siens sur le papier qu'il lut d'une voix saccadée, en reprenant souffle entre chaque mot.

— « Édouard Sanction, né le 3 juillet 1904 à Paris. Condamné le 9 mai 1928 pour complicité de faux-monnayage à vingt ans de travaux forcés ; s'est évadé de Cayenne le 22 mai 1933. »

Il se tut, son regard s'empara de moi, sans plus me lâcher. Je ricanai :

— Pas mal. Et alors ?

Le petit gros se renversa sur sa chaise en éclatant de rire. Je me demandais ce qu'il espérait gagner avec cette lenteur calculée. Il frappa la table du plat de sa main :

— Donne-moi un verre, Pierrot.

Le jeune homme me quitta des yeux, s'étira et bâilla :

— J'ai sommeil, dit-il en se levant.

Il versa une liqueur dans un verre à dents et le tendit au petit gros qui le porta à ses lèvres qu'il fit claquer tout en jetant sur moi un regard oblique. Il se leva et avança les lèvres vers l'oiseau qui heurtait son bec contre la mangeoire de métal avec un petit bruit sec :

— Alors, Lady Blue, eh bien, ma beauté ?

Il s'assit sur la carcasse d'un lit de fer, face à la cage ; son corps informe se détachait sur le papier à fleurs violettes, tout mangé de taches graisseuses. Son indolence m'exaspérait :

— Et alors ? criai-je, d'une voix rauque, qu'est-ce que vous voulez ?

Il renversa son verre qu'il fit tourner sur la table avec deux doigts :

— Tu sais ce que ça va te coûter ?

— Ce qui m'intéresse, moi, c'est ce que vous voulez que je paie.

— On n'achète pas la police.

La police ? J'étais interloqué : du bluff.

— Ça ne prend pas ; vous n'êtes que des truands.

— Vraiment ? dit-il en clignant de l'œil vers le jeune homme dont le visage demeura impassible.

— Pierrot ! ouvre donc la radio.

Il n'était pas pressé, il prenait son temps, c'était bon signe : il y avait du chantage là-dessous. Et pourtant je n'étais pas rassuré, j'avais l'impression d'être pris au piège. Un chantage de quelle nature ? J'aurais préféré qu'ils fussent de la police : on m'eût renvoyé là-bas ; j'avouais ; les choses marchaient d'elles-mêmes ; pas besoin d'intervenir ; pas de larmes, pas de cris, aucune lutte, j'étais poussé agréablement. À présent, je me sentais trop déprimé pour organiser une résistance quelconque. C'est bon : je m'étais évadé, qu'on m'expédie là-bas, je ne protestais pas, qu'on m'expédie au plus vite. Mais ces imbéciles pensaient à tout autre chose. Le petit gros enfonça ses mains dans les poches de son veston et inclina la tête en avant :

— Il y a pourtant un moyen de s'arranger.

Je sursautai :

— Un moyen ?

Une voix rauque de femme se lamentait par-dessus les sons pleurards d'un saxophone.

— Oui, il y a un moyen de s'arranger, répéta-t-il sur un ton distrait.

Je ne comprenais pas ce qu'ils attendaient de moi, mais je recommençais à avoir peur. Le jeune homme traîna une chaise auprès de la table où j'appuyais mon coude et il s'assit à califourchon, sans cesser de me fixer avec un intérêt étrange.

— Dis-nous tout ce que tu sais au sujet de la Cloche de Bois.

Mon cœur battait très fort.

— Je ne vois pas ce que...

— Allons, mon vieux, nous savons que tu en fais partie. Nous voulons mettre la main sur tous ces gens-là. Aide-nous et je te donne la liberté. C'est compris ? Dis-nous tout ce que tu sais au sujet de la Cloche de Bois.

L'ÉTRANGER

Je voulus conter ma vie et telle était à peu près ma dialectique : une dialectique de fou ?

Le seul mot de vie n'a pas le pouvoir de m'exalter encore, bien qu'il ait répondu longtemps à ma seule aspiration légitime sur laquelle mieux vaudrait ne pas s'attarder si le rêveur en moi ne renaissait chaque fois avec les mêmes certitudes navrantes. J'ai connu des gens que l'obligation de m'adresser telle parole imposée par la vie sociale laissait d'une humeur inquiète dont il est probable qu'ils s'étonnaient eux-mêmes. Aujourd'hui ils ont trouvé une justification à leur gêne : ne suis-je pas affecté d'un mal plus redoutable que la peste, si tant est que le commerce avec un fou ait un effet contagieux ? N'ayez crainte, messieurs, loin de moi l'intention de vous insuffler le mal qui m'habite, il n'est d'ailleurs pas de ceux qu'une simple relation verbale puisse répandre et je suis bien gardé — gardé par ma vertu propre, dirai-je, si on entend par vertu la volonté de persévérer à l'écart dans une certaine recherche, la recherche d'une certaine chose qui précisément n'est pas à nommer. Je m'excuse auprès de vous d'avoir à m'exprimer d'une façon si imprécise et d'employer aussi abondamment, comme vous le verrez par la suite, le terme *précisément* dont on use précisément lorsqu'on ne se sent pas en mesure de préciser sa pensée, mais dans ce domaine il n'y a pas plus de logique qu'il n'y a de terminologie. (Quant à la beauté, j'aurai garde de n'en rien dire, sinon qu'elle me semble suspecte et que j'ai trop à m'en plaindre pour la cultiver. Je ne doute pas d'obtenir votre approbation, encore que je ne m'en soucie guère, si je déclare qu'elle n'a pas sa place dans mon enfer et qu'au cas où elle parviendrait à en forcer l'entrée je la mettrais sur-le-champ hors d'état d'y exercer son pouvoir maléfique. Au reste, je ne la hais pas, mais la néglige avec cette sorte d'indifférence qui suit parfois la haine.) Comme il est entendu que j'ai l'esprit égaré, tout me porte à croire que vous n'accorderez aucun crédit à mes paroles, et même qui sait si les grimaces par lesquelles s'exprime ma souffrance, au lieu de vous inspirer un sentiment de commisération, ne vous paraîtront pas tout bonnement comiques au point de provoquer votre hilarité, mais aussi quelque lassitude à la longue comme tout spectacle d'une bouffonnerie par trop appuyée ? Sachez donc qu'il ne m'est pas indifférent, qu'il me plaît même de penser que mon discours vous épuise : j'attends avec impatience que vous l'interrompiez en haussant les épaules ou en pointant de l'index votre haut front où brille la plate lumière du bon sens — mais ne commencé-je pas à user du sarcasme ? Une habitude fâcheuse et, vous voyez, la manière est trop grossière pour qu'il y ait profonde blessure. C'est le point où la vie jusqu'alors redoutée s'offre au moment précis où on avait besoin d'elle pour combler la place de ce qui apparaissait de plus en plus gravement insuffisant ; on l'accueille alors à bras ouverts, non pas que ce soit précisément elle que l'on convoite car on l'abandonnerait volontiers pour cette chose inaccessible dont la possession serait autrement appréciable, à supposer qu'elle vous fût donnée sans effort comme une grâce dispensée à celui qui la mérite et puisque je ne l'ai pas reçue, sans doute m'en suis-je jusqu'ici montré indigne. Mais n'importe ! tout au bonheur de cette nouvelle rencontre, on l'invite sans arrière-pensée, aussi légèrement que les maîtresses précédentes et non moins sincèrement lui jure une éternelle fidélité, ne doutant pas non plus de la sienne ; mais l'expérience nous apprend que c'est elle la plus frivole, qui le plus souvent échappe à notre prise pour peu que nous relâchions celle-ci par distraction ou lassitude. Ce serait fatuité que prétendre embrasser la vie comme la première femme venue, ce serait en tout cas nourrir prématurément de pauvres illusions auxquelles même un enfant ne se laisserait pas prendre. Persuadé qu'il existe tout un code ou même un rite d'approche qu'il est bon d'observer scrupuleusement au risque de n'en recueillir aucun bénéfice, on s'applique dès lors à en étudier les formes et après cette étude qui, pour paraître nécessaire, peut à l'épreuve s'avérer infructueuse, vous vous lancez tête baissée dans la pratique, sans cesser de ruser avec autant de discernement et de finesse que l'ivresse vous en laisse. Celui-là jouit alors à perdre haleine ou ne jouit pas du tout selon qu'il s'abandonne ou garde la tête froide, auquel cas il n'a plus, le misérable, qu'à tirer un trait sur ses espérances déçues et sombrer dans un désespoir irrémédiable. Un peu plus tôt, un peu plus tard, me direz vous, et j'en pense autant. Qui a découvert dans la possession des choses terrestres des ressources infinies, d'une si charmante nouveauté qu'il se reproche de n'y avoir pas goûté dès son plus jeune âge — oh ! le paradis perdu ! nul n'est plus amoureux du monde que l'enfant, en dépit de l'effroi et d'une sensibilité vibrante, tantôt rebelle, tantôt généreuse — en arrivera tôt ou tard à cette conclusion proprement stupéfiante qu'aimer la vie, ce n'est rien moins que nier et haïr la vie, rien moins qu'éprouver une sorte d'impuissance furieuse, et je pense qu'il n'y a pas exagération à dire que cette voie est bordée d'avertissements propres à commander la halte et le retour. Mais on dira que si je parle peut-être en connaissance de cause, ma constatation toute personnelle est grevée par sa singularité même, qu'il n'y a pas fatalité comme je l'allègue du fond de mon isolement ténébreux. Soit. Je ne prétends pas argumenter sur cette question capitale qu'après tout chacun évalue à sa manière, bien que je demeure intimement persuadé que la désolation est générale, si du moins nous admettons qu'il n'y ait jamais leurre, c'est-à-dire, croyance en une divinité, en un destin, en une beauté de quelque ordre que ce soit. Je me sers d'un langage un peu vague, mais n'ai-je pas déjà reconnu qu'on ne m'avait pas accordé le privilège d'une tête bien faite ? Je voudrais bien que pour commencer le ton ne soit pas si aigre et taire mes plus justes ressentiments. De même pour un moment, je désire me mettre à la portée de tous afin de ne désemparer personne et qu'on ne se forme pas d'un moi révolu une image telle qu'elle s'applique à un présent dont je sais qu'il est horrifiant et impénétrable. Ai-je seulement des auditeurs à ménager, moi qui assiste chaque jour à la moue, au brusque détour, à l'éloignement de ceux que ma figure sans doute par quelque côté étrange avait d'abord attirés ? J'ai du reste si bien caché mes blessures qu'il arrive qu'on me juge en parfaite santé mentale et même d'une lucidité redoutable. L'une des dernières créatures pour laquelle je me suis laissé tenter m'avouait sur la couche, c'est-à-dire là où les aveux les plus francs, les seuls réellement humains, parfois réconfortants, parfois cruels, se font entendre — et pourtant on connaît l'aveuglement des femmes, elles se font fort de manquer de clairvoyance et abreuvent leur compagnon de lit des plus répugnantes flatteries — qu'elle souffrait de déceler en moi une certaine insuffisance humaine, déclaration qui révélait une telle perspicacité que je ne pus rien répondre, triste et même déchiré qu'on l'eût découvert après moi, mais du moins, ajouta-t-elle aussitôt, que j'avais sur les autres le privilège d'une énergie à toute épreuve. Je gardai encore le silence, puis j'éclatai de rire ; elle fut vexée, comprenant peut-être qu'elle faisait erreur et imaginant que je me moquais, ce qui, bien loin d'être le cas, n'exprimait tout au plus qu'une stupeur joyeuse.

Si je montre tant d'arrogance à l'égard de la vie, il n'est malheureusement pas vrai que je sois insensible à ses fièvres et que je m'arrange chaque fois pour passer à côté ; il n'est d'ailleurs pas si facile de se ranger à son passage, son flair est fin, ses visites sont indiscrètes. Et souvent, je me laissais emporter, trop las de résistance, ne fût-ce que pour réveiller les souvenirs amers d'une jeunesse qui fut longue et lourde. Mais les images, quelle que soit leur nature, qu'elles éveillent haine, tristesse ou bonheur, il arrive, certains jours, que ma mémoire s'en pénètre jusqu'au vertige, quitte à me laisser vaincre par la force de quelques-unes d'entre elles, représentations d'une période où je m'étais précisément livré corps et âme à la vie, quitte à perdre conscience, à croire en toute bonne foi et de nouveau à ce poison, le drame, qui a dominé tous mes gestes d'adolescent et hélas ! aussi mon cœur (il a trop brûlé pour n'être pas à présent comme un minéral dur et froid, sur lequel rien ne marque plus d'empreinte). J'ai versé mon sang pour elle et elle n'a pas répondu à mes justes exigences. Elle n'a pas été fidèle. Je prononce là un mot qui résume pour moi toute la vertu humaine ; je hais l'infidèle ; j'en viens à comprendre que je n'ai souffert que de l'infidélité des êtres et des dieux, mais jusqu'à la nausée, jusqu'à la plus périlleuse indignation. Le parfum de frivolité, il m'empeste si fort, comme certains patchoulis de filles, que je... (La colère, combien de temps ne m'aura-t-elle pas fait perdre ?). À quoi on pourrait se croire en droit de rétorquer que je n'ai pas observé la fidélité à la vie, reproche si légitime, aux yeux de mon contradicteur, que je devrais avoir honte de faire l'apologie d'un sentiment que je n'ai pas toujours pratiqué. Ce reproche ne m'atteint en rien. Je n'ai pas contracté de vœux et, bien au contraire, c'est moi le premier qui ai refusé de me soumettre à celle qui est venue au-devant de moi se proposer comme le remède unique ; il m'était donc permis d'en faire l'essai, quitte à m'en trouver plus tard insatisfait et à la repousser, soit que cette servitude me rendît malade, soit que ses plaisirs me parussent en tous points impurs ; et d'ailleurs, si j'y songe en toute sincérité, je ne l'ai pas abandonnée ; entre nous ne règne qu'un malentendu et de là une certaine méfiance qui embarrasse nos rapports.

À quoi bon ce préambule, puisque je me propose de ne rien laisser dans l'ombre, non que j'aie le goût de servir la vérité ni de satisfaire cette ineffable curiosité humaine, ni de me créer une existence exemplaire, encore moins ai-je le souci de toucher par le récit de ma vie ceux que ma vie n'aurait guère touchés. Je n'ai pas davantage le dessein de me déprendre de ma solitude. Qu'on ne dise pas que, infiniment lassé d'elle, je n'espérais depuis longtemps que donner de la voix dans le concert populaire. Ah ! mais je désire qu'on ne pénètre pas mes mobiles, qu'on ne me questionne pas au sujet de la nécessité de tout ceci, que nul ne me fasse part de l'opinion qu'il en a, parce que si je parle, c'est qu'il ne faut pas différer, de peur que mon insolence ne s'apaise, que mon effroyable passion ne dégénère, ou que bientôt, non seulement je ne puisse plus ouvrir la bouche sans mentir, mais que ma main ait perdu le sens du signe, et mes regards seraient-ils alors les vraies paroles ?

GRÉGOIRE

Évidemment, j'avais joué avec elle et c'est ce qui m'a coûté si cher ; mais je n'avais pas l'habitude de ce genre de femme. Pourtant, je croyais la connaître : tous les soirs, face à face, débitant les mêmes paroles, je ne connaissais peut-être qu'une Desdémone assez terne qui se roulait sur les coussins comme une chatte amoureuse ; j'imaginais qu'elle avait besoin d'un homme et qu'elle me courait après faute de trouver mieux. Je déteste les gens qui me collent et quand je la voyais s'approcher de moi, l'air craintif et solliciteur, j'avais envie de lui flanquer une gifle : « Va chercher ta nourriture ailleurs. » Et après, elle était farouche et soupçonneuse, comme si elle avait le droit de tenir un compte de toutes mes frasques et qu'elle s'apprêtait à me faire une scène, alors que je pensais qu'elle ne devait pas plus tenir à moi que je ne tenais à elle. Je lui avais fait entendre que l'indépendance est mon bien le plus précieux et que je ne pouvais souffrir les manières putassières que les femmes croient devoir adopter pour aguicher les hommes, car s'il y a des imbéciles auxquels les sourires en dessous et l'œil courroucé peuvent plaire, moi je tiens à la dignité des femmes. Sous ce rapport, Annabelle était parfaite ; l'était-elle parce qu'elle ne connaissait pas l'amour ? et si je tenais à la dignité, était-ce parce que je ne connaissais rien d'autre que l'aventure ? Annabelle était carrée. — « Désires-tu qu'on fasse telle chose ? — Non. — Tant pis, je le désirais, mais n'en faisons rien. »

Nous nous trouvions à notre goût et nos rapports étaient faciles. Elle reprochait à Fred de se laisser porter par l'existence comme un bouchon sur l'eau ; elle faisait profession d'énergie et, ce qui était plus risible, elle n'attachait de prix qu'aux êtres passionnés. Eh bien, pourquoi disait-elle d'Hélène qu'elle n'était qu'une affreuse petite grue ? Je pense à présent qu'elle la haïssait, parce qu'elle avait tout compris dès le premier jour ; et je pense aussi qu'elle riait sous cape de mon aveuglement : elle n'a rien fait pour me laisser découvrir la vérité dans la crainte peut-être que la passion d'Hélène ne me troublât. Évidemment, si celle-ci avait su que je savais qu'elle nous suivait, elle aurait compris que je jouais et elle aurait joué de son côté, et le plaisir du jeu eût chassé sa folle souffrance ; mais la jalousie était à mes yeux un sentiment risible, quelque chose d'humiliant, non pas cette douleur persistante qui conduit aux mouvements les plus extrêmes. Elle s'est cachée sous la roulotte pour épier nos gestes ; et, tandis que je caressais la joue d'Annabelle, mon œil, sous ma paupière à demi baissée, se glissait vers les roues derrière lesquelles brillait quelle horrible folie ! tellement dérisoire, pensais-je, m'amusant à tenir en haleine une femme qui était pour moi un ravissant animal, sans plus, comme le sont toutes les femmes, ainsi que je l'avais dit à Annabelle qui prétendait ne ressentir d'attirance vers aucun homme, et si je lui disais qu'il était impossible qu'une femme n'eût pas envie de se frotter à un homme un jour ou l'autre : « Non, non, affirmait Annabelle, je n'ai pas ce désir. — Et si je vous prends par la taille, Madame, et que je vous caresse le cou (ce que je faisais), ne ressentez-vous pas un petit... comment dirais-je ? — Rien, rien. » Mais j'ai cru voir une courte flamme dans son regard. « Absolument rien. — N'êtes-vous qu'une poupée ? » Je lui ai caressé lentement les joues et nous joignîmes nos lèvres comme deux vrais amoureux. « Non, non, c'est inutile de vous escrimer, vous ne m'aurez pas », disait-elle posément.

Je me demande si elle n'affectait l'insensibilité que pour me convaincre de sa force. Et, pendant toutes mes cajoleries qu'elle acceptait, un pli moqueur aux lèvres, contractant son buste comme si elle craignait un abandon qui démentirait ses prétentions, je voyais Hélène se traîner à quatre pattes comme un petit chien, son visage blafard qui se découpait sur la tenture verte de l'herbe, ses mains étalées prêtes à s'élever, à étreindre.

Et j'espérais qu'elle se mettrait debout, qu'elle courrait vers nous et qu'elle giflerait Annabelle à en avoir mal aux paumes. Singulière confrontation du chaud avec le froid. Mais, lorsque je voulus aller plus loin en dépit des efforts qu'elle faisait pour se dégager, un nuage de sang empourpra son visage qu'elle détourna ; voulait-elle aussi cacher le feu de son regard ? Elle me bourrait le ventre de coups de poing et elle eut un rire de fond de gorge. J'ai lâché les poignets.

Quand nous fûmes debout, je ne pus voir ni les mains ni la figure d'Hélène et ce fut un sacré soulagement : peut-être n'avait-elle rien vu ou, si elle l'avait vu, peut-être ne l'avait-elle pas compris ; je ne voulais pas qu'on vît qu'une femme pouvait repousser mes avances, bien qu'il eût été entendu que ce n'était là qu'un jeu auquel Annabelle avait été prise, comme une vulgaire fille, autrement elle n'aurait pas craint de pousser plus avant, et, en somme, j'avais gagné mon pari, mais je ne songeais pas à m'en faire gloire. Et nous avons marché enlacés entre les roulottes en fumant silencieusement comme si c'était pour nous deux amants l'heure exquise. Pour la première fois j'éprouvais quelque gêne dans la compagnie d'Annabelle, pour la première fois sa part féminine avait le dessus, noyant toute l'assurance préalable que vous aviez puisée dans la pensée qu'elle était invulnérable. Nous marchions en fumant silencieusement. Elle tremblait encore comme si elle venait d'échapper à un attentat. Le visage si sérieux, si troublé. Alors qu'il n'y avait jamais dans sa bouche que de gaillardes plaisanteries, elle dit d'une voix mal assurée qu'elle étouffait et qu'elle devait s'asseoir un moment. Je regardais derrière moi, mais je ne la voyais pas ; nous suivait-elle encore ? Et Annabelle, voyant que je regardais derrière moi, me demanda si Fred, par exemple, n'épiait pas nos mouvements.

— Pourquoi Fred ? dis-je.

— Parce qu'il est peut-être affreusement jaloux, dit-elle en éclatant de rire.

Et aussitôt notre gêne mutuelle s'évanouit et nous nous mîmes à rire tous deux comme des gosses, tellement que nos yeux furent mouillés de larmes.

— Crois-tu qu'il t'aime ? demandai-je.

— Je lui souhaite de ne pas m'aimer.

Et nous entrâmes en confidence :

— Pourquoi as-tu eu l'air furieuse quand j'ai voulu te toucher ?

— Je ne sais pas, c'est ridicule, dit-elle en riant de nouveau.

— Tu es plus sensible que tu ne le prétends.

— J'avais peur qu'on ne nous voie, chuchota-t-elle.

Mais il était trop tard : je savais qu'elle avait eu peur de son trouble, non de celui de Fred nous épiant, et qu'elle essayait d'étouffer sa rancune ou son embarras sous un rire désinvolte ; cependant, il était trop tard pour me cacher qu'elle avait perdu, je n'avais eu qu'à la regarder dans les yeux pour savoir ce qu'il en était. Je dois convenir qu'elle était adroite et qu'elle s'est ressaisie très rapidement. Quand nous avons marché le long de la jetée, elle m'a dit qu'elle avait aperçu Fred, pendant que nous étions assis sur les marches de la roulotte et qu'il nous avait regardés un bon moment avec une expression qui lui avait fait peur. Tout ceci encore pour justifier sa panique ; elle craignait qu'on ne la jugeât mal : l'amour-propre, c'était le défaut de la cuirasse. Et toujours je tournais la tête et je ne cessais de me répéter qu'il fallait qu'Hélène fût folle pour suivre un homme comme moi qui ne m'étais jamais fait de souci pour une femme et qui les lâchais sitôt que j'avais réussi à les séduire. Naturellement, c'est une question de sang. Et, à présent je vois bien qu'elle n'avait pas la tête bien solide et j'aurais dû me méfier de cette jalousie que je prenais pour de la putasserie. Et j'avais voulu voir jusqu'où ça irait, mais je n'avais jamais imaginé qu'elle serait assez exaltée pour se servir d'un pareil instrument. Annabelle ne l'avait jamais imaginé non plus et elle en conçut une grande admiration pour cette femme dont il me reste à peine le souvenir, car il m'est impossible d'évoquer ses yeux ; je me souviens de tout le reste et surtout de la bouche ronde et mobile. Annabelle en fut même très émue, parce qu'elle n'avait jamais vu, disait-elle, un désir de violence chez une femme se traduire en acte violent, et c'était si précieux pour elle que si elle avait été libre, disait-elle, elle eût volontiers échangé sa liberté pour voir ça de nouveau. Elle s'est moquée de mon aveuglement comme si elle avait su dès le début que je recevrais une balle dans la jambe et, plus tard, chaque fois qu'on me présentait à une dame : « Attention, Grégoire, me soufflait-elle dans l'oreille, c'est dangereux les femmes. » Mais je sais bien qu'Hélène n'eût pas fait une pareille folie si ma perversité ne l'avait poussée à bout lors de notre dernière conversation pendant l'entracte ; et à la scène ultime, je sus que sa déconvenue n'avait rien de risible : son visage était sombre et résolu, ses mains tremblaient, son regard qui était un perpétuel cri évitait cependant le mien. Tandis qu'elle regagnait sa loge, haussant la tête entraînée par le poids de sa longue robe brochée, je la saluai jusqu'à terre.

— Bonsoir, Desdémone.

— Bonsoir.

— De mauvaise humeur ?

— Non. Je suis pressée.

— Un rendez-vous ?

Elle se tourna vers moi avec un faible sourire. Elle évitait de me regarder et fixait le mur en face d'elle.

— Je vais me coucher.

— Es-tu fatiguée ?

Elle continua son chemin sans répondre. Je courus derrière elle et je lui touchai l'épaule.

— Veux-tu sortir avec moi ?

— Non, je rentre.

— Viens avec moi.

— Tu es dégoûtant, dit-elle.

— Pourquoi ?

— Tu es absolument dégoûtant.

Sa main tremblait ; son visage était blême et tiré. Je levai la tête et je souris.

— Peut-être, Hélène.

Elle dégagea son épaule, elle ouvrit la porte de sa loge.

— Viens avec moi, ce soir.

— Non, dit-elle, je ne veux plus te voir.

— Mais tu me suis quand je me promène avec quelqu'un. Elle devint cramoisie et ses yeux s'emplirent de larmes.

— Sors d'ici ! dit-elle en me poussant dehors.

— Hélène !

Elle fondit en larmes.

— Je n'en peux plus ; va-t'en !

Je lui tapotai la tête, mais elle se dégagea d'un geste violent.

— Tu es idiote.

— Je suis folle de toi, mais cela va passer. Ce sera fini dans un instant. Ce n'est rien. Va-t'en ! ne me regarde pas, ne fais pas attention à moi. Ah ! je suis perdue !

— Allons, ma petite...

Nous étions assis sur le divan ; elle se tenait la tête entre ses mains et sa nuque était secouée par les sanglots. C'était très curieux : je n'avais jamais vu une femme dans cet état-là. Mais je ne savais où mettre mes mains.

— Tout cela est stupide, pleurnicha-t-elle.

— Complètement stupide, en effet.

— Grégoire, est-ce que tu m'aimes encore ?

— Bien sûr, Hélène.

— Non, ce n'est pas vrai.

— Pourquoi ?

— Je suis malheureuse ; tu vas avec d'autres femmes. Pourrais-tu me promettre de ne pas aller avec d'autres femmes ?

— Certainement non.

— ... de ne pas aller avec cette fille ?

— Ce n'est pas une fille. C'est mon amie.

Elle me regarda froidement et se leva.

— C'est bien, dit-elle, sors d'ici.

— Tu es une merveilleuse tragédienne, Hélène.

— Sors d'ici !

— Tends l'index vers la porte et ce sera parfait.

— Va-t'en, je t'en prie.

Je me levai et j'appuyai mes mains sur ses épaules.

— Tu ne sais pas jouer le rôle d'Othello. Tu as beaucoup de talent et pourtant il manque quelque chose : Shakespeare, naturellement.

— En voilà assez !

— Et c'est dommage, car tu es tout de même parfaite.

— Je suis déchirée. Va-t'en !

— Ça, c'est très mauvais, Hélène.

— Je te prie de sortir.

— Où vas tu ?

— Ça ne te regarde pas.

— C'est très amusant : tu vas coucher avec quelqu'un ?

Elle battit les paupières.

— Est-il blond ou brun ?

— Brun, il est très gentil.
— Certainement. Je le connais ?
— Oui.
— Jeune ?
— Très jeune.
— Fichtre ! Quand comptez-vous vous marier ?
— C'est Fred Ansel, dit-elle avec une voix de théâtre.
— Tous mes compliments.

Elle croisa les doigts et retint un de ses genoux dans ses mains. Elle fronçait les sourcils ; ses yeux lourds, brillants, venimeux étaient rivés sur mon visage.

— Naturellement, c'est une plaisanterie, dis-je.
— Ce n'est pas une plaisanterie.
— C'est très amusant.
— Pourquoi ?

Je ne répondis pas, elle eut l'air un peu vexée.

— Pourquoi est-ce amusant ?
— Parce que Fred s'est moqué de toi.

Elle éclata de rire en décroisant ses mains et lâcha son genou.

— Pourquoi ris-tu ? Je sais pourquoi tu ris : tu as cru que je croyais à tes mensonges ?
— Si tu n'y as pas cru, c'est que tu ne m'aimes pas.
— Merveilleuse subtilité.
— Et pourtant je n'ai pas menti : il m'a embrassée.
— Et c'était très agréable.

Je lui caressai les cheveux. Une poussée de sanglots l'étouffa. Elle se retourna sur le sofa, la face enfouie dans un coussin noueux. Je lui caressai la nuque.

— Eh bien, Hélène.

Derrière la porte, une pendule sonna une heure. Elle se leva, le corps raide, et me repoussa de ses deux poings serrés.

— Va-t'en, va-t'en !
— Hélène...
— Je te déteste, va-t'en !

— Hélène, le rideau est tombé depuis longtemps, dis-je.

Toute cette comédie m'avait beaucoup amusé ; je trouvais que c'était très distrayant de jouer avec Hélène ; je me demandais comment j'avais pu espérer qu'il y aurait quelque chose de sérieux entre nous, et en même temps, je sentais une douleur légère mais tenace au creux du ventre : j'avais perdu quelque chose de très important ; pourquoi avais-je cru en elle ? Je me demandais si je ne détestais pas complètement les femmes, elles sont si ridicules : leurs gestes concertés, leurs petits cris et quand elles sanglotent, on a envie de les regarder, les jambes écartées, les poings sur les hanches en souriant, avec l'air satisfait d'un metteur en scène. C'est dommage qu'Annabelle se moque des hommes, pensai-je, elle est la seule femme dont je n'ai pas envie de me moquer.

GUILLAUME

Charlotte arriva en haut de l'escalier en essuyant ses mains avec son tablier ; elle traîna ses savates jusqu'au fourneau dont elle fit cliqueter les rondelles à l'aide du tison ; puis, se tournant vers la fenêtre, elle dénoua les cordelettes, écarta le tablier et examina son corsage qui lui tombait des épaules en plis mous. Un coup de vent fit tinter le lustre de verre et frissonner ses cheveux sur lesquels elle porta hâtivement ses deux mains en proférant à mi-voix des jurons Elle s'assit contre le fourneau refroidi et elle soupira tandis que ses doigts maigres comprimaient une chevelure qui s'écroulait en mèches inégales, jusqu'au niveau de ses yeux longs et verts de chatte affamée. Son visage était pâle, patiné et mat comme celui d'une Chinoise : « Quel vent ! » bougonna-t-elle, et lorsqu'elle m'aperçut, ses pupilles s'arrondirent : — « Tu vas me faire le plaisir de retourner près de grand-père. » Je ramassai les cartes que j'empochai et je quittai la cuisine.

Assis dans le rocking-chair, la tête penchée en avant, il laissait pendre ses longues mains entre ses genoux. Je disposai les cartes sur le tapis et je recommençai une patience, lorsque j'entendis Charlotte qui se mit à chanter à tue-tête ; elle s'interrompit brusquement et m'appela à plusieurs reprises avec une régularité d'automate. Je rassemblai les cartes et je les glissai dans ma poche. Quand j'ouvris la porte, elle me flanqua une gifle en s'écriant que je devrais me presser un peu plus quand elle m'appelait. Je ne répondis pas et je l'aidai à ranger les assiettes dans le placard. Elle me dit que gare à moi si je cassais une assiette ; elle chantonna en tisonnant la braise dans le fourneau. Je la regardais du coin de l'œil tandis que je disposais les assiettes sur l'étagère. Elle marcha à pas de loup au milieu de la pièce, ouvrit la porte et inspecta le salon pour voir si on n'avait rien oublié ; elle fit demi-tour et m'ordonna de retourner près de grand-père. Elle ouvrit de nouveau le fourneau et resta quelque temps courbée sur le trou sombre jusqu'au moment où il en surgit un panache de fumée beige qui lui enveloppa la tête. Elle se releva en toussant, une main en godet sur la bouche : — « Est-ce qu'il va falloir que je t'y conduise par l'oreille ? » Je ne répondis pas et je sortis rapidement.

Assis contre la fenêtre, les mains entre les genoux, grand-père ronflait ; son visage était innocent : il avait un air d'étrange bonhomie. Je m'agenouillai sur le tapis et je sortis les cartes de ma poche. La porte volante du jardin d'hiver s'ouvrit et Fred entra, suivi d'un type que je ne connaissais pas. Fred se dirigea vers le sofa, ouvrit une mallette d'où il retira un blaireau et un savon ; le type s'approcha d'un pas balancé et traînant, et, les jambes écartées, les mains aux hanches, il me regarda étaler mes cartes sans dire un mot. Dans la cuisine, elle allait et venait en chantant très fort. Je n'aimais pas beaucoup que ce type soit dans mon dos. Quand j'ai tourné la tête et que je l'ai regardé dans les yeux, il n'a pas détourné les siens qui étaient froids et coupants. J'abattais mes cartes d'une main hésitante, j'étais intimidé, je jouais de travers ; je sentais son souffle frôler ma nuque. J'eus envie de brouiller les cartes et de faire autre chose. Une bouffée d'air brûlant me fit me retourner : je n'avais pas vu entrer Charlotte qui jetait sur son dos un regard haineux. Il continuait de fixer mes mains sans paraître les voir : — « Comment ça va ? » dit Charlotte d'une voix lasse. Il se retourna vers elle et murmura un vague bonjour en inclinant légèrement la tête ; puis il s'assit, le corps penché en avant, les mains ballantes entre les genoux, dans une attitude identique à celle de grand-père. Charlotte se laissa tomber sur le sofa et se pelotonna dans les coussins qu'elle disposa en les bouchonnant de chaque côté de son corps plat. À ses pieds, Fred était accroupi devant un tiroir ouvert de la commode d'où pendaient une chaussette et deux manches froissées ; il se mit à remuer le linge épars :

— Qu'est-ce qui m'a fichu tout ça en l'air ? ronchonna-t-il, en jetant un regard furieux sur Charlotte qui baissa aussitôt les paupières.

Il lança pêle-mêle derrière lui tout le contenu du tiroir : chemises, slips, brosse, et quand il en eut retiré un rasoir mécanique, il enfourna les objets pêle-mêle dans le tiroir qu'il ne prit pas la peine de refermer. Il se mit debout et ôta sa chemise de soie grise tachée de sueur. Le type se leva à son tour et s'approcha de lui ; il lui parla à l'oreille en se tournant vers Charlotte qui leva lentement les paupières, découvrant des yeux étonnés d'une personne qui se réveille. D'un coup de coude, Fred rejeta le type de côté ; elle poussa un soupir, secoua la tête et ses paupières s'abaissèrent de nouveau, mais à travers la frange lisse et noire de ses cils, je voyais brûler ses pupilles glacées. Il s'approcha encore de Fred et ils chuchotèrent en jetant de nouveau des coups d'œil furtifs vers Charlotte ; elle avait abaissé complètement ses paupières, elle ne bougeait pas, elle ne semblait même pas respirer. La pièce était moite et chaude et le soleil ardent y pénétrait obliquement à travers les fentes des persiennes. J'avais très envie de m'en aller, mais je voulais aussi savoir ce qu'ils attendaient. Le type, assis à califourchon sur sa chaise, feuilleta un magazine en levant de temps à autre ses yeux clairs et froids qu'il plantait inopinément dans les miens. Je n'avais pas le temps de détourner mon regard, je me sentais pris comme une souris.

— Le vieux dort toujours, dit Fred en ricanant.

— Je pense que nous aurions pu nous passer de son avis, dit le type qui tourna une page avec violence, en jetant sur Charlotte un regard sombre. C'est ce fou de Catalan.

Fred était debout contre la fenêtre ; sa main faisait minutieusement pivoter le blaireau le long de ses joues blanchies jusqu'à ses oreilles écarlates, le long de son menton qu'il levait devant une petite glace ronde fixée au mur.

— Il peut toujours causer, dit-il, ses paroles ne nous gênent pas.

— Il me fait perdre mon temps. Est-ce que tu crois que j'ai le temps d'écouter les...

— Chut, Grégoire, dit Fred en le poussant d'une bourrade.

La chaise grinça et grand-père laissa échapper de petites plaintes rauques et soutenues comme les sirènes des bateaux. Il bougea un peu les mains, et il ouvrit d'un seul coup ses yeux, puis il les ferma lentement et sa tête se renversa en arrière. Ensuite, Fred et le type qu'il appelait Grégoire parlèrent d'une voix basse, rapide, et du bout des lèvres. Fred agitait ses mains maigres devant la poitrine de l'autre qui restait raide comme un piquet, les bras le long du corps comme un soldat devant un gradé, et entre deux répliques il se tournait vers la glace et ratissait à petits coups rapides son menton qu'il soulevait précieusement avec deux doigts.

— Cette réunion est ridicule. Il y a mieux à faire que de s'enfermer dans cette étuve avec un vieux gâteux. Et celle-là...

— Qui ?

Fred se retourna brusquement, le rasoir en l'air.

— Cette fille qui est étrangère à tout ça. J'ai voulu céder pour une fois et je le regrette.

Je n'osais pas faire un mouvement, mais j'avais terriblement envie de changer de position ; ils allaient me voir et ils me flanqueraient dehors. Tout à coup le type marcha vers moi, il me considéra un instant avec gravité, il avança rapidement la main et me pinça la joue :

— Comment il va, ton camarade ?

Je ne compris pas tout de suite, et je restai sans rien dire, les yeux baissés, comme si on me faisait une remontrance et soudain je pensai à Sani. Il me semblait que ses yeux me touchaient presque le visage ; je sentis mes joues s'empourprer mais heureusement Fred continuait à se raser en sifflotant entre ses dents :

— Il va mieux, dis-je tout bas.

— Qu'est-ce que tu dis ?

— Il va mieux, dis-je en articulant les mots.

J'étais furieux. Il m'examina curieusement encore quelque temps, me donna une tape sur la tête et il tourna le dos en se frottant les mains. J'abattis deux cartes sur le tapis : c'étaient un valet de trèfle et un as de pique, mais cela n'avait pas d'importance, je faisais seulement semblant de jouer. Je sortis ma montre et j'en écoutai le tictac : dans une heure, j'irai à la Cloche de Bois ; Catherine retournera au château de une à cinq et, pendant ce temps-là, je serai seul avec Sani.

Mes yeux qui étaient fixés sur la porte virent le loquet tourner doucement et j'entendis un halètement précipité et le frottement sec des griffes sur le plancher. La porte s'entrouvrit et Paméla se rua dans le salon : elle se tordait la croupe, elle fit un frais à chacun de nous en agitant la queue. « Paméla ! » Le Catalan se jeta en avant, sauta sur la chienne et lui donna trois violentes tapes sur le museau de sa main baguée. — « Espèce de brute ! » Fred caressait ses joues mouillées avec l'extrémité de ses doigts et ils le taquinèrent parce qu'il était en retard. — « Et Annabelle ? » dit le Catalan, en les regardant d'un air mauvais. Quand il me vit, il me caressa les cheveux. — « Comment ça va, garçon ? » Il ne me disait jamais rien d'autre. Il tourna le phonographe, mais Fred lui mit la main sur l'épaule en lui désignant grand-père dont on distinguait dans la pénombre le crâne luisant au-dessus du dossier courbe du rocking-chair. Le Catalan sursauta ; puis il regarda Fred en souriant. La chienne se laissa choir en soupirant contre le sofa où Charlotte dormait, les mains posées soigneusement sur son ventre baigné par le reflet ovale du miroir.

— C'est un dortoir, murmura le Catalan.

— Je me demande pourquoi tu nous as fait venir ici, grommela Grégoire.

Le Catalan s'était tassé dans un fauteuil. Il ne répondit pas : ses yeux étaient vagues. J'étais surpris qu'il n'eût pas déjà agité ses grandes mains en marchant d'un mur à l'autre. Peut-être qu'il était malade : il se tenait tout raide, pâle et humble. Fred passa une chemise propre et se mit à lisser ses cheveux :

— Il espère que grand-père passera un peu sa colère sur nous.

Quelqu'un montait l'escalier : un corps âgé et pesant.

— Qu'il la passe sur lui-même, ce vieux coquin. Son rôle est fini. Qu'on me fiche la paix avec...

— Chut ! dit Fred, si tu le réveilles...

— L'autre, mets-la dehors, dit Grégoire.

J'entendais les pas lents et traînants en haut de l'escalier, puis dans le couloir. Une porte claqua.

— Ce n'est pas elle, dit Grégoire.

— Sois tranquille ; je la mettrai à la porte quand nous serons au complet, dit Fred. D'ailleurs elle est discrète.

— Oui, mais elle ne sait pas...

— Sois tranquille, dit Fred.

Je me demandais si on me mettrait aussi à la porte. Je me mis à détester ce type qui faisait la loi ici et qui parlait de flanquer Charlotte hors de sa propre maison ; s'il s'avisait de me mettre dehors, je me défendrais à coups de poing. Et j'étais furieux contre Fred qui approuvait tout ce qu'il disait comme un domestique, et quand le Catalan disait un mot, il le regardait sans parler, avec une certaine condescendance supérieure. Je me suis dit qu'il avait tout à fait les manières arrogantes de Sani. Il demeurait immobile, le menton appuyé sur le dossier d'un fauteuil, la lèvre légèrement retroussée, une main dans la poche de son veston dont le revers était fleuri d'une rose ; et ses yeux étaient gris et impérieux comme ceux de Sani. Il envoyait par ses narines deux jets de fumée en relevant un peu la tête d'un air prétentieux. Les rafales apportaient jusqu'à nous, par intermittence, les bribes d'une musique épaisse et maussade.

— Encore leur sacrée foire, dit Fred.

— Ça doit l'exciter, dit Grégoire en avançant le menton vers grand-père.

Fred rit du bout des dents. Lentement, les rideaux se mouvaient, ils s'écartaient soudain de la vitre et caressaient le visage de grand-père furtivement, comme des mains de femme.

— Le Catalan a perdu sa langue, dit Fred.

Le Catalan haussa les épaules sans répondre.

— Il est vidé, dit Grégoire.

Il les regardait sans sourire, en balançant entre son pouce et son doigt jaunâtre à bout carré une cigarette dont il avait modelé l'extrémité. Puis il se leva : une légère rougeur couvrait ses pommettes. Il s'accroupit auprès de Paméla et lui caressa l'échine avec précaution ; la chienne sortit la langue à plusieurs reprises, en tournant vers lui un regard languide. À la fin, lasse de ce jeu, elle poussa un long soupir et serra fortement les yeux. Il y eut un craquement : Charlotte agita un peu les pieds, elle passa la main sur son front en bâillant ; elle sursauta et se dressa sur son séant, les yeux durs :

— J'ai dormi comme une idiote, dit-elle.

— Maintenant, il faut nous laisser, dit Fred.

Elle rejeta ses cheveux qui lui tombaient sur le visage et elle le regarda, les yeux agrandis et stupides. Grégoire, le dos tourné, feuilletait le magazine d'une main légère, mais il jeta un regard de côté.

— Vous laisser ? dit-elle.

— Oui, dit Fred. Il faut nous laisser.

Elle les regarda tour à tour d'un air scandalisé ; puis elle eut un rire léger :

— Vous vous imaginez que...

D'une secousse, elle se rejeta en arrière, les yeux fixés sur Fred, et de nouveau elle regarda autour d'elle, hésitante, presque timide :

— Vous pouvez tenir conseil ailleurs, si cela vous plaît.

— Non. Nous avons à parler à grand-père. Va dans ta chambre.

— Dans ma chambre ?

Elle s'enfonça dans les coussins, ses mains remuaient sur son ventre, elle se mit à trembler de colère. Fred repoussa sa chaise en arrière et se leva, les sourcils légèrement froncés. Il dit d'un ton froid et patient :

— C'est compris ?

Elle baissa les paupières, elle avait l'air sournois et buté. Ses lacets cliquetaient autour de ses souliers tandis qu'il allait vers elle. Le type continuait de feuilleter le magazine, mais il ne pouvait s'empêcher de la regarder à la dérobée, du coin de l'œil.

— Laisse-moi tranquille, dit-elle en tordant la bouche comme si elle allait pleurer.

— Va dans ta chambre, dit Fred de la même voix froide, patiente et sans intonation.

Il croisa les bras et l'observa. On n'entendait plus que le hurlement prolongé du vent qui apportait par la fenêtre une odeur de pétrole, de maquereaux pourris, de lourds relents de poussière et d'huile et les débris flasques des orgues de Barbarie. Fred était assis sur le bord du sofa : elle était très pâle, un tremblement nerveux agitait ses paupières.

— Fred ! dit le Catalan, Fred, voyons, tu n'as pas honte !

— Fiche-moi la paix, dit Fred. C'est toi qui as voulu que nous venions ici, fiche-moi la paix ! Charlotte, reprit-il d'une voix plus rauque, mais sans éclat : va dans ta chambre ; ne m'oblige pas à...

— Laisse-moi, dit-elle en se rejetant de côté.

Il lui saisit la main et, de son autre main, elle essaya de le gifler ; il s'empara de cette autre main aussi ; elle fit une grimace qui découvrit ses dents et cria de toutes ses forces :

— Lâche-moi ! Lâche-moi !

Sa voix se brisa en une plainte toute menue.

— Fred, voyons ! dit le Catalan.

— Toi, ferme-la, dit Fred.

Il lâcha prise. Elle sanglotait en se frottant les yeux avec ses phalanges, à la manière d'un enfant. Grégoire se leva, jeta le magazine par terre et se planta devant Charlotte. Les mains aux hanches, il se balança lentement sur ses longues jambes, avec une indolence féline. Elle leva la tête vers lui en le regardant, se renfonça et se cala dans les coussins, sans hâte, un sourire de défi aux lèvres.

— Charlotte, dit Fred d'une voix contenue, presque suppliante, ne m'oblige pas à...

Et il la saisit par le poignet, elle n'essaya pas de se dégager. Elle le fixait avec des yeux furieux ; son corps était raide et tendu.

— Laisse-nous seuls.

— Pourquoi seuls ? dit-elle entre ses dents.

Fred la saisit par la taille et la traîna jusqu'à la porte.

— Grand-père, dit-elle, grand-père !

— Fred, tu n'as pas honte ? dit le Catalan.

— Fiche-moi la paix, je te l'ai déjà dit, dit Fred sans même se retourner.

— Sale type ! Voyou ! cria-t-elle en essayant cette fois de dégager ses poignets qu'il maintenait d'une main, tandis que de l'autre il la poussait vers la porte. Elle donna des coups de pied dans le vide en criant : « Grand-père ! grand-père ! » Elle tordit la bouche et cracha sur Grégoire ; elle reçut une claque formidable et se jeta en avant, tête baissée en hurlant. Le Catalan se cramponna aux bras de Fred :

— Fred ! Voyons, Fred !

Fred se libéra d'une secousse et lui décocha un coup de poing dans l'estomac. Le Catalan fut projeté contre la cage ; il regarda Fred avec un air veule et posa la main sur son estomac en soufflant très fort.

— Fiche-moi la paix, dit Fred.

Il avait les yeux injectés de sang légèrement sortis de la tête. Charlotte pliée en deux devant la porte sanglotait dans ses doigts en geignant ; elle se caressait le ventre doucement, comme si elle avait eu peur d'appuyer trop fort :

— Il m'a fait mal, pleurnicha-t-elle.

Grégoire se tenait debout devant elle et se balançait mollement, un sourire froid sur les lèvres ; il tripotait une cigarette, affectant une sorte de mépris amusé.

— Il m'a fait mal, répéta-t-elle, d'une voix légère et alanguie, en se tâtant le ventre avec précaution. D'un mouvement prompt, elle se remit debout :

— Sale voyou ! dit-elle en lui jetant un regard furtif et haineux, et elle ajouta entre ses dents un autre mot que je ne compris pas. Elle tira violemment sur la poignée de la porte qu'elle fit claquer derrière elle. Je pus l'entendre courir dans l'escalier et ensuite dans le corridor.

— Comédienne ! ricana Grégoire en lançant un mégot à l'autre bout du salon.

Il regarda fixement Fred qui détourna les yeux, et passa un mouchoir sur son front où perlaient des gouttes de sueur. Soudain, j'entendis de petits chocs brefs et impératifs sur le plancher et quand je me retournai, je vis grand-père, la tête en avant, une main cramponnée au bras du fauteuil, l'autre agitant la canne par petits mouvements courts et obstinés ; ses yeux roulaient dans les orbites creuses et sombres, et ses lèvres remuaient.

— Chut ! dit le Catalan en se tordant les mains, chut !

Fred haussa les épaules, mais son visage était blafard. Grégoire, assis sur le bord du sofa, passait doucement ses doigts sur son front. L'air était lourd et mort.

— Le voilà qui va commencer, dit-il.

Et il regarda la porte.

— Qu'est-ce qui crie ? Qu'est-ce qui crie comme ça ? dit grand-père d'une voix stridente, rapide.

Ses yeux étaient légèrement hagards et quand il cessait de crier, on entendait sa respiration sèche et sifflante.

— Est-ce que c'est fini ? Va-t-on me laisser en paix ? Fred, qu'est-ce qu'il y a ? Approche, Fred, approche donc !

— Oui, grand-père. Un cauchemar ? Il fait chaud, dit Fred.

Il se tourna vers Grégoire et cligna de l'œil.

— Qu'ils me fatiguent ! qu'ils me fatiguent ! dit grand-père d'une voix de tête perçante et forte. Ses doigts s'agitaient ridiculement sur le pommeau de sa canne, s'escrimant en vain à l'étreindre et la soulever. « Quand aurez-vous fini de m'importuner ? Quand donc aurai-je la paix ? »

Sa voix s'arrêta après une inflexion décroissante, comme un disque sur un phonographe qu'on n'a pas remonté jusqu'au bout.

— Grand-père, nous sommes tous là. Grégoire et le Catalan sont venus vous consulter, dit Fred.

Il les regarda tour à tour d'un air sérieux :

— Bon. Asseyez-vous, dit-il.

Il baissa la tête. Il considérait une de ses mains posée sur son genou avec une tranquille indifférence.

— Asseyez-vous. Bon. Vous ne venez pas assez souvent

ici et vous savez bien que je ne peux aller jusqu'à vous. Depuis que je suis... (et il désigna ses jambes) les affaires sont mauvaises.

— Pas si mauvaises, Ansel, dit Grégoire en jetant à Fred un coup d'œil sardonique.

— Assez ! hurla grand-père dont le visage se crispa en une grimace irritée et fugitive ; le tressaillement de son corps fit craquer le fauteuil. Je n'aime pas les plaisanteries, Grégoire ! Eh ! J'aurais dû m'en douter, vous cherchez à me faire accroire... mais bougres d'ânes ! s'écria-t-il, est-ce que vous me prenez pour une vieille femme à moitié morte !

— Mais non, grand-père, mais non, dit Fred.

— La chaleur vous énerve, Ansel, dit Grégoire froidement.

— Chut, Grégoire, voyons, chut ! murmura le Catalan en lui prenant le bras.

— Fiche-moi la paix avec ta chaleur, s'écria grand-père. Ne dis pas de sottises ! Est-ce que vous me prenez pour une vieille femme ? Je voudrais savoir qui vous mène sinon ce vieux type impotent que je suis...

Je vis Grégoire tourner les yeux vers Fred et ils sourirent tous les deux. La voix de grand-père retomba, s'éteignit comme s'il n'avait cherché qu'à reprendre un ascendant perdu. Il recommença à parler d'un ton naturel, avec une sorte de brusquerie maladive, soulignant les phrases à l'aide de sa canne, comme s'il voulait les faire entrer de force dans leurs têtes.

— Aujourd'hui, c'est très important. Le Catalan m'a dit... Bon. Je voudrais que vous usiez de plus de prudence. Ils sont là, ils surveillent chacun de nos gestes, et à la moindre sottise, vous pouvez être sûrs que nous sommes refaits. Quelquefois, je les vois qui rôdent ; oui, d'ici, je les vois, et ils lèvent la tête vers cette fenêtre comme s'ils savaient que c'est ici le centre, comme si, en apercevant ma tête, ils se disaient entre eux : « Voici celui qui dirige la bande. »

— Écoutez, Ansel, dit Grégoire, je vous affirme...

— Tais-toi et écoute-moi !

Et il parla avec une espèce de fausse brusquerie, la tête droite, immobile, grave, dans une attitude d'idole hindoue, les bras allongés parallèlement sur les appuis du rocking-chair, et je vis de nouveau Grégoire se retourner vers Fred, sourire, cligner de l'œil en portant son index au front.

— Au moindre écart, on découvre le pot aux roses et nous sommes flanqués en tôle. Mais vous autres, vous n'y perdrez que votre temps : moi, j'y perdrais ma réputation. Personne ne sait... personne ne sait, reprit-il.

Puis il abandonna sa phrase. Sa voix mourut, réticente, chargée de sous-entendus.

— Est-ce nécessaire de nous rabâcher tout ça ? dit Grégoire, et d'ailleurs, qui risque le plus de vous ou de nous ?

— Silence ! dit grand-père en heurtant le plancher de sa canne.

— Pourquoi parler dans le vide, dit Grégoire en élevant la voix.

— Si tu ne te tiens pas tranquille, je vais te mettre dehors. Tu n'as jamais... Mon Dieu, quand me laissera-t-on parler ? Quand me laissera-t-on parler ? *Quand me laissera-t-on parler ?* Je veux qu'on débarque à une heure, je vous en donne l'ordre. Non pas à onze heures : ils savent très bien que la marée est haute à cette heure-là et que...

— Ça va, dit Grégoire en se levant, si c'est pour nous débiter ces inepties, alors bonsoir !

— Tiens-toi tranquille, bougre d'idiot, dit le Catalan en le retenant par la manche.

— Perdre son temps... murmura Grégoire entre ses dents.

Il s'assit sur le bord du sofa en leur tournant le dos : il haussa les épaules à plusieurs reprises.

Grand-père continua à discourir pendant très longtemps. Tantôt il parlait avec un débit très rapide, tantôt il cherchait ses mots comme un enfant. Les autres avaient l'air de dormir et je me suis mis à penser qu'il serait temps que j'aille à la Cloche de Bois pour voir Sani tout seul, car maintenant Catherine était partie et personne ne m'empêcherait d'entrer dans la chambre. J'avais décidé d'avertir Sani que pendant qu'il faisait le malade, les types complotaient derrière son dos et que Richard était tout disposé à prendre le pouvoir ; mais il éclaterait de rire si je le lui disais, parce qu'il ne pouvait pas concevoir que nous ayons un autre chef que lui et s'il disparaissait il n'y aurait plus de chef ; il dirait que ce n'est qu'une imposture pour rire, un jeu, rien de sérieux, et que j'étais complètement fou de m'en soucier ; mais peut-être aussi ne cesserait-il pas de simuler même devant moi un délire que j'étais seul à ne plus prendre au sérieux, et il serait furieux, non que je ne me laisse pas abuser, mais que je ne fasse pas semblant de l'être, par égard pour la solitude dans laquelle il désirait se retrancher, ou que je ne lui laisse pas au moins l'illusion que sa comédie était sans défaut, un merveilleux chef-d'œuvre. Mais je l'avais percée à jour et j'étais absolument convaincu qu'il simulait sa fièvre, je trouvai qu'il la simulait bougrement bien et que lui seul était capable de jouer d'une façon si magistrale. Je me suis mis à rire quand j'ai pensé qu'hier, en m'endormant, je priais pour qu'il ne meure pas : c'était vraiment trop facile pour Dieu d'exaucer ma prière.

Quelqu'un monta légèrement l'escalier, piétina sur le palier et secoua la poignet de la porte. Ils se turent. On entendait haleter de l'autre côté de la cloison. Enfin, Fred dit d'entrer et une femme au teint coloré apparut dans l'embrasure de la porte.

— Puis-je entrer ? dit-elle.

— Mais bien sûr, Annabelle, dit Grégoire.

Ils se levèrent tous et s'empressèrent autour d'elle, sauf

grand-père qui regardait ses mains en fronçant les sourcils. Elle avait des paupières bleues et des yeux brillants comme des yeux de poupée. Elle s'excusa d'être si en retard et elle se baissa vers grand-père en lui demandant comment il se portait, mais il fit semblant d'être très occupé par ses mains qu'il avait étalées sur ses genoux et qu'il ne quitta pas des yeux ; il écartait ses doigts comme une dame qui vient de se faire les ongles.

— Vous avez très bonne mine, dit-elle en relevant le buste.

Elle tourna la tête de tous côtés, le nez un peu en l'air, et quand elle me vit, elle pointa son doigt dans ma direction en demandant à Fred qui j'étais.

— Mon frère, dit-il.

Elle me serra la main à me faire hurler et dit qu'elle était très contente de connaître le frère de Fred, mais ensuite Fred s'approcha de moi et me pinça le bras :

— Toi, gamin, qu'est-ce que tu fiches ici ? allons, file !

Je fis une grimace, je rassemblai les cartes et je pris mon béret. Fred me regardait en roulant les yeux, il donnait des coups de menton vers la porte pendant que les autres bavardaient très fort comme des gens dans une réunion mondaine, mais le Catalan, un peu à l'écart, souriait mollement, il ne semblait pas tellement émoustillé par la présence de cette jolie personne et, bien que je fusse très intrigué, je dus sortir, et j'étais tout de même content de m'en être tiré sans dommage, car si grand-père m'avait vu, il m'aurait giflé pour m'être trouvé là quand il ne le fallait pas, et aussi, je souhaitais retrouver Sani et lui dire ce que je savais au sujet de la félonie de Richard.

Je m'arrêtai un instant sur le seuil et j'aperçus au loin Sani qui venait vers moi en boitillant, les bras passés autour du cou de Pim et de Marc ; sa chemise de nuit qu'il avait rentrée dans sa culotte se détachait comme un halo blanc sur le ciel noir. Quand ils m'aperçurent, ils agitèrent tous trois leurs mains de haut en bas et de droite à gauche : c'était notre signe ; et je fis de même.

— Sani, dis-je, es-tu guéri ?

Il ne répondit pas. Des tics crispaient son visage pâle et défait, mais ses yeux brillaient d'un éclat sauvage.

— Nous allons au bord du LogSore, dit Marc.

— Sani, es-tu vraiment guéri ?

— Il a voulu se lever, dit Pim, nous allons pêcher sur le LogSore.

Sani me regardait, sans rien dire, en fronçant les sourcils et je me demandais s'il était encore malade ; il marchait raide, avec précaution, comme quelqu'un qui marche sur la glace.

— Au lieu d'aller sur le LogSore, vous feriez mieux de surveiller Richard, dis-je d'un ton bourru.

Sani ricana et il dégagea ses deux bras.

— Sani, méfie-toi de Richard, dis-je.

Mais il haussa les épaules.

— On ne monte pas sur un trône quand on a des fesses aussi grasses, dit-il.

Les autres éclatèrent de rire. Je ne trouvais pas que la plaisanterie fût très drôle et j'étais dépité : leurs rires me tenaient à l'écart, il me semblait que je ne faisais pas partie de la bande.

— Assez de bêtises, ajouta-t-il. Allons sur le LogSore.

Des larmes dessinaient des traces humides sur ses joues creuses.

— Vous ne voyez pas qu'il est encore mal fichu ? dis-je.

Ils me regardèrent avec une stupeur amusée, le sourcil levé, et ils éclatèrent de rire en se tapant les cuisses. Je rougis violemment : ainsi il les avait mis au courant de la supercherie et ils se moquaient de mon apparente crédulité. Sani entoura à nouveau le cou de Pim et de Marc de ses deux bras ; ils me tournèrent le dos et firent quelques pas :

— Je sais... je sais que tu n'es pas malade, Sani, je croyais qu'ils ne... balbutiai-je.

Il tourna vers moi son visage qui paraissait plus mince et plus long sous le turban blanc ; il resta songeur un instant, les lèvres entrouvertes :

— Guillaume a raison. Allons à la soute !

— Et le LogSore ? demanda Marc désappointé.

— Non, dit Sani, allons au quartier général. Nous organiserons une police secrète. Viens avec nous, Guillaume.

— Il faut conjurer la révolution ! s'écria Pim en secouant la tête de haut en bas avec enthousiasme.

Nous marchâmes très vite, chacun de nous s'efforçant de dépasser l'autre, mais quand nous arrivâmes à l'embarcadère, j'arrêtai Pim. Je me retournai : Sani derrière nous était à bout de souffle et il nous ordonna de nous presser un peu moins.

— Ç'aurait été plus amusant d'aller sur le LogSore, dit Marc.

— Fiche-nous la paix avec ton LogSore, dit Pim. Il faut délibérer pour organiser une police, c'est très important.

Un remorqueur tirait une goélette au milieu d'une traînée de fumée rousse que le vent attaquait, dispersait, emportait vers nous, mais on eût dit que le bateau avançait sans pression apparente ; l'eau se fendait en longs rouleaux transparents et luisants comme du verre. Sani fit halte et s'appuya contre le parapet, une main posée sur son cœur dont j'entendais les battements violents comme ceux d'une bête qu'on vient de capturer ; par degrés, il reprenait son souffle, les mouvements de sa poitrine devenaient plus réguliers, mais ses lèvres tremblaient toujours.

— Sani, lui dis-je, es-tu vraiment malade ?

Mais il feignit de ne pas entendre ou bien, les oreilles pleines de vent, il n'entendit pas réellement. Il tourna quelques minutes en rond autour d'un ponton en boutonnant sa chemise que le vent avait entrouverte, puis il nous invita de la main à le suivre et s'engagea sur la passerelle en se cramponnant à la rampe de corde, comme s'il eût été ivre. Il ouvrit un hublot et recula si brusquement qu'il marcha sur les pieds de Pim qui était derrière lui. — « Qu'y a-t-il ? » murmura Marc. — « Pas de bruit » souffla-t-il. Nous nous serrâmes contre lui pour tâcher de voir par-dessus son épaule, mais je ne vis rien ; nous nous approchâmes du hublot, épaule contre épaule. Sani nous écarta d'un coup de coude : — « Ils sont là », dit-il en se tournant à demi. Et, sans lever les yeux, il désigna le hublot qui n'était qu'un trou sombre. Il mit sa main en cornet à son oreille et il se pencha en avant. Ses doigts serraient si fort la corde que la peau des phalanges était devenue toute blanche. — « Qu'est-ce qu'il y a, Sani ? » dit Pim. Il me bourra les côtes à coups de poing pour que je lui cède ma place : — « Qu'est-ce qu'il... » Mais le vent emportait sa voix presque avant qu'elle ne fût née, la coupait comme un fil ; on l'entendait au-dessus de nos têtes et sous la passerelle qui vibrait avec un bourdonnement prolongé et rageur. — « Quel vent ! quel vent ! quel vent ! » dit Pim en se pressant contre moi. Le dos de Sani était secoué de frissons ; il tourna vers nous sa tête de jeune bandit arabe. — « Entends-tu ? Entends-tu ? » Marc secoua la tête, et comme il s'efforçait de passer au premier rang, Sani le repoussa d'un coup d'épaule. Je me dressai sur la pointe des pieds et j'entendis un murmure qui se prolongeait sur le même ton, comme une prière récitée par un chœur, et je me rendis compte que c'était le vent, le vent lui-même, et je le dis à Sani. — « Non, dit-il, ce n'est pas le vent. Ils sont dans la soute. » Mais Sani avait la fièvre et je pensai que ce n'était rien d'autre que le vent. Il nous fit signe de le suivre avec sa main par-dessus son épaule. Nous entendions toujours le Mm Mm Mm Mm Mm hâtif, impersonnel, lugubre — « Ce n'est pas le vent », dis-je. Et soudain j'entendis une voix violente, un peu atténuée par l'épaisseur des murs d'acier, qui avait des hauts et des bas comme une roue qui tourne arrivée au bout de son élan : — « Écoute : ce n'est pas le vent, dit Pim, il y a quelqu'un qui parle dans la soute. »

Sani grimpa à l'échelle en fer et se retourna, la tête un peu de biais, pour nous inviter à le suivre, et quand nous eûmes mis le pied sur le pont de la dunette, le vent sans trêve nous secoua le dos et les jambes et fit ballonner la chemise blanche de Sani tout autour de son cou maigre qui avait l'air d'une tige émergeant d'une outre. Nous nous agenouillâmes autour de la trappe que Sani souleva lentement et nous les entendîmes qui parlaient tous à la fois, et Richard qui parlait plus haut que les autres. Sani tenait son regard fixé sur l'ouverture, penchant un peu son visage où demeurait quelque chose de cruel, de solitaire, de hautain ; ses lèvres épaisses étaient entrouvertes et il passait sa main sous sa chemise d'un geste nerveux, en soufflant comme s'il venait de courir longtemps et très vite. La voix de Richard s'éleva de nouveau et j'entendis presque tous les mots qu'il prononçait :

— ... qui se figurent tout savoir et qui ne laissent aucune initiative à ceux qui sont plus intelligents. Savez-vous pourquoi ? Parce qu'ils ont peur qu'on les surpasse et qu'un jour on leur chipe le pouvoir. Moi, j'en ai marre d'être le valet de Sani et vous aussi, n'est-ce pas ? Eh bien, les types, sachons profiter des circonstances : assez d'être les poires ! Faisons la révolution ! Quand il se réveillera, s'il se réveille jamais, et personne ici ne le souhaite, que tous lui tournent le dos, car les types, croyez-moi, il vaut mieux être en enfer que sous la coupe de ce... et quand je pense qu'il y en a parmi vous qui sont plus âgés que lui ; qui se laissent mener par le bout du nez par un morveux et que vous permettez qu'il... »

Sani laissa doucement tomber la trappe. Quand il releva la tête, un rire sauvage retroussait ses lèvres gonflées par la fièvre. Il se mit debout et nous ordonna à mi-voix de le suivre. Nous redescendîmes l'échelle de fer, le dos tourné au vent dont la violence effrénée nous plaquait le nez contre les barres ; la tache blanche que faisait sa chemise ne cessait de s'agiter faiblement, comme si tout son corps avait été secoué de frissons, et sa tête cependant demeurait raide, immobile, défiant la rafale.

Sur la passerelle, nous attendîmes quelque temps regardant le profil net et orgueilleux qui avançait le long de la rambarde. Il ouvrit le hublot et inclina le buste en avant. Il avait fermé les yeux pour mieux entendre, mais entre lui et moi, le vent déchaîné emportait la voix de Richard dont je n'entendais que le timbre, non le sens. Il nous fit un signe et nous nous engageâmes dans l'escalier qui conduisait à la soute. Sani s'accroupit prudemment sur la dernière marche et colla son oreille à la porte. Par-dessus son épaule, il nous jeta un coup d'œil : — « Asseyez-vous », chuchota-t-il. Pim croisa les mains derrière sa nuque et allongea son torse mince, moulé dans un jersey de coton étroitement serré ; il murmura tout bas : « Quel vent ! quel vent ! », comme à lui-même, avec une sorte de rage froide. Au-dessus de nos têtes, les vergues se balançaient d'un rythme lent et régulier. J'entendis la voix : « Eh bien, les types, jurons que nous resterons associés à... » et la voix restait en suspens, s'éteignant en sonores répercussions entre les murailles d'acier, suivie bientôt d'un long murmure approbateur qui mourut à son tour en vagues successives.

Sani se leva et donna un coup de pied dans la porte qui s'ouvrit en grinçant et je les vis qui nous regardaient tous avec la même consternation, avec la même incrédulité. Nous nous tenions derrière Sani, dans le corridor. Bouche bée, Richard voyait Sani descendre et s'avancer vers lui ; il ne disait rien, il ne remuait pas : il ne pouvait croire que ce fût Sani qui, à présent, l'épaule appuyée contre la muraille, les bras croisés sur sa poitrine, les mains bien en évidence, le fixait. Et il le regardait comme s'il le voyait pour la première fois. Coiffé d'un béret blanc, symbole du pouvoir, il restait assis sur le tabouret de Sani, le coude appuyé sur l'Alcibiade en plâtre, et il ne tenta ni de parler ni de se lever. Les autres auraient bien voulu se lever et partir, ils regardaient tour à tour Sani et Richard, mais ni l'un ni l'autre ne semblait disposé à prendre une initiative quelconque : entre eux persistait un secret antagonisme défensif. Sani se tenait très droit et très raide, avec son visage implacable et son pansement immaculé, les mains fourrées dans les poches de sa culotte. La chaleur était telle que l'air semblait trembler devant mes yeux. Richard tamponna son front trempé de sueur avec un mouchoir qu'il remit maladroitement dans la poche de son veston et planta un regard mal assuré dans les yeux cruellement moqueurs de Sani.

— Alors, t'es guéri ?

Il adressa ostensiblement à ses complices un clignement d'œil plus craintif qu'ironique. Sani éclata de rire, mais son rire cessa presque aussitôt :

— Enlève ça, dit-il en pointant le doigt vers son propre crâne.

Richard ôta le béret et le contempla avec un étonnement méditatif, comme s'il se demandait par quel miracle...

— Lève-toi ! dit Sani qui descendit la dernière marche.

Mais Richard se contenta de sourire avec un air veule.

— Lève-toi ! dit Sani.

Richard prit une attitude offusquée et réprobatrice ; puis il tripota maladroitement la pipe d'écume d'où s'élevait une mince fumée jaune, et quand Sani réitéra son ordre d'une voix calme mais ferme, il se mit à rire un peu nerveusement en jetant des coups d'œil complices vers ses acolytes qui évitaient obstinément son regard.

— Nous avons décidé, dit-il d'une voix blanche, que tu ne serais plus le chef.

Sani fit un pas en avant et décroisa ses bras qu'il laissa tomber le long de son corps en serrant les poings :

— Vraiment ? gouailla-t-il. Dans ce cas, tu permettras que nous procédions au vote ?

— Pas nécessaire, dit Richard et poussant un grognement inarticulé : « Tu ferais mieux de retourner au lit, tu n'as plus rien à voir ici. »

Sani croisa de nouveau les bras, regarda longuement Richard avec une violence froide et contenue, et il se balançait sans arrêt, en faisant claquer ses souliers contre le parquet :

— Alors, tu peux partir, dit Richard, sinon mes types se chargeront de...

Sani avança encore sans quitter Richard des yeux. Soudain son bras se détendit : il lui décocha un coup de poing dans la poitrine. Richard flageola en portant la main à son cou ; il se laissa tomber sur le banc ; puis il leva la tête, son regard exprimait la surprise et la peur, la colère empourprait ses joues et ses tempes. Personne ne bougeait, mais je vis le grand nouveau se pencher sur Le Chambellan et ils se mirent à chuchoter à voix basse jusqu'au moment où ils s'aperçurent que je les observais : j'étais décidé à les tenir en respect. Richard glissa ses doigts dans sa poche et fourragea sans lâcher Sani des yeux avec un air matois. Sani se retourna de trois quarts sans le quitter non plus du regard et il nous fit signe. Pim et Marc se ruèrent sur Richard, il y eut un brouhaha, ils lui étreignirent les deux poignets qu'ils maintinrent derrière son dos ; il se tordit et cria :

— Eh, les types !

Le grand s'élança vers lui et je me courbai, je bousculai deux autres garçons venus à la rescousse de Richard, et, tête baissée, je fonçai dans la mêlée et Le Chambellan se rua sur moi, je vis ses yeux bridés et j'essayai de me mettre en garde, mais il sauta en l'air et me tomba dessus, les pieds en avant ; j'entendis craquer mes os comme des biscuits secs et quand je me relevai, je vis Sani qui envoyait d'un coup de poing l'inconnu contre la muraille, tandis que Pim et Marc maîtrisaient Richard qui essayait de les mordre, haletant, luttant, vociférant. Ils lui tenaient les bras par-derrière et il essayait de leur donner des coups de pied dans les jambes. Ils parvinrent à le repousser contre le mur, et je sentis une brûlure dans l'estomac. Richard se débattait toujours. — « Salaud ! salaud ! » hurlait-il, crachant, bavant, agitant sa tignasse rousse qui lui retombait sur la figure. Sani abattit à deux reprises son poing sur le menton d'un type que je ne connaissais pas et il l'empoigna comme un paquet et l'envoya par-dessus la table rejoindre Richard qui gisait à plat, sur le dos.

Pim se détendit et respira fortement ; il se frotta les yeux en réclamant de l'eau. Sani lui apporta une cruche dans laquelle il trempa son mouchoir et il étancha le front de Pim qui, au bout de quelques instants, ouvrit les yeux, et quand il vit les corps de Richard et de ses acolytes éparpillés dans une fâcheuse posture, un fou rire fit trembler son corps comme de la gelée ; et, faisant des effets de torse, il courut au piano droit qu'il ouvrit d'un geste rapide en fredonnant un air vainqueur ; ses doigts frôlèrent les touches qui tintèrent, il recommença à rire tout seul jusqu'au moment où la contagion gagna Sani et Marc qui tomba, haletant, sur la caisse. Il referma le piano et s'assit sur le trône et d'un geste tendre il entoura le cou de l'Alcibiade en lui murmurant de petits noms doux, ce qui provoqua une nouvelle crise, mais je trouvai que le rire de Sani était étrangement faux comme celui d'un type qui n'a plus sa tête, et pour couper court je dis qu'on devrait les mettre dehors, le vent les ranimerait, et tenir un conseil, car ne convenait-il pas de les châtier en conséquence ? Sani dit qu'ils étaient assez punis comme cela et que pour ce qui était de Richard, il ne faisait plus partie de son armée, et il se mit à rire de nouveau sans raison ; il avait le sang à la tête, je me demandais s'il simulait le délire : son jeu n'était pas très bon. Pourtant les autres le regardèrent d'un air inquiet et préoccupé. Il s'assit sur la natte, à côté de moi ; il posa sa main sur mon épaule, ses doigts se crispèrent dans mon bras et il ferma les yeux en dandinant la tête comme s'il avait toutes les peines du monde à la faire tenir en équilibre sur ses épaules. Toutes ces grimaces m'agacèrent un peu et je crus qu'il essayait ses trucs pour me convaincre de la réalité de son malaise. Il savait que j'étais le seul ici à ne pas me laisser prendre au jeu et il se jugeait si puissant qu'il ne pouvait douter un instant que je serais à mon tour pris tôt ou tard ; et c'est pourquoi, tout en ne m'accordant jamais qu'un regard tranquille et distrait, il m'entoura le cou de son bras, espérant par ce geste amical vaincre ma résistance. Mais je me dégageai aussitôt et j'aidai les deux autres à faire rouler les rebelles jusqu'à la porte, comme des paquets. Quand Marc lui saisit les pieds, Richard, couché sur le côté en chien de fusil, crispa ses mains sur son nez qui saignait, se mit à bredouiller, puis à hurler comme un nouveau-né. Après que Marc lui eut flanqué un coup de poing entre les deux yeux, il ramena les mains contre sa poitrine et demeura inerte. Marc et Pim le saisirent l'un par les pieds, l'autre par la tête, l'emportèrent et le déposèrent sur l'escalier. Ils refermèrent la porte et Pim marcha vers le piano en traînant les pieds comme d'habitude ; il joua une marche funèbre, son pied restait appuyé constamment sur la pédale forte et il fredonna des paroles, s'abandonnant à une sentimentalité secrète. Sani jeta d'une voix tonnante :

— Assez, Pim !

— Alors qu'allons-nous faire ? dit Pim.

— Procéder à l'inventaire de nos richesses, dit Sani qui avait les joues en feu et les yeux égarés.

J'avais envie de saisir la cruche et de lui lancer de l'eau en pleine figure, mais je ne l'ai pas fait parce que j'ai craint qu'il ne prît pas bien la chose et qu'il me mît dehors pour lui avoir manqué de respect. J'avais envie aussi de lui dire : « Ça va, mon vieux, ne te fatigue pas », pour qu'il cessât toute cette comédie, mais en même temps, j'étais très fier d'être le seul ici à savoir qu'il jouait, et qu'il sût qu'il n'avait pas réussi à me tromper comme les autres. Sa tête était contre la mienne et quand je me tournai vers lui, je vis que ses traits qui avaient revêtu à la fin de la lutte une mollesse inaccoutumée dessinaient maintenant sur son visage une sorte de gravité et une détresse dont je fus très ému. J'étais sûr qu'il se sentait misérable et qu'il s'efforçait de reprendre cette attitude fière qui lui donnait en partie le pouvoir sur tous les autres garçons, et que son énergie était sans cesse contrebattue par le mal physique. Mais il se mit de nouveau à éclater d'un rire forcé qui me fit tressaillir : jouait-il ? Marc aida Pim à rouler une caisse le long du mur et se mit en devoir de déclouer avec une pince les lattes qui recouvraient la partie supérieure ; il défit sa veste et la jeta par terre. Sani se leva soudain ; il fit quelques pas vers la porte, mais il s'arrêta aussitôt et s'adossa au mur comme s'il se trouvait mal. Pim leva sur lui des yeux inquiets et lui demanda comment ça allait ; sans attendre la réponse, il se remit à arracher les clous en pestant contre cette manie d'enfermer nos butins dans ces caisses clouées : c'était absurde de craindre qu'un voleur pût s'introduire dans la soute de ce vieux rafiot rouillé. Il brandit une bouteille de champagne qu'il déposa par terre en disant que ce serait une bonne chose de célébrer notre victoire. Marc sortit de sa poche un couteau et il coinça la bouteille entre ses cuisses, pendant que Pim et moi nous déballions la caisse qui était emplie de livres d'aventures, de cartes, de disques et d'objets insolites tels que des boussoles, des sabliers, des vieilles pipes au bec rongé, des pots de faïence ébréchés dans lesquels nous avions serré des feuilles d'eucalyptus et des fleurs d'oranger.

Sani s'écarta de nous ; il se tint tout seul dans le coin de la soute au pied de la volée de l'escalier en fer. J'aurais voulu m'avancer vers lui et lui mettre la main sur l'épaule, mais c'était impossible. Je me contentai de le regarder fixement, tâchant d'exprimer par mon regard cette espèce de compassion qui m'alourdissait le cœur, mais il gardait les yeux baissés, il se caressait le menton avec une perplexité étrange. Il me jeta un coup d'œil et marcha de long en large dans la soute, les mains derrière le dos, se parlant nerveusement à lui-même, comme un capitaine qui arpente son gaillard d'arrière. Le claquement du bouchon qui fut projeté contre le mur métallique interrompit ce va-et-vient d'ours en cage. Il se redressa, les yeux dilatés, et j'eus peur qu'il ne soit furieux contre Marc qui disposait les verres sur la caisse en chantonnant joyeusement, mais il tendit sa main agitée d'un tremblement nerveux et tint son verre en suspens au-dessus de nous sans dire un mot. Un léger sourire effleura ses lèvres jusqu'au moment où Pim nous invita à lever nos verres pour le rétablissement de la santé de notre bien-aimé chef. C'était absurde : une ombre passa sur les yeux rieurs de Sani qui déclara sur un ton bourru que c'était inutile, qu'il allait parfaitement bien ; et il s'écarta de nous pour bourrer sa pipe, puis il resta, les yeux rivés sur le plancher, à tortiller son béret dans ses mains : il faisait semblant d'être préoccupé. Pim allongea la main vers son verre et le vida, et nous n'osâmes pas parler trop fort. Il vint vers nous :

— Si vous avez l'intention de vous saouler, vous ferez cela sans moi.

Il se baissa et prit le violon dont il pinça deux cordes et il le tendit à Pim en le priant de vouloir bien jouer *le Bateau de l'Idiot, la Java des Paumés* ou autre chose comme cela. Pim se leva avec un empressement joyeux, posa délicatement le violon dans le creux de sa gorge et racla par petits coups deux ou trois cordes à la fois ; puis il avança un pied, pencha légèrement la tête et tint en l'air son archet en jetant vers nous un long regard las et torturé à la façon de ce tzigane qui avait joué au cirque les *Yeux noirs*, en faisant avec son archet de grands gestes souples et inutiles. Sani s'assit sur le tabouret et débourra sa pipe d'une main un peu tremblante. Il se leva et se remit à arpenter la soute de long en large, le corps penché du côté gauche (la blessure était sur la tempe gauche). Ses yeux lourds et immobiles qui brillaient avec intensité regardaient à l'autre bout de la soute. Je pris un jeu de cartes dans la caisse, je battis les cartes et je les étalai une à une, mais je manquai ma réussite ; je les ramassai et les jetai dans la caisse où elles s'éparpillèrent avec le bruit d'une envolée d'oiseaux.

Marc était un peu parti : il faisait des zigzags compliqués autour de Pim qui jouait *le Bateau de l'Idiot* en levant les yeux au ciel, comme pour y puiser une inspiration. Il se mit à danser en levant les jambes l'une après l'autre et en faisant gigoter ses bras d'une façon disgracieuse et il chanta à tue-tête *le Chasseur de Virginie* jusqu'au moment où Pim lui toucha le bras avec son archet :

— « Tu es saoul, Marc ! » dit-il. Et, jetant un coup d'œil vers Sani : — « Cesse de faire l'idiot, Marc. » Marc rit doucement et avança la main en tâtonnant comme un bébé pour s'appuyer à l'épaule plâtreuse de l'Alcibiade. Il sortit de sa poche un mouchoir à bordure rouge et s'épongea le front tandis qu'un nouveau ricanement s'étranglait dans sa gorge. Je mis une chaise derrière lui et il s'assit brusquement, tout raide, comme une marionnette ; il se passa la main sur le front d'un geste vague et étriqué, en souriant mollement. Une mèche dessinait sur son front un triangle blond et soyeux.

— Taisez-vous, les types ! dit Sani qui porta sa tête en avant et appliqua sa main en cornet derrière son oreille.

Nous entendîmes au-delà de la porte des chuchotements et, soudain, une pluie de pas sur les marches métalliques. Un appel clair éclata au loin, suivi d'un murmure confus de voix irritées. Sani courut vers la porte qu'il ouvrit brusquement : les marches étaient vides. Il se tourna vers nous et dit d'une voix rauque :

— Quelle bande d'idiots nous sommes ! Crénom, quels idiots !

RICHARD

Ils m'avaient à moitié assommé et ils croyaient que l'affaire en resterait là. Je me demandais comment ils étaient parvenus à nous flanquer dehors. Nous étions plus nombreux et je suis plus fort que Sani qui est mince et nerveux comme une fille (et c'est ça notre chef !) et le nouveau nous dépasse tous de la tête, c'est pourquoi je tenais à le mettre de mon côté : pourvu qu'on lui donne l'occasion de se servir de ses poings, il lui était indifférent que le chef fût Sani ou moi, et je ne sais pas comment il s'est battu, mais quand je me suis réveillé il était sur le dos avec un œil poché et une main en sang. Sauf Le Chambellan, les autres avaient filé ; mais tant qu'ils avaient pu lutter, ils l'avaient fait courageusement. C'était une bonne leçon pour Sani qui s'imaginait qu'il lui suffisait de paraître et de les fixer dans les yeux avec un regard droit, cruel et dominateur, pour qu'ils tressaillent d'un plaisir servile et qu'ils s'avancent vers lui respectueusement la main tendue. Et quand il avait ouvert la porte, il s'était drapé dans une attitude de dignité offensée qui m'a fait voir rouge, et je me tenais à quatre pour ne pas lui flanquer une gifle. Il a cru que nous baisserions les bras et que nous lui ferions amende honorable, que son bandeau dont il se faisait un instrument de séduction l'accréditerait auprès des moins sensibles, et ses gestes impérieux, ses manières princières, croyait-il qu'ils cachaient son indicible prétention ? Mais les hommes sont si grossiers qu'ils se laissent toucher par les effets les plus faciles et si moi aussi j'avais voulu faire la danse de séduction, je n'aurais pas cédé mon pouvoir ; mais lui prenait son rôle au sérieux et j'étais peut-être le seul des types à juger que ce n'était là rien de plus qu'un mauvais rôle. Je me souviens du jour où je l'avais surpris en train de lire une brochure illustrée sur Bonaparte : il était couché à plat ventre sur les caisses, la tête entre les poings serrés et appuyée sur les coudes comme s'il avait peur qu'elle n'éclate. Je suis entré dans la soute en chantonnant *Quand la belle passera*, il a froncé les sourcils et pour l'embêter je me suis mis à chanter encore plus fort, de sorte qu'il a levé le nez de son bouquin et m'a dit de taire ma gueule, en me regardant d'un œil mauvais.

— Taire ma gueule ? ai-je dit, j'attends que tu me la fasses taire, ma gueule.

Il ne répondit rien et enfonça ses deux pouces dans ses oreilles, et ses sourcils étaient tellement froncés qu'ils faisaient au-dessus de ses yeux une seule barre presque rectiligne.

— Taire ma gueule ? Il n'est pas encore né celui qui...

Mais il ne leva plus la tête et j'ai eu beau hurler de toutes mes forces, il fit semblant d'être absorbé par sa lecture, si bien que, lassé de n'obtenir plus rien de lui, je m'approchai par-derrière à pas feutrés et d'un mouvement vif je m'emparai du bouquin que je cachai derrière mon dos, tandis qu'il se levait en me fixant de ses yeux assombris et son visage était tellement cramoisi que je pris peur : qu'il ne pleure pas, j'allais le lui rendre, son livre.

— Rends-moi ça tout de suite ! dit-il d'une voix qui m'agrippa l'épine dorsale comme une main froide.

— Bien, bien, ne te fâche pas, le voilà, ton livre.

Et en le lui tendant, je pris le temps de lire sur la couverture *Vie de Napoléon Bonaparte*. Il me l'arracha d'une main et de l'autre il m'envoya rouler par terre. Je me relevai en m'époussetant :

— Fichtre ! si on ne peut plus plaisanter avec monsieur, dis-je.

Il monta sur les caisses et s'étendit de nouveau à plat ventre et il feuilleta le livre jusqu'à ce qu'il eût retrouvé la page : alors son visage se radoucit. Et je compris soudain qu'il apprenait son rôle en s'exaltant au récit de Napoléon Bonaparte à Brienne entraînant ses camarades dans une bataille de boules de neige : oui, il se croyait Bonaparte. Et le lendemain, comme nous tenions un conseil dans la soute et qu'il écoutait les suggestions du Chambellan, à califourchon sur un banc, l'air grave et attentif, je glissai ma main sous le revers de ma veste à l'endroit du cœur, en bombant un peu la poitrine, et il devint tout rouge, et au lieu de détourner la tête, il se leva et, s'approchant de moi, il me dit que je n'étais qu'un imbécile, un pauvre imbécile, et il retourna sur son banc et discuta avec les autres comme si de rien n'était, mais de temps en temps il me jetait un regard droit et innocent, comme pour me montrer soit qu'il était au-dessus de mes moqueries, soit qu'il les avait déjà complètement oubliées. « Invulnérable, je suis invulnérable, proclamait son regard, et si tu as compris, tu garderas cela pour toi, car quand même tu le leur crierais dans les oreilles tout le jour et toute la nuit, ils ne m'en resteraient pas moins fidèles, car j'ai le pouvoir et tu ne l'as pas. » Et c'était vrai qu'autant essayer de couper un silex avec ses ongles que de persuader des types comme Pim, Marc et je ne parle même pas de ce petit nigaud de Guillaume qui se jetterait dans la mer pour Sani, mais les autres aussi se jetteraient dans la mer pour Sani, et peut-être que moi aussi parce qu'ils avaient fini par me persuader qu'il était quelqu'un de merveilleux et si je l'avais sauvé de la mort, il m'en serait resté toute la vie comme une auréole de gloire. L'eussé-je sauvé par amour ? oui, je crois bien ; qu'est-ce qui aurait alimenté ma haine ? et je le haïssais si fort que son absence eût été pour moi une torture plus intolérable que sa présence ; je recherchais celle-ci plus que je ne la fuyais. Et pourtant, bien que notre bande ne fût pas jadis aussi homogène, je dois le reconnaître, n'étais-je pas leur chef à tous avant qu'il vînt s'imposer et que je ne fusse relégué au second rang ? Il n'y avait pas eu un jour solennel où il avait décrété *ex abrupto* qu'il serait désormais le prince, mais insensiblement ses ordres se substituèrent aux miens, et les types s'adressèrent à lui pour les solliciter plutôt qu'à moi et avant, ils n'eussent jamais admis que je leur donne des ordres et pour leur faire accomplir mes quatre volontés, il m'avait fallu recourir à toutes sortes d'expédients, et quelle finesse, quelles précautions, quelles ruses pour que ces messieurs consentissent à obéir ! Et voilà qu'ils exigeaient que des conseils, des ordres sortent de la divine bouche de leur divin Sani, qu'il suffisait qu'il les fixe trois secondes avec ses yeux traversés par la lueur du pouvoir pour qu'ils frémissent du désir de lui être agréables et que je devais me mettre au pas et m'incliner devant la très évidente supériorité de mon usurpateur qui ne me sut pas même gré de m'être aussi humblement effacé, mais n'ignorait-il pas que j'avais jamais été le chef ?

Était-ce sa jolie figure, son corps mince et ses yeux d'acier qui servaient son insatiable soif de commander ? Oui, le physique est très important et je ne me suis jamais dissimulé que ce cou graisseux, cette tignasse rousse et ces yeux vairons (en poussant hors de l'œil l'orbite, on peut donner de l'électricité au regard, mais je tentais en vain de faire apparaître la lueur du pouvoir) n'arrangeaient pas mes affaires et j'avais été si littéralement écrasé par l'ascendant si manifeste de Sani qu'il ne m'était pas venu à l'esprit d'opposer une résistance quelconque tant qu'il serait au milieu de nous. Et c'est pourquoi lorsque j'entendis ses cris stridents dans la nuit et que je leur dis « Il faut y aller », mon cœur bondit joyeusement comme si j'avais pressenti que mon heure était proche. Il gisait sur la grève, exsangue, ruisselant de pluie, et Guillaume agenouillé auprès de lui caressait ses cheveux qui luisaient sur le front comme des algues humides. Nous les observâmes en silence et je sus qu'il ne fallait pas laisser échapper l'occasion ; une sorte de chaleur envahit ma poitrine comme si j'avais trop bu. Et quand, leur ayant ordonné de cueillir des branchages, ils m'obéirent, je crus que c'était pour moi une très grande victoire, bien qu'il subsistât la vague crainte que sa blessure ne fût mortelle, et jusqu'à l'arrivée du médecin, je n'étais pas tranquille : je n'aurais de pouvoir que tant qu'il vivrait ; je devais tirer profit de son absence, pas de sa mort. Je savais bien qu'il n'y aurait rien à espérer de Guillaume. Comme je le dis : il se jetterait dans la mer ou dans le feu pour Sani. Marc était influençable, mais il me haïssait parce que je lui avais écrasé le nez un jour qu'il s'avisait de répéter toutes mes phrases comme un perroquet : c'est un jeu assez amusant, mais entendre cette petite voix flûtée qui sortait d'une mince bouche de travers était au bout de cinq minutes plus que je ne pouvais supporter. Quant à Pim, il ne m'inspirait pas une grande confiance ; je savais qu'il ne ressentait pour moi aucune sympathie et il était trop désordre pour me plaire, trop fantaisiste, pas exactement de cette espèce de gens qui constituent les traîtres ou les agents doubles, mais à coup sûr on ne pouvait compter sur lui. Sani qui ne le jugeait pas autrement ne lui a jamais confié une mission importante et d'ailleurs, c'était un de ceux qu'il tenait sous sa coupe : il serait plus avantageux pour moi de le compter au nombre de mes adversaires. Quant au reste qui était de qualité moindre, je les avais travaillés depuis beau temps et s'il ne me suffisait pas seulement de lever le petit doigt pour qu'ils se joignent à moi, du moins par la persuasion... Ainsi Sani était très gravement malade. « Pour nous tous, les types, c'est plutôt une bonne fortune, nous allons goûter le sel de la liberté, je me réjouirais de ces quelques instants de détente si je ne craignais que notre prince ne survive pas à un accident d'une telle gravité », et ainsi je les accoutumais à penser qu'il était mort pour eux et qu'il serait urgent de constituer un nouveau gouvernement en tous points opposé à l'ancien, où ceux qui avaient été mis à l'écart par brimades injustifiées soient aux premières places, etc., et c'était vraiment la meilleure recette que je connusse pour leur tourner la tête et m'en faire de fidèles partisans. Et de fait, quand Sani apparut inopinément avec son bandeau où brillait encore une étoile rouge, l'air sévère et cruel, il n'y eut pas un mouvement vers lui ; toute cette esbroufe avait été vaine. Mais l'effet de surprise fut excellent : tous les cous se tendirent vers la porte et moi-même je ne pouvais pas croire que ce fût Sani, je me trouvais complètement pris de court et je ne sus pas adopter la seule attitude qui convenait à un usurpateur : non pas cette insolence de valet dont je fis preuve, mais la lutte. Et comme je louvoyais, m'efforçant de lui tenir tête avec le plus de morgue, il prit les devants et passa habilement à l'offensive avant que j'aie eu le temps de faire intervenir mes partisans.

Comment ont-ils eu raison de nous tous ? Je ne puis l'expliquer ; mais dès le premier coup que me porta Sani sous le menton, je sus que je ne lui résisterais pas très longtemps : je vis devant mes yeux de petits cercles rouges qui grossissaient jusqu'à devenir d'énormes globes. Je donnais de grands coups de poing ici et là, mais toujours dans le vide, et je ne voyais plus rien devant moi ni autour de moi ; je sentais dans mon corps une faiblesse étrange ; il me semblait que tous les garçons me regardaient en riant à gorge déployée.

Quand je m'éveillai, la haine me pinça le cœur, je me sentais frileux et fatigué. Je dis tout haut :

— Crois-tu que l'affaire en restera là ?

Et aussitôt, je bondis sur mes pieds et j'aidai le grand type à se relever. Il jurait encore plus que moi et je n'avais pas besoin de l'exciter. Il était tellement furieux de s'être fait moucher qu'il voulait enfoncer la porte et les coucher l'un après l'autre. À tâtons, il cherchait la porte dans l'obscurité ; je lui dis que nous les guetterions à la sortie : « Il faut que j'aille leur foutre... il faut que j'aille leur foutre... », répétait-il comme un ivrogne. Il était debout, frissonnant de colère et il frappa et refrappa contre le mur de sa main ensanglantée jusqu'à ce que je le prenne par la taille et l'aide à monter l'escalier en le raisonnant tout doucement, tout doucement, mais il résistait en répétant : « Il faut, il faut que j'aille leur casser la gueule... »

Quand nous fûmes sur le pont, je n'entendis plus que le vent qui grondait, vibrait dans nos oreilles.

GUILLAUME

On entendait la mer clapoter contre les parois en notes répercutées et creuses qui couvraient les voix de l'ennemi auxquelles nous prêtions l'oreille. Sani, à genoux devant la porte, les paumes posées à plat sur la dernière marche et le regard tendu, épiait ou oscillait d'avant en arrière comme s'il avait espéré que le son fût audible plus en avant ou plus en arrière. Le vent, grêle et distinct, sifflait sous la porte. Accroupi derrière lui, Pim respirait bruyamment, comme opprimé par la chaleur ; il frappait une barrique de son poing crispé, sans s'arrêter, à coups rapides. L'air qu'expulsait sa bouche en sortait avec un bruit de soufflet. Sani tourna vers nous ses pupilles dilatées sur lesquelles retombaient ses cheveux collés en mèches ; il nous dit : « On y va », d'une voix ferme qui nous donna du cœur. Il se mit debout et tira la porte ; il monta une marche et s'accroupit de nouveau, la main en conque pressée derrière son oreille, la tête un peu de biais, comme un sourd qui écoute.

— Ils nous attendent à la sortie de la passerelle, dit-il ; allons-y !

Le vent emplissait mes yeux de larmes et ma tête tournait un peu, mais je me sentais très courageux. Nous montâmes l'escalier, le dos au mur, les paumes glissant sur l'acier que le vent brûlait. À mi-chemin, il s'arrêta :

— On n'entend rien, dit-il.

— Ils ont peut-être filé, dit Pim.

— Non, dit Sani, ils nous attendent à la sortie.

L'impatience me rongeait la poitrine comme un feu vivant et je dis :

— Allons-y et flanquons-leur une bonne pile !

Derrière nous, la lanterne se balançait comme un pendule en jetant sur les caisses et l'Alcibiade des éclats fumeux. Pim haletait très fort, comme un chien après une course au soleil ; puis il se tordit sur lui-même et hoqueta en pressant ses poings sur ses tempes. Il releva sa tête embroussaillée et quand il vit que je l'observais, il eut un air honteux, mais résolument il me regarda en face. Sa lèvre inférieure tremblait :

— Quelle saleté ! dit-il avec humeur.

Nous gravîmes encore quelques marches et de nouveau nous nous accoudâmes sur le mur, écoutant, les yeux fixés sur la sombre splendeur du ciel où les étoiles luisaient, dures et froides, mais semblaient palpiter sous le même vent qui se ruait avec une clameur prolongée dans la nuit. Sani me poussa du coude :

— Ils nous guettent à la sortie. Il faut franchir la passerelle rapidement, dit-il d'une voix tranquille.

Marc derrière moi se mit à faire un bruit bégayant de la bouche tout d'un coup et très fort comme si la violence du vent lui eût fait perdre le souffle. Avec ses cheveux hérissés, son chandail collant, il avait l'air d'un clown ridicule et piteux.

— Ferme-la, lui dis-je en lui bourrant les côtes.

Il laissa échapper une sorte de râle lugubre :

— Quel vent ! quel vent ! dit-il.

Puis il s'accroupit sur une marche, le dos à la rafale, la tête tournée contre le mur en toussant faiblement. Sani poussa un petit sifflement et nous escaladâmes les dernières marches, tête baissée, les avant-bras pressés contre nos poitrines, et nous débouchâmes sur le pont de la dunette où le vent nous précipita les uns contre les autres comme des quilles touchées. Nous nous repoussâmes avec persistance à coups de poing, comme si, par une commune hostilité, nous eussions prémédité au même instant d'entrer en collision. Un des types me frappa d'un revers de main en pleine bouche et je tombai lourdement à plat ventre, les paumes pressées contre la lisse surface de bois de teck. Quand je me relevai, je les vis qui s'engageaient sur la passerelle. Je sentais le vent s'enfler et me frapper dans le dos. Sani me héla à pleine voix :

— Hé, Guillaume !

Je courus vers la passerelle et je m'y engageai, le corps collé contre la rampe cordée. Mais quand nous eûmes mis pied à terre, nous n'entendîmes une fois encore que le vent :

— Ils se sont tirés, dit Sani.

— Ils se cachent derrière le premier dock, dis-je.

— Non, non, ils se sont tirés : ils ont eu peur.

— Richard n'est pas un type à encaisser une volée, dit Pim.

— Écoutez ! dit Sani.

— C'est le vent. Ils sont peut-être cachés derrière le dock et ils attendent que nous le contournions pour nous prendre par-derrière.

— Quel vent ! quel vent ! ronchonna Marc.

— Tu veux encore un peu de champagne, Marc ? dit Pim. Et nous rîmes tous les trois. À chaque mouvement, Sani flanchait légèrement du côté de sa plaie. Il nous regarda tour à tour de haut en bas :

— Vous avez envie de vous battre ? demanda-t-il.

Nous affirmâmes que nous avions envie de nous battre. Nous apercevions son visage comme une tache indistincte, confuse sur le fond d'obscurité, et nous nous disions : « Il a dû sourire ainsi » : le souvenir ou l'imagination suppléaient à la vue, et quand il ajouta : « Moi pas ! », nous éclatâmes de rire, parce que nous ne doutions pas que cela ne fût une plaisanterie. — « Bien, dit-il, Pim, tu feras une reconnaissance du côté des docks ! » Je sentis qu'il me regardait et je pensai tout bas : « Je veux rester avec toi, laisse-moi rester avec toi, laisse-moi, laisse-moi. » Changeant de ton, il murmura à mi-voix, la bouche tout près de mon oreille : « Reste avec moi », comme une supplication, non comme un ordre, et, reprenant le ton de commandement, il dit à Marc de suivre le quai jusqu'à la grande grue et lui recommanda de ne pas confondre la terre et la mer. À la moindre alerte, il faudrait siffler. — « Je vous attends ici », conclut-il. « Et Guillaume ? » dit Marc en pointant sur ma poitrine un doigt vacillant (et je croyais voir ses yeux qui me fixaient adjurateurs et impudents). — « Il reste avec moi pour le moment », dit Sani d'une voix sèche et froide. Et aussi je croyais voir ceux de Pim où luisait une sorte d'étonnement qui me faisait rougir, comme s'il se creusait la tête pour comprendre le sens d'une si insigne faveur. Il n'y eut naturellement pas d'objection, mais le court silence qui suivit était une désapprobation qui pesait sur nous lourdement. Sani dit sur un ton d'indifférence un peu gênée : — « Vous pouvez y aller maintenant. » Ils tournèrent les talons comme à contrecœur et la nuit les avala.

La lune avait monté, elle glissait très haut, serrée entre deux nuages sombres qui se pressaient en cohue, très bas, comme des voiles affaissées, elle argentait le quai, la mer et la poussière soulevée en tourbillon ; puis elle fut cernée, écrasée, et l'étouffante obscurité se répandit de nouveau sur le port silencieusement tapi sous les folles ruées du vent. Nous fîmes quelques pas le long du quai. Sani se pencha en se tapotant la poitrine :

— Sani, dis-je, es-tu vraiment souffrant ?

Il tourna la tête en arrière. Il me regarda, mais ne dit rien. Il semblait ne pas avoir entendu. Soudain, il se mit à rire :

— Ils peuvent toujours courir, dit-il.

— Qui ?

— Eux. Il y a longtemps que Richard et sa bande se sont tirés.

Nous contournâmes le grand dock.

— Pourquoi les as-tu envoyés en reconnaissance ? dis-je.

— Parce que.

Et il se remit à rire ; il se heurta à moi et s'écarta.

— Es-tu vraiment souffrant, Sani ? dis-je.

— Un peu de fièvre, dit-il. Je vais aller me promener.

— Te promener ?

— Oui, dit-il, je vais me promener. Tu viens avec moi ?

— Et les autres ?

Il mit la main devant sa bouche. Nous descendîmes une rue, nous tournâmes à gauche et nous nous arrêtâmes à droite sous un acacia :

— Il vaudrait mieux rentrer, dis-je, il est tard.

— Allons à la maison.

— Non, dis-je, il vaudrait mieux rentrer à la Cloche de Bois.

Il mit la main sur mon épaule. La frange de ses cheveux tranchait en noir sur le bandeau immaculé.

— Il est tard, il faut rentrer, dis-je encore.

Sa main pesa lourdement sur mon épaule.

— Je n'en peux plus, dit-il à mi-voix.

Il trébuchait, ses jambes tremblaient et il portait bizarrement sa tête, comme s'il avait peur de la perdre. La mer était creusée par des troupeaux de vagues qui couraient en mugissant, parées de leurs franges d'écume qu'elles jetaient contre le quai en gouttelettes. J'entourai ses épaules de mon bras :

— Repose-toi, dis-je.

— Ce n'est rien. Un peu de fièvre, dit-il.

Il jeta un regard autour de lui et il fit mine de s'asseoir par terre, mais il se releva aussitôt et, me prenant par le bras, il m'entraîna au milieu de la rue.

— Ça va mieux, Sani ?

— Ça va mieux.

— Tu ferais mieux de rester un peu tranquille.

— Non, dit-il. Guillaume, je vais te montrer mon île. Je t'ai dit que je te ferais comprendre un jour pourquoi je suis le prince, et pas toi ; pas Richard.

— Sani, dis-je en m'arrêtant, repose-toi un peu : tu n'es pas dans ton assiette.

Il défit les boutons de sa veste dont il se dévêtit ; il la jeta sur son bras gauche en sifflotant entre ses dents et il cracha par-dessus son épaule.

— Si tu es digne de voir mon royaume, tu peux me suivre.

Je marchais à côté de lui et je pouvais voir le continuel balancement de son béret à gauche et à droite, lorsqu'il regardait autour de lui d'un air passionné et conquérant.

FRED

« *Je suis loin d'être gaie, mais je trompe ce que je suis en affectant d'être le contraire* », dit-elle. Cette phrase jaillit de ses lèvres comme la fleur de son désarroi ; je me demandais s'il avait su y prêter l'oreille dans les coulisses, et ce fut bien à droite où il attendait de faire sa claironnante entrée qu'elle tourna ses yeux de louve. « Elle ne lâchera pas le morceau, me disais-je, et s'il résiste, elle le broiera sans pitié. » Je pensais aussi qu'il détournait peut-être la tête vers un acteur de sa suite pour éviter le feu de ses yeux qui *disaient la vérité,* et cependant la voix résonnait lointaine, tranquille, irréelle, et cependant elle esquissait les gestes légers d'une femme que l'amour comble merveilleusement et quand elle fit un brusque demi-tour de petite coquette en inclinant le menton d'un côté puis de l'autre, sa robe à plis en forme de cloche ondula de droite à gauche. J'avais envie de courir derrière les toiles, de le prendre par la manche et de le secouer en lui murmurant à l'oreille : « Écoute sa voix et tu craindras sa passion. Regarde dans le chaos noir de son âme et tu n'auras plus envie de rire ni de persifler », mais je tremblais qu'il ne devinât la vérité et quand je voyais la lueur de folie dans ces yeux qui brillaient d'un noir effrayant et cette voix profonde et tremblante exhalant pour eux des mots joyeux et pour lui tant de plaintes amoureuses, mes deux mains se crispaient sur les bras veloutés du fauteuil, je serrais les jambes et les dents, scrutant avec inquiétude le visage frotté au brou de noix, sombre sous le casque éclatant, que Grégoire balançait de droite à gauche avec l'air enivré d'un triomphateur. Mais les yeux qui se posaient légèrement sur Hélène étaient ceux de l'acteur : pas humains et sans arrière-lueur. J'avais envie à la fois d'escalader les marches, sur la scène de le prendre par le bras, de lui crier dans les oreilles : « Regarde-la bien : ne vois-tu pas qu'il va y avoir quelque chose de terrible ? », et au contraire de me flanquer devant lui et de le distraire avec beaucoup, beaucoup de paroles afin qu'il ne vît pas quelle sourde puissance émanait de la douce Desdémone, car chaque fois que les yeux couronnés de noir dardaient leur sombre lueur sur ce grand imbécile arrogant qui gesticulait et parlait d'une voix sonore, je me mordais les lèvres, de peur qu'il ne vît le feu qui se consumait pour lui et auprès duquel je jugeais qu'il était absolument indigne de se chauffer.

« *Si le moment était venu de mourir, ce serait maintenant le bonheur suprême* », dit Othello en baisant Desdémone qui serrait contre lui sa poitrine ronde. La bouche souriait, mais le visage ne souriait pas, et les yeux étincelaient de colère, non de bonheur, mais il n'en continuait pas moins à discourir d'un air excité en la cajolant d'une main distraite, jetant des regards circulaires sur tous les suivants comme pour surprendre sur leurs visages le reflet de sa propre gloire : il jouait sans arrière-pensée. Et le spectateur *qui ne savait pas* observait avec surprise et quelque crainte Hélène qui frémissait jusque dans ses os, tendue éperdument vers une haine sauvage qu'il ne pouvait guère attribuer à la douce, innocente et soumise Desdémone en robe de tulle blanc. Mais peut-être, cette figure dont la violence était insolite apportait sur le théâtre d'un triomphe aussi lumineux la première note tragique, comme la première ombre après le soleil couchant qui rampe sur la terre fait augurer de l'approche de la nuit. Et de fait, me retournant, je vis une dame dont l'œil bleu et doux fixait Desdémone avec une stupeur confuse, sans s'intéresser autrement aux gesticulations du héros ; elle rentrait son menton dans son col de fourrure, sitôt que la voix douce et traîtresse de Desdémone s'élevait sur le tumulte de la foule enthousiaste et elle frissonnait un peu ; elle avait sans doute le fond de la gorge un peu sec, sa poitrine se gonflait, se dégonflait. Elle se laissa aller un peu en arrière et ferma les paupières en serrant les lèvres.

Je ne pouvais douter qu'Hélène eût pris sa décision. Irrévocable ? non pas pour elle, mais je savais aussi que Grégoire était si éloigné d'elle qu'il ne voyait pas ce qui me crevait les yeux et qu'il n'eût pas frémi à l'idée que cette femme, qu'il jugeait une sorte de racoleuse odieusement sentimentale, se tenait devant lui comme l'ange de la passion qui extermine le tiède. Plein de méfiance, il eût cru bon de chasser tout ce drame avec un grand éclat de rire purificateur. Où était l'instrument ? Quand je lui avais ouvert les doigts un peu rudement, le revolver était encore brûlant du contact de sa chair enfiévrée, cette merveilleuse chair que l'ardeur échauffait, sur laquelle j'ai voulu appliquer mes lèvres, la dérobant à l'indifférent auquel elle la destinait vainement, et cette gifle dont la brûlure est à jamais sur ma joue comme un stigmate voluptueux et après comme elle a couru, les deux bras étendus devant elle, entre les roulottes, à la manière d'une personne qui va porter secours ; et je suis resté jusqu'à la nuit, assis sur le tronc, la main appliquée tendrement sur ma joue, étouffant d'une colère exquise. Quand les bohémiens sont arrivés par petits groupes reniflant ici et là avec un air mauvais, une corbeille sous le bras, je suis rentré à la maison et j'ai pris le soir un billet pour *Othello*, parce que je savais que la chose était imminente et que je voulais l'empêcher. Et je dois avouer que même si je ne l'avais pas suivie au milieu de la foire et dans les faubourgs, elle qui suivait le couple, un revolver dans la main, et sous la roulotte où je l'aperçus enfin, la poitrine roulée dans l'herbe, absolument décidée à user de son instrument tôt ou tard, même si je n'avais pas soupçonné son horrible dessein, j'aurais pris un autre billet tout comme les autres soirs et je me serais assis dans ce même fauteuil pour la voir vivre sur la scène, haïssant d'une part ce Grégoire et adorant Hélène pour ses yeux, peut-être pour ses yeux seulement. Si je ne l'avais pas adorée, je n'aurais rien négligé pour avertir cet idiot de Grégoire qui jouait avec le feu, les yeux bandés, et je lui aurais mis la main sur l'épaule : « Attention à celle-là, mon vieux, elle est fichtrement excitée ! », et il est probable qu'il aurait ri à sa manière ironique sans attacher plus d'importance à mes paroles qu'à une bonne plaisanterie entre hommes, mais j'avais peur de lui dessiller les yeux, j'avais peur qu'il ne vît la passion d'Hélène et ne se créât en même temps une passion imaginaire comme beaucoup de gens qui se laissent gagner par la contagion de l'amour pour peu qu'ils sentent qu'ils ont séduit une femme sans l'avoir expressément voulu.

J'aurais pu la détourner de son funeste projet si elle avait écouté ma voix, si j'avais su lui inspirer simplement un peu de confiance, mais quand Grégoire eut accepté avec empressement de me présenter à elle après le spectacle : « Mais, bien sûr, mon cher, elle considère qu'il n'y a jamais trop d'hommes à tourner autour d'elle », phrase injuste et mensongère qui fit bondir mon cœur et pour laquelle je l'aurais souffleté, elle me tendit sa main glacée en détournant la tête d'un air ennuyé et je conservai longuement cette main, espérant mettre dans ce premier attouchement tout ce que mes lèvres ne pouvaient dire. Mon sang-froid était feint et allait peut-être jusqu'à l'arrogance, car elle posa soudain sur moi des yeux courroucés en tirant vers sa poitrine d'un geste sec sa main que la mienne dut abandonner, mais peut-être craignait-elle que Grégoire ne s'affectât de mon insistance, en quoi elle se leurrait cruellement car ce bougre d'idiot ne se fit pas faute après de me taquiner au sujet de « cet affront qu'elle m'avait fait » et qui, disait-il, était destiné à exciter davantage mon ardeur, et peut-être a-t-elle refusé de se laisser accompagner parce qu'elle désirait la présence de Grégoire et pas du tout la mienne (mais alors, avec ma jeune fatuité, j'étais plutôt enclin à supposer qu'elle craignait la jalousie de Grégoire, et il ne m'a pas fallu longtemps pour comprendre que cette jalousie n'était que le fruit absurde de mon imagination). Et comme je guettais sa sortie à la petite porte de l'entrée des artistes, caché par l'ombre d'un platane, je vis Grégoire qui sortit rapidement en relevant le col de son trench-coat et pliant le dos sous l'averse. Il regarda autour de lui et courut à longues enjambées jusqu'à sa voiture dont il déverrouilla la portière d'une main nerveuse, et juste à ce moment-là elle sortit en ouvrant un parapluie et se tint quelque temps sur le seuil. Quand la voiture de Grégoire démarra avec son doux ronronnement confortable, elle courut jusqu'à la sienne et je courus aussi derrière elle ; je la vis se pencher pour mettre en marche le moteur qui bredouilla puis rugit, et, avant même qu'Hélène eût fait claquer la portière, la voiture démarrait. Je fis un bond, mais la rue était déjà vide. La petite lueur rouge s'éteignit entre les blocs noirs des édifices, un peu comme mon dernier espoir, me disais-je, mais c'était évidemment exagéré : pour une occasion perdue, on en trouve trois autres, et je résolus sur-le-champ, en dépit de la distance et du mauvais temps, d'aller à vélo jusqu'à la Cloche de Bois, où je ne doutais pas que Grégoire n'entraînât involontairement Hélène qui n'y avait sans doute jamais mis les pieds. Je serais son mentor et nous danserions ensemble et je lui parlerais.

Mais à la Cloche, il n'y avait que des marins et quelques filles. Grégoire lisait dans un coin, l'ombre de son journal sur les yeux, et à côté de lui, Annabelle fixait ses pieds chaussés de daim étoilés de boue, avec un air maussade, en se passant les doigts dans les cheveux pour maintenir les ondulations. Anna apporta une théière et dit d'une voix traînante qu'il faisait un sale temps ; elle fit demi-tour et me dit : — « Vilain temps ! — Vilain temps, en effet », répondis-je. Annabelle buvait son thé à petits coups dans sa cuiller et quand elle m'aperçut, elle me fit un geste avec sa cuiller et plissa le coin de ses yeux.

— Pas de chance, mon vieux, elle est déjà repartie, me dit Grégoire.

— Qui ? dis-je.

Tous deux éclatèrent de rire en se tapant sur la poitrine du revers de leurs mains.

— Elle est belle, n'est-ce pas ? dit Annabelle.

— Et tu as remarqué ses jambes ? dit Grégoire.

Je m'assis auprès d'Annabelle, je glissai deux doigts dans le sucrier et je croquai un sucre.

— Adorable, n'est-ce pas, Fred ?

— Ça va, dis-je.

— Je ne savais pas que tu détournais les petites amies de Grégoire, dit Annabelle.

— Eh eh, si tu te lances dans les femmes de théâtre !

— Ferme ça, dis-je.

Je haïssais ces plaisanteries ; je haïssais Grégoire et Annabelle. Anna s'approcha et s'enquit de ce que je voulais boire : une brune. Un marin se mit à jouer de l'accordéon.

— Après la blonde, la brune, dit Annabelle.

— Je vais être obligé d'évincer mon rival avec ça, dit Grégoire en mettant son poing sous mon nez.

— Prends garde, Fred, elle accroche le bout de ses souliers aux talons des hommes, dit Annabelle en adressant un clignement d'œil à Grégoire.

Je bus en hâte la bière qui était fraîche mais pas très bonne et je me levai.

— Vous êtes très drôles, dis-je froidement.

Ils éclatèrent de rire. J'allai inviter Gertrude à danser et tout en dansant au son de l'accordéon, je regardai pardessus l'épaule de Gertrude et je vis Grégoire et Annabelle qui me fixaient et se parlaient entre deux fous rires. Naturellement, j'avais cru que Grégoire était hors de lui et qu'il cachait une jalousie puissante sous une sorte d'indifférence ironique à l'unisson de laquelle Annabelle s'était mise aussitôt : elle ne me prenait pas au sérieux, elle aimait ce genre de taquineries. Mais quand Grégoire me tendit le poing sous le nez en faisant la grimace, je croyais qu'il mimait une colère à peine retenue afin de déguiser une colère réelle. Je ne savais pas encore qu'il cherchait à se débarrasser de cette femme et lorsque je le sus, une joie ridicule s'empara de moi : c'est que je ne savais pas non plus que pour elle il y avait lui ou la mort.

Quand je l'ai apercue le lendemain, pressée dans la foule, tendant la main pour saisir un jeton de loterie, j'ai imaginé que je la suivrais, que je l'accosterais, que je lui dirais « Je t'aime » et le reste. Quelle présomption ! et je me plaisais à croire qu'il y avait là une nouvelle aventure ni plus ni moins banale que toute autre, un peu corsée pourtant par les sentiments qui la liaient à Grégoire pour lequel j'étais peut-être un peu plus qu'un complice. Il n'y eut pas d'approche ; je l'ai étreinte par force, comme si je prévoyais déjà qu'une seconde occasion ne me serait pas offerte ; et quand je compris que sa passion était tenace et implacable, qu'elle ne m'accorderait jamais la moindre faveur, j'en éprouvai bien plus que du dépit, un désespoir dont la violence en disait long sur la véritable nature de mes sentiments et qui me surprenait désagréablement : impossible de dissiper cela avec un éclat de rire à la Annabelle ! « Je suis pincé », me dis-je avec horreur.

« Monseigneur, quelle est votre volonté ?
— Je vous en prie, poulette, approchez.

— *Quel est votre plaisir ?*
— *Laissez-moi voir vos yeux, regardez-moi en face.* »

Elle ne se fit pas prier et marcha vivement vers lui. Elle le regardait en dessous, les paupières à demi baissées, en balayant ses cheveux d'un coup de main. Ni dans son attitude ni dans son regard il n'y avait l'humilité et la crainte naïve de Desdémone, mais une sorte d'interrogation fougueuse qui se heurtait à une ironie glacée. Son âme était dans chaque réplique. Lui ne se départait pas de son habituelle virtuosité qui lui conquiert l'unanimité des suffrages : une fureur sans cesse contenue par un habile jeu des muscles. Et pourtant quand il dit : « *Jure que tu es honnête* », d'une voix cruellement mordante, son œil était rond et ourlé de côté par un pli malicieux, comme si c'était très drôle de demander à une putain de jurer qu'elle était vierge ; mais puisque c'était là le rôle... Elle baissa la tête d'un mouvement vif, leva vers lui un visage tout gonflé de haine et cracha : « *Le ciel le sait vraiment.* » Il me semblait qu'elle l'accablait, mais, pour eux, c'était bien Othello qui cherchait à acculer Desdémone. Grégoire, surpris d'abord par tant de violence secrète, voulut se défendre ; il avait la partie trop belle et Hélène, pour découvrir sa fureur amoureuse, ne disposait que de ressources dérisoires : des mots sages, soumis, fidèles et à chaque instant il semblait qu'elle allait glisser dans la colère. Elle était d'abord patiente, très patiente, mais ses phrases, pour cérémonieuses et effacées qu'elles fussent, paraissaient sortir de ses lèvres retroussées comme d'immondes reptiles ; en chacune d'elles, il semblait qu'il y eût une petite bête féroce prête à mordre, et le spectateur se demandait peut-être si Desdémone n'avait pas réellement péché et il prenait peut-être Othello en pitié, en dépit de cette ironie un peu blessante, d'une perversité discordante et sournoise. Quand il accablait son épouse des plus vertes insultes, il semblait forcer le ton, comme pour exprimer que si elle était bien, ainsi qu'il le disait, une impudente prostituée, à son avis cela ne tirait pas à conséquence, il ne se fâchait qu'à contrecœur, ne trouvant pas dans son âme assez d'amour pour s'en émouvoir.

> *« Est-ce que vous n'êtes pas une prostituée ?*
> *Quoi, vous n'êtes pas une putain ? »*

(et *putain* s'écrasait entre eux comme un fruit pourri). Elle sursauta en portant ses mains blanches sur ses joues pour en cacher la pourpre, elle appuya sur lui ses grands yeux où luisaient de courtes flammes de haine, et lui, en pressant l'épaule de Desdémone avec ses phalanges aiguës, poussa un long ricanement : « Est-il possible ? » et il la projeta loin de lui, et, éclatant d'un petit rire bref, il se tourna vers Emilia qui entrait et le considérait avec une surprise horrifiée, tendant une main tremblante vers la bourse avec laquelle il lui frappa la paume, et il sortit en faisant « Ha ! ha ! ha ! ha ! » : ce même rire détestable, détestable !

Quand le rideau fut tombé sur le quatrième acte, je me levai et j'entrai dans les coulisses. Sur un banc, Grégoire, tête nue, le casque posé sur ses genoux, mangeait des cacahuètes qu'il tirait d'un sac en papier.

— Bonjour, Fred, dit-il.

Je lui serrai la main en le félicitant, mais il m'interrompit aussitôt :

— Alors, toujours le béguin, mon petit Fred ?

— Elle a été étonnante ce soir, et toi aussi, dis-je.

Il fit la grimace :

— Non, elle n'a pas été étonnante. Son jeu devrait être plus effacé. Desdémone est un agneau, pas une louve.

— Son interprétation est très curieuse, dis-je. Elle a beaucoup de vie.

— Peuh ! et de quoi j'ai l'air, moi ? de la victime.

— Othello est bien la victime, dis-je.

— Mais c'est Desdémone qui trépasse, dit-il.

— Oui, dis-je, mais tout de même c'est Othello la victime. Nous discutâmes quelque temps et je finis par lui dire qu'il ne savait pas très bien ce qu'était la jalousie. Il se leva, tout rouge :

— Tu veux dire que je ne joue pas bien mon rôle ?

— Celui d'Othello, non, pas très bien, dis-je.

— Ce n'est pas l'avis des spectateurs.

— Parmi les spectateurs, très peu savent ce que c'est que la jalousie et ils se contentent de ce que tu leur donnes pour de la jalousie, mais ce n'est absolument pas la jalousie humaine, seulement une jalousie de théâtre.

Il mit ses deux poings sur les hanches et se campa devant moi en me fixant ironiquement :

— Voyez-moi ce blanc-bec qui veut m'apprendre ce que c'est que la jalousie.

— Parfaitement, dis-je.

— Parfaitement, fit-il en m'imitant. Et quoi encore ?

Il laissa retomber ses bras et se rassit.

— Et comme ça, toi tu sais ce que c'est que la jalousie ? dit-il plus froidement, les yeux baissés sur ses doigts qui épluchaient des cacahuètes.

— Oui, dis-je.

Il hocha doucement la tête :

— Tu me fais rire !

— Après tout, tu n'es qu'un acteur.

— C'est-à-dire ? dit-il avec hauteur.

— Rien, dis-je. Bonsoir. Je vais la féliciter.

Mais il me prit la manche et m'attira vers lui :

— Qu'est-ce que tu as voulu dire ?

— Je ne sais pas.

— Tu avais une idée ?

— Je ne sais plus.

— Tu es jaloux de moi, hein ?

Je lui donnai une grande tape sur l'épaule :

— Grégoire, tu es le plus grand imbécile que je connaisse !

— Merci. Allons, Don Juan, file et fais vite.

J'avais été sur le point de lui dire pourquoi je pensais qu'il était le plus grand imbécile que je connaissais, mais au moment où j'allais lâcher le paquet, une chaleur inquiétante et malsaine envahit mon front et je fis très vite demi-tour après lui avoir furtivement serré la main. « Que j'ai été bête ! me dis-je, j'allais la jeter dans ses bras. » Mais sa cécité m'agaçait : j'avais encore terriblement envie de lui crier : « Mais regarde, regarde donc devant toi. » J'ai horreur des aveugles et encore davantage s'ils ont l'air satisfaits.

Je cognai à la porte d'Hélène ; elle me dit d'entrer d'une voix machinale, elle était étendue sur son sofa, un journal étalé devant le visage.

— Hélène ! l'interpellai-je d'un ton assez guilleret.

Elle baissa brusquement le journal, me regarda avec stupeur, puis rougit violemment. Elle se leva et vint vers moi, sans détourner son regard :

— Dites donc, vous, dit-elle, je ne veux pas vous voir ici.

— Vous n'êtes pas gentille.

— Je ne veux pas vous voir ici, répéta-t-elle.

— Je tenais à vous féliciter, dis-je.

— Non, non, dit-elle obstinément, sortez d'ici.

Je reculais à mesure qu'elle avançait vers moi, de sorte que je me trouvais dans le couloir quand elle fit claquer brutalement la porte devant mon nez. Je portai ma main à l'endroit du cœur : je ne me sentais pas bien. Je suis resté quelque temps derrière la porte, les yeux fixés droit devant moi dans le vide, les mains jointes comme pour implorer, en retenant mon souffle. J'aurais donné n'importe quoi pour que la porte s'ouvrît et qu'elle m'apparût en souriant légèrement, avec tendresse. Une main s'abattit sur mon épaule :

— Eh bien, Fred, elle t'a changé en statue ? dit Grégoire.

Mes tempes battaient ; j'aurais voulu lancer mon poing au milieu de ces deux yeux gris, à triple fond, semblables à des vrilles et qui souriaient avec mystère. Je ne pouvais pas parler, ma langue était molle et glacée, je devais être blême et je craignis que Grégoire ne s'en aperçût. Le timbre au-dessus de la porte vibra : on annonçait le dernier acte.

— Allons, mon vieux, tu n'as que le temps de regagner ta place, dit Grégoire puis il se pencha à mon oreille : « N'oublie pas qu'il y a réunion ce soir à la Cloche. »

Il me donna une nouvelle tape sur l'épaule, et de son autre main, me poussa doucement vers la sortie.

Quand le rideau se fendit, mes mains tremblaient toujours. Mon rôle était terminé et je ne pouvais supporter la pensée que la tragédie se déroulerait désormais sans moi qui en pressentais le lamentable dénouement et bien que je me fusse répété que j'avais encore le temps et que je pouvais faire le geste qui détournerait Grégoire de persister dans son stupide aveuglement, que dès la fin d'*Othello*, je pouvais lui souffler dans l'oreille : « Mais regarde, regarde donc devant toi », et lui dévoiler ce que je savais du projet d'Hélène, que je pouvais offrir ou imposer ma passion à Hélène, et quand même elle la refuserait, cette chaleur à côté d'elle modifierait peut-être son désespoir *absolu*, cependant la petite cloche poignante du destin sifflait à mes oreilles que je n'interviendrais plus jamais, plus jamais, je devrais me résigner désormais au rôle passif du spectateur. « Nul ne peut maîtriser le destin », dit Othello.

La scène du meurtre, il la jouait plus mal que les autres soirs. Il crut très fort de se déplacer avec une lourdeur majestueuse, imposante ; il économisait ses gestes, les réduisant à l'essentiel, mais il avait l'air d'un gros bourgeois cocu qui ne sait comment s'y prendre pour châtier l'adultère sans compromettre sa dignité. Ses mains grasses et écarlates pendaient de chaque côté de ses hanches comme des fruits trop mûrs ; seules ses orbites roulaient, parce que tout de même Othello est en colère. Il ne fit même pas usage de cette ironie glacée qui lui seyait si bien. Le spectateur trouvait ailleurs une sérieuse compensation à tant d'inertie : la colère formidable de Desdémone. Au lieu de se tapir sur le bord de la couche, elle se dressa devant lui, les yeux provocants, tous ongles dehors ; elle sauta par-dessus le lit au moment où il se disposait à l'étreindre et ils jouèrent quelque temps au chat et à la souris. Desdémone l'emporterait et on allait voir Othello se débattre sous ces mains fines et pointues. Elle lançait chaque réplique d'une voix basse et furieuse ; il s'essoufflait laborieusement autour du lit, et ses imprécations d'égaré tombaient vides et blanches. « *Tuez-moi demain, laissez-moi vivre cette nuit* », cria-t-elle comme une mégère irritée. Et, soudain, elle sauta sur le lit, rabattit un drap sur ses jambes et demeura raide et inerte. Tout décontenancé, Othello s'approcha gauchement et fit ce qu'il avait à faire, soigneusement, avec une mine dégoûtée, comme on égorge un poulet déjà à moitié assommé.

Lorsque le rideau tomba, les spectateurs applaudirent du bout des doigts. Ils étaient très froids et pleins de rancune : ils pensaient que Souvier ne s'était donné aucun mal et Hélène avait interprété son rôle d'une manière étrange qui les déroutait désagréablement et ceci justifiait dans une certaine mesure les gestes embarrassés d'Othello qui n'avait pas l'air d'être, comme on dit, dans la peau de son personnage. Ils s'ébrouèrent en exprimant tout haut leur insatisfaction, et pourtant cette Armentière était assurément originale ; ce n'était pas tout à fait ce qu'on attendait, mais c'était curieux, curieux et, somme toute, assez convaincant.

Je me levai en sursaut avec une boule d'inquiétude au creux du ventre et je vis qu'ils étaient aussi très nerveux :

ils se retournaient vers la scène en hochant la tête, avec un mouvement mécontent des épaules, comme si on avait lâché le rideau avant la fin. Il manquait évidemment *quelque chose*, la terreur n'avait pas été alertée à temps ; quand ils s'étaient un peu courbés sur leurs fauteuils pour la recevoir avec une grimace de volupté inquiète, elle ne leur avait pas du tout sauté à la gorge ; mais ils devinaient que ce *quelque chose* était quelque part, tout gonflé et prêt à craquer sitôt qu'ils auraient le dos tourné. Les dernières queues avaient déjà fondu sous les portes que les plus désappointés traînaient encore dans la salle avec des mines déçues.

HÉLÈNE

J'ai toujours été la femme qui attend dans les cafés ou dans les chambres celui qui ne vient jamais ou quand il venait, j'étais déjà repartie parce que, passée une certaine heure que j'avais fixée préalablement et que je reculais toujours un peu quand je n'étais pas sûre qu'il ne viendrait pas ou plutôt que la coupe de ma colère n'était pas encore à ras bords, je quittais l'endroit, le sang battant et chauffant mes joues, mais soulagée d'avoir rompu l'attente par ma propre volonté et imaginant qu'il allait rentrer dans l'endroit que je venais de quitter et qu'il serait désappointé de ne pas m'y voir et qu'il se représenterait que j'étais ailleurs avec un autre homme et que, sa jalousie fouettée, il chercherait partout où je pouvais être, comme je faisais quelquefois quand j'étais possédée du besoin inextinguible de le voir devant moi, même si nous devions nous quereller, même si nous devions bouder, parce que j'aimais mieux souffrir devant lui que de ne pas le sentir auprès de moi, bien que si je lui disais que sa présence m'était plus nécessaire que mes yeux, il pouffait de rire et si je lui reprochais de ne pas sentir combien la présence d'un être est à toute heure désirée par qui l'aime vraiment, il me disait que l'amour se passe de la présence et que quand même nous serions séparés pendant dix ans, notre amour ne pouvait mourir, comme s'il était ridicule et malséant que des amants eussent envie de se voir toute la journée, alors que la plupart de ces journées sont sombres, mornes, orageuses, vides et rarement merveilleuses. Mais il ne comprenait pas ce que je voulais dire parce qu'il ne m'aimait pas et qu'il n'avait probablement jamais aimé personne, et cependant, éperdument désireuse de chasser le désespoir, je voulais persister dans mon aveuglement et je me persuadais que mes exigences étaient absurdes et anormales et qu'en effet l'amour était originellement, comme il disait, un sentiment paisible, clair, tout coulant, que ces espèces de masochistes qui seraient plus à leur place dans les asiles n'avaient tout de même pas encore réussi à pervertir. Mais ensuite, j'ai compris que parce qu'il n'avait pas de cœur, il se croyait sain et qu'il croyait toujours avoir raison parce qu'il ne possédait rien d'autre que la raison, et qu'un homme qui n'avait jamais aimé ni désespéré ni espéré ne pouvait que se tromper quand il parlait de choses dont il ne connaissait que les noms et qu'il ferait mieux de ne pas affecter un certain mépris pour des gens qui éprouvent l'amour ou le désespoir ou l'espérance dont lui n'avait jamais pu que connaître la surface et non pas les fonds sombres ou les fonds lumineux.

Quand je l'attendais dans un café ou dans une chambre, quand je l'attendais, est-ce que ce n'était pas toujours le même refrain, comme si je jouais toujours le même rôle de l'abandonnée avec des partenaires différents ? Depuis le jour où j'ai commencé à aimer un homme, ils m'ont fait attendre dans des cafés ou dans des lits et il est arrivé quelquefois que je devais reconnaître qu'ils étaient en retard pour un motif légitime et, s'ils regrettaient de m'avoir fait patienter et me demandaient pardon avec des caresses, protestant qu'ils m'aimaient plus que tout au monde, comme je ne pouvais nier leur bonne foi, je leur pardonnais parce que j'avais déjà oublié combien cette attente m'avait épuisée et que je mettais mon impatience sur le compte de mon détestable caractère, je leur disais : « Je suis une malade et vous devez me pardonner mes accès d'humeur, mes vivacités, mes blâmes injustes, ce que vous appelez mes comédies parce que je suis une malade », et ainsi j'étais tout humble et je cherchais à me faire pardonner par ceux auxquels je m'étais juré d'abord de ne plus jamais accorder mon pardon, quelles que soient les excuses avec lesquelles ils chercheraient à m'emberlificoter, et Dieu sait si les hommes s'entendent à vêtir leurs mensonges si galamment que, même si nous ne voulons pas nous en laisser accroire, le costume nous semble trop séduisant pour que nous ne préférions ne pas le voir tomber. Et même s'ils n'étaient pas coupables et qu'ils pouvaient justifier leur retard assez plausiblement pour me convaincre, je n'en étais pas moins restée sur une banquette ou sur un lit à les attendre et je m'étais méprisée de les attendre et j'avais été prise d'une rage folle plus contre mon propre égarement que contre ce que je croyais l'indifférence ou l'infidélité de ceux qui m'aimaient le plus, jusqu'à ce que leur entrée me fît recouvrer mon sang-froid et que, ma fureur s'apaisant peu à peu et disparaissant comme elle était venue, je retournasse contre moi les reproches que je leur destinais. Je n'en avais pas moins été la perpétuelle quémandeuse, comme si j'avais vraiment été créée pour attendre, attendre et attendre. Quand j'étais amoureuse, j'étais la seule femme à ne pas savoir employer les minutes autrement qu'à espérer, les dents labourant mes doigts, celui-là seul qui me les faisait paraître dignes d'être remplies.

On pourrait supposer que ce sont ces attentes accumulées, ces impatiences brusquement converties en humilité suppliante qui m'ont conduite à le tuer, lorsque je me suis trouvée en face de lui qui n'en jouait pas naturellement mais cruellement et par mépris, non par légèreté, mais je ne l'ai pas fait du tout ni par égarement ni pour satisfaire une jalousie intolérable comme le croyait le petit Ansel et je le lui ai laissé croire parce que j'avais supposé que mon acte ainsi estimé par lui avait une beauté plus absolue, était quelque chose comme un sacrifice dans le genre de ceux qu'on lit dans les livres et beaucoup plus qu'excusable et même je crois bien que j'imaginais moi-même que je l'avais fait pour cela, ce qui me grisait d'une sorte de tristesse tragique et irrémédiable et si j'avais comparu devant un tribunal, je n'aurais pas démenti mais approuvé une version à laquelle j'avais fini par croire de toutes mes forces parce qu'elle me donnait l'illusion d'avoir accompli exactement ce que j'avais résolu et chassait l'horrible remords que cet acte, dépassant de beaucoup le dessein, me faisait ressentir. Alors qu'en réalité le coup avait été longuement prémédité, qu'il n'était pas le fruit de mon désespoir, mais de mon espoir, puisque j'espérais le ramener à moi en lui faisant comprendre par un acte qui avait toutes les apparences de la démence que je préférais le voir mourir de mes propres mains plutôt que me délaisser, mais bien résolue à rater mon coup comme par affolement ou maladresse et ainsi le ramener à moi ; le menacer pendant quelques minutes et je me représentais son sourire moqueur, il me narguerait et douterait de la sincérité de mon geste jusqu'au moment où je presserais sur la gâchette, et quand il sentirait une brûlure et qu'il verrait une tache rouge sur sa cuisse, il comprendrait tout à coup que je l'avais fait parce que je ne supportais pas *qu'il ne fût à moi*. Juste le ramener à moi et pas plus, c'est pourquoi pendant toute une nuit je me suis tenue devant la glace à pieds à abaisser à plusieurs reprises mon bras jusqu'à ce que le revolver fût braqué un peu au-dessus de mon genou, et quand j'ai recommencé dix et vingt fois, le geste était devenu très rapide et très sûr, mais il n'était peut-être pas encore assez instinctif, si je devais compter avec la tension nerveuse accrue par sa présence et avec l'obscurité éventuelle qui cacherait le geste que je ferais pour sortir le revolver, et il ne fallait pas qu'il y eût trop de temps entre ce premier geste et le dernier mouvement du doigt sur la gâchette.

J'ai compris alors que je devais m'entraîner dans le noir, j'ai disposé une lampe sur une table ronde que j'ai appuyée contre le miroir, à portée de ma main libre, et j'ai glissé dans ma paume l'interrupteur en ébonite, puis j'ai éteint la lumière et j'ai abattu mon bras et l'ai tendu devant moi un peu obliquement par rapport à mon corps et je me suis dit que ce devait être bien ainsi, mais quand j'ai voulu vérifier ma position en appuyant sur le bouton de l'interrupteur, je dus en rabattre et constater à ma grande déconvenue que je visais entre les deux jambes et beaucoup trop haut, c'était presque le bas-ventre. Alors, prise d'un zèle sauvage, je m'entraînai toute la nuit jusqu'à ce que sur dix exercices successifs il n'y en eût pas un seul de manqué, mais vers l'aube mes nerfs étaient tellement épuisés que ma main tremblante visait n'importe où et c'est seulement quand, rallumant la lampe, je vis que le canon du revolver était braqué sur le reflet de ma bouche, touchant presque la glace, que je lançai avec colère l'arme au milieu de la chambre et que je m'étendis sur mon lit, mais je ne dormis pas du tout jusqu'au matin.

Mais non, cet acte était aussi le fruit de ma patience, car ce sont ceux qui ont attendu le plus patiemment le moment où ils ne seront plus obligés de patienter qui commettent les actes les plus fous quand ils s'aperçoivent que c'est une illusion d'imaginer qu'il y a un terme à leur attente et qu'ils doivent y mettre fin eux-mêmes en faisant quelque chose de si impossible qu'on dit après qu'ils ont été frappés de démence, alors que las d'être trompés par leur propre imagination, ils ont voulu seulement prendre leur revanche n'importe comment et ce n'importe comment est toujours impossible parce que l'impossible seul peut mettre un terme à tout ce chapelet d'attentes qui ont usé leurs nerfs jusqu'à la corde ; si bien que ce sont les plus patients qui deviennent fous d'impatience.

Mais plus tard, quand je fus en mesure d'y penser, la cervelle froide, même si mon cœur pouvait encore à peine supporter l'épreuve du souvenir et que je ne me leurrais plus sur la nature des motifs et que je fus assez courageuse et assez honnête pour convenir avec moi que cet acte n'était pas un sacrifice engendré par un désespoir absolu, mais une de ces ruses toutes féminines qui provoquent les sarcasmes des hommes, parce qu'ils ne goûtent chez les femmes que les actions tout d'une pièce et croient toujours qu'elles ont voulu les berner pour peu qu'elles ne se soient pas montrées aussi sottes qu'ils le désireraient, je me rappelais que j'avais éprouvé une jouissance poignante à imaginer la plaie ruisselante de sang, ce sang rouge qui rachèterait toute l'amertume que suscitait en moi mon amour pour lui et que je m'étais délectée à imaginer la cinglée aiguë de la balle sur sa jambe et le douloureux lancinement et le chaud bouillonnement du sang sur la chair et d'en ressentir pour lui une pitié merveilleuse qui soulageait celle que je n'avais jamais cessé de ressentir pour moi-même. Et je songeais que mon seul désir n'avait pas été de le ramener à moi, mais bien plus vif fut celui de faire couler son sang en expiation de tout le mal qu'il m'avait fait : et c'était un désir d'assassin. Je savais que le moment venu, je ne penserais pas plus aux conséquences heureuses ou malheureuses de mon acte qu'à l'acte lui-même, mais au sang qui rachèterait ma solitude, et que j'avais inventé le prétexte de le ramener à moi pour me dissimuler mon véritable but qui me faisait jouir et souffrir comme une vision fascinante et monstrueuse, et je pouvais voir le sang qui coulait sur sa jambe comme un torrent d'eaux ferrugineuses et son visage exsangue aux traits tirés par le vide qui se faisait en lui.

Et je ne m'étais pas trompée, parce que si je n'ai pas

ramené vers moi sa chair, peut-être est-il près de moi en esprit de même que je veillerai tout près de lui jusqu'à la fin et, s'il n'y a pas de fin, pour toute éternité, et puisque je n'avais cessé désormais de vouloir être à lui, je n'ai plus jamais été celle qui attend dans les cafés ou dans les chambres, comme une actrice qui sur le tard abandonne un rôle auquel elle s'était vouée avec une obstination superstitieuse, je n'ai plus été que celle qui attend la mort ou, pour toute éternité, la vie conjugale auprès de celui avec le sang duquel j'avais su conclure notre mariage pour toute éternité.

Troisième partie

FRED

Par la croisée, nous pûmes voir Annabelle et le Catalan penchés sur le billard comme deux animaux de proie, immobiles et attentifs. Grégoire donna un coup de genou dans la porte, entra le premier et marcha droit vers le fond, avec son air royal, déboutonnant d'une main un gant, sans même jeter un coup d'œil au Catalan qui s'était redressé vivement. Il se hissa sur le comptoir, tira une cigarette, en balançant ses jambes alternativement :

— Alors, Anna, alors, mon petit bijou d'Anna, fit-il en tendant sa main en forme de coupe sous le menton de l'aubergiste qui se déroba en riant grassement.

Annabelle s'assit sur un tabouret en me tendant la main :

— D'où viens-tu, Fred ? Et les amours ?

Pas trop bien, dit Grégoire en se tournant vers elle. Rodolphe est là ?

Il se leva et, soulevant la portière qu'il laissa mollement retomber derrière lui, passa dans la cuisine.

— Pas trop bien, est-ce vrai ? dit-elle en plissant le coin de ses yeux.

Je dis à Anna de me servir une oxygénée, j'enlevai mon feutre et je m'accoudai sur le zinc.

— Est-ce vrai, Fred ? dit-elle.

— Vous commencez à m'énerver tous ! dis-je.

Elle introduisit sa main dans la poche de mon trench-coat, en retira un paquet de cigarettes qu'elle secoua sur son genou :

— Mon petit, tu es pris ! je le vois à ta tête. Pauvre enfant, va !

— Tais-toi, s'il te plaît, tais-toi, dis-je.

Elle jeta le paquet sur le comptoir et frotta une allumette qu'elle tint en l'air jusqu'à ce que la flamme lui brulât les doigts.

— Bon, dit-elle en se levant. Hé, le Catalan, on en fait une autre ? Ou avec toi ?

Elle tourna vers moi ses yeux fendus où luisait la curiosité timide et insistante d'un enfant :

— Ou avec toi, tu veux ? Malheureux en amour...

— Non ! dis-je sèchement.

— Bon, bon.

Elle s'éloigna sur la pointe des pieds, la tête entre les épaules. Je sentais des sanglots se former, se nouer plus bas que ma gorge et rester là, tout gonflés et amers.

— Voilà une oxygénée, dit Anna en faisant glisser le verre.

Plantée devant moi, les mains sur les hanches, elle me dévisagea avec une sérénité maternelle. Les boules roulèrent sur le billard : un bruit rond et doux. Tandis qu'elle secouait une casserole au-dessus du réchaud, elle se mit à chanter entre ses dents ; elle ferma le réchaud et versa le contenu de la casserole dans une tasse ébréchée et sans anse. Elle m'adressa un clin d'œil complice :

— C'est pour les p'tits gars.

Et elle pointa son doigt vers le plafond en souriant béatement.

— Les p'tits gars ? demandai-je.

Elle appuya sa hanche contre le comptoir, en affectant une profondeur énigmatique, puis elle éclata de rire en se renversant en avant sur la tasse.

— Ils m'en font voir, vous savez.

Et elle rit de nouveau, les yeux béats, fixés tout béats sur mon ventre. Son rire s'arrêta soudain, elle retint son souffle.

— Si c'est pour Rodolphe, il est à côté.

— Merci, dis-je.

Je bus d'un trait mon verre et je m'approchai d'Annabelle qui taquinait le Catalan :

— Mais tu es complètement myope, mon vieux, mais il faut te soigner.

Le Catalan me jeta un rapide coup d'œil. Il vint vers moi et me demanda de prendre sa place. Ses yeux couraient sur tous les points de la salle déserte, comme s'il avait peur de n'avoir pas le temps de regarder partout à la fois. La tête de Grégoire apparut entre les deux pans de la lourde portière :

— Eh, les enfants, on fait un bridge ?

Sa tête disparut.

— Eh ! Rodolphe, on t'attend pour faire une partie, cria-t-il.

La portière s'écarta et il reparut, un sourire affable sur les lèvres.

— Le Catalan, tu as une fichue mine, constata-t-il en brandissant une chemise au-dessus de nos têtes.

Le Catalan sourit faiblement, tourna la tête et se mit à regarder du côté de la porte. J'allai chercher le tapis vert sous le comptoir.

— Regardez le vieux schnoc, me dit Anna en donnant un coup de menton vers la gauche.

Je le vis qui braquait sur moi ses yeux si transparents qu'on eût dit des fenêtres reflétant un ciel ensoleillé. Il demeurait assis devant une tasse, sans faire un mouvement, les lèvres légèrement entrouvertes. L'un après l'autre, il leva les coudes, les essuya de sa main, soigneusement, d'un air profondément absorbé, puis en fit autant des deux revers de son veston. Son regard clair se fixa de nouveau sur moi après un léger tressaillement des épaules. Il versa dans sa tasse le café de sa soucoupe : ses gestes étaient lents, précautionneux ; il cherchait à me regarder en évitant mon regard. Son visage avait la couleur du mastic, ses yeux disparaissaient presque sous un panama blanc.

— Toujours ici ? demandai-je à Anna.

Elle fit un signe de tête affirmatif.

— Il paie bien et pas encombrant, dit-elle.

Elle le fixa un court instant et se mit à rire silencieusement, le menton enfoncé dans son opulente poitrine.

— Eh, Rodolphe ! on t'attend, cria Grégoire.

— Il vaudrait mieux, dis-je, qu'il nous débarrasse le plancher.

— Oh lui ? pas de danger, dit-elle, il est comme sourd.

— Vous pourriez peut-être lui dire que vous montez, qu'on va éteindre.

Elle haussa les épaules :

— Bah ! fit-elle.

— Le Capitaine ne voudra pas parler devant ce type.

— Il est comme sourd, dit-elle en haussant de nouveau les épaules.

Elle se renversa en arrière en jetant un coup d'œil attendri sur l'étranger qui s'inclina légèrement comme s'il venait tout juste d'entrer et de s'asseoir. Grégoire m'interpella :

— Eh bien, jeune homme ? Et ce tapis ?

— Je viens, dis-je.

Elle tambourinait le zinc de ses doigts aux phalanges déformées. Je me penchai à son oreille :

— Vous avez idée qui c'est ?

Elle appuya l'extrémité de ses doigts sur mon poignet :

— C'est un colonial. Quelque chose comme ça. Ou peut-être un danseur.

— Tiens, dis-je, pourquoi un danseur ?

Elle fronça les sourcils et les détendit aussitôt.

— Eh bien, Fred, on t'attend, cria Grégoire.

— Je viens, dis-je en brandissant le tapis de laine.

— C'est une supposition, dit-elle à voix basse, c'est à cause des photos dans sa chambre, vous comprenez ?

— Ah, parfaitement !

Elle poussa un soupir et prit un air pensif, puis, sur un ton peiné :

— Il ne parle jamais, il est muet comme une carpe.

Grégoire courut vers moi et m'allongea une vigoureuse bourrade :

— Dépêche-toi, mon vieux, on t'attend, dit-il d'une voix irritée.

— Bon, bon, me voilà, dis-je.

Je serrai la main de Rodolphe qui était assis sur le grand tabouret, les jambes croisées, sa pipe froide à la main ; il se leva et nous nous attablâmes au milieu du brouhaha des chaises, après avoir tiré chacun une carte. J'étais avec Rodolphe qui me fit un petit signe pour m'encourager. Il se renversa en arrière, tenant dans sa main rouge veinée de bleu sa pipe qu'il n'avait pas encore allumée.

— On joue sérieusement ? demanda-t-il à la cantonade.

— Non, dit Grégoire, c'est à cause de ce sacré type. Tu devrais bien le flanquer dehors.

— Je n'aime pas me colleter avec les fous, dit Rodolphe. Il montera, s'il voit qu'il ne nous gêne pas.

— Charmante nature, dit Annabelle en donnant les cartes.

Rodolphe se tourna vers moi :

— Vous avez vu le vieux ?

— Ah oui, dit Grégoire en poussant un long soupir.

— Embêtant ?

— Nous avons bien dormi, dit Annabelle. Un cœur.

— Je vois, c'est le Catalan qui a fait les frais.

— Un trèfle, dis-je.

— Non, le Catalan n'était pas en forme. Hein ? le Catalan, que tu n'étais pas en forme ?

— Pas très. J'ai très mal à la tête.

Annabelle eut un geste tragique.

— Anna ! Un tilleul pour le Catalan !

Le Catalan était la tête de Turc d'Annabelle.

— Qu'est-ce que tu dis, Grégoire ? dit Rodolphe.

— Ce que je dis ? heu...

Il tapota ses doigts sur le bord de la table en arrondissant la bouche, puis, fixant Annabelle :

— Eh bien, deux cœurs !

— Bon, dit Rodolphe.

— Qu'est-ce que tu as, mon mignon, la gueule de bois ? dit Annabelle en se penchant sur le Catalan qui fit une grimace.

— Mal à la tête. Ça va passer, dit-il.

— Alors, tu ne dis rien ? demanda Rodolphe à Annabelle.

— Comment, monsieur, je ne dis rien ? mâ si, mâ si : trois cœurs, s'il vous plaît !

— Il est en retard, le Capitaine, dit Grégoire en bâillant.

— Bon, dis-je.

— Avec ce vent, ces cochons ne nous embêteront pas, dit Annabelle.

Je ne l'avais pas aperçu tout d'abord, mais il était dans mon dos, une main appuyée sur le dossier de ma chaise, son visage sombre se détachant sur un nuage stagnant de fumées bleues. La bouche entrouverte, il quêtait silencieusement nos regards en frottant son nez osseux et busqué avec le revers de son index. Je détournai vite les yeux. Il avait enlevé son panama et ses cheveux gris rabattus en coup de vent accusaient les plans rudes de son visage rongé par le soleil.

— À toi de jouer, me dit Grégoire.

Je sentis qu'il allait parler. Deux doigts repliés s'enfoncèrent timidement dans mon omoplate.

— Si vous permettez... Je voudrais... J'aimerais...

Je repoussai ma chaise en arrière et je plantai mes yeux dans ses yeux effarés : ses paupières retroussées s'ouvraient sur deux pupilles vides et blanchâtres comme celles d'une bête crevée.

— Je me suis dit que je ne vous gênerais peut-être pas si je mettais ça...

Et, sans baisser les yeux, d'un geste rapide, il présenta un disque.

— Mais faites, monsieur, faites donc, dit Rodolphe.

— Ne vous gênez pas, dit Grégoire poliment.

— Allez-y : on n'éteindra les lumières que dans cinq minutes, dit Rodolphe.

— Tu es épatant, Rodolphe, dit Annabelle à voix basse en tordant ses lèvres, le regard braqué sur l'étranger.

Il resta un moment contre moi, pétrifié, mal à l'aise, son chapeau sur les yeux, le disque appuyé contre sa jambe, la fumée de sa cigarette lui vrillant à travers la figure. Il poussa un petit grognement, fit demi-tour et traversa la salle avec la démarche incertaine d'une poule.

— Que le diable emporte cet animal avec son disque, dit Grégoire.

— Et c'est toujours le même, dit Rodolphe. Du tam-tam et du tam-tam.

— Est-ce qu'on joue sérieusement ? demanda Annabelle.

J'abattis un deux de pique et Grégoire étala le mort. Il se renfonça brusquement dans son fauteuil en poussant un soupir de satisfaction. Rodolphe plia ses cartes :

— Si on cessait ce jeu idiot ? dit-il.

— Tu es nerveux, Rodolphe.

— Je trouve un peu drôle qu'il ne soit pas encore là.

— Bois un peu, dit Annabelle, ça te retapera.

Elle nous regarda gravement tour à tour, en plissant les yeux :

— Mais vous avez tous l'air bien nerveux, dit-elle en

cachant son jeu contre sa poitrine. Si vous êtes malades, on peut aller au lit.

Je jetai les cartes qui tournoyèrent sur le tapis de laine :

— Laissons cela, dis-je.

Ils jetèrent tous leurs cartes et reculèrent leurs fauteuils. Il y eut le frottement de l'aiguille sur le disque et une musique de nègre emplit la salle.

L'étranger, le menton coincé entre ses deux poings, fumant sa cigarette sous son chapeau incliné, me regarda droit dans les yeux avec une attention prolongée et glaciale, puis son regard passa outre, comme s'il dédaignait de faire plus ample examen. Soudain, il redressa son long corps et, les yeux perdus quelque part au-delà des murs, marcha d'un pas mécanique jusqu'à la porte qu'il ouvrit violemment comme s'il eût voulu l'arracher de ses gonds, puis enfonça son poing dans le panama d'un geste gauche et comique. Nous suivîmes du regard son dos maigre et inflexiblement droit jusqu'à ce qu'il eût disparu dans la nuit. Nous entendîmes claquer la grille. Tous éclatèrent de rire, tandis qu'une voix de nègre, lointaine, rauque, mal assurée, s'élevait dans l'atmosphère lourde et confinée de la salle.

FRED

Et quand je me suis penché en arrière en tournant comme par hasard la tête vers la porte, et que je l'ai vue qui tendait ses mains devant elle comme une suppliante antique, toute sa vie anxieuse concentrée dans ces yeux où se lisait aussi une froide résolution, j'ai compris pourquoi elle était venue. Elle a vécu toute seule, seule avec sa passion, n'essayant plus de donner le change ni à Grégoire ni aux autres, mais cachant jusqu'à la dernière extrémité l'instrument terrible avec lequel elle assurerait sa délivrance, et non pas, ainsi qu'elle devait se l'imaginer bien à tort, sa revanche.

Tandis que Grégoire regardait en riant à gorge déployée Annabelle qui, à demi souriante, contemplait son visage dans la petite glace ronde de son poudrier, elle tourna la tête vers lui, le front baissé comme celui d'un taureau qui se dispose à charger et les doigts minces comme des aiguilles crispés sur sa poitrine que couvrait à demi un foulard jaune, tremblants de cet épuisement que provoque la haine qu'un acte décisif n'a pas encore assouvie.

Bien que je me fusse détourné et que je ne la visse plus, je sus qu'elle avait franchi le seuil : j'entendis seulement un juron sourd et le crissement d'une chaise sur le carrelage. Bouche bée, Grégoire se leva et recula de quelques pas, les mains empruntées fouillant la poche arrière de son pantalon, comme pour y chercher une arme. Elle l'examinait sans ciller avec des yeux qui seuls avaient l'air de remuer. Il leva la tête et leurs regards se croisèrent. Quand je vis sur son visage un sourire plein d'aménité ironique et qu'il alla vers elle en lui tendant la main, je compris qu'il s'était ressaisi et que la lutte était engagée :

— Eh bien, Hélène, que venez-vous faire ici ? La bonne surprise !

Sa voix était rauque, forte et un peu trop assurée. Elle ne parut pas entendre et il laissa retomber sa main, le regard fixé avec une sorte de consternation offusquée sur la figure immobile et rigide qui s'estompait dans l'obscurité, comme si, du sein de cette obscurité qui semblait pour elle le seul élément où elle pût respirer, il n'y avait pas eu de communication avec la zone lumineuse où nous nous trouvions. Il poussa le Capitaine devant elle et le lui présenta. Le regard immobile, elle tendit sa main qui seule à présent avait une apparence de vie. La nuque raide et guindée de Rodolphe se courba à son tour. Elle tendait la main mais continuait à se taire. Il me désigna, sa main s'agita devant ma poitrine pour m'effacer, elle me connaissait, n'est-ce pas, et elle fit oui de la tête en me considérant avec des yeux inexpressifs et vagues, comme si elle ne cherchait même pas à se rappeler qui j'étais. Sur son front, la sueur dessinait la marque de son chapeau. Et quand elle examina Annabelle des pieds à la tête avec un intérêt méprisant et presque discourtois, j'ai senti mon sang se refroidir dans mes veines. Elle dit qu'elle était enchantée d'une voix à peine perceptible en poussant sa main à demi fermée à la hauteur de la main hésitante et molle d'Annabelle dont le bras gauche se plia prudemment devant son visage, d'un geste instinctif et veule, comme pour parer une gifle éventuelle. Annabelle dit en plissant les yeux qu'elle pensait bien l'avoir déjà vue quelque part, mais Hélène se contenta de la regarder, un peu comme pour exprimer qu'elle ferait mieux de se taire. Grégoire claqua ses doigts en levant le menton vers Anna :

— Que voulez-vous prendre ? demanda-t-il.

Elle l'observait avec cette même attention glaciale et imperturbable par-dessus le bouquet de lilas fleuris qui pendillaient lamentablement, comme des éclaboussures d'écume sale, le long des parois opalines d'un vase en cristal. Ils se sondaient mutuellement par de longs coups d'œil qui plongeaient avec appréhension dans les yeux l'un de l'autre jusqu'à l'endroit le plus hostile où ils restaient tapis, en proie à cette sorte d'anxiété qui torture les généraux avant une bataille décisive.

« Un whisky ? » demanda-t-il d'une voix nerveuse parce qu'il se sentait dominé, légèrement sarcastique parce qu'il cherchait à reprendre le dessus en bafouant l'attitude tragique qu'elle jugeait bon d'affecter. Elle se contenta d'acquiescer en détournant vivement son visage sur lequel errait une expression malade, comme celle d'un enfant qui, sur le point de pleurer, se hait lui-même de ne pouvoir refouler ses larmes. Il se mit à s'esclaffer sans raison, j'en eus froid dans le dos.

Sur son invitation, ils s'assirent autour de la table, les mains sur les genoux, le visage un peu baissé ou discrètement absorbé, assombri par une réserve quelque peu inquiète. Seule, Annabelle souriait en retroussant ses lèvres qu'elle comprimait insolemment du revers de ses doigts pliés. Puis ce fut un long silence et il me semblait que ce silence exprimait l'ombre du désastre que n'annonçaient pourtant ni le regard de Grégoire où brillaient deux petites flammes ironiques qui se perdaient de l'autre côté de la salle, ni le regard attentif, anxieux, mais sans reproche qu'Hélène fixait devant elle, comme si ce regard même suivait le silence et guettait le moment où il pourrait capter celui de Grégoire. À mesure que le silence se prolongeait, son visage blême semblait s'éveiller un peu davantage : elle paraissait écouter quelque chose d'imperceptible ou attendre avec terreur le moment irrévocable où le silence serait brisé.

Soudain Grégoire se pencha en avant et la regarda dans les yeux. Il avança la main par-dessus la table et, les doigts à demi pliés en angle droit comme pour rafler une mouche, il empoigna la main d'Hélène qu'il retint en l'attirant progressivement vers lui :

— Dites-moi, qu'êtes-vous venue faire ici ? dit-il d'une voix sourde.

Elle tordit son bras et de sa main libre elle essaya de desserrer les doigts de Grégoire :

— Lâche-moi, murmura-t-elle entre ses dents, lâche-moi.

Elle ne bougea plus et, pendant un instant, ils se regardèrent face à face, elle de son regard terrorisé, lui avec ses yeux en flammes pleins de rage et de dureté. Puis il la lâcha en reculant sa chaise et il cria :

— Rodolphe ! une polka !

Il se leva, fit le tour de la table, s'inclina cérémonieusement devant elle et, avant même qu'elle eût pu esquisser un geste, lui agrippa de nouveau la main et, son autre main descendant un peu le long de son dos, la souleva lentement, tandis que de son propre chef Hélène portait sa main libre vers l'épaule de Grégoire qui, serrant étroitement son corps contre lui, la fit pivoter en la dirigeant vers le milieu de la salle où ils se tinrent immobiles jusqu'au moment où le gramophone déversa un flot de musique plaintive dont le réglage insuffisant exagérait la lenteur. Ils se déplacèrent d'abord lentement, à petits pas pressants et mesurés. Hélène, l'œil fixe au-dessus de l'épaule de Grégoire, regardait on ne savait où au fond de la salle et je vis ses lèvres balbutier quelque chose et ils accélérèrent le rythme de leurs pas et pivotèrent plusieurs fois, mais pour se trouver toujours orientés de telle façon que Grégoire me tournât le dos. Je me suis levé, et je me disposais à inviter Annabelle quand le Catalan, d'un mouvement prompt, glissa sa main dans la sienne et serra le bras autour de sa taille sur sa robe de soie noire et ils se lancèrent à leur tour au milieu de la salle à une allure vertigineuse sans tenir compte de la mesure, contournant à plusieurs reprises, comme un albatros autour d'un navire, le premier couple qui évoluait plus harmonieusement selon le rythme capricieux et paisible d'une vieille valse.

La porte s'ouvrit et battit contre le mur. Une toute jeune fille fit irruption et s'arrêta un instant au pied de l'escalier pour souffler. Elle comprimait ses deux poings sur sa poitrine et son visage décomposé sur lequel battaient deux mèches de cheveux sombres était tendu, avec un air de défi, vers le haut de la cage de l'escalier. Elle baissa et tourna la tête, laissant tomber sur la salle un regard arrogant et farouche, puis, sa main empoignant la rampe, elle grimpa quatre à quatre l'escalier, son autre main pressée sur sa croupe, et à l'instant même où la musique cessa, où les danseurs s'immobilisèrent, elle disparut dans l'ombre.

Ils dansèrent de nouveau, graves, infatigables et lorsqu'ils me frôlèrent, je me tournai de façon que mon oreille pût recueillir ce qu'ils disaient, mais je n'entendis que des syllabes douces, pénétrantes, dépourvues de sens que Grégoire émettait d'une voix basse et que des vagues d'harmonie submergeaient par intermittence. Il me regarda par-dessus ses sourcils, un sourire railleur et étudié sur les lèvres, puis il fit pivoter sa danseuse dont je vis de nouveau le petit masque blafard sous un chapeau en équilibre, le regard sous les paupières bleuies fixé avec hébétude vers l'autre côté de la salle, les lèvres frémissantes et rose pâle comme une fleur déteinte.

La petite jeune fille redescendit presque aussitôt. Elle s'immobilisa à mi-hauteur de l'escalier, tendant pardessus la rampe son buste gracile et son visage que la lumière émanée de la salle faisait paraître d'une pâleur spectrale :

— Où sont-ils ? cria-t-elle d'une voix vibrante, sans égard pour le public.

Elle regardait Anna. Toutes les têtes se tournèrent vers elle en même temps. Anna s'essuya les mains avec son tablier, fronça les sourcils et saisit un verre qu'elle souleva et reposa avec soin contre une rangée de verres essuyés ; alors seulement elle leva les yeux avec cette expression stupide et rêveuse d'une personne dérangée et quitta le comptoir. La petite la regardait.

— Où sont-ils ? cria-t-elle.

Et sans attendre la réponse, comme si elle eût été soulevée par une marée d'impatience ou de colère, elle dévala les dernières marches, courut droit vers Anna et, les coudes collés à ses flancs, le visage suffoqué, furieux et tendu en avant, se campa à quelques centimètres de l'aubergiste qui recula insensiblement en brandissant sa paume ouverte en un geste de défense et balbutia des mots indistincts en portant son autre main à sa gorge oppressée.

— Je vous demande où ces imbéciles sont allés ?

Puis elle se retourna en jetant un regard oblique vers la porte demeurée ouverte contre laquelle l'étranger appuyait une épaule, les bras ballants, les cheveux emmêlés pendant en mèches broussailleuses des bords graisseux de son panama, avec l'air tragique, digne, recueilli d'un homme frappé par un deuil récent.

— Je ne les ai pas vus se sauver, dit Anna.

Sans quitter l'étranger du regard, la petite vociféra d'une voix volubile, frémissante d'exaspération : « Oh ! idiote, oh ! idiote, idiote ! » L'étranger s'était frayé un chemin entre les danseurs pour gagner le bar auquel il demeura accoudé, nu-tête, à demi penché en avant, comme s'il ne devait plus jamais bouger ni rien faire. Elle le regardait. Il s'éventa mollement avec son panama et lança un jet de salive dans la direction du crachoir.

— Ne vous inquiétez pas, dit Anna en se caressant le menton, ils vont revenir, je ne les ai pas vus décamper. » La petite regardait l'étranger avec des yeux fulgurants et durs comme ceux d'un chien policier, tout en murmurant de nouveau sur un ton distrait, machinal : « Idiote ! Idiote ! »

— Je ne peux pas les surveiller toute la journée, dit Anna.

— Vous étiez là, vous auriez dû les voir.

— Je ne les ai pas vus, dit Anna.

— Je vous répète que vous auriez dû les voir », cria-t-elle en la saisissant par l'épaule et la secouant rudement. Puis, comme si elle eût pris soudain conscience qu'elle était dans un lieu public, elle eut un mouvement de recul et détourna à demi son visage qui devint cramoisi, mais se ressaisissant aussitôt, elle fit volte-face ; son regard nous parcourut avec un hautain mépris, sans nous distinguer individuellement et, la lèvre retroussée sur les dents, elle toisa d'un œil expert et froid, comme s'il avait essayé de la toucher, l'étranger qui soutint son regard, l'air penaud, mauvais, pervers. Il semblait s'attendre à être frappé ; et quand elle fit de nouveau un brusque demi-tour et qu'elle se dirigea rapidement vers la porte d'un pas balancé et traînant, il posa son verre sur le coin de la table, se coiffa de son panama qu'il enfonça avec le poing, courut à grandes enjambées jusqu'à la porte par où elle s'était éclipsée et s'arrêta sur le seuil, la tête penchée, la main sur la poignée, la tache verte de la porte oscillant derrière lui.

« Sani ! Sani ! ». On aurait dit que le son de sa voix aiguë, grêle, lointaine comme le cri d'une bête nocturne, avait été arraché de ses lèvres par le vent et dispersé de tous côtés, séparé d'elle-même par une distance énorme. Elle réapparut dans l'encadrement de la porte, tout essoufflée, défiante et légèrement pliée en deux, nous observant tour à tour comme si sa vie eût dépendu de l'inflexible tension de son regard ; puis, faisant volte-face d'un mouvement violent, elle se remit à crier à pleine voix : « Sani ! Sani ! », les mains arrondies en haut-parleur autour de sa bouche, une jambe levée en arrière pour faire contrepoids à son corps penché.

Anna quitta le comptoir et s'approcha d'elle :

— Ils vont revenir, dit-elle en l'entraînant au milieu de la salle. Mais la petite se dégagea avec une expression choquée et instinctivement insultée. Elle se dirigea vers le bar à pas mesurés, foulant à peine le sol d'un air majestueux, la tête haute, au milieu d'un silence qui semblait stagner. Elle se hissa sur un tabouret qu'elle fit pivoter et renversa la tête sur ses avant-bras nus croisés sur le zinc, dans l'attitude navrée d'une enfant qui sanglote. Anna se pencha sur elle, balbutia des consolations d'une voix insistante, persuasive et elle entreprit de lui démontrer son innocence, tandis que sa main perplexe tripotait un collier en bois qui s'étalait en rangs successifs sur les replis de son opulente poitrine :

— Vous savez bien qu'il n'est pas perdu. Si je n'avais pas tant à faire, geignit-elle, j'aurais pu avoir l'œil sur lui.

Et, quand sa main devenue plus audacieuse se mit à caresser légèrement les cheveux de la jeune fille, celle-ci se déroba d'un geste sauvage en rejetant ses boucles désordonnées en arrière.

— Si je n'avais pas tant à faire... reprit Anna sur le même ton de protestation geignarde. Il y a des clients toute la journée et ce n'est tout de même pas mon...

— C'est une honte, coupa la petite, une honte !

— Je fais de mon mieux, et ce n'est pas à moi de surveiller un gamin qui ne veut pas rester au lit...

— Taisez-vous ! dit la jeune fille en claquant ses doigts sous le nez de l'aubergiste qui s'écarta pesamment comme un animal débonnaire qui reçoit avec surprise un coup de fouet inattendu, « taisez-vous donc ! Et servez-moi quelque chose, j'ai soif, quelque chose comme.... (son regard circonspect parcourut rapidement les diverses consommations), quelque chose de chaud », dit-elle d'une voix mi-suppliante mi-impérative, en se penchant vers Anna qui la regardait d'un air contrit et désapprobateur, et elle ajouta, avant qu'elle eût ouvert la bouche : « Je vous paierai tout cela. » Anna se mit à rire, fit le tour du comptoir et tendit une tasse au-dessus d'un robinet nickelé en disant que ce n'était pas la place d'une jeune fille et qu'elle lui monterait son café dans la chambre. La petite fronça le nez :

— Non, ici, dit-elle, ici !

— Ce n'est pas votre place, dit Anna.

— Ce n'est pas ma place ? interrogea-t-elle d'un air incrédule, déconcerté et furieux.

Anna poussa un soupir, dévissa le robinet et, quand la tasse fut remplie jusqu'aux bords, elle la fit glisser sur le zinc devant la jeune fille qui, les coudes sur les genoux, souffla sur le café. Sa bouche se plissait comme une anémone qui s'entrouvre ; elle l'observait grimaçante et attentive, jusqu'à ce que ses yeux fussent complètement cachés par le bord dont le reflet illuminait son front d'un bref éclat blanchâtre.

La musique reprit. Annabelle courut vers moi et me saisit le bras en me demandant si je voulais bien l'inviter à danser. Elle pouffa de rire et elle me dit qu'elle voulait éviter que le Catalan ne la fasse danser encore : il était ennuyeux et très maladroit et il avait réussi à lui mettre les pieds en sang. Elle vacillait légèrement en pressant contre mon épaule sa figure mince où les yeux brillants étaient pris dans un réseau de petites rides. Je fis sauter ma cigarette dans le creux de ma main et la fourrai dans ma poche ; je lui enlaçai la taille et nous dansâmes. À la place de Grégoire, disait-elle, elle aurait envoyé paître cette petite putain qui venait toujours se mettre sur son chemin quand il ne fallait pas et je lui dis que justement il avait peut-être tort de l'envoyer paître et qu'il s'en repentirait un jour, et elle se mit à ironiser sur le sentiment que j'éprouvais pour cette pauvre fille qui avait l'air de s'accrocher à n'importe quel homme, et je dis que ce n'était pas gentil pour Grégoire ni pour moi (elle rit en laissant retomber ses paupières sur ses yeux), et elle ajouta que cette maison était devenue un asile d'aliénés et qu'on ferait bien de trouver un endroit plus convenable, plus tranquille, si on ne voulait pas que la confiance du Capitaine ne fût sérieusement ébranlée et (les épaules frissonnantes) qu'elle-même n'éprouvait pas un réel sentiment de sécurité dans cette sale boîte, et elle me regarda en riant comme elle faisait quand elle cherchait à me faire enrager. Elle avait très bien réussi cette fois, j'étais furieux contre elle.

Quand la musique cessa, je lâchai sa main en la remerciant sèchement mais elle me dit qu'elle désirait encore danser. Je courus mettre un autre disque et nous dansâmes de nouveau, mais je gardai le silence jusqu'au bout et j'épiai Hélène qui, assise auprès de Grégoire, les mains sur les genoux, regardait le bout de ses souliers avec un intérêt détaché en se balançant sur sa chaise comme un jouet mécanique, et quand, un peu plus tard, je jetai un nouveau coup d'œil de leur côté, je vis qu'ils s'étaient rapprochés et qu'ils parlaient. Leurs voix étaient très hautes et les narines d'Hélène étaient toutes pâles dans sa figure allumée ; derrière elle, les ombres de ses mains montaient le long du mur comme deux souris et disparaissaient complètement. J'entraînai Annabelle en la maintenant le dos tourné dans leur direction et je la fis piétiner quelque temps en prêtant l'oreille. Mais, si je ne pus saisir que quelques bribes éparses, je compris qu'elle était dans un état d'exaspération si violent qu'elle oserait ce qu'elle avait résolu de faire, si bien qu'il me semblait que c'était déjà fait ; qu'il remarquait maintenant sa présence, qu'elle était quelque chose dans sa vie secrète et égoïste ; et en même temps, je me cramponnais à l'idée qu'elle ne voudrait pas affronter l'épreuve suprême ni ce soir ni demain et qu'à la longue, désespérant de voir son amour payé de retour, elle cesserait de vouloir être à lui et que, cruellement offensée, poussée à bout par le mépris d'elle-même, elle se tournerait ailleurs sans plus jamais accorder un regard à celui dont l'indifférence était comme une insulte et que, sa passion apaisée, elle jetterait son dévolu sur un plus digne, sur moi-même auquel elle accorderait ses faveurs. C'est pourquoi même si je ne m'étais senti incapable d'intervenir dans le cours irrémédiable des événements, comme un homme qui, les membres liés et la bouche bâillonnée, doit se contenter d'enregistrer avec les yeux, en spectateur impuissant, le crime qu'on accomplit devant lui, peut-être n'aurais-je pas seulement levé le petit doigt, parce que je craignais qu'une intervention ne se retournât en définitive contre moi et que, n'étant nullement un pacificateur désintéressé, je cherchais ma part sans savoir au juste quel était le meilleur moyen de l'obtenir, ce qui me rendait irrésolu et me donnait l'air d'un amateur de bagarre qui vient là où il espère que des rixes et du sang répandu satisferont sa curiosité malsaine et n'a pas assez d'yeux pour guetter le moment où tel apache sortira son couteau à cran d'arrêt. Elle se pencha sur lui et saisit son bras :

— Oh, je suis folle ! Pourquoi cours-tu après plusieurs femmes, Grégoire ? Je voudrais bien... oh je perds la tête. Parle-moi, Grégoire, dis-moi quelque chose, même si ce sont des...

On aurait dit que sa voix était retournée vers l'intérieur d'elle-même, et pourtant aux écoutes d'une autre voix que nous n'entendions pas. Il restait immobile comme une borne. Pas un muscle ne bougeait, sauf la lèvre supérieure qui se relevait doucement sur un sourire narquois.

— Dis-moi pourquoi tu as besoin d'une autre femme, dit-elle en tortillant son mouchoir, courbée sous le regard ironique que suscitait son attitude suppliante.

— Je n'ai besoin d'aucune femme, dit-il sèchement, sans broncher.

— Oh ! gémit-elle en se couvrant la bouche de sa main. Et son expression humiliée et hagarde s'évanouit comme si un rideau lui était tombé devant le visage. Annabelle m'entraîna du côté de la porte. Je manœuvrai de telle sorte qu'elle leur tournât le dos, puis je la fis reculer insensiblement pour réduire la distance qui nous séparait d'eux, l'oreille tendue et orientée dans leur direction. J'entendis seulement la voix douce, cruelle et péremptoire, légèrement teintée de pitié :

— Je ne choisis pas de femmes, je les prends toutes. Je n'aime aucune femme ou je les aime toutes, pourvu que...

— Oh, oh ! fit-elle d'une voix mourante.

Puis, de nouveau, elle eut un haut-le-corps ; l'expression torturée de son visage se dissipa brusquement et ils se regardèrent les yeux dans les yeux avec la même attention fascinée, elle outragée et hautaine, lui souple et amusé qui refaisait le nœud de sa cravate avec un soin méticuleux, une jambe croisée sur l'autre, l'air satisfait et les cheveux pommadés puant le parfum comme un vrai maquereau et j'aurais eu envie de lui flanquer des gifles pour lui apprendre à ne pas narguer la souffrance avec ce regard insupportablement paisible et suffisant qu'il a, comme s'il y avait toujours pour lui pléthore de femmes et qu'il eût tout le temps de faire son choix.

La musique cessa ; nous tournâmes encore pendant que Rodolphe cherchait un autre disque et le mettait en marche. Le bord de mon oreille touchait le front brûlant d'Annabelle et, par-dessus son épaule, je voyais le visage livide qu'Hélène tendait en avant et ses doigts qui pliaient et dépliaient nerveusement un mouchoir sur ses genoux. Soudain elle se leva, prit la direction de la porte, revint en courant prendre son sac sur la table et traversa la salle en trois enjambées. Mais, avant qu'elle eût le temps de franchir la porte, celle-ci s'ouvrit toute grande sur les ténèbres qui entrèrent, chaudes et violentes. Elle s'arrêta net et resta quelques instants immobile, le dos appuyé au chambranle, serrant de la main son imperméable qui claquait mollement contre son corps courbé par un vent qu'on entendait bourdonner, réitérant, importun, lointain.

— C'est eux ! s'écria Anna en brandissant son doigt vers la porte, l'œil joyeux fixé sur la jeune fille qui tourna le visage légèrement de côté avec une expression de colère froide et d'indifférence affectée.

Dans l'embrasure carrée et sombre, deux silhouettes enfantines se profilèrent sur le ciel vert, comme deux ifs. Hélène recula d'un pas et s'écarta à leur passage, s'efforçant de maintenir clos l'imperméable que le vent gonflait avec un bruissement léger et discontinu. Elle recula encore et se laissa tomber sur une chaise placée contre la porte, les jambes serrées, la tête basse, tandis que ses doigts tremblants rajustaient son manteau sur sa poitrine.

La petite jeune fille courut en boitant vers la porte et se planta devant deux jeunes garçons qui s'engagèrent entre les tables, posément, sans hâte, en poussant chacun devant eux une bicyclette maculée de boue qu'ils firent rouler sur le carrelage. Ils ne regardaient ni d'un côté ni de l'autre, leurs pas accompagnés par le bourdonnement métallique de la chaîne, comme s'ils poursuivaient sur une route une paisible promenade. Quand ils pénétrèrent dans la zone éclairée, et que je les reconnus, je lâchai la main d'Annabelle et je bondis vers eux :

— Guillaume, dis-je.

Il m'adressa un sourire figé et son visage s'empourpra jusqu'au front. Il me regardait avec un air tout drôle comme s'il faisait là quelque chose d'interdit mais d'insolite dont il ne savait pas très bien ce que j'en penserais. Les traits durcis et vides d'expression, Sani s'arrêta et s'appuya contre la rampe d'où il dirigea son regard fixe par-dessus nos visages vers le fond de la salle, en se tournant de côté pour éviter le reflet aveuglant de la lampe sur le métal du bar. La petite s'élança sur lui et lui prit le bras :

— Où avez-vous été ? cria-t-elle, haletante.

Sani se dégagea vivement et, après avoir appuyé sa bicyclette contre le mur, il se mit à monter l'escalier sur les mains et les genoux ; puis il s'assit sur la troisième marche, le visage entre ses mains comme quelqu'un qui se recueille.

— Où avez-vous été ? cria-t-elle.

Elle se glissa contre lui et posa sa main sur son épaule en le secouant. Leurs deux visages étaient dans l'obscurité, la lampe éclairant seulement leurs chevelures et la main à plat sur l'épaule qu'elle faisait légèrement osciller.

— Dis-moi où vous avez été ?

Sani ne répondit pas, il ne leva même pas la tête. Quand j'ai demandé à Guillaume ce qu'il faisait ici, il m'a regardé dans les yeux sans rien dire. Son visage devint froid, prit une expression gênée et il détourna vivement son regard.

— Maintenant, rentre tout droit à la maison et mets-toi au lit, dis-je.

Il marcha à reculons, tournant la tête par intervalles pour s'assurer de l'emplacement exact de la porte par laquelle il voulait s'enfuir. Ses mains se tordaient lentement le long de ses flancs. Je fis quelques pas vers lui :

— Allons, file ! dis-je.

Et avant même que j'aie pu allonger la main pour lui donner la gifle qu'il méritait, la jeune fille bondit sur ses pieds, s'interposa entre nous deux et, le saisissant par le revers de sa veste, l'attira brusquement vers elle :

— Où l'as-tu emmené ? dit-elle, le regard enflammé. Réponds, petit imbécile !

Il cessa de reculer, le corps rejeté en arrière et roidi sous l'étreinte de la petite qui l'inspectait de haut en bas avec une hostilité vigilante. Il nous regardait tour à tour en battant les paupières, les lèvres serrées. Il se mit de nouveau à reculer, puis soudain il pivota et nous le vîmes filer vers l'escalier, comme s'il venait brusquement de décider qu'il avait une course pressée à faire et qu'il entendait s'en acquitter sur-le-champ. Il attrapa Sani par le bras, le mit debout en le soutenant sous l'aisselle et ils escaladèrent en courant les marches sans se retourner, comme des voleurs qui emportent un butin. À son tour, la jeune fille pirouetta, adressa à Anna un regard furibond et indigné et se mit à l'insulter en brandissant les deux poings sous son menton ; puis elle gravit l'escalier clopin-clopant, les mains crispées aux côtés, les yeux brillants dans l'expression hagarde de son visage ruisselant de sueur sur lequel étaient plaquées des mèches pointues et luisantes. Nous l'entendîmes secouer furieusement la porte dont ils avaient poussé le verrou ; nous entendîmes leurs cris de triomphe et soudain, dans un silence fiévreux, sa respiration sèche et sifflante comme celle d'un boxeur qui reprend souffle entre deux rounds. Je montai aussi : elle était blottie contre la porte, les mains crispées sur la poignée, s'efforçant de la pousser, tout en fixant sur moi, par-dessus son épaule, des yeux dilatés par la colère. Elle recula de deux pas en arquant le buste et se précipita sur la porte qu'elle martela furieusement à coups de pied, tout le corps arc-bouté contre les planches qu'elle griffait de ses mains nues et derrière lesquelles s'élevaient les voix chuchotantes des garçons.

— Je vais vous aider, dis-je.

Alors seulement, je pensai à Hélène. Je m'immobilisai en bredouillant quelque chose, je fis volte-face et je dévalai l'escalier sur le palier duquel je me heurtai à Anna.

— Je vais y mettre de l'ordre, dit-elle en se tournant vers moi dans l'obscurité.

Elle s'engagea péniblement dans l'escalier, s'appuyant d'une main au mur et relevant ses jupes de l'autre. Mais je ne pensais plus qu'à une seule chose. Avant de me pencher sur la rampe pour jeter un coup d'œil vigilant sur eux, je reculai et je me tins un moment le dos contre le mur, les yeux fermés, frottant mes cuisses d'un geste machinal comme si j'avais voulu leur donner plus de vigueur, me demandant si j'étais ivre et je fus persuadé pendant quelque temps que la chose avait déjà eu lieu ; je pus m'entendre murmurer tout bas : « J'espère que c'est fait, j'espère que c'est fait ! » Et je ne doutai plus que cela n'ait eu lieu réellement et, tout en regardant à travers mes cils le dévalement creux et vide de l'escalier qui s'achevait en une succession de lames luisantes aux contours précis, je me rappelai la dernière expression d'Hélène, assise sur la chaise, les lèvres décolorées et entrouvertes, les yeux mornes dans le masque métallique de son visage fixés sur les jeunes garçons avec une sorte de rancune amère, comme si leur irruption inopinée avait épuisé à jamais les forces qui lui eussent permis de marcher jusqu'à la porte et de fuir avant que la chose ne fût accomplie. C'est pourquoi, quand je me suis penché sur la rampe, le cœur battant, que j'ai ouvert les yeux et que j'ai vu que rien n'avait changé, j'ai senti sourdre en moi en même temps qu'une angoisse intolérable, un réconfort éperdu, comme deux rivières s'embouchant dont l'une eût été d'eau claire et l'autre de feu.

Elle se tenait debout contre la fenêtre, un peu en retrait de Grégoire, la courbe de sa tête et de ses épaules se profilant en saillie comme un camée noir sur le ciel vert-de-gris. Elle ouvrit tout grands les deux battants de la fenêtre que le vent avait rabattus et ce fut comme si le vent les avait rouverts brutalement, avec impatience. Quand je fus devant elle, elle secoua la tête et un frisson convulsif agita tout son corps qui se courba comme si sa respiration avait été coupée, et sur le mur, son ombre fluette et longue fit aussi une courbette qui ressemblait à une servile imitation. Elle murmura tout bas, comme en elle-même : « Il faut que je parte, il faut que je parte ! » et, se retournant, elle promena ses yeux qui brillaient d'un éclat farouche tour à tour sur mes jambes, sur le Capitaine dont j'entendais la voix grave, intarissable et déférente, sur la porte qui battait doucement contre le mur, et elle fit non, non, de la tête avec une obstination puérile et désolée, tandis qu'un faible ah-ah-ah passait entre ses lèvres pâles.

— Écoutez-moi, dis-je.

Elle se mit à reculer le long du mur sans me regarder.

— Il faut vous en aller, dis-je.

Elle me regarda et je la regardai de nouveau en lui disant :

— Il faut vous en aller.

Elle voulut faire encore un pas en arrière, mais son dos touchait déjà le mur.

— Non, je ne m'en irai pas, dit-elle.

Mes oreilles bourdonnaient si fort que j'avais l'impression que la salle était traversée par de furieuses rafales : un bruit sourd, lent, répercuté, et peut-être la salle était-elle en effet pleine de vent.

Soudain, elle fit volte-face, elle traversa la salle à pas rapides et prudents ; elle s'approcha de la table où Grégoire et le Capitaine accoudés jetaient des cartes d'une main distraite et, avant même que Grégoire eût levé la tête, elle le saisit par le bras. Il se leva machinalement en regardant tour à tour son partenaire et Hélène qui s'accrochait à lui en égrenant avec une volubilité expressive un chapelet de mots caressants que couvraient sans hâte ni effort les sons du phonographe, eux-mêmes à demi assourdis par l'air pesant. Il repoussa sa chaise en arrière et passa sa main sous le bras d'Hélène qui l'entraîna vers la porte, et ensemble ils traversèrent la pièce en trébuchant, lui légèrement penché sur elle qui, pendue à son bras, tendait vers lui des yeux étincelants sous le voile des cils semblables à deux petits morceaux de charbon sertis dans une chair lisse et blême, et dans ces yeux ce n'était plus maintenant cette froideur inexorable de la femme trompée, mais plutôt cet égarement sinistre comme un écho du rire sadique et muet d'un criminel. Il lui enlaça les épaules en la pressant contre lui ; elle se retourna et jeta un rapide coup d'œil autour d'elle dans la salle.

Quand ils eurent franchi le seuil et que leurs deux silhouettes se furent estompées dans les ténèbres, nous entendîmes encore la voix enfantine et lointaine d'Hélène mêlée au ronflement soutenu, impersonnel du vent. Et presque aussitôt, nous entendîmes un coup de feu sec et bref comme le craquement d'une allumette.

La respiration coupée, je fermai les yeux dans un élan de prière et les rouvris pour voir la silhouette ramassée et pesante de Grégoire qui marchait à petits pas serrés vers la porte, un bras étendu afin d'y chercher un appui. Il y eut une deuxième explosion et pendant quelques secondes encore, il resta debout, puis son corps se tordit d'un côté, s'affaissa lourdement sur le seuil, heurtant la terre molle avec un bruit sourd, et il se recroquevilla en boule en geignant comme un petit enfant : « Maman, maman, maman. »

SANI

Je n'étais pas dans mon assiette, c'est pourquoi je n'ai pas voulu les poursuivre et, bien que sûr qu'ils se cachaient derrière la porte du grand dock pour nous prendre à revers quand nous aurions enfilé la rue, j'ai dit à Guillaume que je ne voulais pas les poursuivre en prétendant qu'ils avaient certainement filé, mais je ne lui ai pas dit que j'avais envoyé les autres en reconnaissance pour rester seul avec lui et lui montrer pourquoi j'étais le prince, et peut-être que j'avais besoin qu'il me confirmât que je l'étais encore pour me le confirmer à moi-même, car la trahison de Richard et des autres, c'était un rude coup. Je me disais que je n'étais si triste que parce que j'étais enveloppé par une fièvre brûlante et que je n'avais pas réussi à être le maître de la situation parce que j'avais ce trou dans la tête, comme si on essayait de m'enfoncer un fer rougi dans le front. Guillaume me dévisageait avec inquiétude et quand je l'ai regardé fixement, il a détourné la tête vers l'eau, mais il a continué à me jeter des regards rapides et désolés. Je crois qu'il avait plutôt envie de les pourchasser et pourtant je lui avais réservé la meilleure place : je souhaitais lui faire connaître ce que les autres n'ont jamais connu et que je ne leur aurais pas fait connaître pour un empire, tout en prenant garde de ne pas marquer la préférence que je lui accordais secrètement et que j'eusse voulu qu'il fût le seul à sentir, car j'avais lu quelque part que les grands chefs ne devaient pas manifester de dilection particulière s'ils voulaient que tous les servent aveuglément. Mais ce soir-là, la fièvre, la souffrance et leur trahison dont je me sentais encore plus attristé qu'irrité m'avaient enlevé tous mes moyens et je désirais tellement être seul avec Guillaume que je n'ai pas cherché par quel moyen plausible je pourrais satisfaire ce désir et j'ai vu, quand je leur ai donné leur mission, qu'ils savaient que je cherchais à me débarrasser d'eux et c'était la première fois qu'ils acceptaient mes ordres de mauvais cœur et qu'ils n'avaient pas confiance en moi, et pendant le temps d'un éclair, je conçus pour moi-même une sorte de dégoût, mais après, ma cervelle était trop embrumée par la fièvre pour que je fusse obsédé par leurs regards réprobateurs (il faisait si sombre que je ne voyais peut-être pas leurs yeux et que j'ai seulement imaginé qu'ils étaient tels, parce que le silence nous rapproche plus souvent du cœur des hommes que des paroles ou des regards, et ce silence menaçant et chargé était comme une plaque où étaient photographiés leurs yeux, où étaient enregistrés les reproches qu'ils auraient voulu m'adresser). Je marchai le long du parapet, regardant nos deux ombres décapitées par le bord du quai, et il me prit le bras et me dit qu'il fallait rentrer à la Cloche de Bois parce que j'étais trop malade, et introduisant son bras sous mes deux aisselles le long de mon dos, il essaya de me soutenir en me suppliant de rentrer parce que je ne pouvais même plus me tenir debout et qu'il allait me conduire jusqu'à l'auberge et que Catherine serait furieuse quand elle verrait que le lit était vide. Alors je lui dis que je voulais lui montrer mon royaume. *Dans l'embrasure sombre de la porte, Harold se tenait droit, les jambes gainées dans les bas de soie noire jointes, serrées, tendues comme celles d'un cheval pur sang et sur chaque genou brillait la boucle d'argent. Il ne bougeait pas la tête d'un pouce, ses yeux étaient fixes et ronds comme des billes d'agate ; et tout à coup son long corps noir a vacillé et s'est dédoublé et j'ai écarté les deux corps longs et noirs pour tourner la poignée de la porte et tous deux m'ont pris le même bras : M'sieur Sani devrait se coucher, ils ont penché vers moi leur crâne chauve et quand je disais qu'il ressemblait tout à fait à une mappemonde il pinçait le coin des lèvres, comiquement offusqué. Ferait mieux de se coucher, et à son* tour *Guillaume a penché vers moi ses yeux allumés par un feu doux et fugitif. Oui, te coucher, Sani, te coucher, mais je leur ai dit que je n'étais pas malade et que j'étais venu ici pour autre chose et en disant pour autre chose j'ai regardé Guillaume dans les yeux ; alors il m'a pris la main : Te coucher, Sani, il faut te coucher, en me regardant avec un drôle d'air. Il a repoussé la porte avec ses fesses et je n'ai plus vu Harold, mais j'ai entendu le crissement intermittent de ses souliers vernis dans la cage fraîche et sonore de l'escalier et le léger toussotement discret et respectueux qu'il poussait quand il se disposait à ouvrir une porte. Le visage de profil, Guillaume m'a regardé, je me suis assis devant la grande table blanche où gisaient des plats entamés, où éclatait le cristal jaune et rose des deux carafes. Il s'est contenté de me regarder avec des yeux attentifs et suppliants qui semblaient me pénétrer à l'intérieur pour m'arracher quelque chose que je ne voulais pas donner. C'est parce que j'avais ce trou dans la tête ; c'est parce que tout était mouvant et que je ne me représentais plus mon pouvoir comme un rocher dur, escarpé, inaccessible, le dernier jour où je pourrais lui prouver que j'étais le prince, je me suis redressé et j'ai bondi sur les dalles, il m'a pris la main avec empressement et m'a guidé comme on guide un aveugle jusqu'à la porte qu'il ouvrit devant moi et dans l'embrasure il y avait Harold qui se tenait droit, un plateau posé à la hauteur de sa poitrine sur ses doigts tendus en quinconce, les muscles des mollets bandés sous ses bas noirs.* Pendant longtemps, je n'ai pu oublier le visage menaçant de Richard. Il ne s'est pas levé quand je suis entré et j'ai tout de suite compris que je ne les ramènerais pas à moi par la colère mais par une sorte de tristesse sereine qui les frapperait en plein cœur, mais je n'ai pas eu assez de bon sens ou de force pour éviter de faire ce qu'il ne fallait pas faire. Je lui ai dit de se mettre debout et il s'est levé en ricanant, voûté, dolent, ses yeux narquois fixés sur moi et j'aurais donné n'importe quoi pour qu'il baissât les paupières, car c'eût été sa capitulation et ma victoire assurée sur la raideur gênée des autres qui n'attendaient qu'un signe de faiblesse de ma part ou de la sienne pour choisir de quel côté ils se rangeraient ; j'en avais le cœur brisé car, si je ne m'étonnais pas tant qu'ils eussent préféré temporairement et en manière de jeu un chef vivant à un chef moribond, même si l'élu était une canaille dont on ne pouvait d'ailleurs contester le pouvoir, je n'aurais jamais pu imaginer qu'un jour ils hésiteraient à choisir entre nous deux en ma présence, et c'est pourquoi j'ai cru qu'il n'y avait rien d'autre à faire que de les regarder tour à tour, les bras croisés, jusqu'à ce que mon regard offensé leur eût révélé leur insanité. Mais les mots qui venaient si aisément avant que je n'eusse ce trou dans la tête venaient boiteux maintenant comme s'ils ne pouvaient plus s'ordonner et se réchauffer au contact d'une confiance mutuelle ; j'attendais, j'attendais, je pouvais à peine respirer pendant que je sentais le sang affluer et bouillonner dans mon cerveau et mes mains trembler entre mes côtes et mon bras et que je voyais sur son front des gouttes de sueur grosses comme des billes couler sur sa grasse figure de papier mâché. Il s'est mis à rire et à ce moment-là je vis que mes nerfs étant à bout, j'allais commettre une bêtise : si seulement mon regard n'avait pas été voilé par la fièvre ! Nous nous sommes défiés, j'ai senti mon assurance fondre comme de la glace, et j'ai cru qu'il fallait agir avant que mon attitude indécise ne prêtât à rire. C'est Pim qui lui a sauté dessus le premier, avant même que Richard ait pu appeler à la rescousse ; il a seulement sauté en arrière en s'agrippant à la table d'une main et en griffant de l'autre le visage de Marc comme un chat sauvage et, quand il fut renversé et que Pim l'eut maintenu couché sur le dos, les deux genoux appuyés sur ses épaules, il m'a regardé et non, non, je ne pourrai jamais oublier ce regard, car, s'il n'y a rien de plus triste qu'une trahison, il devrait subsister dans le cœur d'un traître le regret désespéré de ne pouvoir plus jamais se tenir aux côtés de celui qu'il a trahi, mais dans les yeux jaunes de Richard, je ne voyais ni tourment ni remords mais, à travers les larmes de rage, un sombre défi ; je savais que le dernier lien était rompu. Il maintenait généralement une hostilité avouée dans ses façons avec moi, mais il était celui que je consultais le plus volontiers, parce qu'il me semblait qu'il y avait quelque chose de commun entre nous qui nous rapprochait et nous éloignait tour à tour, un lien subtil et secret par lequel nous pénétrions aisément l'un et l'autre dans notre désir réciproque de domination. Mais n'était-ce pas cet antagonisme même qui lui donnait tant d'intelligence et me rendait son concours si précieux ? Et dès le moment où il se tenait derrière la table, le visage pétrifié, la bouche mâchonnante, un bras le long du corps, sa main émaillée de taches rousses refermée, l'autre pliée sur ma pipe d'écume, ses yeux jaunes braqués sur moi, attentifs et insolents ; ces yeux qui n'avaient jamais cessé de m'affronter depuis le premier jour où je fus le chef, exprimant qu'à mon premier revers ils prendraient la place des miens, et quand je donnais mes ordres ou que je prononçais un blâme, ils ne se baissaient jamais servilement afin de me laisser entendre que ces ordres mêmes ou ce blâme, il les recevait avec une gratitude ironique afin de nourrir son propre ressentiment ; dès ce moment-là, bien que rien de mon pouvoir ne m'eût encore échappé, je me suis dit qu'il gagnerait peut-être la partie, mais je mettais sur le compte de la fièvre un pressentiment que rien ne semblait justifier. Nous avions le même désir et il se tenait immobile, me regardant avec ces yeux-là, et je savais aussi que je ne verrais plus jamais aucun des garçons à mes côtés, comme si dès ce moment mon pouvoir se laissant emporter et roulant dans le flot brumeux de ma fièvre dût s'y laisser entraîner et couler à pic pour toujours. *Nous avons couru sur la rive, il a essayé de me rattraper et quand il fut à ma hauteur il m'a pris le bras pour me retenir. Devant nous le vent chaud, humide, parfumé courbait les herbes entre lesquelles nous voyions l'eau comme des fragments de miroir brisé où bondissaient les oiseaux effrayés qui tournoyaient en jetant des cris presque humains, qui s'élevaient pour s'abattre aussitôt, comme si le ciel bas et lourd avait été un obstacle à leur envolée, les becs plongeant, les ailes à demi immergées traînant derrière eux une longue plume blanche, et il a répété indéfiniment : Sani, il faut rentrer, Sani, il faut rentrer, jusqu'au moment où je lui ai appliqué une gifle sur la bouche, et j'ai détaché la corde de l'étançon d'une main tandis que de l'autre je lui ai donné une violente poussée qui l'a couché à plat ventre dans le fond de la barque qui dévia et se mit de travers juchée sur la rive, et quand il essaya de se relever et de se tenir en équilibre, les mains levées, le corps vacillant comme un ivrogne, elle bascula à gauche, à droite en faisant plouf plouf à gauche, à droite. Tiens-toi tranquille, et il s'est couché sans rien dire à l'extrémité de la barque qui n'oscillait plus que légèrement et il m'a regardé, les genoux relevés, bercé de-ci de-là comme un paquet de linge ballotté par les flots. J'ai posé un pied sur la barque et de l'autre j'ai poussé la terre jusqu'à ce que le bateau s'en détache avec cette majesté nonchalante des choses qui ne vivent pas et je me suis assis devant lui en ramenant à mes côtés les rames allongées sur l'eau qui bruissait sous le vent tout autour de nous et j'ai craché dans mes paumes et les ai frottées l'une contre l'autre avant d'empoigner les deux manches ; les deux palets tranchèrent l'eau mouchetée de flammes glacées, revinrent doucement à la surface à la manière d'un gros poisson et jaillirent en l'air ruisselant de gouttes limpides et pâles. Quand je me suis retourné vers Guillaume, il était assis sur le bord du banc, les mains plongées dans le fouillis sombre de ses cheveux broussailleux comme un oiseau endormi sur une branche et il a senti mon regard, il a levé la tête derrière laquelle le méandre touffu de l'étang décrivait une courbe dans la demi-nuit, et je pouvais entendre le ronflement sourd du vent qui jetait de douces bouffées sur ma poitrine et le murmure complice des bêtes craintives dans les hautes herbes, et je lui ai dit qu'ici personne ne pouvait contester, mais il a regardé l'eau, les yeux clignotants, et il a posé son index sur la surface avec précaution comme s'il s'attendait à rencontrer une résistance et sa paume étendue à plat allait et venait, toute caressante, ridant l'eau grise d'un geste calme et recueilli, et je lui ai dit encore que c'est ici mon royaume, mais il s'est mis à chanter, sa voix s'enflait à mesure qu'elle s'affirmait dans l'air agité et c'était comme si elle sortait de l'eau et qu'il se penchait vers l'eau pour écouter d'où elle venait et en même temps j'ai senti l'odeur du froid malsain des ténèbres ; on aurait dit que la voix et l'odeur n'étaient qu'une seule chose, une sorte de musique douce et troublante que les rames comme des archets glissant sur des cordes tiraient de cette masse d'eau qui coulait mollement résistante sous sa main qu'il avait posée en biseau. Nous avons vu onduler les hautes herbes à cause de quelque chose qui se ruait à travers elles et des oies s'envolèrent au-dessus de nos têtes avec des cris plaintifs et aigus et nous entendîmes les chuintements, les gargouillis et un craquement végétal dans ces mêmes herbes serrées comme des blés et hautes de trois mètres. Il a cessé de chantonner, il a cessé d'osciller et s'est retourné vers moi en souriant. Les mêmes cris plaintifs, mais plus sourds : en petites bandes au vol heurté, aux ailes largement étalées et aux becs pointus, des oiseaux mon-*

tèrent en une lente ascension et brillèrent très noirs sur la rive escarpée et décrivirent de grands cercles au-dessus de nous et se maintinrent sur une ligne horizontale constituée par le sommet de la crête herbeuse ; la colonie vibrante s'éleva encore d'un léger bond et se perdit sur l'étoffe sombre des nuages poussés par le vent. Il s'est renversé en riant, sa main mouillée devant sa bouche. J'ai dit : Guillaume, et je me suis tu ; j'ai compris que je n'avais qu'à le regarder et que c'était entre lui et moi qu'existait un lien invisible et secret. Tous deux seuls avec l'eau, la vigilance, l'animation et la panique des bêtes. Je n'ai fait que le regarder sans parler ni même me pencher vers lui qui rejetait ses cheveux en fixant la rive où dans la demi-obscurité, à travers les roseaux et les broussailles compactes, s'est élevé le cri désolé et plaintif des oies. Je n'ai fait que le regarder. Le soir, après la sortie de l'école, au lieu de rentrer à la maison, je descendais jusqu'au port où je pouvais trouver l'animation des hommes et des navires et haïr ceux qui me maintenaient entre quatre murs au milieu de petits niais qui n'avaient pour point d'honneur que de se dépasser en savoir par cœur, alors que je bouillais du désir de courir entre les docks et sur les grèves et d'envoyer promener toute leur sacrée science et je savais déjà que je trouverais là ce que je ne pouvais trouver à l'école et tandis que je flânais, les mains dans les poches, je vis des garçons qui se couraient après autour des bâtiments et se hélaient sans cesse pour se rassembler et je me suis mis à regarder à quoi ils jouaient jusqu'au moment où trois d'entre eux qui se consultaient en tournant vers moi des visages malveillants se sont approchés et m'ont demandé si j'étais chargé de les espionner, et j'étais si mal à l'aise que je n'ai pas su leur répondre, me contentant de soutenir le regard du plus grand, un type efflanqué avec des cheveux blond pâle tirés en arrière et d'énormes mains comme je n'en avais jamais vues ; puis je me suis dit qu'il fallait parler avec aplomb si je ne voulais pas les recevoir sur la figure et j'ai dit que leur jeu m'intéressait et qu'ils ne pouvaient interdire à personne de les regarder jouer et que ce n'était pas une raison parce qu'ils étaient trois types pour chercher querelle à un seul, et tout en disant cela, je sentais bien que, s'il était nécessaire de parler haut pour leur en imposer, il se pouvait aussi que mon outrecuidance ne leur plût pas beaucoup, et je sentais une telle chaleur aux joues que j'avais peur qu'ils ne prennent ma rougeur pour de la timidité ou de la peur. Le grand a commencé à dire que j'étais un petit puant, mais à ce moment-là un grand rouquin qui se trouvait derrière moi mit sa main sur mon épaule en me demandant comment je m'appelais et où j'habitais et quand je lui ai répondu, il a fait un clin d'œil aux autres qui sont devenus tout à coup très aimables, et ils m'ont emmené dans la soute et ils m'ont fait jurer en étendant la main droite sur une statue de plâtre que je serais toujours fidèle et que je ne rapporterais rien de ce qui se faisait ici. Le rouquin a posé de nouveau sa main sur mon épaule et m'a dit qu'il allait me mettre à l'épreuve et que, selon la manière dont je saurais me conduire, je serais ou non des leurs : « Je m'appelle Richard, je suis le chef et tu me devras une entière soumission. » Je ne dis rien, mais je sentais déjà en moi le sang indompté qui me criait que je n'étais pas de ceux qui se courbent devant les plus forts et je pensais déjà que celui-là même qui parlait d'imposer sa loi devrait connaître un jour une souveraineté plus puissante que la sienne. *Il m'a tenu la main dans sa main chaude et confiante tandis que nous marchions vers le château, luttant contre le vent âpre et coupant dont la voix semblait monter de l'eau même en un murmure continu et multiple. Sur le palier, il y avait une fenêtre oblongue à petits carreaux sertis de plomb à travers lesquels nous regardâmes l'étang épais et noir entre les arbres boursouflés et perpétuellement agités, se gonflant et se dégonflant sans cesse selon la pression ou la dépression du vent de tempête ; et quand nous nous sommes détournés, Harold était contre la porte, il fit glisser rapidement ses yeux et regarda par terre comme s'il n'avait jamais cessé de le faire ; il regarda nos pieds, nos jambes, mais pas plus haut et il allongea sa main vers la poignée de la porte qui s'ouvrit soudain et battit contre le mur tandis que le vent qui sentait le bois et l'herbe ronflait, sifflait, soufflait dans nos jambes. J'ai vacillé et je n'ai plus su où j'étais mais la main chaude m'a guidé et il m'a semblé que cette main était ma propre main et que la voix auprès de moi était ma voix qui sortait de mon propre corps. Mes dents claquèrent et la main me poussa et je me suis affalé sur quelque chose de mou et de soyeux et, à travers une somnolence de plomb, j'ai entendu la voix qui ne cessait pas d'égrener une sorte de mélopée intime et consolante et comme la main chaude cherchait doucement à se retirer, je me suis agrippé à elle et je l'ai attirée vers moi en l'enserrant avec tous mes doigts comme si elle était un oiseau qui cherchait à s'envoler. Il m'a regardé en s'appuyant légèrement sur mon épaule et en se balançant sur les talons et en me faisant des signes de tête, ses lèvres remuèrent, mais je ne savais pas si c'était le bourdonnement des moustiques qui montaient en colonnes légères le long des froides murailles ou les criquets ou les moucherons en brume si fine qu'on aurait dit de la poussière chassée par le vent, et comme Catherine maudissait cette sale terre humide rejetant ses cheveux de dessus ses yeux et passant ses mains sur ses tempes avec lassitude en disant : Ces chaleurs, ces chaleurs, mais ce sont des mots, toujours des mots mêlés au murmure des feuilles flétries et recroquevillées du bout, et toujours une sorte de supplication, l'air mort, la fatigue dans les jambes, une brûlure sur le front, et soudain je me suis éveillé pour le voir le dos tourné, voûté, un pied en avant, et jetant un regard calculateur devant lui et fermant un œil et la main tendue devant lui brandissant le pistolet espagnol avec lequel il paraît que mon grand-père s'est.* Quand je pris le pouvoir, il n'en fut pas ému ni ennuyé ni embarrassé et tout de suite il s'est évertué à satisfaire mes désirs, en prenant garde de rester sans cesse à mes côtés, en prévenant mes ordres, comme pour me signifier et avertir les autres qu'il était le seul digne de remplir cet office et qu'il ne serait pas bon que l'un d'eux le lui disputât, parce qu'il était le seul dont le dévouement fût désintéressé et sans bornes. Il ne prit jamais une mine de chien battu ou de favori disgracié, jamais il ne m'a témoigné d'une façon visible et insolente par ses gestes ou par ses paroles le plus léger ressentiment, comme s'il considérait que mon usurpation était trop naturelle pour qu'il eût des raisons de m'en tenir rigueur ; pas le moindre mouvement de révolte. Et les garçons ne furent pas plus étonnés de sa mine déférente, soumise, passionnément zélée que de leur propre parjure qu'ils considéraient l'un et l'autre comme allant parfaitement de soi. Et c'est quand je me suis aperçu quel merveilleux comédien il était, capable de dominer sa haine et de la cacher derrière les apparences d'un féroce dévouement et l'efficacité d'un jeu qui me tenait paralysé devant lui parce que j'avais peur de son jugement et, à son visage soudain rembruni, je devinais qu'il n'approuvait pas tels de mes plans ou de mes ordres et, si je passais outre, mon insuccès lui donnait raison. C'est quand je me suis aperçu qu'il jouait impeccablement le rôle du chien dévoué et fidèle jusqu'à la mort, afin de conspirer en lui-même plus secrètement, que j'ai compris qu'il cherchait à étouffer mon pouvoir par un exercice très discret de son propre pouvoir qu'il n'essayait d'abord sur moi que pour l'essayer plus tard, à tel moment opportun, sur les autres garçons qui s'y livreraient alors sans défense, dès que mon autorité serait tout à fait éclipsée par la sienne. Il se tenait encore dans l'ombre et, à l'heure d'une décision, mes yeux se dirigeaient vers les siens pour y puiser un appui et ces yeux-là, sous couleur de me conseiller, me dictaient tacitement des ordres. Je compris que si je ne savais pas l'écarter de moi, il me tiendrait à sa merci et que je ne serais plus que son porte-parole. Alors, pour me persuader que son pouvoir était nul et lui faire entendre que je ne me laissais pas duper par cette espèce d'air soumis que je lui voyais tant qu'il n'y avait pas pour moi d'initiative à prendre et auquel se substituait ce regard critique qui me pénétrait jusqu'à l'endroit le moins ferme de moi-même et me communiquait un peu de sa force dès que je devais user de mon pouvoir, je l'ai destitué et j'ai pris Guillaume auprès de moi. Et, bien que je sentisse qu'il ne me le pardonnerait pas, il sut encore cacher son dépit et rentra dans le rang sans protester, mais je vis plus tard que je n'étais pas du tout délivré et mes yeux hésitants se dirigeaient instinctivement vers les siens dans l'espoir d'y voir briller une lueur d'approbation ou dans la crainte maladive de me heurter au mur de son mépris que je ne pouvais supporter. Et pourtant, quand je sus qu'il m'avait trahi, il me semble que j'aurais dû éprouver un immense soulagement, puisque le combat était maintenant loyal et que son secret ascendant sur moi, mis à l'épreuve du feu d'une hostilité ostensible, s'était évanoui et puisque les types étaient mis en demeure de choisir leur chef, je ne doutais pas qu'ils me suivraient. En dévoilant ses batteries, Richard avait rompu ce lien invisible qui me tyrannisait et que je n'avais pu rompre moi-même. Mais non, ma peur et ma gaucherie avaient augmenté encore et c'est vrai que ma tête était comme ébouillantée et que je me tenais à peine sur mes jambes, mais surtout je souffrais si horriblement de penser que j'avais été trahi par les trois quarts des garçons et qu'il avait suffi pour cela que je fusse grièvement blessé, comme s'ils avaient attendu ou même provoqué cet accident pour accomplir en toute liberté un coup d'État préparé depuis longue date, je souffrais tellement que je me trouvais décontenancé par une trahison que je n'avais jamais prévue et comme je ne me sentais pas disposé à accorder mon pardon, je n'ai rien fait pour les ramener vers moi, comptant sur mon seul regard méprisant et froid, mais les mots me manquèrent, tout ce dont je fus capable, ce fut de me croiser les bras et de les regarder désespérément. C'était comme s'ils m'avaient enfoncé un coup de poignard et, alors que pour écarter un péril si menaçant il aurait fallu que j'eusse toute ma tête et assez de force pour balayer tout cela, la fièvre m'étouffait, la tristesse m'aveuglait, je n'étais pas tout à fait sûr que j'étais le prince, c'est pourquoi j'ai fait connaître à Guillaume mon royaume, mais je savais bien que ce n'était pas celui que je tenais caché auquel je tenais vraiment et que je ne lui découvrais celui-ci que pour me persuader moi-même que ma souveraineté n'était pas ternie à jamais par leur trahison, que je n'étais pas seul dans un autre monde, loin d'eux tous qui se riaient de moi. *Il m'a dit : Il faut rentrer, Catherine n'est pas là, il faut rentrer ; j'ai introduit le pistolet dans ma ceinture et nous nous sommes élancés dans l'escalier jusqu'à la grande porte où Harold s'est effacé pour éviter d'être bousculé et nous avons enfourché des bicyclettes et ce fut une folle course dans les ténèbres grises, poussés par un vent brûlant qui avait un parfum de varech, de marais, de lilas et de je ne sais quelles autres fleurs et nous écarquillions les yeux pour tâcher d'apercevoir la silhouette de Catherine et quand nous sommes arrivés devant l'auberge, il m'a dit d'une voix oppressée : Elle est déjà là, nous allons recevoir une douche. Je me suis mis à rire et il s'est esclaffé aussi, mais je pouvais entendre son rire s'étrangler dans sa gorge tellement il avait peur d'affronter cette fille qui la dernière fois lui avait jeté mes pantoufles à la tête, et comme il était pâle. Nous avons mis pied à terre et nous avons filé le long du mur ; les ombres des bicyclettes filèrent également sur le mur ; il n'y avait pas de lumière dans notre chambre. J'ai ouvert la porte et nous avons vu cette même femme en trench-coat qui s'approchait de nous, venait vers nous, droite, haute, qui avait l'air immobile bien qu'elle fût en mouvement. Elle s'est reculée et son visage blafard s'est profilé en saillie sur le mur jaune. Guillaume a dit : Entrons par l'autre porte, et il m'a touché l'épaule. J'ai dit : Tais-toi, tais-toi et suis-moi. J'ai poussé ma bicyclette, j'ai entendu le roulement de la sienne et son reniflement à mes côtés. Quelqu'un a poussé un cri et Catherine s'est ruée à travers la salle illuminée, les cheveux rejetés en arrière, et elle s'est arrêtée, les yeux fixés sur moi. Nous nous sommes regardés tous les deux ; sa robe bruissait comme toujours quand elle était émue, puis sa robe a cessé de faire du bruit. Elle a dit : Où as-tu été ? Immobile, tendue, inflexible. Je cessai complètement de penser : dans un état de demi-idiotie. Je pouvais sentir le froid du pistolet contre mon bras nu, je pouvais entendre un vague murmure de voix et le ronflement du vent qui était parfumé de sel, d'herbes humides et de lilas et sa respiration rapide qui soulevait sa poitrine, je fermais les yeux dans une langueur ensommeillée. Elle a posé sa main sur mon bras : Où avez-vous été ? Je me suis reculé en dégageant mon bras et je me suis heurté à la marche, je suis monté à quatre pattes et la lumière brillante et tremblante me fatiguait tellement que j'ai caché mes yeux avec mes mains, le dos contre la rampe, sa main toucha mon épaule et la secoua rudement, sa jupe battait sur ses jambes : Dis-moi où vous avez été ? Si seulement je n'avais pas eu cette brûlure dans la tête ! Quelqu'un, une forme, une ombre, s'est mis devant Guillaume et elle m'a quitté précipitamment et quand j'ai entendu sa voix aiguë et furieuse se déverser sur le visage consterné de Guillaume, figé, cramponné à lui-même, j'ai laissé échapper un léger rire entre mes doigts, et comme elle brandissait ses pantoufles et lui en frappait la nuque en criant : Idiot, idiot, idiot. On courut vers moi et une main me souleva si violemment que j'ai cru que le vent me faisait voler et je vis alors le visage grimaçant de Guillaume (la voix du vent dominant toute cette fureur) levé vers le haut de l'escalier surveillant quelque chose comme s'il allait sauter dessus, il m'a chuchoté quelque chose en laissant fuser un rire nerveux et nous nous sommes engagés dans l'escalier suivis par la colère et le grincement de sa jambe orthopédique et le froufrou léger et soyeux de sa robe. Nous avons claqué la porte derrière nous tout en haletant et riant nerveusement, Guillaume s'est accroupi contre moi, les joues rouges et luisantes et les yeux brillants comme un enfant le jour de sa fête. Quelque chose est tombé entre mes jambes, j'ai tâtonné sur le parquet avec la main fouillant, brassant jusqu'à ce que j'aie senti un objet lourd, dur et froid que je me suis mis à caresser : c'était le pistolet espagnol avec lequel on m'a dit que mon grand-père s'est et toujours ces bouffées chaudes de lilas qu'on eût dit fécondées par la chaleur du vent qui nous parvenaient avec la régularité automatique d'une respiration humaine. Je l'ai tiré par la manche : Chut ! chut ! et il a appliqué son oreille contre la porte en grimaçant, nous pouvions entendre sa respiration de l'autre côté de la boiserie et elle s'est mise à crier : Démons, démons ! et elle a crié encore plus fort, sa voix enflant comme une bulle qui va crever : Démons, démons ! tandis que la porte battait, battait par petites saccades brèves, incisives sur ses gonds grinçants : Ouvrez, ouvrez-moi ! La voix semblait s'exténuer dans une obscurité trop pesante, je me suis mis à rire tout bas : Chut ! chut ! tais-toi ! Et il s'est blotti en haletant contre la porte comme s'il cherchait à embrasser quelqu'un qui se dérobait devant lui : Démons ! démons ! je me vengerai ! Il avait l'index pressé contre sa bouche en me regardant, les sourcils froncés. Important, amusé et mystérieux. Puis elle n'a plus crié et je n'ai plus entendu qu'un endormant murmure de voix. Alors je me suis relevé et j'ai été vers la fenêtre devant laquelle je me suis agenouillé face à la nuit chaude et bruyante où les engoulevents se cherchaient d'un arbre à l'autre de leurs cris répétés et cristallins et j'ai introduit le pistolet entre les grappes mauves et je l'ai braqué sur les feuillages désordonnés d'où je supposais qu'ils s'appelaient, mais quand je croyais les avoir repérés, le même cri plaintif perçait ailleurs ; sur le dôme bouleversé des feuilles les corbeaux virèrent en croassant. Viens m'aider Sani, viens m'aider ! Et c'est alors que les deux ombres s'allongèrent sur le sable pâle et glacé et c'est alors que j'ai braqué mon pistolet, deux visages qui faisaient deux taches blanches qui se détachaient sur l'imprécis du sable : Viens ici, Sani. Ferme ton bec. Viens m'aider, et la porte qui battait, battait et c'est alors que j'ai appuyé sur la gâchette, mais je ne voulais pas le faire et il y eut deux coups de feu tout secs ; non, non je ne voulais pas et on les entendit à peine et un cri et une course sur le sable ; je ne savais pas, je ne voulais pas et devant mes yeux des cercles lumineux comme des ondes sur l'eau qu'on a percée d'une pierre qui grandirent, grandirent et me brûlèrent la rétine et tout tournait avec lenteur et de plus en plus vite jusqu'à ce que ce fût devenu tout à fait impossible à supporter et je me suis perdu et ils sont revenus à moi aussi perçants que des couteaux non, non, non je ne voulais pas le faire et je me suis senti perdu.*

ANNABELLE

Combien de fois ai-je dit qu'il ne pouvait rien lui arriver de bon avec cette petite excitée qui lui courait après et à qui il n'a jamais eu le courage de signifier d'un ton ferme qu'elle ferait aussi bien de tourner autour d'une bûche, mais il était bien de ce genre d'hommes qui ne savent pas se refuser le plaisir vaniteux d'être suivis par une meute de petites garces qui flairent l'appas et mendient une parole, un sourire, un geste : elles leur donnent probablement l'impression d'être quelque chose comme le soleil, et tant qu'ils ne leur ont pas offert ce qu'elles exigent, elles sont là comme des moustiques et se donnent des airs de faire le diable à quatre, et s'ils ont couché avec l'une d'elles, vous pouvez être sûr qu'elle ne lâchera pas le morceau avant la promesse, les fleurs d'oranger, l'anneau et le reste. Après seulement, ils auront la paix et peut-être qu'ils ne seront plus très contents qu'elles les laissent en paix parce qu'ils savent bien qu'elles font la chasse sur d'autres terres encore en jachère dont elles ne tirent plus alors que du plaisir.

Je confesse que pas une fois il ne m'était venu à l'idée qu'elle portait en elle une passion si exclusive et les gens qui, mettant tant d'énergie et d'entêtement au service de leur désir, ne peuvent être parjures à l'amour et méprisent les valeurs courantes, sont trop rares pour que je puisse les blâmer, et même pourquoi dissimulerais-je que lorsque je vis Grégoire s'écrouler devant la porte, je fus secouée par cette sorte d'émotion nerveuse que donnent les belles œuvres, et la surprise qui est un élément essentiel du plaisir esthétique ne fit que l'accroître, car j'étais à mille lieues de supposer qu'elle irait jusque-là et je me la représentais encore avec ces petites mines de chatte offensée qui me portaient sur les nerfs, et c'est vrai aussi qu'il y avait une circonstance atténuante que j'aurais peut-être été seule en mesure de faire valoir en cour d'assises, en admettant que j'eusse le désir de la tirer d'un mauvais pas : cette manière dégoûtante qu'il avait de la laisser sur sa soif, comme si chaque fois qu'il tendait un verre, il le retirait juste au moment où les lèvres touchaient le bord et ce petit jeu le comblait tellement de joie qu'il le renouvelait sans cesse et cette petite sotte s'y laissait prendre, parce que les femmes que la chaleur de leur sang aveugle accordent toujours une confiance illimitée à des hommes qui ne les valent pas. Et pourtant, est-ce que je ne l'ai pas encouragé à la tourmenter ? Mais comme je n'avais jamais eu le plus léger soupçon qu'elle fût autre chose qu'une petite putain du même genre que toutes celles qui rampaient à ses genoux et que pour une fois il ne se laissait pas entortiller et que j'étais à peu près sûre qu'elle resterait sur sa soif, je crois que j'éprouvais une sorte de plaisir un peu cruel parce que j'ai toujours eu horreur des femmes qui recherchent n'importe quel homme, comme si nous étions des animaux et, me disais-je, c'est précisément une de ces femmes qui s'accrochent à n'importe quel homme. Mais si j'avais de bonnes raisons pour me tromper, il aurait dû sentir, lui, qu'elle était d'une espèce toute différente et qu'on ne joue pas impunément avec la passion des autres.

Il y avait bien longtemps que je n'avais aimé et je savais que mon amour ne s'égarerait ni sur un homme fidèle ni sur un homme qui se moquerait de moi en me trompant et que je n'étais pas disposée à faire le sacrifice de mon indépendance ou de ma dignité pour un autre être, parce qu'il y avait une chose dont j'étais plus sûre que de mon existence même, c'était que vous avez beau aimer jusqu'à la folie ou être aimée, et nul n'est tout à fait certain d'être aimé comme il voudrait l'être, vous avez beau éprouver à l'égard d'une femme une amitié à laquelle vous êtes certaine que vous sacrifierez tout ce qui vous est le plus cher et en retour sentir très profondément l'amitié que cette même femme ressent pour vous, vous avez beau communier avec tel être dans le désespoir, dans la joie ou dans l'intelligence, la seule part de vous que vous considérez comme vraiment importante demeure cachée aux regards des hommes et tout ce que vous pouvez montrer d'autre est sans importance : des grimaces, des rôles ; et la lutte de la première moitié ou du premier quart d'une vie consiste à tenter de confier à quelqu'un cette part secrète qu'il vous semble absolument intolérable de garder pour vous, jusqu'au jour où vous avez compris que vous êtes condamné à un mutisme perpétuel et que tous les efforts que vous faites pour secouer vos chaînes sont ridicules et vains et qu'il serait encore plus ridicule de se leurrer en imaginant que vous refusez volontairement de faire don aux autres de ce qui ne peut leur être destiné ou encore en prenant au tragique ce qui ne doit pas l'être du tout, puisque c'est aussi inéluctable que le péché originel et que si chacun a envie de faire connaître sa part secrète, personne ne désire connaître celle d'autrui. Le jour où vous découvrez que les autres ne peuvent vous aider, vous avez fait un pas et il n'y aura pas de pas pour vous ramener en arrière, et vous ne vous représenterez jamais plus d'amour ou d'amitié absolus, vous aurez obtenu une guérison que vous ne souhaitiez pas, car vous saurez peut-être reconnaître dans cette résignation farouche le premier signe de la sagesse qui est en même temps celui de la vieillesse : c'est quand on ne croit plus à l'aide qu'on n'a plus besoin d'aide.

Pour moi, il n'y avait de passionnant que les choses absolument réelles que je n'entourais pas d'une auréole d'illusions et c'est pourquoi je me suis lancée dans cette affaire de contrebande non pour le profit, mais pour la part de risque et d'aventure en attendant de lâcher ceci pour autre chose que je connaîtrais moins bien et qui m'apparaîtrait merveilleux et neuf, et c'est pourquoi ils disaient que j'étais froide, insensible, avec un certain air choqué, car les hommes sont choqués si une femme fait profession de mépriser leur fréquentation vulgaire et trouvent une explication en qualifiant de déficience regrettable ce qui irrite leur vanité masculine. Je n'ai admiré de sang-froid cette femme que lorsque, au cours du second interrogatoire, j'appris qu'elle n'était pour rien dans cette affaire et qu'il n'y avait eu qu'une étrange coïncidence entre la tentative de meurtre et l'irruption des policiers. Jusqu'alors, j'avais été folle de colère : elle nous avait joués avec ces petits airs épris et douloureux et le coup de feu était destiné en même temps à paralyser Grégoire et à prévenir les autres qui se cachaient dans les buissons où ce vent qui faisait un sacré vacarme et cette nuit terriblement noire favorisaient leur plan. Mais non, l'inspecteur m'apprit qu'il devait cet heureux coup de filet à la trahison d'un de nos plus anciens complices. « Dites-moi qui ? » le suppliai-je. « Et vous devriez faire attention aux antécédents », dit-il avec un sourire patelin. « Qui est-ce, dis-je, qui est-ce ? — Car enfin, dit-il, il est toujours dangereux d'accorder sa confiance à quelqu'un qui n'est libre qu'en apparence et, une fois dépisté, il nous suffit de tirer une certaine ficelle très sensible pour le ramener vers nous et en même temps tout le poisson. — Vous pouvez bien me dire qui c'est. — Eh eh, saviez-vous que parmi vous un certain évadé... », et alors tout de suite je me suis rappelée que le Catalan nous disait qu'il avait été à Cayenne et c'était un sujet de plaisanterie familier depuis des années, nous accueillions toujours ce mensonge avec le même rire incrédule : il n'avait pas la mine suspecte, sombre, amère de quelqu'un qui a réussi à s'évader, mais maintenant j'étais sûre que c'était lui qui nous avait trahis et je me suis rappelée combien il était nerveux ce soir-là, jetant un œil arrondi par l'inquiétude autour de lui et comme son visage était tourmenté et convulsé par des tics et avec quelle étrange démarche rapide, incertaine, brusque, il s'est mis à déambuler de long en large, les mains derrière le dos en consultant tout le temps sa montre comme s'il attendait quelqu'un qui tardait à venir et quand le premier coup de feu éclata et que ce vieil idiot se mit à pousser un cri aigu et bouleversé qui me parcourut jusqu'à l'ongle, comme un hennissement au milieu d'un cauchemar et qu'il se tordit sur lui-même, une main collée sur le ventre, si bien que nous crûmes, le temps d'un éclair, que c'était lui qui avait reçu une balle dans la peau, je pus voir le Catalan se précipiter sur lui pour le faire taire en jetant des coups d'œil effarés de part et d'autre : bien sûr, il avait peur que les flics, attirés par ces hurlements, n'entrassent en scène avant qu'il eût tiré le cordon du rideau, il n'aurait pas le temps de s'éclipser et, toute la bande étant arrêtée sauf lui, il se trouverait confondu au milieu de nous. Comment ne pas trembler à l'idée que tous nos yeux seraient braqués sur lui qui garderait les mains libres ? Aucun soupçon ne m'a effleurée à ce moment-là parce que j'avais une autre idée en tête : donner des soins immédiats à Grégoire que nous avions déposé sur le billard. Une médaille humide et rouge tachait son pantalon et, quand Rodolphe eut sorti un couteau et fendu soigneusement l'étoffe, j'ai enlevé avec mon mouchoir le sang caillé tout autour de la blessure qui était légère et par où affluait un filet rouge et ténu et j'ai passé autour de la cuisse le mouchoir que j'ai noué étroitement pour permettre au sang de se coaguler. Comme il était pâle ! et après il y eut la descente du gamin et il était pâle aussi à faire peur.

Parce que je ne comprenais ni le sens de ces coups de théâtre ni ce qui leur donnait à tous un air étrange de comédiens sûrs de leur rôle, je trouvais cela passionnant et il me semblait soudain que le temps n'avait jamais été aussi dense, aussi lourd, aussi mystérieux et j'imaginais que j'étais emportée dans un rêve où chacun avait sa partie à jouer et qu'il était convenu que la mienne, extrêmement modeste, consistait à donner mes soins à Grégoire sans réfléchir, comme si ma participation aux événements n'en requérait nullement une pleine compréhension. Et quand les agents firent irruption par les portes et les fenêtres, revolver au poing, je compris que mon rôle était beaucoup plus important, j'ai mis haut les mains en souriant, presque fière de participer avec le Capitaine à un dénouement où je tenais cette fois une place de premier plan : l'inspecteur affirma en tortillant sa chaîne de montre que j'étais bien la fameuse femme en blanc, la fameuse femme en blanc. « Je suis Annabelle », dis-je. Et tous répétèrent comme les échos successifs dans un défilé rocheux ou encore comme un joyeux carillon : « Annabelle, Annabelle, Annabelle, Annabelle. »

GUILLAUME

J'ai crié :

— Elle est déjà là, Sani, nous allons recevoir une fameuse douche !

Un nuage de poussière qui s'élevait de la roue arrière m'empêchait de voir son visage, mais les pans de sa veste flottaient derrière lui et ses cheveux semblaient se détendre comme des ressorts de montre. Quand nous approchâmes du croisement et que nous nous engageâmes sur le chemin de terre battue, étroitement bordé de haies, il ralentit et il demeura à ma hauteur. Il pédalait avec une grande souplesse et un léger déhanchement et j'aimais le regarder. Il me cria de répéter ce que je venais de dire et il se mit à rire en se renversant en arrière et en lâchant le guidon quand je lui ai dit qu'elle était sûrement rentrée et que nous allions recevoir quelque chose et je m'esclaffai à mon tour pour n'avoir pas l'air vexé parce que je savais bien de quoi il riait. L'herbe bourdonnait dans le clair de lune intermittent où les ombres de nos vélos filaient comme des traîneaux sur une neige invisible.

Nous freinâmes avec le pied, nous descendîmes et nous courûmes le long de la barrière blanche en poussant devant nous les bicyclettes. Sani s'arrêta et, écartant les branchages, il observa la vieille auberge rectangulaire, déteinte, avec ses colonnes pourrissantes. Il n'avait pas l'air du tout endormi ni fiévreux. J'essayai de lui dire : « Sani, attends que... », mais il haussa les épaules sans répondre et il se faufila entre les branches des jeunes sapins et je longeai le mur en essayant de lui dire et il marcha encore plus vite jusqu'à la grande porte devant laquelle il s'accroupit en appliquant un œil contre la serrure. Le feuillage grimpant qui entourait la porte et les fenêtres closes semblait d'un vert aussi vif que celui de l'herbe au printemps. J'avais horriblement peur de la violence de Catherine. Je serrai les dents et j'enfonçai les mains dans mes poches. Avant que j'aie pu l'en empêcher, il tourna doucement le loquet de la porte et il entra dans la salle enfumée, pleine d'odeurs de boissons, où les chaises étaient renversées sur les tables ; des visages murmurants attendaient et épiaient, des voix murmurantes remplissaient la salle éclaboussée de lumière. Une peur intense me serrait le cœur et mes joues brûlaient. Naturellement, je fus obligé de le suivre et quand quelqu'un poussa un cri derrière le comptoir, ma gorge se remplit d'un liquide chaud et salé, j'eus très envie de décamper, mais je le regardai de côté et je vis qu'il m'ordonnait de rester auprès de lui en fronçant les sourcils.

Quand elle courut sur nous, je fis un bond de côté, mais je me trouvai en face de Fred qui me fixait avec des yeux surpris et durs. « Guillaume », dit-il. Je le regardai aussi, tandis que je cherchais comment justifier ma présence, et je ne pouvais trouver une bonne raison. Les mains sur les hanches, elle était debout sous la lampe qui vacillait, et après m'avoir jeté un seul regard furieux et bref, elle examina Sani en baissant et levant ses yeux où une lueur de colère palpitait comme deux petites torches, puis elle se mit à lui tordre le poignet :

— Où avez-vous été ?

Elle tordait la main en se suspendant à Sani qui

demeurait impassible, attentif et douloureux. Fred me demanda ce que je faisais ici et je cessai de le regarder.

— Rentre tout droit à la maison et mets-toi au lit, dit-il.

Sani était assis sur une marche, le visage entre ses mains et elle s'appuyait contre lui, un bras posé sur ses épaules et elle l'attirait contre sa poitrine :

— Dis-moi où vous avez été, dit-elle en se penchant pour essayer d'apercevoir ses yeux qu'il cachait dans ses mains.

Fred fit deux pas vers moi ; je sentais la sueur couler sur mes tempes, je savais que j'allais avoir mal au cœur. Il tendit vers moi sa main grande ouverte, mais avant qu'il eût réussi à me frapper, Catherine s'élança sur moi et m'attrapa par la veste et, tandis que je me débattais en me tortillant, elle m'injuria de sa voix tremblante de fureur :

— Réponds, petit imbécile, réponds !

Elle me tenait les deux poignets de la même main, son autre main tirant l'étoffe jusqu'à son menton. D'une brusque détente, je me dégageai, je tournai les talons et je fonçai sur Sani que j'empoignai par le bras et en toute hâte nous escaladâmes les marches sans regarder derrière nous. Je claquai la porte et je m'accroupis, le dos appuyé contre le bois qui ployait avec un bruit sourd sous la pression des mains de Catherine.

Il régnait dans la chambre une odeur de poussière et de fièvre. Sani appuya son oreille contre la porte, mais sa propre respiration, lente et difficile comme si l'effort désespéré de cette nuit se fût tout à coup abattu sur lui, nous empêchait de percevoir les mouvements de Catherine. Il eut un tressaillement et le pistolet espagnol glissa le long de ses jambes ; il le prit entre ses doigts et l'examina d'un air farouche et craintif. Il me tira par la manche en geignant :

— Chut, chut ! » dis-je. Ses doigts exploraient le pistolet comme si c'était un objet insolite qu'il n'eût jamais vu. J'entendis quelqu'un monter précipitamment l'escalier et je collai à mon tour l'oreille contre la porte : il y eut un murmure et un crissement décroissant de pas rapides, puis le silence. Nul bruit d'insecte ni d'oiseau nocturne, rien que le souffle lent et laborieux de la respiration de Sani dans l'obscurité étouffante et le battement de mon cœur.

— Démons ! démons ! » cria la voix rageuse de Catherine. Elle secoua la porte. Je me mis à rire doucement. Sani se tenait accroupi sur ses talons, ramassé, tendu, une main tremblante et mal assurée contre la porte qu'elle s'efforçait de maintenir, l'autre essuyant d'un geste doux le pistolet sur sa culotte ; ses yeux fulgurants et attentifs étaient fixés devant lui, comme si à travers le bois il eût pu suivre tous les gestes de l'ennemi.

— Ouvrez ! ouvrez-moi ! » cria-t-elle. Et de nouveau elle essaya d'ouvrir la porte, la secoua en la martelant de coups de pied. Sani éclata de rire. Je dis : « Chut, chut, tais-toi. » Et il se mit à frotter le pistolet contre sa jambe nue avec un léger balancement. Sous la tignasse embroussaillée, l'expression de sa physionomie avait un air étrange de gaieté prête à éclater.

— Démons ! démons ! je me vengerai ! cria Catherine.

Puis elle se tut. Nous demeurâmes accroupis contre la porte sans faire un mouvement et nous pûmes percevoir comme le bruissement de sa robe et, à travers une épaisseur de silence, le craquement et les chocs secs et légers de ses doigts qui se déplaçaient sur la cloison comme un grattement de souris derrière une boiserie.

— Elle est partie, dit Sani à voix basse.

— Non, dis-je, elle est encore là.

En bas, des voix s'élevèrent, puis retombèrent en un monotone murmure. Sani ramassa le pistolet sur le plancher, bondit sur ses pieds et pirouetta sur lui-même ; il courut vers la fenêtre devant laquelle il s'agenouilla, les coudes appuyés sur le rebord.

À ce moment-là, la porte battit de nouveau sur ses gonds et je m'arc-boutai de toutes mes forces en criant :

— Viens m'aider, Sani, viens m'aider !

Il était courbé sur la barre de la fenêtre : il s'amusait encore avec son sacré pistolet.

— Viens, Sani ! dis-je.

Il éleva l'arme jusqu'à la hauteur de ses yeux, les doigts serrés autour de la gâchette ; il avait l'air emprunté comme si c'était la première fois qu'il visait quelque chose. J'essayai de maintenir la porte :

— Viens, Sani !

— Ferme ton bec, dit-il sans se retourner.

Avec une expression soudaine, intense, préoccupée, il braquait le pistolet vers les corbeaux qui tournaient et battaient des ailes et viraient comme des éclairs sombres sur la pâte verte du ciel autour de l'angle saillant d'un sapin ; il faisait semblant de tirer sur leurs formes frémissantes qui volaient en lignes courbes, de gauche à droite, de droite à gauche, tantôt plus haut, tantôt plus bas, dans le cadre de la fenêtre par laquelle pénétraient les souffles obsédants et subtils de la nuit d'août. La porte fut secouée violemment et s'entrouvrit, j'entendis les ongles griffer les planches rugueuses :

— Viens m'aider ! hurlai-je.

Je ne me souviens pas si j'entendis le claquement de la balle, mais quand je me retournai vers lui, il était debout, face à moi, agitant son pistolet d'une manière désordonnée ; puis il le jeta sur le plancher et poussa un léger cri en essuyant ses deux mains sur son ventre comme s'il venait de toucher une saleté, et il marcha vers moi à pas silencieux. Ses lèvres remuaient, mais je ne pouvais rien entendre, et c'est seulement quand il s'affaissa sur le sol que je lâchai la porte et courus vers lui. La porte battit. Catherine me saisit par les épaules en hurlant :

— Je vous l'avais bien dit, je vous l'avais bien dit !

LE CATALAN

On entendit une porte s'ouvrir en haut, et un glissement s'arrêter sur le palier. Annabelle étendit sa main vers le haut de l'escalier où trois paires d'yeux luisaient dans la pénombre à travers la fumée en volutes des cigarettes ; six yeux d'enfants aux prunelles dilatées par la peur. On devinait qu'ils se penchaient par-dessus la rampe et qu'ils se gardaient de respirer, attendant qu'on leur fasse signe de descendre.

Je sentis le sang me monter à la tête, ce n'était pas le moment de venir mettre encore plus de désordre dans mon affaire. Je me suis approché de la fenêtre et j'ai regardé dehors : derrière les larges grilles de bois branlantes, j'ai aperçu les formes sombres des policiers prudemment courbés qui se détachaient sur le ciel étoilé : ils n'avaient pas bougé, mais ils devaient commencer à perdre patience. Je me demandais si je devais les prévenir avant l'heure convenue : ils seraient fascinés par le spectacle de ce corps étendu et laisseraient filer le plus gros gibier. Avaient-ils seulement entendu le coup de revolver ? Cette histoire allait tout gâcher. Je me retournai vivement, un peu trop vivement, comme quelqu'un de surpris en flagrant délit. J'avais l'impression que tous ces regards étaient attachés sur mon visage : il devait être altéré par l'angoisse et la honte. J'avais envie de sauter sur mes pieds et de sortir, de faire n'importe quoi pour m'étourdir. Et voilà que le petit gars à la tête bandée s'est mis à descendre lentement, la tête tournée vers nous en nous adressant de brefs sourires angoissés, tandis que la petite serrait les poings, tapait du pied en l'adjurant de remonter, de remonter tout de suite. Debout contre la rampe, il vacillait légèrement en nous regardant. Elle dévala trois marches en faisant une grimace comme si elle allait pleurer et elle se suspendit à lui en s'efforçant de le tirer en arrière ; mais, sans nous quitter des yeux, il s'écarta d'elle de toute la longueur de son bras et, de sa main libre, il desserra les doigts qu'elle tendit vivement pour le ressaisir :

— Sani, remonte ! Sani, remonte ! » hurla-t-elle. Et elle donna de grands coups de pied contre les barreaux de la rampe dans une sorte de crise de rage démentielle. Ces cris me faisaient mal aux nerfs. Ils avaient choisi le bon moment, j'étais fou de colère. Je jetai un rapide coup d'œil par la fenêtre ; les silhouettes noires se tenaient par petits groupes immobiles et silencieux sur le fond du ciel diaphane. Appuyés contre les arbres, leurs capotes gonflées devant eux comme des ballons, ils attendaient mon signal. Et voilà que le petit gars s'est mis à marcher d'un pas rapide vers la table sur laquelle nous avions étendu Grégoire, les yeux toujours fixés sur le groupe que nous formions autour de lui. Et la petite, à demi noyée dans un cercle d'ombre, qui continuait à hurler : « Remonte, Sani, remonte ! » à me rendre malade. J'avais envie de courir lui appliquer la main sur la bouche, j'avais envie de les prendre chacun par les épaules et de les flanquer dehors.

Quand il fut tout près de la table, il s'arrêta court, resta planté, les bras ballants de chaque côté de son corps, un pied en arrière et tourné vers le dehors, comme prêt à détaler. Il avança la main, il eut une hésitation presque imperceptible qu'il maîtrisa en serrant le poing, mais il avança la main encore et toucha le bras de Grégoire avec précaution, comme s'il avait eu peur de le casser. Ensuite, il retira vivement sa main et frissonna en battant des paupières. Il fit effort pour parler, posa sa main sur ses yeux et se laissa tomber comme un chiffon au pied de la table. C'était à croire qu'il y avait je ne sais quelle maladie contagieuse dans cette sacrée maison. Ensuite tout le monde s'est jeté sur lui pour lui taper sur les mains et la petite s'est mise à hurler un flot d'injures à Anna qui se taisait, horrifiée ; les mains étalées le long de sa robe, les yeux pleins de larmes, elle bégayait et tremblait sur ses jambes. J'étais excédé : c'était bien le moment de faire tout ce tapage. Peut-être qu'ils étaient las d'attendre, fichés sous ce satané vent qui n'en finissait pas de mugir, on ne s'entendait pas, et peut-être qu'ils allaient faire tout de suite leur descente avant que j'aie le temps de m'esquiver, et je me vis soudain au milieu de ces policiers et de mes anciens complices, horriblement seul, comme une bête répugnante ; ils me regarderaient de leurs yeux durs, les uns diraient : « Tiens, tiens, lui ? » avec surprise et dégoût et les autres me jetteraient des sourires pleins d'une ironie méprisante. Je me suis mis à suer, j'étais oppressé, et quand j'ai vu que Fred me lançait par-dessus son épaule un regard inquisiteur et bref, j'ai compris que je n'étais plus assez fort pour cacher mon jeu ; je perdais la tête, il fallait en finir. Je courus dehors.

Des rafales et des remous de poussières jaunes tourbillonnaient le long du sentier et je pus voir leurs silhouettes toutes noires comme des taches d'encre uniformes qui avaient l'air de palpiter imperceptiblement et les minuscules braises de leurs cigarettes dont la cendre s'éparpillait derrière eux en fil de feu sous la violence effrénée du vent. Je fonçai tête baissée dans leur direction. Une main calleuse saisit ma main dans l'obscurité ; j'eus un sursaut :

— N'aie pas peur, c'est moi », dit une voix qui se mit à ricaner, et je reconnus le petit gros aux yeux à fleur de tête. Une lourde chaîne de montre brillait sur son gilet.

— Est-ce qu'on peut y aller ?

— Oui, dis-je, il y a eu une bagarre, vous n'avez pas entendu ?

— Entendu quoi ?

— Un coup de feu, dis-je. Et vous n'avez vu personne sortir de la maison ?

— Non, dit-il, et il tressaillit, quelqu'un s'est échappé ?

— Non, dis-je, c'est une femme, elle a blessé un des types et elle a filé, mais elle n'est pas de la bande.

Il rapprocha son oreille de ma bouche en me pressant le dos :

— Qu'est-ce que tu me racontes-là, je n'entends rien.

Toute explication était inutile, j'avais envie d'en finir :

— Allons, dis-je, vous pouvez entrer : ils sont tous là.

— Épatant, dit-il.

Il sauta sur ses pieds et bondit vers les hommes auxquels il fit un geste de la main. Revolver au poing, ils marchèrent sur la pointe des pieds, courbés en avant, le regard fixé sur la porte battante. À mesure qu'ils avançaient, le cercle se resserrait ; ils faisaient un bruit doux en écartant les branches. Lorsqu'ils furent à proximité de la maison, ils s'égaillèrent et s'accroupirent les uns après les autres, la tête tournée vers le petit gros qui se tenait posté, le dos contre le volet de la porte ; il se pencha en levant prudemment son revolver à la hauteur de sa poitrine et jeta un rapide coup d'œil à l'intérieur. Puis il fit un signe, tous se levèrent à la fois et tandis que les uns franchissaient le seuil de la porte, les autres escaladèrent la fenêtre.

J'entendis un brouhaha, une bousculade, quelques cris de femme, un bruit de bois volant en éclats et de bouteilles cassées, et quand je vis sur le mur de crépi jaune l'ombre de deux bras levés en l'air, je me suis mis à haleter très fort. Alors j'ai écarté les branches et je me suis enfoncé dans le bois.

RICHARD

Ils me disaient qu'il ne songeait pas à reprendre le pouvoir et je n'ai pas cru tout de suite que c'était vrai. Ils me disaient qu'il sortait du château par la petite porte, que Catherine était toujours pendue à son bras et qu'ils marchaient ensemble dans les allées sans dire un mot, les yeux baissés, comme s'ils étaient seuls sur une terre silencieuse et immense. Ils me disaient qu'une fois ils avaient entrepris de les accoster, et, quand ils lui adressèrent la parole, Sani tourna vers eux des yeux vides et Catherine éclata d'un rire sec et rapide en les chassant d'un geste. Ils n'eurent pas le courage d'insister, ils tournèrent les talons et se quittèrent sans dire un mot.

J'ai cru qu'ils exagéraient : ils parlaient des chevaux de Sani et de la sœur de Sani et du château de Sani et j'ai cru qu'ils l'aimaient encore si violemment qu'ils suppléaient à son absence en imaginant ce qu'il était devenu. J'ai senti que désormais je ne pourrais plus supporter de l'entendre louer. Il exercerait sur moi la même détestable domination tant que je ne le verrais pas devant moi, avec son air arrogant et cruel. Je ne croyais pas qu'il eût renoncé à reprendre le pouvoir et je trouvais que cette attente devenait intolérable pour nous tous ; l'impatience usait ma volonté en même temps que leur malsaine imagination les écartait de moi. Ma victoire serait assurée le jour où je l'aurais battu en un combat loyal. La meilleure façon de reprendre les autres en main, c'était de détruire le prestige de leur ancien chef.

Un soir, je pris le chemin du château. Les portes étaient ouvertes. Je montai l'escalier de pierre sur la pointe des pieds. J'entrai dans une pièce aux murs couverts de boiseries et de rayons de livres à l'aspect rébarbatif qui semblaient n'avoir jamais été ouverts. Un gros chien à poils longs était couché sur une peau d'ours devant un feu. Il se mit à grogner en retroussant ses babines, il courut vers moi en jappant, et je découvris dans l'ombre Sani qui était accroupi sur ses talons, la tête appuyée contre la cheminée, les bras serrés autour de ses genoux. Mon cœur s'arrêta net ; je ne pus trouver ma voix. J'avais imaginé si souvent ce que je lui dirais. Tous les jours depuis ma prise de pouvoir, j'avais imaginé ce que je lui dirais, comment je me tiendrais devant lui, quelles seraient mes réponses et mes répliques à ses réponses, j'avais choisi les mots que j'emploierais. Rien ne vint. Il se mit à frotter doucement ses mains contre ses jambes avec un léger balancement. Puis il s'arrêta, attentif, me fixant d'un œil calme, circonspect et détaché. Sa main retenait par l'échine le chien qui grondait en retroussant ses babines sur des dents pointues.

— As-tu refermé la porte ? dit-il.

— Elle était ouverte, dis-je, je pensais bien que... Es-tu seul ?

Il se leva et s'assit devant une table. Je crois que je me suis assis à mon tour : ma tête bourdonnait. Une légère lueur d'ironie faisait briller ses yeux. J'essayais de trouver les mots, de parler avec calme et sans émotion :

— Sani, es-tu guéri ?

— Oui, dit-il d'une voix basse et glaciale. Et il se mit à ricaner.

— Pourquoi ne reviens-tu pas à la soute ?

— Non, souffla-t-il, non.

Il mit un coude sur la table et abrita ses yeux avec sa main posée en auvent sur son front. Une grande pendule de bronze faisait entendre un tic-tac bruyant par rapport auquel je mesurais les battements de mon cœur, minute par minute. Le silence fut long ; je n'osai pas le rompre. Soudain, il laissa tomber sa tête dans le creux de son avant-bras, et se mit à sangloter éperdument, avec cette intempérance affreuse de la jeunesse. Je ne sus pas quoi faire, mais j'étais horriblement bouleversé. Sur le moment, je ne me suis pas demandé pourquoi il pleurait ; je ne l'avais jamais vu pleurer et je n'avais jamais imaginé que je le verrais pleurer devant moi. Il détestait les types qui pleurent : une fois je l'avais vu se moquer de Marc qui sanglotait parce qu'il s'était blessé le genou et tous nous avions éprouvé un grand mépris pour Marc, et plus tard, quand nous voulions le taquiner, nous lui rappelions le jour où il avait pleuré parce qu'il avait un peu de sang au genou, et nos sarcasmes lui clouaient le bec : il les encaissait sans rien dire, blanc de honte et de rage.

J'aurais voulu consoler Sani, mais je n'ai pas su ; je n'ai pas su ce qu'il fallait faire et dire ; et pourtant j'étais très bouleversé et j'aurais tout donné pour qu'il cessât de pleurer et qu'il reprît ses manières brusques et hautaines. Je suis resté longtemps devant lui, perdu et seul, les bras ballants, comme s'il n'y avait rien à faire. L'émotion me coupait les jambes et j'aurais préféré être ailleurs. Je contemplais la forme de son corps recroquevillé, raidi, et ses mains crispées sur son visage. Au bout d'un assez long moment, j'ai entendu quelqu'un monter rapidement les escaliers, j'ai eu peur et j'ai vite couru vers la porte, mais quand j'ai voulu mettre la main sur la poignée, la porte s'est ouverte toute seule : Catherine était déjà de l'autre côté.

— Je l'avais deviné, cria-t-elle.

Et elle s'est ruée sur moi et m'a griffé le visage. Puis elle m'a pris les mains et s'est mise à me pousser vers la porte. Je me laissais faire, je n'avais pas envie de me défendre.

— Filez ! dit-elle.

La porte était ouverte à deux battants, une lumière jaunâtre et poussiéreuse dansait dans la cage de l'escalier.

— Filez ! répéta-t-elle plus fort.

Elle me lâcha les mains et se retourna vers Sani qui avait toujours le visage dans ses mains. Elle courut vers lui :

— Qu'est-ce qu'on lui a fait ? Qu'est-ce qu'on lui a fait encore ?

Agenouillée devant Sani, elle se mit à lui parler doucement en lui caressant les cheveux, comme s'il était un bébé, un petit chien, une faible victime. Mais soudain, elle se leva et s'écria d'une voix exaspérée :

— As-tu fini de pleurnicher, idiot !

Elle lui prit les doigts et les écarta de son visage en les tordant :

— Est-ce que tu vas finir ?

Elle était hors d'elle et je comprenais très bien qu'elle ne pût supporter de voir Sani pleurer devant moi. Je détournai les yeux, j'avais froid jusqu'aux os : quelque chose s'était déchiré en moi. Et quand elle m'empoigna d'une main par le devant de mon blouson et qu'elle se mit de nouveau à me pousser vers la porte en répétant d'une voix nerveuse et implorante : « Allez-vous-en ! allez-vous-en ! », je n'ai pas cherché à résister. J'ai refermé doucement la porte derrière moi. Dehors, j'ai eu l'impression que j'avais perdu l'équilibre, je n'ai pas pu me retenir, je n'ai même pas pensé à retenir mes larmes.

J'ai été las de ma souveraineté qu'on ne me disputait pas. Les garçons ne recherchaient plus mes ordres, ils traînaient sur les quais, les mains dans les poches, ils avaient l'air de s'ennuyer. Je n'ai même pas essayé de les reprendre en main et bientôt j'ai commencé à trouver que j'étais un peu trop âgé pour jouer au contrebandier. Alors, je ne suis plus allé dans la soute. Je restais dans ma chambre à lire le journal et à fumer des cigarettes qui me donnaient mal au cœur : je ne pensais plus à Sani ni aux autres. Un jour, papa est entré et m'a dit qu'il n'aimait pas les gens désœuvrés et qu'il en avait assez de me voir bayer aux corneilles et que j'étais d'âge à avoir un emploi. Et, quelques jours après, il m'a dit de m'habiller convenablement et il m'a emmené chez un monsieur qui travaillait derrière un grand bureau en chêne clair sur lequel il y avait des piles de journaux et de revues. Quand nous sommes entrés, il s'est renversé dans son fauteuil, il parlait lentement, d'une voix traînante, en me scrutant de ses petits yeux clairs. Puis il s'est levé, il a dit qu'il espérait que je serais un bon ouvrier et il nous a congédiés en me disant : « À demain. » Et en effet, le lendemain, j'ai commencé à travailler dans les ateliers de l'imprimerie. J'étais bien content de gagner ma vie et j'ai compris que papa avait raison quand il disait qu'il n'y a que le travail qui vous donne le bonheur.

GUILLAUME

I

« Sans un certain coup d'œil que m'a jeté le Catalan, jamais je n'aurais imaginé qu'il y avait encore quelque chose que nous n'attendions pas », me dit Fred quand nous nous revîmes bien plus tard, et à ce moment-là nous avions été déjà tellement battus par les années que, émus et un peu enivrés par le souvenir de notre jeunesse, nous aurions volontiers ri de notre propre naïveté, celle des gens âgés qui savent vêtir une aventure passée d'une profondeur poignante, mais peut-être ce rire n'eût-il pas été sincère, car nous ne pouvions oublier que cette aventure nous tenait au cœur quand nous en étions quelques-uns des principaux acteurs, et alors ni la complaisance de l'âge ni l'oubli partiel ne la chargeaient de ce merveilleux un peu nostalgique des choses lointaines.

C'est lorsqu'il écarta les rideaux de la fenêtre, me dit-il, et qu'il aperçut cinq silhouettes noires qui se détachaient sur la barrière blanche, leurs têtes rapprochées, avec de temps en temps un geste furtif de la main ou du bras, tous les visages tournés vers lui, qu'il comprit le coup d'œil méfiant et affolé que lui avait jeté le Catalan, et après avoir avalé le reste de son verre (il ajouta qu'il était déjà passablement éméché) il donna un coup dans la porte et il resta planté sur le seuil, l'oreille au guet, à essayer de distinguer les ombres qui, à présent tapies contre la barrière, avaient l'air de silhouettes découpées dans du ferblanc. Et ils bougeaient à peine davantage que des mannequins secoués par le vent.

Tout d'abord, avoua-t-il, il était trop abruti par le whisky pour soupçonner qu'un des leurs les eût dupés et trahis ; il imaginait que certains curieux, attirés par le double coup de feu, s'approchaient avec prudence en s'exhortant mutuellement à une témérité collective et il se disposait à les éloigner avec un boniment quelconque lorsqu'il entendit une voix brève et impérative suivie aussitôt d'un froissement de branchages. Il se plaqua contre le mur : des hommes rampaient vers lui et dans leurs poings droits brandis devant eux brillait le nickel de leurs revolvers. « Je me jugeai perdu, me dit-il, et il était trop tard pour que je prévienne les autres. » Il essaya de se déplacer sans faire de bruit, les yeux fixés sur les corps pliés en deux qui couraient en s'éparpillant et trébuchant comme s'ils fuyaient quelque chose ; mais persuadé que sa seule chance de salut était de passer inaperçu, il se blottit contre une gouttière, il aurait voulu être la gouttière. Il ne cessait d'épier chacun des visages indistincts au milieu desquels il croyait voir des yeux menaçants et attentifs fixés sur lui. Il resta debout, haletant, le corps pressé contre la gouttière. « Mon cœur battait si fort que j'en avais mal dans les côtes et je pensais qu'ils m'entendaient haleter. On aurait dit qu'ils attendaient de me voir filer devant eux pour me cribler de balles. » Mais quand ils furent tout près de la maison, ils surgirent des fourrés et se ruèrent tous sans exception sur la porte et la fenêtre, lui laissant ainsi le champ libre. Alors, il s'engagea dans un des sentiers qui aboutissent à la grand-route, puis il se mit à courir à toutes jambes au milieu des ténèbres, bouche fermée, poings serrés.

Quand il déboucha du sous-bois sur la route, il s'arrêta

en retenant son souffle pour écouter, et à travers les battements sourds de son cœur il perçut le grondement de ferraille du dernier tramway qui tourna sur le pont en faisant grincer les traverses et vibrer les fils. Il courut jusqu'à la marquise en bois et il eut juste le temps de grimper sur la plate-forme de la remorque. Il regarda à l'intérieur : il n'y avait pas de place.

Le tram était éclairé, me raconta-t-il, et tant qu'il roulait entre les arbres, il pouvait voir sa propre figure reflétée dans la vitre noire et il la contemplait stupidement en s'agrippant au serre-frein et il avait si mal au cœur qu'il alla vers l'arrière pour mettre la tête dehors, mais l'air avait une odeur étouffante de feuilles et de fleurs flétries qui lui donna le vertige et il ne pensait qu'à s'étendre sur un lit en fermant les yeux. Il enleva son veston de flanelle, le tint sous le bras et il retroussa les manches de sa chemise jusqu'aux coudes. À propos de tout, il sentait des éclats de rire réprimés bouillonner en lui et la vie lui semblait toute sens dessus dessous. Au-delà des grues noires et des lignes de toits, les contours faiblement argentés des édifices du port commencaient à briller et c'est seulement quand les réverbères défilèrent en raies pointillées de lumières sur les carreaux que le contrôleur lui dit qu'il y avait des places devant ; peut-être qu'il avait peur de le voir s'effondrer. « Je devais être tout pâle, me dit-il, et mes jambes vacillaient sous moi. »

Il fit glisser la portière et se coula en titubant entre les bancs pour s'asseoir lourdement à côté d'une femme qui s'écarta vivement vers la fenêtre en ramenant sur ses genoux les pans de son trench-coat ; il lui jeta un coup d'œil de biais et il vit que c'était Hélène. « Alors, j'eus envie à la fois de pleurer et de l'étreindre parce qu'elle était auprès de moi ; je savais que je chevroterais si j'essayais de parler naturellement ; je luttais pour recouvrer mon sang-froid, mais j'étais tout secoué par des frissons. J'ai toujours dit que ceux qui sont de la même race se joignent au moment propice quand même ils seraient chacun à un bout du monde. Elle ne m'avait pas vu : la tête appuyée contre la vitre, les yeux perdus plus loin que la rivière qui serpentait entre les arbres, plus loin que la ligne de la mer, elle souriait comme une femme dans un train qui rêve à l'accueil que lui fera l'homme qui l'attend sur le quai ; je n'avais pas idée de ce que j'allais faire ensuite. » Je le raillai : et peut-être aussi que le whisky n'avait pas cessé de produire son effet. « C'est bien possible, dit-il, mais ce n'était pas cela seulement. »

Et quand le tramway fit halte, ils descendirent en même temps, elle ne parut pas surprise de le voir et lui adressa un sourire tout comme s'il ne s'était rien passé entre eux et comme si elle ignorait ce que sa propre main avait fait. Et après, Fred me dit que tout était confus dans sa mémoire et qu'il se rappelait seulement que rien ne s'était passé comme il aurait pu le prévoir et que tous les souvenirs de cette nuit s'étalaient devant lui comme un puzzle compliqué auquel il manquerait des morceaux et qu'il ne pouvait affirmer dans quel ordre les événements s'étaient déroulés, ni s'ils furent capables l'un et l'autre de prononcer une seule parole sensée. C'est tout juste s'il se souvenait qu'ils avaient marché appuyés l'un sur l'autre comme deux amoureux le long des rues noires en bordure du quai sans dire un mot, mais il pouvait encore se rappeler combien il fut décontenancé par le visage radieux de cette femme qui souriait niaisement en regardant droit devant elle. Il ne pouvait admettre sans répugnance qu'elle éprouvât une joie aussi perverse ; elle semblait prolonger intérieurement la vision de son geste meurtrier. Il se sentait seul et il savait qu'il devait accepter cette solitude jusqu'à ce qu'Hélène cherchât en lui un refuge contre ce vertige malsain dont elle serait tôt ou tard saturée. Mais il se trompait sur la nature de cette joie.

Ils n'étaient plus dans les rues, mais sur le lit d'une chambre d'hôtel quand elle lui demanda à brûle-pourpoint si Grégoire la recherchait, et c'est seulement alors qu'il comprit qu'un désir de vengeance n'avait pas guidé sa main, mais l'espoir que par cet acte insensé Grégoire connaîtrait la puissance d'une passion sans limites qui exercerait désormais sur lui une sorte de fascination et que sa joie insolite provenait de cette absurde conviction qu'ils seraient liés par ce sang au moyen duquel Fred avait cru d'abord qu'elle cherchait à lui faire payer une dette positive. Il en fut tellement exaspéré qu'il lui vint à l'idée de briser ce lien en racontant n'importe quel mensonge et il lui dit que Grégoire était mort sur-le-champ. « Cela m'a échappé, m'a-t-il dit, et quand je l'ai vue se laisser tomber sur le lit en se mordant les lèvres pour ne pas crier, je me suis demandé si je n'avais pas été trop loin, mais naturellement j'espérais encore qu'à la faveur de ce mensonge, j'en ferais ce que je voudrais et que tous deux rejetés comme des hors-la-loi nous saurions unir ailleurs nos destinées : c'était un calcul ignoble, et c'était un mauvais calcul. »

Et pendant qu'elle frissonnait, secouée de sanglots, ébranlant faiblement le lit, une main étreignant l'oreiller, il se sentit un étranger. Il restait debout à la regarder tout en roulant le col de sa veste entre le pouce et l'index. Elle gémissait, elle serrait fortement l'une contre l'autre ses lèvres qui tremblaient.

— Ma pauvre Hélène », dit-il. Et il posa sa main sur la chevelure bouclée.

— Oh ! ne me touchez pas, dit-elle.

— Hélène, dit-il doucement à voix presque basse, les dents serrées, je voudrais vous dire quelque chose. Cela va mal aussi pour moi : tous mes amis ont été coffrés et il faut que je file...

Elle se dressa subitement et le fixa bien en face de ses yeux tout gonflés de larmes. Il lui dit qu'ils avaient été trahis par un des leurs et qu'il était le seul qui eût réussi à s'échapper et il raconta comment il avait fait, puis il entreprit de la persuader qu'ils devaient se sauver ensemble, et il ajouta que leur fuite serait facilitée par un des amis de son grand-père, propriétaire d'un bateau qui devait justement quitter le port ce matin même ; il lui demanderait de faire le nécessaire pour qu'ils n'aient aucun ennui au moment où ils monteraient à bord.

— Il faut que je file, Hélène, insista-t-il, nous ne pouvons rester ici à attendre qu'on vienne nous arrêter ; nous prendrons ce bateau dès qu'il fera jour.

Elle était assise au pied du lit, les yeux rouges, fixant ses souliers gris de poussière, elle tordait et détordait son mouchoir humide qu'elle avait roulé en corde :

— Je ne veux pas partir, dit-elle, ils feront ce qu'ils voudront de moi.

— Écoutez-moi bien, Hélène, vous n'avez plus rien à faire ici et vous ne serez pas plus avancée quand ils vous auront collée entre quatre murs.

— Tout m'est tellement égal, dit-elle d'une voix lente et molle, sans lever les yeux.

« Elle laissait échapper les mots un à un entre d'énormes sanglots qui la secouaient si fort que je pensais qu'elle allait suffoquer. Je sentais amèrement qu'il y avait en elle quelque chose de brisé et que j'étais impuissant devant sa douloureuse lassitude ; je n'aurais jamais une meilleure occasion de l'arracher à sa passion idiote, je devais tirer profit de ce mensonge. Je fus sur le point de lui dire tout ce que j'avais sur le cœur, mais heureusement les mots me manquèrent et tout ce dont je fus capable, ce fut de m'asseoir là et de la regarder froncer le visage comme un petit enfant. Je me sentais nerveux, étonné et un peu ivre. Puis elle cessa de pleurer, se moucha et s'étendit sur le dos, les bras croisés sous sa tête, les yeux au plafond. Et tout le temps que s'est consumée ma cigarette, elle est restée immobile, le visage dénué de toute expression comme celui d'une poupée de cire ; je ne savais pas quoi dire et je sentais des fourmis dans mes pieds. Je me suis levé, je lui ai dit que j'avais différentes choses à régler chez moi et que je remonterais la chercher ; elle me répondit par un léger signe de tête sans me regarder. J'ai traversé la chambre presque en courant et quand j'ai refermé la porte, j'ai pris soin de donner deux tours de clé et j'ai mis la clé dans ma poche. »

Naturellement, cela ne s'était pas passé tout à fait comme il me le décrivait ; il me dit qu'il arrangeait peut-être un peu les choses ; c'était si difficile pour lui de se rappeler les mots qu'ils avaient échangés et il n'était pas très sûr qu'ils aient parlé de quoi que ce soit ; il avait plutôt le souvenir d'un moite silence et, derrière les persiennes, d'une fuite invisible de murmures sourds, lents, aériens. Non, ce n'était pas tout à fait cela, il ne restait pas grand-chose de clair, mais il voulait à tout prix me raconter ce qu'il avait oublié et c'était très fatigant et très difficile de décrire avec des mots précis des images perçues alors par des yeux que troublait la boisson et aujourd'hui remises tant bien que mal au jour par une mémoire que les années avaient quelque peu émoussée. Et les mots ne peuvent pas beaucoup, c'est pourquoi ils n'ont pas grande importance.

C'est sans doute parce que c'était très fatigant qu'il plissa les yeux comme lorsque vous avez trop de lumière devant vous et que vous n'en voulez offrir à vos yeux que juste ce qu'il leur faut.

« C'était une chambre d'hôtel morne et sale et il y avait des photographies épinglées au mur : Hélène en Phèdre, Hélène en Ophélie, Hélène en Lady Macbeth, Hélène en Nora, Hélène en Iphigénie, Hélène en Arden de Feversham, Hélène en Mère Ubu, Hélène en Annabella, et je contemplais son visage immobile et fermé sur l'étalement noir de ses cheveux dénoués. Tant que je fus auprès d'elle, elle a gardé ce même air lugubre et absent. C'est cela dont je me souviens le mieux : l'expression de son visage, et je ne peux la décrire avec des mots : le masque satisfait et joyeux de quelqu'un qui a fait le mal qu'il convoitait d'accomplir depuis longtemps et qui digère comme un serpent qui vient d'avaler un crapaud, où s'exprimait en même temps un désespoir sec, sans pitié, irrémédiable. Je ne sais pas si c'était l'effet de l'alcool qui me faisait voir les choses autrement qu'elles auraient dû être et qui provoquait en moi un certain malaise et qui me donnait une terrible envie de me secouer pour me débarrasser de je sais quel sale froid sur les épaules et qui me fit prendre la porte : je n'en pouvais plus, je ne pouvais plus supporter d'être tout seul avec elle cette nuit-là ; je sentais que je n'étais rien. »

Et c'est pourquoi il était parti, ou du moins il croyait se rappeler que c'était pour cela qu'il l'avait fait après avoir mis la clé dans sa poche afin d'être sûr de la retrouver au même endroit quand il remonterait. « J'étais un peu comme une femme qui serre dans sa cassette un bijou qu'elle est lasse de porter, mais qui prend néanmoins la précaution de fermer la serrure en attendant le jour où il lui viendra le désir de le porter à nouveau. »

II

Cependant, j'avais pédalé à travers toute la lande battue par le vent et je m'étais fourré au lit encore tout haletant et seulement quand ma respiration fut devenue régulière, j'avais essayé de penser plus calmement à notre course dans le vent à bicyclette et à la route glissante et grasse et à la fureur de Catherine qui me secouait par le revers de ma chemise et j'essayais de me rappeler comment cela s'était passé exactement et le visage décomposé de Sani après le double coup de feu quand il s'était retourné vers moi en jetant son pistolet avec un air dégoûté et qu'il s'était évanoui une première fois et Catherine qui me lançait des coups de poing en criant que c'était bien ma faute et je me demandais pourquoi c'était ma faute, et comme j'avais eu peur que Sani ne fût devenu subitement fou et sa descente précipitée pendant que Catherine l'adjurait de remonter et cet homme étendu sur une table que tout le monde entourait comme s'il était mort et Sani qui tendait les mains en avant pour le toucher pendant que Catherine criait, les longues mèches de ses cheveux battant sur ses yeux et ses épaules et moi qui ne comprenais rien jusqu'au moment où il a porté la main à ses yeux et qu'il s'est affalé et qu'ils se sont mis tous à s'affairer et à murmurer autour de lui et alors seulement je crois bien que j'ai compris que son délire l'égarait tellement qu'il s'imaginait avoir tué cet homme avec ce pistolet espagnol à silex dont personne ne s'était servi depuis plus de cinquante ans et je me suis rappelé comme le sang battait à mes tempes et comme ma tête était chaude à éclater, je pensais à tout cela lorsque la porte grinça et que la chambre s'éclaira.

À travers mes cils, je vis Fred au pied de mon lit. Il me regarda un instant, il se souriait à lui-même, comme quelqu'un qui va faire une bonne farce. Puis il ouvrit le placard et rafla des vêtements et du linge qu'il jeta en paquet sur son lit. Il disparut et au bout de quelques minutes, il rentra avec une valise qu'il posa par terre et, se mettant à genoux, il ouvrit la valise dans laquelle il empila du linge, des souliers et différents objets avec une précipitation nerveuse. Quand il eut refermé la valise, il se leva et tourna le robinet du lavabo en sifflotant entre ses dents. Il commença à se laver les mains dans la cuvette avec un morceau de savon ; tous ses mouvements étaient saccadés, il avait l'air surexcité et hagard ; je regardai les mains de Fred se frotter l'une contre l'autre avec le savon et, tout en se nettoyant les mains soigneusement et à fond, il me jetait des coups d'œil sans cesser de siffloter entre ses dents. Il se donna un coup de peigne et enfila un gilet et un veston en tweed marron qu'il sortit de l'armoire et il enfonça dans la poche intérieure son portefeuille et des tas de papiers que j'entendis se froisser à travers l'étoffe. Il mit un chapeau mou et posa la main sur l'interrupteur électrique.

Avant d'éteindre la lumière, il regarda partout pour voir s'il n'y avait plus rien et, se rappelant qu'il avait oublié quelque chose, il referma la porte derrière lui, il fouilla les poches du veston qu'il avait quitté et quand il eut trouvé une clé, il sourit en la portant à son front. Son sourire se figea, il me regarda avec perplexité en se tenant le menton entre les doigts et je fermai les paupières pour qu'il ne vît pas mes yeux briller entre les cils.

Quand je les rouvris, il était assis devant la table en train de griffonner quelque chose sur une enveloppe ; il donna un vigoureux coup de plume et se leva ; il prit l'enveloppe, l'examina en mâchonnant le bout de son stylo, puis il l'adossa soigneusement contre l'encrier ; il pirouetta une fois encore sur lui-même, éteignit la lumière et sortit. Quand je n'entendis plus son pas dans l'escalier, je me levai et je fis la lumière : il avait écrit le nom de grand-père sur l'enveloppe et elle n'était pas cachetée, il n'était pas nécessaire que je lise la lettre, je pouvais me dispenser de lire la lettre, mais ce fut plus fort que moi :

« *Grand-père, il y a eu une rafle à la Cloche de Bois. On nous a trahis. Mais avant de filer, j'ai assuré notre vengeance. C'est bougrement ennuyeux pour vous tous, mais bonne chance tout de même.*

Fred. »

Quand je lui racontai cela bien des années plus tard, il éclata de rire et il me taquina en disant qu'il ne se rappelait pas m'avoir vu dans mon lit ni s'être attardé à griffonner une pareille ineptie et que c'était probable que j'avais, moi aussi, une fameuse imagination. Mais ce qu'il ne pouvait oublier, c'était ce qu'il avait fait avant et c'était la première fois, m'assura-t-il, qu'il le confiait à quelqu'un, il n'avait jamais été sûr de ses amis et il ajouta cyniquement qu'il n'éprouvait pas le besoin de s'épancher, même auprès des femmes qui sont faites pour autre chose et qui ne savent rien garder pour elles.

Quand il descendit de la chambre d'Hélène, il ne savait pas encore s'il pourrait le faire. Il était très fatigué, une sale migraine lui serrait les tempes. Il se comporterait exactement comme s'il ne savait rien, comme s'il était venu faire une petite causette ; peut-être que ses doigts trembleraient si fort qu'il ne pourrait pas appuyer sur la gâchette et alors l'autre aurait tout le temps de se raviser et de reprendre l'avantage, il aurait l'air complètement idiot.

Il me raconta qu'il avait erré dans les rues sombres comme un somnambule pendant près de deux heures en sifflant très fort. Il ne savait pas s'il allait le faire ou non, ça lui était égal. À force de marcher, il épuisa ses nerfs et il trouva très facile de grimper l'escalier de fer jusqu'à la chambre du Catalan. Il devait être trois heures du matin. Les murailles étaient marbrées par les ombres minces et entrecroisées de la cage de fer et, par les fenêtres grandes ouvertes, il pouvait voir les mâts qui frangeaient la mer luisante comme l'acier bleu d'un canon de fusil. Il était encore tellement étourdi par le whisky, m'avoua-t-il, qu'il était obligé de se cramponner à la rampe pour ne pas tomber ; il sentait la sueur couler derrière ses oreilles et le picoter sous son col ; mais il montait sans s'arrêter de crainte de perdre courage : il ne voulait pas regarder derrière lui, il serait tenté de dégringoler toutes les marches.

Quand il atteignit le dernier étage, il ouvrit la fenêtre qui donnait sur le palier et se pencha pour examiner les fenêtres mansardées et les corniches : sur les carreaux d'une de ces fenêtres luisait une faible lueur ; il enjamba la fenêtre et sauta dans la gouttière le long de laquelle il avança prudemment en retenant sa respiration. Son pied effleura un pot de fleurs qui le fit trébucher, il tressaillit et jura à voix basse. Il tendit l'oreille pour s'assurer qu'il n'avait pas donné l'éveil. Puis il se faufila par une fenêtre dans une chambre chaude qui sentait la paperasse. Sur une table, il y avait des verres sales et une bouteille de whisky ; il la déboucha, porta le goulot à ses lèvres et but avidement quelques gorgées. Il posa la bouteille et resta planté là à se regarder dans le miroir vénitien suspendu au-dessus de la table, se demandant ce qu'il était venu faire. « J'avais bien l'air de ce que j'étais, me dit-il, mon cou émergeait d'une chemise sans col et mes cheveux encore luisants de pommade retombaient sur mon front : tout à fait une tête d'assassin. » Il régnait dans la chambre une demi-pénombre lourde et silencieuse.

Puis Fred aperçut par l'entrebâillement de la porte une lumière rose et il se rappela pourquoi il était venu. Il mit la main droite dans sa poche et étreignit le revolver dont le canon faisait saillir le pan de sa veste. Il traversa la chambre sur la pointe des pieds, s'appuya prudemment au chambranle de la porte qui donnait sur la pièce à côté et se pencha pour jeter un coup d'œil : il vit l'abat-jour rose de la lampe et, aux pieds d'une chaise, des faux cols qui faisaient sur le parquet sombre des croissants pâles ; des vêtements étaient en paquet sur une valise fermée auprès de laquelle gisaient des chaussettes et des souliers ; une énorme armoire aux deux portes béantes emplissait l'un des coins. D'abord il ne vit personne, me raconta-t-il, et il resta là planté dans l'embrasure de la porte à se demander s'il y avait quelqu'un de l'autre côté de la cloison qui le guettait, jusqu'au moment où il entendit le crissement léger d'un placard qu'on entrouvre. Alors, il entra sans bruit dans la seconde pièce : le Catalan, en bras de chemise, était penché sur une valise en cuir noir ; accroupi sur ses talons, une cigarette au bec, il brassait des papiers en respirant très fort.

Je me représente la scène : Fred, collé contre la porte, raide, attentif, son revolver braqué droit devant lui à travers la poche et fixant le dos tendu de l'autre, avec sa tête de rat, qui s'affairait sur ses bagages en tirant nerveusement des bouffées de sa cigarette, et puis ce bruissement léger et menu des feuillets que les mains fébriles avaient l'air de faire mousser. Le Catalan jeta vivement sa cigarette en grimaçant, comme si elle lui agaçait les lèvres, et pivota sur ses talons ; il prit un disque sur un guéridon et le posa sur un phono qu'il se mit en devoir de remonter. Fred pouvait voir le dos de son veston tout plissé par l'effort en travers de ses épaules et de ses reins. Il posa le diaphragme, et une femme se mit à chanter : elle avait une voix sombre, violente, elle chantait sa rancœur et elle détestait la pitié. À ce moment-là, un chien se mit à aboyer derrière les coussins du sofa, c'était Paméla. Le Catalan se retourna vivement et leurs yeux se croisèrent ; il devint livide, puis il se mit à sourire d'un air surpris et contraint. Fred marcha vers lui, une main dans la poche de son veston. Pendant quelques instants, ils se regardèrent. Le Catalan demeurait accroupi sans faire un mouvement, les lèvres légèrement entrouvertes.

La chienne avait sauté par terre et faisait des ronds en jappant autour de leurs jambes. Fred fit glisser une chaise et lui dit de s'asseoir en ponctuant son ordre d'un geste impératif. Il se leva, avec ce même sourire perplexe et obséquieux au coin des lèvres ; probablement n'était-il pas tout à fait sûr que Fred *savait*. Il s'assit et toussa :

— Eh bien, tu as pu filer aussi, dit-il d'une drôle de voix enrouée.

Fred remarqua qu'il avait le visage décomposé par la peur et il fut rassuré : il se sentit très dur et un peu écœuré ; il pensa que cela irait tout seul. Le Catalan le regardait d'un air stupide : il n'était même pas capable de crâner. Ils restèrent de nouveau les yeux dans les yeux pendant quelques secondes ; ils soufflaient tous les deux.

Et, sur les sons abrupts et acidulés du saxophone, la chanteuse continuait à pousser de longues plaintes tantôt canailles, tantôt empreintes d'un ressentiment farouche et haineux. « Nous pouvions l'imaginer tordant des bras blafards et se balançant dans sa longue robe noire, les mèches en bataille sur un front ravagé, mais c'était bien plus poignant que le plus parfait silence, on aurait dit qu'il avait préparé cette mise en scène, nous avions l'air de deux amis qui écoutent avec recueillement un beau disque. »

Quand le Catalan commença à bredouiller quelque chose et à faire claquer ses bagues sur la table, Fred ne put plus y tenir. Il sortit le revolver et tira entre les deux pans du gilet entrouvert. Paméla courut vers lui en agitant la queue au-dessus de sa croupe ondulante.

Dans la chambre voisine, il but une nouvelle rasade à la bouteille en se regardant dans la glace. Et quand il dévala quatre à quatre l'escalier de fer, il entendit encore le ronronnement exaspéré des saxophones seulement un peu plus assourdis par l'air pesant. Il marcha d'un pas rapide jusqu'au coin d'une ruelle, s'appuya des deux bras contre un mur et se mit à vomir.

III

Et voici ce que me raconta le capitaine Fonil, lorsque je fus assez grand pour succéder à grand-père et que nous eûmes absorbé pas mal de verres après avoir discuté et conclu un contrat qu'il jugeait plus avantageux pour lui que pour moi. Il me touchait légèrement la poitrine en hoquetant et sa cigarette montait et descendait sur sa lèvre inférieure tandis qu'il parlait.

Il était dans sa cabine à établir ses comptes et le bateau était tout prêt à appareiller, m'a-t-il dit, quand il a levé la tête comme par hasard vers le hublot et qu'il a vu une femme et un jeune homme courbé sous le poids de deux grosses valises franchir la passerelle en regardant en l'air comme s'ils cherchaient quelqu'un. Il rangea toutes ses paperasses dans un tiroir et ouvrit la porte :

— Qu'est-ce qu'il y a pour votre service ? cria-t-il.

Le jeune homme laissa tomber ses valises le long de ses jambes et courut vers lui en ôtant son chapeau ; alors, il reconnut Fred, le petit-fils de l'armateur Ansel.

— Est-ce que vous pouvez nous prendre à bord jusqu'à la première escale ? dit Fred en tortillant ses gants.

Alors il comprit qu'il y avait je ne sais quoi de louche là-dessous et il supposa que c'était quelque chose comme un enlèvement, bien qu'elle parût sensiblement plus âgée que lui, mais il y a des jeunes filles qui avant vingt ans ressemblent à des femmes faites, surtout si elles s'empâtent le visage de fards et s'habillent comme des dames, et lui avait l'apparence frêle qu'un gosse de dix-sept ans grandi trop vite.

— Vous savez que je ne prends pas de passagers, dit-il.

— Oh, cela ne fait rien, dit Fred, nous vous paierons ce qu'il faudra. » Et de nouveau il regarda la femme qui regardait ailleurs.

— Je vous répète que je ne prends jamais de passagers, et encore moins de passagères, ajouta-t-il en louchant vers la femme.

Mais elle regardait ailleurs, elle n'avait pas l'air de se soucier qu'on l'admît ou non.

— Je ne savais pas, dit Fred en rougissant. J'ai de l'argent pour vous payer.

— Possible, dit le Capitaine. Et qu'est-ce que dira votre grand-père quand il apprendra que je vous ai embarqué avec cette... cette dame ?

— Comment le saurait-il ?

Il mit la main dans sa veste et sortit un portefeuille bien rembourré :

— J'ai ce qu'il faut là, je suis prêt à y mettre le prix.

— Hum, dit le capitaine. Et est-ce que vous avez des passeports ?

Elle regardait derrière elle, puis de chaque côté, et vers la porte. Elle n'avait pas l'air d'écouter ce qu'ils disaient.

— Voici », dit Fred. Il posa deux calepins sur la table : « Ils sont en règle. »

Il n'eut pas besoin de les mettre au jour pour voir qu'ils étaient faux, il l'avait deviné avant de les ouvrir. Il se gratta la tête en la regardant par en dessous. Elle lui tournait le dos, elle était très belle, la traversée durerait cinq jours et elle n'avait pas l'air de priser ce petit jeune homme. Il ferma les passeports et les tendit à Fred :

— Bien, dit-il, je ferai une exception pour le petit-fils d'Ansel, mais ce n'est pas régulier, surtout une femme, ce n'est pas régulier.

Fred le remercia chaleureusement, mais la femme se contenta de le fixer sans ciller, comme si elle était sourde-muette ou que sa raison se fût égarée. Il la regardait aussi, et même il me dit qu'il lui avait fait de l'œil en souriant quand Fred s'était penché sur les bagages, mais il n'y eut aucun trouble dans ses yeux, et c'est alors qu'il comprit, me dit-il, qu'elle le fixait sans le voir comme n'importe quel objet où le regard se pose quand on est absorbé par ses pensées.

Si j'en crois le capitaine Fonil, on ne les vit pas souvent enlacés pendant le voyage. Fred essayait continuellement de lui parler en s'appuyant auprès d'elle contre la lisse de la poupe, elle ne tournait pas la tête et continuait de contempler la mer, raide, menue, immobile dans son trench-coat qui lui moulait si étroitement le buste qu'on aurait dit qu'elle était nue comme une statue grecque ; ou bien elle était assise dans un rocking-chair, ne regardant ni d'un côté ni de l'autre, le regard impassible fixé devant elle, comme un enfant bien sage, tandis qu'il se penchait vers elle en faisant de vaines contorsions pour rentrer dans son rayon visuel. Il se donnait beaucoup de mal, mais il n'obtenait pas grand-chose. « De mon côté, je fis quelques tentatives pour la dégeler, me confia le Capitaine, mais elle avait une façon à elle de se donner un air occupé dont elle se couvrait comme d'un masque. Et ma foi, je trouvais que c'était dommage qu'une belle fille comme ça ait avalé un manche à balai, et je la laissai bouder avec son jeune type qui s'énervait près d'elle : autant essayer de coucher avec la Vertu ! »

Et il me raconta que lorsqu'ils eurent atteint la première escale où il avait été convenu qu'on les laisserait à terre, ils vinrent tous deux lui faire leurs adieux ; elle mit sa main dans celle du Capitaine et il eut l'impression qu'il touchait une bête froide ; il se dit que si le reste de son corps était comme cette main, il ne faudrait pas moins de quatre hommes pour le réchauffer. Il les regarda s'éloigner sur le quai, côte à côte, lui toujours plié sous le poids de ses valises qui lui battaient les mollets, et elle, raide, impassible, les bras ballants, qui regardait de l'autre côté, comme si elle avait fait le vœu de ne plus jamais attacher son regard sur un visage humain. Et le capitaine Fonil se dit que ce n'était pas un petit gars comme lui qui en viendrait à bout et qu'il ferait peut-être aussi bien de coucher avec la Vénus de Milo.

IV

C'est ce même matin où ils montèrent à bord du cargo du capitaine Fonil que je portai la lettre de Fred à grand-père. Il était assis dans son rocking-chair, près de la fenêtre qui encadrait un ciel ardoisé sur lequel palpitait le grand pavois.

— Viens t'asseoir près de moi, dit-il d'une voix tranchante, péremptoire.

Je m'assis à ses pieds et posai l'enveloppe sur ses genoux.

— Qu'est-ce que c'est ? dit-il.

Je lui dis que Fred était parti cette nuit et qu'il avait laissé cette lettre sur la table.

— Ah, dit-il. Oui.

Il fouilla ses poches et posa ses lunettes sur son nez. Je ne le regardai pas. J'entendis le froissement du papier entre ses doigts et le tic-tac de la montre invisible attachée à la chaîne d'or. J'attendais sa colère. Je devinais que son visage était déjà déformé par d'atroces grimaces de haine et de souffrance et qu'il blêmissait par ondes. Je me gardai de respirer, les yeux au sol, guettant craintivement les premiers éclats. Mais il laissa tomber la lettre et l'enveloppe sur ses genoux, retira ses lunettes et bâilla profondément. Il avait fermé les yeux, il respirait calmement et son visage était tranquille et impénétrable ; peut-être un peu plus pâle. Il murmura entre ses dents, avec une petite voix d'enfant :

— Laisse-moi un instant, veux-tu ?

Et il bâilla de nouveau, comme s'il se laissait gagner par une torpeur inexorable dans laquelle il eût cherché un refuge contre l'agitation vaine et idiote des hommes bien portants. Mais je n'avais pas encore atteint la porte de ma chambre que la sonnette vibrait dans l'antichambre ; je courus ouvrir et quatre hommes en noir firent irruption en m'écartant avec leur coude. Le plus grand se pencha vers moi :

— C'est la maison d'Ansel ? demanda-t-il.

Il portait un melon et un pardessus noir croisé sur la poitrine, il avait une longue figure toute blanche et des lèvres serrées.

— Où est-il ? dit-il en se tournant de tous côtés.

— Dans le jardin d'hiver, dis-je, mais il dort.

— Vraiment », dit-il et se tournant vers les autres qui regardaient partout silencieusement comme s'ils cherchaient une épingle : « Vous entendez ce gosse qui dit que M. Ansel dort encore ? » et ils rirent tous à la fois et je ne compris pas pourquoi.

— Alors, comme ça, il dort » dit-il, et il ouvrit la porte du jardin d'hiver.

— Qu'est-ce que vous voulez ? dis-je en lui touchant l'épaule.

Il se retourna en riant vers les autres qui piétinaient derrière lui, comme si on leur eût annoncé qu'il y avait un spectacle merveilleux de l'autre côté :

— Eh ! le gosse qui dit qu'il veut savoir ce qu'on veut ?

Et ils rirent tous à la fois et s'arrêtèrent de rire tous à la fois comme dans une pièce où plusieurs personnages donnent la réplique avec un ensemble aussi parfait que factice. Puis ils foncèrent dans la salle.

Grand-père avait renversé la tête en arrière et fermé les yeux, la bouche béante pleine de tabac mâché ; il ressemblait à un poisson mort ; il y avait quelque chose de féroce dans le bas de son visage. L'homme au melon lui frappa sur l'épaule, puis il se tourna vers moi :

— C'est bien Ansel, l'armateur Ansel ?

— Oui, dis-je, il dort.

Leurs ombres enveloppaient le visage digne et implacable. Je posai ma main sur la sienne :

— Grand-père ! dis-je. Grand-père !

Il ne bougea pas. On n'entendait pas sa respiration entre ses lèvres qui étaient comme deux gros bourrelets pâles. Il était silencieux et béat comme un poisson crevé.

— Mais ma parole, murmura l'homme au melon qui se pencha pour inspecter de près le visage maigre où les os ressortaient en lignes blanches sous la peau. Mais ma parole, répéta-t-il en se redressant lentement. Merde alors ! dit-il en se découvrant.

DU MÊME AUTEUR

Aux Éditions Gallimard

LES MENDIANTS, roman (édition définitive).

LE BAVARD, récit (L'Imaginaire n° 32).

LA CHAMBRE DES ENFANTS, récit (L'Imaginaire n° 117).

Aux Éditions du Mercure de France

LES MÉGÈRES DE LA MER.

OSTINATO.

Aux Éditions Fata Morgana

UN MALADE EN FORÊT.

VOIES ET DÉTOURS DE LA FICTION.

LE MALHEUR AU LIDO.

POÈMES DE SAMUEL WOOD.

FACE À L'IMMÉMORABLE.

L'IMAGINAIRE

GALLIMARD

Axée sur les constructions de l'imagination, cette collection vous invite à découvrir les textes les plus originaux des littératures romanesques française et étrangères.

Volumes parus

248. Roger Vailland : *Beau Masque.*
249. Elias Canetti : *Auto-da-fé.*
250. Daniel Boulanger : *Mémoire de la ville.*
251. Julian Gloag : *Le tabernacle.*
252. Edmond Jabès : *Le Livre des Ressemblances.*
253. J.M.G. Le Clézio : *La fièvre.*
254. Peter Matthiessen : *Le léopard des neiges.*
255. Marquise Colombi : *Un mariage en province.*
256. Alexandre Vialatte : *Les fruits du Congo.*
257. Marie Susini : *Je m'appelle Anna Livia.*
258. Georges Bataille : *Le bleu du ciel.*
259. Valery Larbaud : *Jaune bleu blanc.*
260. Michel Leiris : *Biffures* (*La règle du jeu*, I).
261. Michel Leiris : *Fourbis* (*La règle du jeu*, II).
262. Marcel Jouhandeau : *Le parricide imaginaire.*
263. Marguerite Duras : *India Song.*
264. Pierre Mac Orlan : *Le tueur n° 2.*
265. Marguerite Duras : *Le théâtre de l'Amante anglaise.*
266. Pierre Drieu la Rochelle : *Beloukia.*
267. Emmanuel Bove : *Le piège.*
268. Michel Butor : *Mobile. Étude pour une représentation des États-Unis.*
269. Henri Thomas : *John Perkins* suivi de *Un scrupule.*
270. Roger Caillois : *Le fleuve Alphée.*
271. J.M.G. Le Clézio : *La guerre.*

272. Maurice Blanchot : *Thomas l'Obscur.*
273. Robert Desnos : *Le vin est tiré...*
274. Michel Leiris : *Frêle bruit* (*La règle du jeu*, IV).
275. Michel Leiris : *Fibrilles* (*La règle du jeu*, III).
276. Raymond Queneau : *Odile.*
277. Pierre Mac Orlan : *Babet de Picardie.*
278. Jacques Borel : *L'Adoration.*
279. Francis Ponge : *Le savon.*
280. D.A.F. de Sade : *Histoire secrète d'Isabelle de Bavière, Reine de France.*
281. Pierre Drieu la Rochelle : *L'homme à cheval.*
282. Paul Morand : *Milady* suivi de *Monsieur Zéro.*
283. Maurice Blanchot : *Le dernier homme.*
284. Emmanuel Bove : *Départ dans la nuit* suivi de *Non-lieu.*
285. Marcel Proust : *Pastiches et mélanges.*
286. Bernard Noël : *Le château de Cène* suivi de *Le château de Hors. L'outrage aux mots. La pornographie.*
287. Pierre Jean Jouve : *Le monde désert.*
288. Maurice Blanchot : *Au moment voulu.*
289. André Hardellet : *Le seuil du jardin.*
290. André Pieyre de Mandiargues : *L'Anglais décrit dans le château fermé.*
291. Georges Bataille : *Histoire de l'œil.*
292. Henri Thomas : *Le précepteur.*
293. Georges Perec : *W ou le souvenir d'enfance.*
294. Marguerite Yourcenar : *Feux.*
295. Jacques Audiberti : *Dimanche m'attend.*
296. Paul Morand : *Fermé la nuit.*
297. Roland Dubillard : *Olga ma vache. Les Campements. Confessions d'un fumeur de tabac français.*
298. Valery Larbaud : *Amants, heureux amants...* précédé de *Beauté, mon beau souci...* suivi de *Mon plus secret conseil.*
299. Jacques Rivière : *Aimée.*
300. Maurice Blanchot : *Celui qui ne m'accompagnait pas.*
301. Léon-Paul Fargue : *Le piéton de Paris* suivi de *D'après Paris.*
302. Joë Bousquet : *Un amour couleur de thé.*
303. Raymond Queneau : *Les enfants du limon.*

304. Marcel Schwob : *Vies imaginaires.*
305. Guillaume Apollinaire : *Le flâneur des deux rives* suivi de *Contemporains pittoresques.*
306. Arthur Adamov : *Je... Ils....*
307. Antonin Artaud : *Nouveaux écrits de Rodez.*
308. Max Jacob : *Filibuth ou La montre en or.*
309. J.M.G. Le Clézio : *Le déluge.*
310. Pierre Drieu la Rochelle : *L'homme couvert de femmes.*
311. Salvador Dali : *Journal d'un génie.*
312. D.A.F. de Sade : *Justine ou les malheurs de la vertu.*
313. Paul Nizan : *Le cheval de Troie.*
314. Pierre Klossowski : *Un si funeste désir.*
315. Paul Morand : *Les écarts amoureux.*
316. Jean Giono : *Rondeur des jours (L'eau vive I).*
317. André Hardellet : *Lourdes, lentes....*
318. Georges Perros : *Papiers collés, III.*
319. Violette Leduc : *La folie en tête.*
320. Emmanuel Berl : *Sylvia.*
321. Marc Bernard : *Pareils à des enfants....*
322. Pierre Drieu la Rochelle : *Rêveuse bourgeoisie.*
323. Eugène Delacroix : *Lettres intimes.*
324. Raymond Roussel : *Comment j'ai écrit certains de mes livres.*
325. Paul Gadenne : *L'invitation chez les Stirl.*
326. J.M.G. Le Clézio : *Voyages de l'autre côté.*
327. Gaston Chaissac : *Hippobosque au Bocage.*
328. Roger Martin du Gard : *Confidence africaine.*
329. Henri Thomas : *Le parjure.*
330. Georges Limbour : *La pie voleuse.*
331. André Gide : *Journal des faux-monnayeurs.*
332. Jean Giono : *L'oiseau bagué (L'eau vive II).*
333. Arthur Rimbaud : *Correspondance (1888-1891).*
334. Louis-René Des Forêts : *Les mendiants.*
335. Joë Bousquet : *Traduit du silence.*
336. Pierre Klossowski : *Les lois de l'hospitalité.*
337. Michel Leiris : *Langage tangage ou Ce que les mots me disent.*
338. Pablo Picasso : *Le désir attrapé par la queue.*
339. Marc Bernard : *Au-delà de l'absence.*

340. Jean Giono : *Les terrasses de l'île d'Elbe.*
341. André Breton : *Perspective cavalière.*
342. Rachilde : *La Marquise de Sade.*
343. Marcel Arland : *Terres étrangères.*
344. Paul Morand : *Tendres stocks.*
345. Paul Léautaud : *Amours.*
346. Adrienne Monnier : *Les gazettes (1923-1945).*
347. Guillaume Apollinaire : *L'Arbre à soie et autres Échos du* Mercure de France *(1917-1918).*
348. Léon-Paul Fargue : *Déjeuners de soleil.*
349. Henri Calet : *Monsieur Paul.*
350. Max Jacob : *Le terrain Bouchaballe.*
351. Violette Leduc : *La Bâtarde.*
352. Pierre Drieu la Rochelle : *La comédie de Charleroi.*
353. André Hardellet : *Le parc des Archers* suivi de *Lady Long Solo.*
354. Alfred Jarry : *L'amour en visites.*
355. Jules Supervielle : *L'Arche de Noé.*
356. Victor Segalen : *Peintures.*
357. Marcel Jouhandeau : *Monsieur Godeau intime.*
358. Roger Nimier : *Les épées.*
359. Paul Léautaud : *Le petit ami.*
360. Paul Valéry : *Lettres à quelques-uns.*
361. Guillaume Apollinaire : *Tendre comme le souvenir.*
362. J.M.G. Le Clézio : *Les Géants.*
363. Jacques Audiberti : *Les jardins et les fleuves.*
364. Louise de Vilmorin : *Histoire d'aimer.*
365. Léon-Paul Fargue : *Dîner de lune.*
366. Maurice Sachs : *La chasse à courre.*
367. Jean Grenier : *Voir Naples.*
368. Valery Larbaud : *Aux couleurs de Rome.*
369. Marcel Schwob : *Cœur double.*
370. Aragon : *Les aventures de Télémaque.*
371. Jacques Stephen Alexis : *Les arbres musiciens.*
372. André Pieyre de Mandiargues : *Porte dévergondée.*
373. Philippe Soupault : *Le nègre.*
374. Philippe Soupault : *Les dernières nuits de Paris.*
375. Michel Leiris : *Mots sans mémoire.*

376. Daniel-Henry Kahnweiler : *Entretiens avec Francis Crémieux.*
377. Jules Supervielle : *Premiers pas de l'univers.*
378. Louise de Vilmorin : *La lettre dans un taxi.*
379. Henri Michaux : *Passages.*
380. Georges Bataille : *Le Coupable* suivi de *L'Alleluiah.*
381. Aragon : *Théâtre/Roman.*
382. Paul Morand : *Tais-toi.*
383. Raymond Guérin : *La tête vide.*
384. Jean Grenier : *Inspirations méditerranéennes.*
385. Jean Tardieu : *On vient chercher Monsieur Jean.*
386. Jules Renard : *L'œil clair.*
387. Marcel Jouhandeau : *La jeunesse de Théophile.*
388. Eugène Dabit : *Villa Oasis ou Les faux bourgeois.*
389. André Beucler : *La ville anonyme.*
390. Léon-Paul Fargue : *Refuges.*
391. J.M.G. Le Clézio : *Terra Amata.*
393. Jean Giraudoux : *Les contes d'un matin.*
394. J.M.G. Le Clézio : *L'inconnu sur la terre*
395. Jean Paulhan : *Les causes célèbres*
396. André Pieyre de Mandiargues : *La motocyclette*
397. Louis Guilloux : *Labyrinthe*
398. Jean Giono : *Cœurs, passions, caractères*
399. Pablo Picasso : *Les quatre petites filles*
400. Clément Rosset : *Lettre sur les Chimpanzés*
401. Louise de Vilmorin : *Le lit à colonnes*
402. Jean Blanzat : *L'Iguane*
403. Henry de Montherlant : *Les Bestiaires*
404. Jean Prévost : *Les frères Bouquinquant*
405. Paul Verlaine : *Les mémoires d'un veuf*
406. Louis-Ferdinand Céline : *Semmelweis*
407. Léon-Paul Fargue : *Méandres*
408. Vladimir Maïakovski : *Lettres à Lili Brik (1917-1930)*
409. Unica Zürn : *L'Homme-Jasmin*
410. V.S. Naipaul : *Miguel Street*
411. Jean Schlumberger : *Le lion devenu vieux*
412. William Faulkner : *Absalon, absalon !*
413. Jules Romains : *Puissances de Paris*

414. Iouri Kazakov : *La petite gare*
415. Alexandre Vialatte : *Le fidèle berger*
416. Louis-René des Forêts : *Ostinato*
417. Edith Wharton : *Chez les heureux du monde*
418. Marguerite Duras : *Abahn Sabana David*
419. André Hardellet : *Les chasseurs I et II*
420. Maurice Blanchot : *L'attente l'oubli*
421. Frederic Prokosch : *La tempête et l'écho*
422. Violette Leduc : *La chasse à l'amour*
423. Michel Leiris : *A cor et à cri*
424. Clarisse Lispector : *Le batisseur de ruines*
425. Philippe Sollers : *Nombres*
426. Hermann Broch : *Les irresponsables*
427. Jean Grenier : *Lettres d'Égypte*

Composition Traitext, Dijon.
Impression Bussière Camedan Imprimeries
à Saint-Amand (Cher), le 6 mars 2001.
Dépôt légal : mars 2001.
1er dépôt légal dans la collection : août 1995.
Numéro d'imprimeur : 011201/1.
ISBN 2-07-074238-5./Imprimé en France.

2320